Retrouvailles avec le passé

Des soupçons à haut risque

HEATHER GRAHAM

Retrouvailles avec le passé

Traduction française de
LUCIE DELPLANQUE

BLACK ROSE

HARLEQUIN

Collection : BLACK ROSE

Titre original :
TANGLED THREAT

HARPERCOLLINS FRANCE
83-85, boulevard Vincent-Auriol, 75646 PARIS CEDEX 13
Service Lectrices — Tél. : 01 45 82 47 47

www.harlequin.fr

ISBN 978-2-2804-4042-4 — ISSN 1950-2753

Prologue

L'Arbre aux Histoires

— Parfois, quand la lune est haute, on peut encore apercevoir la belle Gyselle. Sur ces sentiers bordés de chênes, elle s'arrête par instants pour effleurer les touffes de mousse qui pendent des branches, comme pour s'assurer de leur réalité. De son vivant, c'était une femme douce et généreuse, aimée de tous. Pourtant, à l'heure de sa mort injuste et cruelle, au pied du tristement célèbre Arbre aux Histoires, on dit qu'elle lança une malédiction : ceux qui avaient causé sa perte devaient eux aussi connaître une fin tragique, étouffés dans leur propre sang, luttant pour leur dernier souffle.

Maura Antrim déroulait son récit d'un ton grave et théâtral. Devant elle, au milieu d'un cercle de pierres, un grand feu crépitait, propulsant dans la nuit des escarbilles rouge et or.

Tout autour d'elle, les chênes et les hauts pins étiraient leurs branches interminables, d'où pendaient des « filles de l'air », ces filaments de mousse espagnole qui ondulaient dans la brise nocturne. Dans le ciel, la lune était pleine, voilée par instants par les nuages qui projetaient sur la terre des ombres inquiétantes.

C'était une magnifique nuit d'été, idéale pour raconter des histoires. Maura était heureuse d'être la conteuse, ce soir-là, et son auditoire réagissait bien.

Le groupe qu'elle accompagnait – composé d'adultes et d'adolescents, tous clients de l'hôtel – ne la quittait pas des yeux. S'efforçant de ne pas sourire et de rester grave, elle savourait néanmoins la fascination des touristes rassemblés autour d'elle.

Cette année-là, on lui avait proposé le poste de conteuse au Frampton Ranch, un complexe hôtelier chic du nord de la Floride à la réputation grandissante. La vaste propriété avait été rachetée cinq ans plus tôt par un magnat du tourisme, Donald Glass, qui avait eu la sagesse de conserver les sentiers équestres, l'emplacement du feu de camp, l'Arbre aux Histoires et les ruines de l'ancienne plantation. Cela apportait un cachet historique inestimable aux lieux, tout comme les nombreuses légendes qui circulaient dans la région.

Maura partageait sa fonction de conteuse avec Francine Renault, une employée de longue date de Donald Glass. En dépit de son ancienneté, cette dernière restait sous les ordres de Fred Bentley, le gérant, un homme massif qui arpentait le ranch au pas de charge et faisait tourner la boutique avec une efficacité redoutable. L'animosité entre ces deux-là était notoire, ce qui n'empêchait pas Francine de n'en faire qu'à sa tête, avec une quasi-impunité. Malgré les nombreuses prises de bec, Donald Glass refusait de se séparer de Francine comme de Fred.

Maura comprenait les querelles incessantes entre Bentley et Francine, car cette dernière pouvait se montrer… difficile. Partager le poste de conteuse avec elle n'avait rien d'évident. Francine affichait un petit air de supériorité et avait tendance à malmener les autres employés qu'elle considérait tous comme des subalternes. Âgée d'environ trente-cinq ans, c'était une très belle femme à la plastique parfaite, avec des cheveux blond platine et de grands yeux sombres. Pour elle, les jeunes embauchés pour l'été n'étaient que des gamins ignorants et exaspérants, même Maura, qui avait pourtant presque dix-huit ans.

Les saisonniers, de leur côté, adoraient les rumeurs.

On chuchotait que Francine avait autrefois entretenu une liaison avec Donald Glass et que c'était ainsi qu'elle conservait son poste… et sa supériorité.

Glass était marié ; peut-être Francine le faisait-elle chanter, en menaçant de tout raconter à sa femme. Marie Glass, toujours selon les rumeurs, pouvait se montrer très jalouse. Difficile à croire, cependant, car en public, Marie était un modèle de bienséance, de politesse et de majesté. Un peu plus jeune que Donald, elle était pourtant plus âgée que Francine.

Les jeunes adoraient spéculer et, à dix-huit ans, l'idée que deux autres employés plus âgés puissent être en couple était tout simplement ahurissante.

Fred Bentley, qui était venu assister au début de la veillée, adressa à Maura un petit sourire approbateur, avant de s'éclipser. Visiblement, il appréciait ses talents de conteuse et d'animatrice. Maura n'était pas censée travailler, ce soir-là, mais Francine leur avait fait faux bond. S'absenter sans prévenir était un motif de licenciement immédiat, même si Francine ne risquait sans doute pas grand-chose.

Maura observa son auditoire avec gravité, se

préparant à poursuivre son récit. Soudain, un garçon prit la parole :

— Il faudrait plutôt l'appeler l'Arbre aux Tortures ou l'Arbre aux Pendus…, décréta-t-il. Enfin, autre chose que l'Arbre aux Histoires.

L'adolescent s'appelait Mark Hartford, si la mémoire de Maura était bonne. Elle avait supervisé une animation à la piscine, à laquelle il avait participé. C'était un garçon agréable, curieux et vif, et peut-être à cause de sa jeunesse, un peu exubérant.

Il avait un grand frère, Nils, qui était déjà à l'université et était loin d'être aussi sympathique. Depuis qu'il avait compris que la plupart des saisonniers étaient de son âge, voire plus jeunes, il aimait abuser de son statut de client. Toutefois, il restait supportable.

— L'Arbre aux Tortures ! s'écria une jeune femme, assise aux côtés de Mark. Quelle idée ! Brrr, j'en ai froid dans le dos…

C'était Rachel Lawrence, la petite amie de Nils. Un peu plus aimable, sauf quand ce dernier était dans les parages. Elle arborait alors le même comportement hautain et supérieur.

Le jeune couple s'était glissé près du feu de camp en toute discrétion. Étonnant, car la discrétion n'était pas leur fort. Nils veillait toujours à soigner ses entrées, pour s'assurer de ne pas passer inaperçu.

Rachel avait posé les mains sur les épaules de Mark, d'un geste un peu nerveux. Elle ne semblait pas très rassurée, pensa Maura. À moins qu'elle ne cherche tout simplement à impressionner le petit frère.

Nils passa un bras protecteur autour de son amie. Tous les trois formaient une jolie photo de famille –

le jeune homme, sa compagne et le petit frère qu'ils avaient pris sous leur aile.

Maura était surprise de les voir assister à la veillée. Nils avait affirmé haut et fort quelques jours plus tôt qu'il était trop vieux pour écouter des histoires de fantômes autour du feu.

— L'Arbre aux Tortures ! Oui, ce serait pas mal ! approuva Mark Hartford. Pauvre Gyselle… Elle a vraiment été torturée là-bas ?

Mark et les autres adolescents ouvraient des yeux larges comme des soucoupes. À cet âge, ils aimaient le sensationnel et n'avaient rien contre quelques détails sordides bien choisis.

— Elle a été traînée de force et pendue à cet arbre, reprit Maura. Donc oui, je suis sûre qu'elle a été torturée. Mais cet arbre existait bien avant la plantation. L'Arbre aux Histoires, c'est déjà le nom que lui donnaient les Timucua, les Indiens qui occupaient ces terres, bien avant l'arrivée des Espagnols. C'est un vieux chêne qui a poussé en se mêlant à un palmier. Nous n'allons pas tarder à aller le voir, ajouta-t-elle d'une voix mystérieuse. L'arbre qui a été témoin de la mort de la belle Gyselle, quand elle a été torturée et pendue à une de ses branches.

Plus d'une personne dans l'auditoire regarda par-dessus son épaule, en direction des pelouses impeccables du ranch, comme pour s'assurer que, malgré l'obscurité et les arbres aux formes étranges, la lumière et la sécurité restaient à portée de main.

Les nouveaux bâtiments érigés par Donald Glass étaient élégants et magnifiques. Situé à juste une heure trente de la ville de St. Augustine et à moins d'une heure trente vers le sud des parcs d'attractions de Disney et Universal – sans oublier les plages et le circuit automobile de Daytona, ainsi que les merveilles du cap Canaveral, tous à proximité –, le Frampton Ranch était devenu un complexe touristique incontournable.

Toutefois, le ranch devait sa réputation aux veillées organisées autour du feu de camp, où étaient racontées de nombreuses histoires. Des histoires, pas des légendes, car il s'agissait de faits historiques… jusqu'à un certain point. L'assistance écoutait le récit de ces événements et décidait d'y croire… ou pas. La soirée se poursuivait par une petite randonnée sur les sentiers où ces histoires s'étaient déroulées.

— Voyez-vous, Gyselle était une adorable enfant perdue, recueillie par une tribu indienne alors qu'elle errait près d'un champ de bataille, à la fin de la deuxième guerre séminole. Elle fut ensuite « secourue » par des missionnaires espagnols au début de la troisième guerre. À cette époque, cependant, elle n'avait plus ni besoin ni envie qu'on la sauve, car cela faisait des années qu'elle vivait dans cette tribu. Après son « sauvetage », elle erra quelque temps, avant de trouver du travail à la plantation Frampton. C'est là qu'elle attira l'attention du jeune Richard Frampton, héritier désigné de la famille, qui tomba fou amoureux d'elle, malgré son mariage arrangé avec une jeune fille de la bonne société locale, Julie LeBlanc. La légende dit qu'ils s'enfuirent dans la forêt où ils se jurèrent fidélité, malgré tout ce qui s'opposait à leur amour… Et malgré la femme de Richard. Quand Julie eut vent de l'infidélité de son mari, elle fit empoisonner son beau-père et s'arrangea pour compromettre Gyselle. Cette dernière fut pourchassée pour sorcellerie, accusée de pratiquer la magie chamanique ou une forme de vaudou, et pendue à l'arbre au pied duquel Richard avait juré de la protéger…

Maura se tut un instant, avant de conclure :

— Dans ces bois qui vous entourent, Gyselle connut un amour peu raisonnable, mais profond et sincère. C'est aussi ici qu'elle mourut. On dit que les nuits de pleine lune… comme ce soir… ceux qui empruntent ces sentiers peuvent encore l'entendre chanter « La dernière rose de l'été », avec son léger accent irlandais.

— Et la malédiction ? demanda soudain un garçon, d'une voix timide.

— Oui, la malédiction ! renchérit Mark, incapable de rester silencieux bien longtemps. Elle aurait juré, avant de mourir, que ses tortionnaires se noieraient dans leur propre sang ! Il paraît qu'il y a d'autres histoires, non ? Des choses bizarres qui se seraient produites après ?

Maura sentit plus qu'elle ne vit la présence de Brock McGovern à ses côtés ; il semblait amusé. Malgré son jeune âge – il venait d'avoir dix-huit ans –, il s'était vu confier la responsabilité de la mise en scène des veillées. Jusqu'à présent, il était resté en retrait derrière Maura, pendant que celle-ci déroulait son récit avec juste ce qu'il fallait d'emphase – du moins, elle l'espérait.

Il s'avança un peu plus dans la lumière du feu, effleurant son coude du sien.

— Se noyer dans leur propre sang ? chuchota-t-il à son oreille, d'un ton légèrement moqueur. Pas très original, comme malédiction…

Maura s'efforça de ne pas sourire.

Brock était toujours prompt à la taquiner, mais aussi à l'encourager dans tout ce qu'elle faisait. Elle avait cependant ressenti ce petit frisson, comme chaque fois qu'il se trouvait près d'elle.

Brock était sur le point de partir faire son service militaire ; à son retour, il avait prévu d'aller à l'université pour étudier la criminologie. Il savait déjà exactement ce qu'il voulait faire de sa vie et semblait posséder une confiance en lui peu commune pour son jeune âge.

Maura savait qu'il travaillerait dur pendant ses classes, puis à l'université de son choix. Ensuite, il n'aurait plus qu'à décider où il préférait servir : FBI, les US Marshals, peut-être même la Sécurité nationale ou les Services secrets.

Brock sourit doucement, baissant ses yeux à la couleur inhabituelle, presque noirs. Sa tignasse épaisse, qui disparaîtrait bientôt pour une coupe réglementaire, était tout aussi sombre. Un menton fin et volontaire conférait à son visage une maturité étonnante.

Pour Maura, c'était un enchantement pur et simple. Avec ses pommettes saillantes et sa peau de bronze, elle le trouvait tout simplement magnifique.

Il avait souvent raconté les histoires lui-même, avec beaucoup de mérite. Il possédait une voix grave et riche qu'il savait moduler aux bons moments – une voix qui suffisait à mettre tous les sens de Maura en alerte.

Ils se connaissaient depuis trois ans ; ils avaient travaillé ensemble, parcouru ces vieux sentiers des centaines de fois, plaisantant volontiers, toujours à deux doigts du flirt, mais gardant à l'esprit qu'une fois l'été terminé, lui retournerait à Key West et elle, à West Palm Beach.

Trois cent soixante-quinze kilomètres de distance.

Un peu trop pour un amour de lycée.

Il lui avait plu dès leur première rencontre. Les autres garçons qu'elle avait fréquentés jusqu'alors ne soutenaient pas la comparaison.

On avait confié à Brock un poste à la direction, sans doute parce qu'il ne rechignait jamais à donner un coup de main. Que ce soit au restaurant pour débarrasser les tables ou bien aux entrepôts, pour porter des cartons au moment des livraisons, il était toujours volontaire. Ce travail physique lui avait forgé une silhouette nerveuse et musclée, qu'il entretenait dans la salle de sport du ranch. Il était rapide, vif d'esprit, attentif aux autres et généreux de son temps.

En somme, il était…

Parfait.

Jamais Maura ne rencontrerait quelqu'un d'aussi parfait que lui. Elle en avait la certitude, même si son père et sa mère souriaient avec indulgence quand elle parlait de lui en termes élogieux. Après tout, elle n'avait que dix-huit ans et tant de choses à découvrir : l'université, puis tout le reste.

C'était cet été-là que tout avait changé entre eux et qu'ils étaient véritablement devenus un couple.

Un couple très passionné.

Faire l'amour avec Brock était incroyable, une expérience bien au-delà de ce qu'elle avait connu avec ses flirts précédents.

Le simple fait d'y penser suffit à la faire rougir.

Elle était à présent persuadée que leur relation tiendrait bon, malgré la distance.

Évidemment, les autres penseraient qu'elle n'était qu'une ado, qu'elle ne pouvait pas être aussi éprise qu'elle le croyait. Elle était donc déterminée à ce que personne ne se rende compte vraiment à quel point elle était folle amoureuse de lui.

Elle se tourna vers Brock. Il lui souriait. Un sourire secret, charmeur, sexy… Un sourire qui sous-entendait qu'ils partageaient quelque chose d'unique, quelque chose de spécial.

Elle sourit à son tour.

Oui. Il était devenu le centre de son univers.

— À toi, murmura-t-elle.

— La malédiction ! s'écria-t-il en s'avançant dans la lumière, des trémolos dans la voix. Il est vrai que, tandis qu'on la traînait de force jusqu'à l'arbre – que nous croiserons bientôt sur notre chemin –, la pauvre femme clamait avec ferveur son innocence. Avant de mourir, elle maudit ses bourreaux, leur promettant une fin douloureuse et amère. Cette forêt devait rester hantée pour l'éternité par le mal qu'on lui faisait endurer. Le diable en personne avait été invoqué parmi ces arbres et il ne serait pas facile de l'en déloger.

Brock eut un sourire mystérieux et reprit :

— Je pense que cette histoire de sang est apparue au fur et à mesure des récits. Détail, ô combien dramatique, mais qui n'a jamais été attesté… Il existe des archives relatant la fin de cette pauvre femme dans la bibliothèque du ranch. Il n'y ait fait mention de sang nulle part.

Il approcha sa lampe torche de son menton, illuminant ainsi son visage de façon inquiétante.

— Il existe également des documents évoquant

les drames qui ont continué à se produire au ranch, ajouta Maura. Sous ce même arbre.

Elle fixa un instant son public du regard, puis se mit à énumérer, en comptant sur ses doigts :

— Le bagnard assassin, Marston Riggs, y tortura et tua ses victimes au tout début du XXe siècle. Et jusqu'en 1970, l'homme connu sous le nom du Tueur à la cravate rouge massacra cinq hommes et femmes ici même, abandonnant leurs corps démembrés sous les branches de l'arbre.

Elle laissa planer un silence.

— Cependant, cette histoire de malédiction reste purement fictive. L'Arbre aux Histoires et le ranch sont tout à fait sûrs, de nos jours…

Elle se tourna vers Brock.

— En route ?

— En route, répondit-il.

Le son de sa voix et le regard qu'il lui lança lui donnèrent envie que la veillée se termine, afin qu'ils puissent se retrouver seuls.

Ils longèrent la mangrove jusqu'à une charmante petite mare censée être une source de jouvence. C'était une promenade très agréable et même les adolescents continuèrent à poser des questions tout au long du chemin.

— Je suis contente d'avoir été la conteuse ce soir, murmura Maura à Brock. Mais je n'arrive pas à croire que Francine se soit absentée comme ça.

— Je la connais bien, répondit-il à voix basse. Elle va sans doute faire une entrée spectaculaire, avec une excuse parfaite pour justifier son retard. Je pense qu'elle nous prépare une surprise – quelque chose de bien plus étonnant qu'une simple histoire.

Je suis prêt à parier qu'on va la croiser avant la fin de la soirée.

Il éleva de nouveau la voix pour s'adresser au groupe :

— Voilà, m'sieurs dames. Vous pouvez admirer ici une plaque commémorant l'arrivée des Espagnols et la conquête du Nouveau Monde.

Dans le bosquet, simplement illuminé par les veilleuses qui ponctuaient le sentier, un écriteau rappelait surtout une réalité moins glorieuse : les tortures perpétrées par l'envahisseur sur les populations locales.

Le groupe passa ensuite devant les ruines de l'ancienne ferme espagnole, puis arriva en vue de l'Arbre aux Histoires, à la sinistre réputation.

L'arbre, ou plutôt les arbres, si vieux que personne ne connaissait leur âge, se dressaient au centre d'une petite clairière, comme si rien d'autre n'osait pousser autour. Les branches noueuses du chêne et du palmier se mêlaient de façon torturée, dans ce qui ressemblait à un entrelacs de membres humains.

Maura se figea soudain et un long hurlement horrifié s'éleva dans la clairière.

Il lui fallut plusieurs secondes avant de comprendre que c'était elle qui criait.

Inutile de s'étonner plus longtemps de l'absence de Francine.

La tête à un angle improbable, la nuque brisée, elle se balançait doucement dans la brise nocturne, pendue aux branches de l'arbre maudit.

Brock avait vu juste.

Francine avait rejoint le groupe avant la fin de la veillée… Mais pas comme il l'avait prévu.

La police cerna rapidement le ranch, accompagnée d'un médecin légiste et d'une équipe de techniciens ; la riche forêt de pins, de chênes et de fougères fut bientôt inondée de lumière artificielle. Toutefois, dans les recoins où la mousse espagnole pendait très bas depuis les branches, les rayons blafards ne parvenaient qu'à rendre cette nuit un peu plus macabre encore.

L'inspecteur Michael Flannery fut chargé de l'enquête. Les employés et les clients furent séparés. Maura, assise à l'entrée du parking, frissonnante malgré la douceur de l'air, attendait qu'on vienne prendre sa déposition.

Lorsqu'un policier arriva enfin, il voulut savoir quand elle avait vu Francine pour la dernière fois. Elle répondit que c'était la veille au soir. Où avait-elle passé la journée ? Dans les bureaux, puis dans le jardin avec le groupe des grands adolescents, et enfin, à la veillée contes. Avait-elle entendu quelqu'un proférer des menaces à l'encontre de Francine ? Au moins la moitié des employés de la résidence. Par agacement ou par plaisanterie.

La nuit sembla s'éterniser.

Lorsqu'elle fut autorisée à rentrer, on lui ordonna de retourner à sa chambre et de ne pas en sortir jusqu'au matin. Le lendemain, ses parents arrivèrent pour la ramener à la maison, mais elle insista pour voir Brock avant de partir.

Ses parents se regardèrent sans rien dire, puis son père hocha gravement la tête et sa mère murmura :

— Ma chérie, tu ne peux pas voir Brock.

— Quoi ? Pourquoi ? Maman, papa… Je vais bientôt quitter la maison. Aller à l'université, vivre seule pour la première fois. Je vous aime. Je rentrerai souvent, mais… J'ai presque dix-huit ans. Je refuse de partir sans voir Brock.

Son père, doux géant aux larges épaules et à l'épaisse chevelure blanche, reprit la parole.

— Ma puce… On n'a pas dit qu'on refusait que tu voies Brock. Tu ne peux vraiment pas le voir.

Il hésita, leva un instant les yeux vers sa femme, puis reprit :

— Je suis désolé. Brock a été arrêté hier soir. Il est soupçonné du meurtre de Francine Renault.

Maura eut l'impression que le monde s'effondrait sous ses pieds en entendant ces mots.

Comme si tout ce qu'elle avait tenu pour vrai jusqu'alors venait de voler en éclats, avant de disparaître.

1

— On me renvoie en Floride. Au Frampton Ranch. Pour enquêter sur trois enlèvements et un meurtre supposés. Des événements qui n'ont peut-être rien à voir avec le ranch. J'ai bien résumé la situation ?

Brock McGovern n'avait pas réussi à réprimer une note d'incrédulité dans sa voix. Il en fut le premier surpris ; en général, il veillait à garder un ton neutre et égal.

Quand le directeur adjoint du FBI, Richard Egan, l'avait convoqué dans son bureau, il en avait aussitôt déduit qu'il partait en mission.

Toutefois, il ne s'était pas attendu à ça.

— J'ai bien conscience que ce n'est pas ce que vous espériez…, répondit Egan. Peut-être cette mission sera-t-elle bénéfique pour vous. De toute façon, le temps joue contre nous et aucun autre agent ne connaît aussi bien les lieux et leur histoire. Aucun agent avec votre expérience, en tout cas.

Il consulta quelques documents devant lui.

— Trois jeunes femmes ont disparu. Deux d'entre elles ont séjourné au Frampton Ranch juste avant leur disparition ; la troisième a quitté St. Augustine dans l'intention de s'y rendre. Évidemment, le FDLE a déjà été saisi, mais ils ont demandé une aide fédérale.

Ils semblent un peu empêtrés dans leur passé et ne veulent pas de nouvelles affaires non résolues. Tout le monde espère malgré tout retrouver Lily Sylvester, Amy Bonham et Lydia Merkel.

Le FDLE était le département de l'application de la loi en Floride, l'organisme officiel chargé des enquêtes au niveau de l'État.

— On parle de disparitions en Floride, rappela Brock. Pardon de souligner une évidence, mais beaucoup de jeunes vont là-bas pour profiter des plages et de la vie nocturne. C'est regrettable, mais on ne peut nier qu'une certaine culture de l'alcool et des drogues attire de nombreuses personnes. Pas simplement en Floride, évidemment… C'est vrai partout.

Il eut un sourire sans joie.

— Je vais où on me dit d'aller, bien sûr, mais… Je suis perplexe. En quoi cela concerne-t-il le FBI ?

— C'est le FDLE qui a demandé votre présence. Nommément.

— Je vois.

Egan n'avait pas pour habitude de faire dans l'émotionnel ou le psychologique, mais il hésita un instant, avant d'ajouter :

— Cela pourrait vous aider à tourner la page.

Brock haussa les épaules.

— Vous savez, l'un des cuistots s'est suicidé peu après le meurtre. Peter Moore. Il s'est empalé sur un couteau de boucher. Il se disputait souvent avec Francine Renault, la victime qu'on a retrouvée pendue. On soupçonne que c'est peut-être le remords qui l'a poussé à mettre fin à ses jours de cette manière.

Egan fit la grimace.

— Je suis au courant pour le cuisinier, bien sûr.

Vous me connaissez : j'ai étudié tous les détails de votre dossier avant de vous recruter dans cette unité. Je ne suis pas certain qu'il y aurait eu assez d'éléments contre lui pour aller jusqu'au procès.

Il eut un geste d'impatience.

— Mais c'est hors de propos. Le passé, c'est le passé. Le présent, en revanche, m'inquiète plus. Le FDLE craint d'avoir affaire à un tueur en série, Brock. Les restes d'un autre corps ont été retrouvés récemment, dans un état de décomposition très avancé. Des ossements, principalement. Il s'agit d'une jeune femme portée disparue depuis plusieurs mois déjà. Les circonstances de cette découverte sont étranges : les restes humains ont été abandonnés parmi des draps sales provenant de plusieurs hôtels et résidences hôtelières, dans une laverie industrielle qui traite le linge de dizaines d'établissements. Dont le Frampton Ranch.

— Je vois, fit Brock, qui ne voyait pas vraiment.

Egan ne tarderait pas à l'éclairer.

— Cela va peut-être vous paraître un peu raide, reprit son chef, mais personne n'est mieux placé que vous. Il faudrait des jours et des jours à un autre agent pour connaître les lieux et les gens aussi bien que vous. Le temps presse, mon vieux. Personne n'a envie de se retrouver avec une victime de plus sur les bras. Vous êtes l'homme de la situation, Brock. Surtout parce qu'on vous a accusé à tort, autrefois. Je crois que vous pourriez même résoudre un peu des mystères du passé. Et puis, il est temps que vous arrêtiez de haïr vos racines.

— Je ne hais pas mes racines. Allez, chef… Je

n'ai pas besoin d'être soigné avec de la psychologie de comptoir et je…

Egan se pencha sur son bureau, les sourcils froncés – signe qu'il s'efforçait de garder son calme.

— Si je pensais que vous aviez besoin d'être soigné, vous ne feriez pas partie de mon unité, l'interrompit-il. Des femmes sont portées disparues. Elles sont sans doute déjà mortes, mais il leur reste peut-être une chance. Vous connaissez bien le coin, les gens qui y vivent et toute la région alentour. Vous êtes un bon agent. Point final. J'ai confiance en vos compétences pour régler cette affaire.

Brock admirait beaucoup Egan, car il avait en général le flair pour envoyer exactement le ou les agents qu'il fallait sur une enquête.

En général.

Un détail cependant tracassait Brock : il dépendait du bureau de New York.

Même s'il ne haïssait pas ses racines – la Floride lui était toujours chère, surtout sa maison de famille à Key West –, il avait spécifiquement demandé à être affecté à New York parce que c'était loin, très loin de son État natal.

Le bureau de New York se chargeait rarement d'enquêtes extérieures, à moins qu'un criminel ne sévisse sur plusieurs États. Le FBI possédait plusieurs sièges en Floride, notamment un magnifique édifice qui avait coûté plusieurs millions, dans le comté de Broward. Il y avait aussi un bureau à Orlando, non loin du Frampton Ranch. Même si le ranch se trouvait dans une région assez isolée, les problèmes étaient en général pris en charge par des agents locaux.

— Le Frampton Ranch…, s'entendit-il murmurer.

Cette fois, son professionnalisme reprit le dessus, car il s'exprima d'une voix parfaitement neutre et dénuée d'émotion.

Une chose était certaine : il connaissait bel et bien le secteur comme sa poche. Le ranch se situait au nord d'Ocala, où la terre ne valait pas encore trop cher. La région était réputée pour ses ranchs et l'élevage de chevaux, avec de vastes pâtures, et de grandes forêts de chênes et de pins traversées de nombreux sentiers.

Il y avait également des marécages, des crevasses, des gouffres et plein d'autres endroits où faire disparaître un corps.

C'était une région magnifique. Les immenses étendues isolées, comme celle où se trouvait le Frampton Ranch, pouvaient facilement servir de décor à des drames sordides.

Brock n'avait simplement jamais pensé y retourner un jour.

Le temps, tout comme le chemin qu'il s'était tracé, l'avait aidé à estomper les horreurs de cette soirée où ils avaient retrouvé le corps de Francine Renault pendu à l'Arbre aux Histoires. Et à oublier sa propre arrestation, une erreur ridicule.

Il était si jeune, alors, tellement persuadé que la vérité se suffisait à elle-même. Il avait cependant fallu que ses parents montent au front avec leur avocat. Ce dernier avait réussi à le faire sortir de prison après la première nuit et s'était assuré que son casier reste bien vierge.

Il n'avait eu aucune peine à prouver qu'il aurait été impossible pour Brock de perpétrer un tel crime. Des dizaines de témoins avaient confirmé l'avoir croisé aux heures où le meurtre avait été commis et qu'il ne pouvait donc être coupable.

Il se souvenait pourtant encore de la nuit passée dans cette cellule sombre, froide et nue, à se demander pourquoi diable c'était lui qu'on avait arrêté.

Il avait découvert par la suite que le commissariat avait reçu un appel anonyme signalant qu'on l'avait aperçu en train de traîner Francine Renault à travers les bois. L'inconnu avait juré qu'il viendrait faire une déposition officielle, mais personne ne s'était jamais présenté.

De nombreuses personnes s'étaient indignées en apprenant son arrestation, allant jusqu'à rédiger des protestations formelles.

Mais pas Maura.

Maura était partie.

Sans un mot d'explication.

Depuis, il lui était impossible de penser au Frampton Ranch sans ressentir un petit pincement. Il ne savait pas vraiment ce qui lui avait causé le plus de douleur : l'arrestation ou le fait que Maura avait disparu aussi vite de sa vie.

Ils étaient si jeunes, à l'époque.

Il était normal que les parents de Maura rapatrient leur fille le plus rapidement possible. Il était même peut-être presque naturel qu'aucun d'eux n'ait cherché à reprendre contact avec l'autre depuis.

Parfois, cependant, il fermait les yeux et revoyait son sourire ; il aurait alors presque pu jurer sentir son parfum subtil.

Douze années s'étaient écoulées.

Il n'était plus le même.

Egan poursuivit, inconscient de ses réflexions :

— C'est l'inspecteur Michael Flannery qui est chargé de l'affaire. Il était présent quand vous avez été arrêté, il me semble.

— Je connais Flannery. Aussi incroyable que cela puisse sembler, nous sommes restés en contact, au fil des années. J'ai presque de la peine pour lui : il a beaucoup culpabilisé de s'être ainsi acharné contre moi.

— Il travaille pour le FDLE maintenant, l'informa Egan. Il a pris du galon et gagné en expérience, si j'ai bien compris. Au moment du meurtre, les autorités fédérales n'avaient pas été impliquées. Flannery refuse que ce crime reste impuni. Il sait que tu travailles pour le Bureau, à présent. Son supérieur m'a dit que vous aviez gardé le contact.

Il hésita une seconde, puis demanda :

— Dites-moi… Il n'y a plus de rancœur entre vous, n'est-ce pas ?

— Non, chef. Aucune.

Même sous le coup de la peur et de l'émotion, Brock n'en avait jamais voulu à Flannery. L'inspecteur avait été tout aussi prompt à entendre les arguments qui plaidaient en faveur de son innocence absolue. Il était furieux de s'être ainsi laissé influencer et il était certain qu'on avait essayé de le lancer sur une fausse piste.

Malgré cela, Brock devait bien admettre qu'il faisait à l'époque un suspect idéal.

Il s'était disputé avec Francine ce jour-là, devant de nombreux témoins. L'altercation était restée d'ordre purement verbal, mais la piètre opinion qu'il avait d'elle et la colère qu'il ressentait alors étaient sans doute évidentes. Suffisamment pour qu'on le place en garde à vue et qu'on l'interroge.

— Je suis quand même curieux de savoir comment un drame survenu il y a si longtemps pourrait être en lien avec des affaires récentes, fit remarquer Brock.

— Pas forcément, répondit son supérieur. Les ossements retrouvés entre les draps sales peuvent être l'œuvre d'un dément ou celle d'un proche cherchant à se venger. Par jalousie ou autre. Il peut s'agir d'un acte isolé. L'emplacement n'est peut-être que pure coïncidence. À moins que le tueur ne cherche à impliquer une personne ou un lieu en particulier. Cela dit…

Il consulta de nouveau son dossier.

— … De nombreux employés présents au moment du meurtre de Francine Renault sont toujours au ranch.

— Donald Glass, sans doute… Il logeait souvent au ranch, même s'il visitait ses autres propriétés. Fred Bentley, le gérant… J'imagine qu'il fait toujours tourner la boutique. Qui d'autre est encore là ? demanda Brock.

Egan lui tendit une pile de documents.

— Je vous enverrai également une copie par mail, annonça-t-il. Vous avez ici la liste de tous ceux qui travaillent au Ranch en ce moment. Et puis, le dossier sur les victimes. Oui, Glass et Bentley sont toujours là. D'autres membres du personnel ne sont jamais partis. Millie Cranston, la responsable du ménage. Vinnie Marshall, qui a été promu chef cuistot… après la mort de Peter Moore, est-il besoin de le préciser ? Et puis… Vous serez surpris d'apprendre que certains anciens clients sont devenus des employés.

— Qui ça ?

— Mark et Nils Hartford. Ça vous dit quelque chose ? Tous les deux travaillent sous les ordres de

Fred Bentley, maintenant. Mark est responsable des animations et Nils gèrent les restaurants – le Ranch Roost et le Java Bar.

Brock ignorait que les frères Hartford étaient passés de l'autre côté, eux qui aimaient autrefois faire sentir leur supériorité aux employés.

— Une de vos anciennes amies ou connaissances a rejoint le FDLE. Une certaine… Rachel Lawrence ? L'inspecteur Flannery a laissé entendre qu'il n'y avait jamais fait allusion en votre présence. Elle enquête avec lui sur le meurtre et les disparitions.

— Rachel est entrée dans les forces de l'ordre ? s'étonna Brock, vaguement amusé.

Rachel était plutôt du genre à avoir peur de se casser un ongle. C'était une créature jolie et délicate…

— Je pense que votre vieux copain Flannery craignait de vous en parler.

— Je ne vois pas pourquoi. Je suis un peu surpris, c'est tout. Rachel avait plus de chances de finir mariée à un riche homme d'affaires et de s'ennuyer à mourir dans sa grande maison de banlieue. Cela dit, je n'ai jamais eu le moindre problème avec elle. Les frères Hartford… Ça aussi, c'est une surprise. C'était des gosses de riches… et nous, nous étions le petit personnel. Il faut croire que le monde change et les gens aussi.

— D'après l'inspecteur Flannery, le fait que le même casting soit réuni a peut-être son importance. Ou pas. On compte à peu près un millier de meurtres par an dans l'État de Floride, ces dernières années. Cela ne représente que quatre pour cent de la population. On ignore complètement ce qui a pu se passer. Les crimes violents sont liés à des tas de facteurs. Souvent des problèmes de famille, de gangs, de drogue… Enfin, vous connaissez la musique. Je ne vais pas vous refaire un cours de criminologie de base, n'est-ce pas ? En revanche, si nous avons bel et bien affaire à un tueur en série, en lien ou non avec le passé, il faut agir vite. Non seulement vous connaissez la région et le ranch, mais aussi les gens et les codes.

— Oui. N'importe quel agent voudrait mettre un terme à tout ça. Arrêter un tueur en série. Retrouver les filles, vivantes, de préférence. Empêcher de futurs enlèvements ou meurtres.

Avec un rictus crispé, Egan laissa tomber sur la table une petite pile de photos. Brock aperçut trois visages pleins d'espoir. Trois jeunes femmes au physique agréable, mais surtout, qui semblaient sourire à la vie et à un avenir riche de promesses.

— Les disparues, annonça-t-il en faisant glisser les trois premières photos en direction de Brock.

La dernière feuille était coupée en deux. D'un côté, le portrait d'une belle jeune femme d'une vingtaine d'années, épaisse chevelure brune et bouclée, yeux très bleus, sourire engageant.

— Maureen Rodriguez, reprit Egan, avant de préciser, plus doucement : avant et… après.

De l'autre côté de la page s'étalait un cliché médico-légal : des ossements éparpillés dans une pile de draps sales. Au milieu des fragments, un crâne, auquel étaient toujours attachés quelques lambeaux de chair.

— Selon les résultats de l'enquête, elle se rendait au Frampton Ranch.

Brock hocha lentement la tête et se leva.

— Quand dois-je partir ?

— Votre avion décolle dans deux heures pour Jacksonville. Une voiture de location vous attendra à votre arrivée. Je pense que vous connaissez le chemin jusqu'au ranch. L'inspecteur Flannery vous donnera tous les détails.

Brock se rendit compte qu'Egan le dévisageait toujours, l'air incertain.

— Autre chose, chef ?

— Ça va aller, n'est-ce pas ? demanda Egan, l'air grave. Vous êtes sur le coup ?

— Qui n'aurait pas envie de descendre en Floride en plein hiver ? Sérieusement, ça va. Vous avez peut-être raison. On va peut-être enfin pouvoir laisser le passé reposer en paix.

— J'adore ! J'adore carrément ! J'adore, j'adore, j'adore !

Angie Parsons avait du mal à dissimuler son enthousiasme. Elle adressa à Maura un sourire ravi, puis se tourna de nouveau vers l'Arbre aux Histoires, le regard pétillant.

— Franchement, quand je pense que certains disent que la Floride n'a pas d'histoire… Juste parce que ce n'est pas la Nouvelle-Angleterre et qu'il n'y a pas eu de Pèlerins. Quand même, St. Augustine, c'est…

Elle fit mine de réfléchir un instant.

— … La plus ancienne ville du pays habitée en continu par des Européens, c'est ça ? Je veux dire, les Espagnols ont débarqué ici il y a un bail, non ? Alors, c'est sûr : ce n'est pas une des treize colonies fondatrices des États-Unis. Non, il n'y a pas eu de puritains par ici. Mais ! Il y a tellement plus ! Et cet arbre… Personne ne sait quel âge a ce fichu chêne ni quand le palmier a commencé à grandir dedans. Ou autour. Ou je ne sais quoi.

Angie Parsons était enjouée, vive, sociable, agréable et exubérante…

Parfois un peu trop. Une boule d'énergie d'un mètre cinquante-cinq.

À juste trente ans, elle pouvait déjà se vanter d'une belle carrière et avait écrit une série d'ouvrages documentaires qui connaissait un énorme succès en librairie. Elle savait s'enthousiasmer pour tout : les gens, les lieux, les choses…

Comme l'Arbre aux Histoires.

Le tronc principal de l'arbre était celui d'un chêne noir, dont personne ne pouvait dire l'âge exact, mais qui avait certainement plusieurs siècles ; cette variété pouvait vivre au moins cinq cents ans. Un palmier avait réussi à pousser au même endroit, entre les racines noueuses du chêne, s'enroulant autour du tronc et à travers les branches.

L'effet était étrange, mais magnifique, au point d'inspirer naturellement toutes sortes de légendes, dont certaines comportaient une part de vérité.

Exactement le genre de légendes qui faisait le succès d'Angie.

Maura n'avait aucun problème avec les sujets choisis par Angie. En revanche, elle devait bien admettre qu'il était douloureux de revenir en ces lieux. Du moins, c'était cruellement inconfortable. D'un côté, elle trouvait merveilleux de revoir ceux avec qui elle avait travaillé autrefois, dans une autre vie.

Mais de l'autre, c'était… bizarre. Comme visiter une dimension parallèle, basée sur ses souvenirs.

Angie et elle étaient arrivées au Frampton Ranch

la veille au soir. Les frères Hartford faisaient partie des employés, à présent. Nils, évidemment, travaillait à la direction ; pas question pour lui d'occuper un poste subalterne. Responsable des restaurants, il s'était présenté à la table d'Angie et Maura au dîner pour leur souhaiter la bienvenue et prendre leur commande. Il paraissait s'entendre à merveille avec Fred Bentley, toujours gérant du complexe hôtelier.

Ce dernier les avait accueillies dès leur arrivée et avait longuement serré Maura dans ses bras. Malgré leur nette différence de taille – Maura était grande et portait des talons, tandis que Fred était plutôt petit pour un homme –, elle avait eu la désagréable impression qu'il en profitait pour appuyer sa tête un peu plus longtemps que nécessaire contre sa poitrine.

Au moins, il avait semblé sincèrement heureux de la revoir.

Mark Hartford était également venu la saluer. Adorable et charmant, il s'était montré tout aussi ravi que son frère de la revoir. C'était grâce à elle et à ses talents de conteuses, lui avait-il confié, qu'il avait eu envie de reprendre le flambeau. Le passé n'était pas un fardeau pour lui, même s'il ne pouvait avoir oublié la nuit où Francine avait été assassinée.

La nuit qui avait chamboulé la vie de Maura.

Douze années s'étaient écoulées.

C'était du passé.

Le temps avait filé, pour elle comme pour eux.

La dernière fois qu'elle était venue au ranch, elle allait fêter ses dix-huit ans. À la fin de l'été, comme prévu, elle était partie étudier à l'université de Floride centrale, réputée pour les arts du spectacle, la mise en scène et le cinéma. Elle avait passé le plus clair de son temps en cours, choisissant de nombreuses options pour s'occuper l'esprit.

Elle dirigeait à présent sa propre société, qui produisait de courtes vidéos pour promouvoir des écrivains, des artistes, des musiciens et même quelques avocats et des comptables.

À presque trente ans, elle pouvait être fière de sa réussite professionnelle et de la réputation qu'elle s'était forgée.

Elle appréciait de travailler avec Angie. L'écrivaine était agréable à côtoyer et son succès était parfaitement mérité. Elle adorait les histoires insolites et étranges qui attisaient la curiosité humaine. Même ceux qui affirmaient ne pas croire au paranormal adoraient les ouvrages d'Angie.

La plupart du temps, donc, Maura aimait beaucoup collaborer avec Angie et, comme cette dernière avait déjà tenté, sans succès, de faire ses propres vidéos, le respect était mutuel.

Ensemble, elles avaient produit des images superbes au cimetière de Key West où la stèle préférée de Maura portait l'inscription :

JE T'AVAIS BIEN DIT QUE J'ÉTAIS MALADE !

Elles avaient filmé East Martello Museum, où se trouvait la célèbre poupée hantée Robert the Doll et s'étaient rendues sur la côte Ouest, près des résidences d'été de Henry Ford et Thomas Edison. Elles avaient également travaillé ensemble à St. Augustine, où elles avaient réalisé une vingtaine de courts-métrages destinés aux réseaux sociaux. Angie les avait adorés et les vidéos avaient été vues des milliers de fois.

La veille au soir, même Marie Glass, l'épouse élégante et réservée de Donald, était passée les voir à leur table pour leur dire à quel point elle appréciait leur travail sur ces belles légendes et ces récits incroyables, tous plus étranges et merveilleux les uns que les autres.

C'était peut-être naturellement, étant donné qu'elles travaillaient en Floride, qu'Angie avait ensuite décidé de prendre la direction du Frampton Ranch pour filmer l'Arbre aux Histoires.

Maura avait bien tenté de suggérer d'autres endroits offrant de belles perspectives pour un livre sur les phénomènes étranges : des gouffres et des failles géologiques, une route où les voitures glissaient dans le mauvais sens de la pente, vers le haut et non vers le bas…

Il existait des tas de lieux chargés d'histoires incongrues dans cet État ! Elles auraient pu retourner à Key West et faire un mini-reportage sur Carl Tanzler, qui avait continué à vivre avec le cadavre embaumé de sa bien-aimée, Elena de Hoyos, pendant sept ans.

Peine perdue.

Angie avait insisté pour voir l'Arbre aux Histoires et, lorsqu'elles étaient arrivées dans la clairière, elle avait commencé à battre des mains comme une gamine.

— Tu n'as pas l'air dans ton assiette…, fit soudain remarquer Angie, la tirant de ses pensées. Tu sais, je t'ai déjà proposé d'embaucher un assistant. Pourquoi pas… un beau brun bien bâti ? Ou un beau blond, bien bâti aussi. Quelqu'un pour nous protéger, des fois que le croquemitaine traînerait dans ces endroits étranges.

Angie lui adressa un grand sourire. Elle aimait les hommes et ne s'en cachait pas. Selon elle, il fallait bien embrasser quelques crapauds avant de tomber sur un vrai prince. Évidemment, elle s'efforçait de mettre cette théorie en pratique.

— Angie… Tu sais que je préfère travailler seule et monter moi-même les images, pour m'assurer que tout me convient. Je te promets que si on passe un jour à un format plus long, j'embaucherai des dizaines de personnes. Juste pour te faire plaisir.

— Bon, soupira Angie. Tant pis pour les beaux bruns bien bâtis. Ou les blonds, d'ailleurs. Tu ne sais pas ce que tu perds. Mais j'adore le travail que tu fais pour moi. Tu es un don du ciel, ma petite Maura.

— Merci, murmura Maura.

— Tu voudrais bien faire un effort pour ne pas avoir l'air si misérable ?

— Oh ! Angie, je suis désolée. C'est juste que…

— La légende. La légende de l'arbre. Oh oui ! Et les victimes retrouvées ici. Je suis désolée, Maura, mais… je filme ces endroits parce qu'ils sont riches en histoire. C'est mon truc.

Angie sembla réfléchir un instant, puis soupira :

— Évidemment, le dernier meurtre commis ici, c'était il y a juste douze ans. C'est ça qui te tracasse ?

Elle observa longuement Maura, puis s'écria :

— Tu connais ce coin, c'est ça ? Oh, mon Dieu ! Tu es liée à cette affaire, c'est ça ? Est-ce que tu faisais partie des jeunes saisonniers employés cet été-là ? Je ne savais pas que… Tu es originaire de West Palm Beach, alors je n'ai pas… En même temps, il y a tellement de trucs, dans cette région. Ah la la !

Visiblement, Angie faisait les questions et les réponses.

— Tu es allée à l'université de Floride centrale, reprit Angie. Tu étais dans la région…

— Oui, je travaillais ici, cet été-là, répondit simplement Maura.

— C'est bizarre… Ton nom n'est jamais apparu dans les journaux ? Je m'en serais souvenue.

— En effet. La police a veillé à protéger le personnel. Et comme le ranch est très isolé, les journalistes n'ont eu vent de l'affaire que le lendemain. Mes parents étaient déjà venus me chercher et Donald Glass a insisté pour qu'on fiche la paix à ses employés.

— Pourtant… Il me semble que c'est un jeune qui a été arrêté, non ?

— Puis relâché. Franchement, Angie, je suis un peu inquiète. Même si cela n'a rien à voir avec le passé, il se passe quelque chose de malsain ici. Tu n'as pas vu les informations ? Ils ont trouvé les restes d'une jeune femme, pas loin d'ici.

— Pas loin d'ici, mais pas ici, répondit Angie, avant d'ajouter, l'air soucieux : Hé ! Ça n'a aucun rapport avec ce qui s'est passé ici. Le tueur du Frampton Ranch s'est suicidé, je crois.

— L'un des cuisiniers s'est tué, oui. Mais… Il n'y a jamais eu de procès. La plupart des gens ont pensé que c'était lui qui avait assassiné Francine. Il la détestait. Mais beaucoup ne l'appréciaient pas.

— Il s'est tué, quand même.

— Oui. Je n'étais plus là, déjà. Évidemment, j'en ai entendu parler.

Angie resta songeuse un instant, puis demanda :

— Maura, tu ne crois pas que cet arbre est… maléfique ?

— Ces arbres, corrigea Maura. Un palmier mêlé à un chêne. Et non. Je suis habituée à l'étrange et nous savons toutes les deux qu'un endroit ne devient pas maléfique. Les choses non plus. En revanche, les gens peuvent se montrer diaboliques. Et alimenter des légendes. Il y a une veillée contes, ce soir, avec des histoires de fantômes et une petite promenade nocturne. On devrait y aller. On fera signer des autorisations à tous ceux qui viendront.

— Et si quelqu'un refuse d'être filmé ? s'inquiéta Angie. Tu racontais bien l'histoire toi-même, non ? Et tu passes tellement bien à la caméra. Une beauté blonde à la peau parfaite et aux immenses yeux gris. Allez ! Tu connais la manœuvre. Tu pourrais…

— Je ne peux pas t'assurer une vidéo de qualité si je me filme en selfie, coupa Maura avec impatience.

— D'accord. Mais je pourrais te filmer en train de raconter, proposa Angie. Juste cette partie. On peut le faire maintenant. Si j'ai bien compris, les histoires étaient racontées autour du feu, puis il y avait la promenade. Je vais te filmer, là tout de suite, pour l'histoire. Et on pourra insérer… Oh !

Elle se figea soudain, les yeux écarquillés.

— Tu n'étais pas simplement au ranch ! Tu as vu la femme pendue ! La victime… Francine Renault. C'est ça ? Ils ont interpellé un adolescent, Brock McGovern, mais on a compris très rapidement qu'il était innocent. Mais… Si ce n'est pas le cuisinier qui a fait le coup, ça veut dire qu'on n'a jamais arrêté le tueur !

Maura s'efforça de rester impassible.

Dans ses livres, Angie parlait toujours de vieux crimes irrésolus – et des lieux qui continuaient à être hantés après que des actes horribles y eurent été commis.

Connaissant le soin qu'Angie mettait à ses recherches

préparatoires, il ne faisait aucun doute qu'elle s'était plongée dans l'histoire du ranch et qu'elle en savait à présent plus long qu'elle. La légende de la belle Gyselle devait lui plaire particulièrement.

— Est-ce qu'on parle du meurtre de Francine Renault aux veillées ? demanda Angie.

Maura soupira.

— Angie, je ne suis pas repassée ici depuis que c'est arrivé. J'étais jeune. Mes parents m'ont ramenée à la maison aussi vite que possible.

Elle était pourtant de retour et les souvenirs de cette nuit lui revenaient très clairement.

L'arrivée près de l'arbre, la découverte du corps, et son esprit qui s'efforçait déjà de nier cette atroce vérité : Francine Renault, pendue à une branche maîtresse, bien au-dessus du sol, la langue pendante, le visage tordu en une grimace grotesque.

Elle se souvenait avoir crié…

Elle se souvenait de la police, de la façon dont Brock avait été emmené. Le visage tendu, il se tenait très droit, malgré son incompréhension visible.

Elle se souvenait aussi de ceux qui avaient spéculé sur son innocence ou sa culpabilité, jusqu'à ce qu'une dizaine de témoins se présentent pour assurer l'avoir croisé au moment où Francine avait sans doute été enlevée puis assassinée. L'arrestation de Brock avait été une mascarade – la tentative désespérée d'un inspecteur pour mettre un terme rapide à l'horreur qui commençait à se répandre.

La vie de Brock en avait été chamboulée et, de fait, la sienne aussi.

Tout avait changé.

Sauf cet endroit.

Elle se renvoyait à dix-huit ans, presque une gamine encore. Elle revoyait Francine Renault, la mise en scène macabre, incroyable et pourtant si réelle, si tragique et terrifiante.

— Oh, bon sang, gémit Angie. Je comprends mieux pourquoi tu n'étais pas très partante pour tourner ici !

Angie avait insisté pour filmer l'Arbre aux Histoires. Quand elle avait commencé à s'étonner des réticences de Maura à séjourner au ranch – surtout que la résidence était très réputée et que c'était Angie qui réglait la facture —, Maura avait fini par céder.

Elle n'avait pas eu envie de donner des explications.

— Angie, ça figure dans ton livre, qui se vend très bien. Et ta chaîne en ligne fonctionne aussi très bien. Ça ira, je t'assure. Vraiment. En revanche, comme ils ont retrouvé récemment des restes humains et qu'il s'agit sans doute d'un meurtre, je pense qu'on doit se montrer prudentes. Par exemple, en n'allant pas se balader dans ces bois sombres la nuit.

— Il y a un grand méchant loup qui rôde. Ou plutôt, il y avait un grand méchant loup. Franchement, je ne suis pas spécialiste en la matière, mais je dirais que le tueur d'autrefois essayait de faire passer un message. Peut-être que les ossements retrouvés il y a quelques jours sont liés à une mort naturelle.

Angie était loin d'être stupide, mais à cet instant, Maura ne put s'empêcher de lui lancer un regard songeur.

— Quoi ? se défendit Angie. C'est possible.

— Angie, personne ne se laisse pourrir volontairement dans un trou avant de déplacer ses propres ossements dans une boule de linge sale.

— Non, mais… Il pourrait y avoir une autre explication ! Comme un accident de voiture. Le chauffard qui l'avait percutée a pris peur et s'est enfui. C'est triste, mais elle s'est décomposée dans la terre.

— Et comment a-t-elle fini dans des draps d'hôtel ? demanda Maura, incrédule.

Angie ne pouvait être sérieuse.

— Bon, d'accord. C'est un peu tiré par les cheveux.

— Angie, la police a annoncé qu'on avait retrouvé les restes d'une victime de meurtre. Aux dernières nouvelles, ils cherchaient toujours à connaître son identité, mais il ne faisait aucun doute qu'elle avait été assassinée.

— Hum, oui. Mais ce sont surtout des os qu'ils ont trouvés, si j'ai bien compris, répondit Angie, en époussetant la jupe de sa robe. (Puis elle reprit d'une voix pleine de compassion :) Quoi qu'il en soit, tu aurais dû me dire que tu étais ici quand c'est arrivé. Allez, viens. On rentre. Je suis désolée de t'avoir imposé ça.

— Tu ne m'as rien imposé du tout. Si j'avais vraiment eu des réticences, je n'aurais pas fait le voyage. Bon, la nuit ne va pas tarder à tomber. Je vais te filmer pendant que tu racontes l'histoire devant l'arbre, tant que la lumière est encore bonne.

Maura remit sa caméra à l'épaule, étudia l'arbre un instant, puis leva les yeux vers le ciel. Il ne ferait bientôt plus assez jour.

— Angie, viens ! Je te filme.

— S'il te plaît, Maura… Tu connais ces histoires tellement bien. Laisse-moi tenir la caméra, cette fois.

— Ce sont les livres, Angie…

— Mais tu apporteras une vraie touche d'authenticité. Je vais t'interviewer. Tu étais présente quand le dernier crime a été commis. Je suis même surprise que ce truc n'ait pas été abattu, ajouta-t-elle en regardant l'arbre. Ils auraient au moins pu installer une caméra de surveillance.

— Voilà, c'est ça. En plus de celles dans les couloirs, les ascenseurs et les jardins. Est-ce qu'on peut s'y mettre, s'il te plaît ?

Comprenant qu'elles n'étaient pas près de rentrer, Maura soupira.

— Bon, d'accord, finit-elle par dire, fixant la caméra sur son petit trépied avant de vérifier le cadrage. Tout est prêt. Tu as juste besoin de lancer l'enregistrement. Le micro est bon et tu peux surveiller ce que tu es en train de filmer sur l'écran.

— Je me suis déjà servie d'une caméra, tu sais, lui rappela Angie. Pas souvent, mais je sais à peu près ce que je fais.

Maura s'éloigna en direction de l'arbre, tandis qu'Angie s'affairait près de la caméra. Quand elle fut prête, elle leva trois doigts et annonça :

— Je lance dans trois…

Puis, elle se tut et termina le décompte en silence sur ses doigts.

Maura fut la première surprise de voir avec quelle facilité tout lui revint. Elle raconta l'histoire de la belle Gyselle, puis passa aux crimes commis plus récemment, pour finir évidemment par le meurtre de Francine Renault.

— Une fausse piste a conduit à l'arrestation d'un innocent. Heureusement, nous sommes aux États-Unis, où la présomption d'innocence prévaut, et le jeune homme a rapidement été libéré. Il n'est resté en prison qu'une nuit, car des témoins ont confirmé l'avoir vu à son travail, au moment des faits. Toutefois, cette mascarade a fait voler en éclats la vie pleine de promesses qui l'attendait. Jusqu'à ce jour, ce meurtre demeure non résolu.

Maura se tut, mais Angie ne coupa pas la caméra : elle semblait observer quelque chose derrière elle, l'air ravi.

— Bonjour ! lança-t-elle enfin, en souriant de toutes ses dents. Vous travaillez au Frampton Ranch ? Seriez-vous par hasard le conteur pour la veillée de ce soir ?

Maura la connaissait bien : elle était passée en mode séduction.

Curieuse, Maura se retourna pour regarder qui était apparu sur le sentier. Elle en resta bouche bée pendant quelques secondes, puis se reprit. Elle avait cependant l'impression qu'on venait de lui asséner un coup de poing dans l'estomac.

Brock McGovern.

Différent, mais… pareil.

Un peu plus grand qu'à dix-huit ans. Les épaules plus larges et bien plus musclé qu'autrefois. Son complet bleu marine et sa chemise blanche lui allaient comme un gant.

Son visage n'avait pas changé et pourtant…

Ce n'était plus le même.

Il y avait chez lui quelque chose qui n'existait pas autrefois.

Ses traits étaient plus marqués, ses yeux… Toujours d'un marron presque noir. Eux aussi semblaient avoir acquis un éclat plus dur, comme un film protecteur. Il s'était toujours déplacé avec aisance et confiance, comme s'il savait exactement ce qu'il voulait et où il allait. À présent, immobile sur le sentier, sa présence avait quelque chose d'imposant.

Il ne quittait pas Maura des yeux, ignorant complètement Angie, qui lui avait pourtant adressé la parole.

— Waouh, chuchota Angie. On dirait l'assistant de mes rêves : le beau brun bien bâti. Qui est ce type ? Le conteur de ce matin était déjà pas mal, mais lui…

Brock n'entendit sans doute pas ces propos. De toute façon, il dévisageait toujours Maura.

— C'était très bien raconté, lança-t-il d'une voix tranquille. Toutefois, je n'irais pas jusqu'à dire que ma vie a « volé en éclats » à cause de cette affaire. J'espère bien avoir atteint quelques-uns des objectifs que je m'étais fixés.

Maura voulut répondre quelque chose, mais sa bouche refusa de coopérer. Angie, en revanche, n'eut aucun problème.

— Oh là là ! s'écria-t-elle. Vous… Vous êtes Brock McGovern ?

— Oui, répondit-il, sans lui accorder un regard.

Il n'avait d'yeux que pour Maura. Puis, il sourit. Un sourire sans joie et peut-être un peu amer.

— En Floride, reprit Angie. Et devant l'Arbre aux Histoires. C'est dingue…

Brock se tourna enfin vers elle.

— Je suis venu pour une enquête. Et je vous suggère à toutes les deux de regagner le ranch et de ne plus vous balader par ici, seules. Les ossements d'une femme ont été retrouvés dans une laverie, non loin d'ici. Et trois jeunes femmes ont disparu récemment. Mieux vaut rester près des bâtiments où il y a du monde.

— Oh ! s'exclama Angie.

Elle venait de passer en mode « demoiselle en péril ».

— Vous croyez vraiment que c'est risqué ? Je suis tellement soulagée que vous soyez là, s'il y a du danger. Nous avons vu les infos… et entendu des choses. Mais sérieusement, ce n'est pas nécessairement ici que ces drames surviennent, non ? C'est juste un arbre. La Floride connaît son lot de crimes. En tout cas, heureusement qu'on vous a croisé. On ne pensait pas vraiment qu'il fallait s'affoler, mais maintenant que vous êtes là… Ouf ! Pas vrai, Maura ?

Maura ne répondit rien. Les paroles d'Angie lui parvenaient de très loin, comme si son amie se trouvait à plusieurs dizaines de mètres d'elle.

Enfin, elle réussit à articuler d'une toute petite voix :

— Bonjour, Brock.

— Maura, répondit-il avec aisance. Content de te revoir. Surpris, aussi. Mais content.

— Une enquête, alors ? bafouilla Maura, qui cherchait désespérément quelque chose à dire.

— On a retrouvé les ossements d'une femme et les trois disparues ont toutes un lien avec le Frampton Ranch, expliqua-t-il poliment. Le FDLE a demandé l'aide du Bureau.

— Nous parlions justement des restes de la jeune femme… et des disparues. Je… Heu… Tu es au FBI, alors ? On t'a… envoyé ici ?

Elle avait enfin réussi à aligner plusieurs mots, à construire une vraie phrase. Plus ou moins. C'était presque compréhensible.

— Oui, j'ai à peu près suivi les projets que j'avais. La Marine, la fac, l'académie du FBI. Et oui : je suis revenu. Rien ne vaut un agent qui connaît le terrain, hein ? Rentrons, voulez-vous ? Je ne plaisante pas. Vous n'auriez pas dû venir dans les bois toutes seules, alors que… Alors que personne n'a la moindre idée de ce qui se passe vraiment. On ne cherche pas à faire peur aux gens. On essaie juste de comprendre, mais je vous suggère la plus grande prudence. On y va ?

Il n'avait pas changé.

Mais il était différent.

Elle redoutait ces retrouvailles. Elle craignait que ses émotions d'adolescente ne refassent surface, comme si toutes ces années ne s'étaient pas écoulées.

Si elle se rapprochait trop, elle risquait de se jeter sur lui pour tambouriner de ses poings contre son torse, exigeant de savoir pourquoi il n'avait jamais appelé, jamais cherché à la contacter et comment il avait pu l'oublier aussi facilement.

Ou bien, elle craignait simplement de se jeter dans ses bras en sanglotant, prête à tout pour le toucher de nouveau.

2

— On trouve ce type de sol dans la plus grande partie du nord de l'État, expliquait Rachel Lawrence. Base argileuse, avec un peu de silice.

Elle était assise en face de Brock en compagnie de Michael Flannery, au Java bar du Frampton Ranch. Rachel avait changé : elle avait à présent les ongles courts, sans vernis. Ses cheveux aussi étaient courts ; elle portait toujours une frange, mais ses mèches brunes étaient élégamment coupées en un carré plongeant qui soulignait la ligne de sa mâchoire.

Tout en elle était soigné, mais strictement pragmatique. La fille qui se lamentait autrefois pour un ongle cassé ou des baskets éraflées avait effectué un virage à cent quatre-vingts degrés.

Elle avait accueilli Brock avec une gravité polie et semblait pressée, tout comme Flannery, de le voir collaborer avec eux.

— On commence à peine à mettre une vraie équipe sur pied, reprit-elle. J'ai de la chance de travailler avec Michael Flannery. Beaucoup de chance. Mais en ce moment, même si nos supérieurs sont attentifs et disposés à accepter l'implication du FBI, ils ne sont pas très portés sur la thèse du tueur en série. La situation est sur le point de nous exploser en pleine figure. Nous sommes ravis d'avoir en renfort un officier qui connaît le terrain.

— C'est vrai, je connais le coin. Et je dois dire, Rachel, que je suis content de savoir que tu travailles pour le FDLE… Et surtout, que ça te plaît.

Elle fit une grimace.

— Oh… Il fut une époque où ma seule ambition était de faire partie de la riche élite locale, de posséder un yorkshire de poche avec un petit manteau, un sac à main haute couture et des fringues griffées. Maintenant… j'adore mon métier. Cela dit, j'ai quand même un yorkshire de poche ! Il est super mignon…

Les retrouvailles avec Rachel avaient été bien plus faciles que Brock ne l'avait pensé. Avec Nils et Mark Hartford également. On disait que le temps guérissait toutes les plaies, non ?

Pas vraiment…

Pourquoi pas ?

D'un point de vue psychologique classique, il était persuadé d'avoir digéré les événements survenus lors de son arrestation. Il avait passé quelques heures en prison, avant que ses parents arrivent avec leur avocat. Son père était dans un tel état d'indignation qu'un seul regard de lui aurait pu suffire à le faire libérer.

Franchement, Brock avait vu et entendu pire lors de son passage dans la Marine, et certaines des enquêtes qu'il avait menées au FBI avaient de quoi glacer le sang.

Toutefois… Les souvenirs de la forêt et de l'Arbre aux Histoires le hantaient encore, lui collant à la peau comme les filaments de mousse espagnole pendant des vieux chênes.

— Un yorkshire, hein ? répéta-t-il, avec un clin d'œil taquin.

Ils sourirent tous les deux. Brock s'empressa d'ajouter qu'il adorait les chiens, même s'il n'en possédait pas lui-même. Avec son travail, ça aurait été injuste pour l'animal, car il était très peu chez lui. Rachel entreprit ensuite de lui transmettre le peu d'informations qu'elle avait réussi à obtenir sur l'affaire.

— Certains des hôtels de luxe du coin utilisent du linge de lit spécifique, mais la plupart des établissements se servent tous de la même chose. Les draps dans lesquels on a retrouvé les restes humains peuvent venir de cinq chaînes d'hôtels différentes, qui possèdent toutes entre vingt et quarante franchises dans le nord et le centre de la Floride. Cela signifie que Maureen Rodriguez peut avoir été assassinée n'importe où à l'intérieur de cette zone. Elle peut d'abord avoir été enterrée quelque part dans ce secteur, puis déterrée, avant d'être enroulée dans ces draps et abandonnée à la laverie.

— J'imagine que vous avez vérifié auprès des chauffeurs de camion qui assuraient les livraisons ce jour-là ? demanda Brock.

Rachel lui adressa un regard mi-amusé, mi-furieux.

— J'ai fait des études, avec une spécialité en criminologie. Je ne suis pas juste là pour faire joli, tu sais…

L'inspecteur Michael Flannery poussa un grognement sourd.

— Je la forme, pour lui apprendre tout ce que je sais… Et comment ne pas reproduire les mêmes erreurs.

Brock hocha la tête.

— Avez-vous pu déterminer quel camion et quel chauffeur sont concernés ? demanda-t-il.

— En fait, les chauffeurs livrent du linge propre et récupèrent le sale sur la même tournée, expliqua Rachel. Les deux circuits ne sont pas séparés. Les hôtels reçoivent d'énormes sacs en toile et les draps sont tous identiques. La laverie est également chargée de se débarrasser des articles usés ou trop tachés. Cela dit, le chauffeur nous a permis de restreindre la zone entre St. Augustine et Gainesville, jusqu'à Ocala au sud. J'ai établi une liste, que je t'ai envoyée par mail…

Elle sortit de son sac un petit dossier qu'elle tendit à Brock.

— J'ai fait aussi un tirage papier.

Brock étudia la liste. Il y avait une bonne trentaine d'hôtels, avec leur adresse.

— Très bien. Je te remercie. J'aimerais commencer par interroger Katie Simmons, la jeune femme qui a signalé la disparition de Lydia Merkel. Ensuite, je voudrais rencontrer tous ceux qui ont aperçu chacune des disparues pour la dernière fois.

— La police les a tous interrogés et j'ai vu Katie Simmons moi-même, répondit Flannery. Je ne sais pas trop ce que tu espères trouver.

— Je souhaiterais quand même lui parler, si ça ne vous dérange pas. Et cette liste… Il faudrait déployer des agents avec des photos des disparues. On ne sait jamais. Peut-être quelqu'un aura-t-il croisé l'une d'entre elles ou une personne qui lui ressemble. Il faut placarder ces photos partout, les publier dans les journaux. Un bon samaritain peut toujours nous appeler pour nous raconter qu'il a vu une des jeunes femmes dans la rue, à la station essence, dans un bar, un restaurant…

— Les photos ont été diffusées dans tous les journaux du coin, répondit Flannery. Je sais que j'ai demandé ton aide, mais quand même… On n'est pas une bande de bouseux stupides.

Brock lui adressa un large sourire.

— Hé… Je suis agent fédéral, non ?

Flannery haussa les épaules.

— Tu es un petit gars du coin.

— Je sais. Je ne parlais pas de la presse locale, d'ailleurs. Je veux des portraits des jeunes femmes dans tous les médias de Floride et des États voisins. Toutes les universités, et il y en a de nombreuses dans le secteur. Les quatre disparues avaient l'âge d'aller à la fac. Elles ont peut-être des amis quelque part, des gens qu'elles auraient croisés lors d'une soirée étudiante.

— Je vais mettre des hommes sur la piste des hôtels et je me charge des universités avec Rachel, répondit l'inspecteur Flannery. On partira dans des directions opposées, pour couvrir plus de terrain.

Il hésita.

— J'ai arrangé un rendez-vous avec la médecin légiste, ajouta-t-il. On attaquera la suite juste après. J'ai pensé que tu voudrais voir les restes de Maureen Rodriguez.

— Merci, répondit Brock. Vous avez bien fait. Je vous retrouve à la morgue ?

— Non, on y va ensemble, si tu veux bien. J'ai pris une chambre au Ranch et Rachel aussi. La mienne pourra servir de QG. Je vais y épingler les différentes informations récoltées et on n'aura qu'à ajouter les nouveaux éléments, au fur et à mesure.

— Bonne idée, approuva Brock. Mais demain, je voudrais commencer par me rendre à St. Augustine.

— D'accord. On prendra deux voitures demain matin. On pourra comparer nos notes… Disons, en fin d'après-midi ? Ça te va ? Ou avant, si on a quelque chose d'important. C'est bien que tu aies décidé de loger ici, toi aussi. Ce sera plus simple.

Il regarda Brock d'un air hésitant, puis ajouta :

— Tu sais… C'est Donald Glass lui-même qui est venu me trouver.

Il baissa la voix, même si personne ne pouvait les entendre.

— Il a fait ça discrètement. Sa femme n'était même pas au courant. Il craint que quelqu'un se serve de cet endroit et des légendes qui l'entourent.

Brock vida sa tasse de café.

— Peux-tu m'arranger un rendez-vous avec Katie Simmons, demain dans la journée ? demanda-t-il à Rachel.

— Pas de problème. Elle habite St. Augustine.

Brock se leva.

— Et maintenant ? interrogea Flannery.

— Vous m'avez fait venir parce que je connais les lieux. Je vais aller saluer quelques personnes avec qui j'ai travaillé autrefois. Voir ce qui a changé. Qui a changé et comment. Je ne quitte pas le ranch ce soir. En cas de besoin, appelez-moi. Je vous retrouve plus tard.

— Tu vas à la veillée ? demanda l'inspecteur Flannery.

— Pas exactement…

Il les salua d'un hochement de tête et sortit en consultant sa montre. Il connaissait en effet bien les lieux et presque rien n'avait changé au ranch. C'était son père qui avait entendu parler de cet établissement, parfait pour un boulot d'été. On y fournissait le gîte et le couvert aux saisonniers, avec un dortoir pour les filles et un autre pour les garçons. Les jeunes lycéens employés n'étaient pas autorisés à quitter la propriété sans être accompagnés s'ils n'avaient pas encore dix-huit ans.

Tout manquement au règlement était sanctionné par un renvoi immédiat. Les places étaient très demandées. Quiconque enfreignait les règles avait intérêt à ne pas se faire prendre. Évidemment, le copinage – d'ordre sexuel – ne faisait pas partie des comportements encouragés par la direction. La plupart des saisonniers étaient encore des ados.

Mais Maura et lui…

À ses yeux, cela avait été bien plus qu'une amourette d'été entre adolescents. Il en était toujours persuadé. Il se demandait simplement si Maura était aussi de cet avis.

Mark Hartford se révéla être un conteur très doué, bien qu'il ait fait part de ses craintes à Maura, ce soir-là. Plus précisément, il avait le trac.

— Tu avais un tel talent ! s'était-il exclamé, quand il avait compris qu'Angie et elle seraient dans l'assistance. Je ne serai jamais à la hauteur !

Il avait tout juste quatorze ans, à l'époque, et devait donc en avoir vingt-six à présent. Il avait grandi, bien sûr, mais sans rien perdre de sa charmante énergie ni de son enthousiasme juvénile et contagieux. Il avait les yeux bleus et ses cheveux, toujours un peu en désordre, étaient châtain clair. Il avait pris une bonne quinzaine de centimètres et utilisait de toute évidence la salle de gym du ranch.

Angie s'était tout de suite intéressée à Mark. Cela dit, elle ne manquait jamais d'exprimer haut et fort son appréciation des hommes en général – surtout s'ils avaient un physique agréable.

Maura ne se considérait pas comme particulièrement méfiante, mais elle se trouvait parfois plus mature et plus sage que sa collègue. Il lui arrivait d'ailleurs souvent de mettre celle-ci en garde, quand elle se montrait trop amicale avec les charmants jeunes hommes qu'elle croisait.

— Je suis sûre que tu es aussi très doué, avait assuré Angie à Mark.

— Je fais de mon mieux, avait-il répondu, avec un sourire ravi. Mais la barre est haute !

Maura était cependant soulagée de cette distraction, car Angie avait cessé de faire allusion à Brock à tout bout de champ. Après avoir pris le temps de se faire une idée plus précise sur Mark Hartford, elle avait fini par décider que le jeune homme était à son goût.

Très à son goût, même.

Les deux frères étaient très différents, mais la vivacité et la bienveillance naturelle de Mark faisaient de lui le plus séduisant des deux.

— Les deux Hartford me plaisent bien, c'est vrai. Mais l'autre, là… Le type du FBI… Quand je pense que c'est lui qui a été arrêté. Et il travaille au FBI, maintenant ? Tellement cool. Ils me plaisent tous, mais ce Brock est… sexy. Bien plus sexy.

En vérité, l'honnêteté d'Angie était un trait de

caractère très attachant, elle disait ce qu'elle pensait ou ressentait à peu près tout le temps.

La veillée avait débuté et, pendant que Mark racontait, Maura en profita pour observer l'auditoire. Il y avait, comme autrefois, de jeunes adolescents, certains entre amis, d'autres accompagnés par leurs parents. Quelques couples, également, les épouses ou copines blotties contre leur homme ; parfois, c'était un grand type incapable de cacher sa peur qui s'agrippait à sa compagne ou son compagnon. Des jeunes, des moins jeunes – en tout, un groupe d'environ vingt-cinq personnes.

Maura ne put s'empêcher de repenser à son propre public, douze ans plus tôt, et à la façon dont il avait réagi en arrivant devant l'Arbre aux Histoires. Elle-même avait crié, rapidement imitée par plusieurs clients. Certains avaient éclaté de rire, persuadés que ce corps pendu était un pantin, une farce arrangée par la direction pour clore la soirée sur une bonne frayeur.

Puis, il y avait eu les appels paniqués à la police et l'horreur s'était répandue, tandis que tous comprenaient que le cadavre était bien réel. Brock s'était efforcé de rediriger les touristes vers le ranch, tout en veillant à ce que la scène du crime ne soit pas perturbée…

Tout ça pour finir arrêté lui-même.

Maura avait emporté sa caméra et avait fait signer des autorisations aux personnes présentes. Elle avait eu de la chance : tout le monde était content de rencontrer Angie et espérait ses quinze minutes de gloire. Personne n'avait rechigné à être filmé.

Assise près du feu de camp, elle réfléchissait aux plans qu'elle allait tourner, une fois que Mark aurait fini son récit, quand, en levant les yeux vers la lisière des arbres, elle aperçut Brock.

Adossé à un tronc, les bras croisés, il écoutait avec attention. Il avait troqué son costume pour un jean et une chemise à carreaux. On aurait dit un bûcheron. Maura sentit son cœur faire un petit saut périlleux et se réprimanda, furieuse de le trouver encore aussi attirant.

Douze années s'étalaient entre eux.

Pas un mot. Ils n'étaient même pas amis sur les réseaux sociaux.

Il dut se sentir observé, car il tourna les yeux vers elle et lui adressa un bref hochement de tête, puis indiqua du menton la caméra, l'air désapprobateur. Il n'avait pas envie d'être filmé. Elle fit signe qu'elle avait compris, puis détourna le regard et essaya de se concentrer sur les paroles de Mark Hartford.

Les récits étaient les mêmes, jusqu'à ce que Mark arrive à l'Arbre aux Histoires. Là, un nouvel épisode avait été ajouté et Mark raconta comment un groupe participant à l'une des veillées organisées par le ranch était tombé sur le cadavre de Francine Renault.

Sans verser dans l'excès, il énonça les faits, avant d'admettre avoir lui-même assisté au drame. L'histoire se conclut sur le décès du cuisinier, Peter Moore, retrouvé dans la chambre froide, son couteau fétiche planté dans le ventre. Selon les autorités, il s'agissait d'une dispute qui aurait mal tourné. Moore aurait tué Francine, puis, rongé par le remords et craignant que la prison soit pire que la mort, il s'était suicidé.

La veillée prit fin sur cette note tragique et Mark annonça à son groupe qu'il était temps de rentrer : des événements étant récemment survenus dans la région, la direction priait les clients de ne pas s'attarder dans la forêt la nuit et de ne pas se promener seuls autour de la propriété.

Tandis que tout le monde prenait le chemin du retour, Maura vit que Brock restait en arrière. Elle était sans doute la seule à avoir remarqué sa présence, car il avait pris soin de se tenir en dehors du cercle de lumière.

Quand le groupe fut parti, il sortit de la pénombre pour s'avancer vers l'arbre et resta un moment à le contempler, comme s'il espérait trouver une réponse parmi le feuillage. Elle entendit Mark proposer aux touristes un café, une infusion ou autre chose, avant de regagner leur chambre. Angie fut une des premières à accepter.

Maura se détourna alors résolument de Brock pour rejoindre les autres, bien décidée à s'excuser rapidement pour se retirer. Elle n'avait qu'une seule envie : se rouler en boule dans son lit et dormir.

Toutefois, le sommeil la fuit pendant de longues heures. Elle était furieuse de ressentir… Quoi, d'ailleurs ?

Peu importait.

Le simple fait que Brock éveille encore des sentiments en elle suffisait à la mettre hors d'elle.

Rita Morgan, la médecin légiste, était une grande femme athlétique d'environ quarante-cinq ans, la tête bien sur les épaules.

— J'ai vu des trucs bizarres, au cours de ma carrière, expliquait-elle. Très bizarres. D'autres beaucoup moins, en revanche. Trop de cadavres repêchés dans la mer ou dans une rivière. Quelques-uns dans des barils et même un ou deux noyés dans le ciment.

Elle fit la moue.

— Mais celui-là ? Étrange et triste à la fois. Depuis le temps que je fais ce boulot, je ne cesse d'être surprise par l'inhumanité de l'homme envers ses semblables.

Elle regarda tour à tour Brock et Flannery, et secoua la tête d'un air las.

— Ce qui me sauve, c'est quand je vois un jeune se lever pour aider un handicapé ou une personne âgée. Ça me rassure de savoir qu'il y a autant de bien que de mal en ce bas monde. Voire plus, avec un peu de chance. Ça vous fait une belle jambe, mais… Bon, je vais vous montrer ce qu'il reste du corps. Je ne peux pas vous dire grand-chose. Rien dans l'estomac… Parce qu'il n'y a plus d'estomac. Tout ce que j'ai reçu, ce sont des os désarticulés avec un peu de chair… et un crâne.

Elle s'écarta de la table d'autopsie, où se trouvaient les restes d'une jeune femme, dont la vie avait été brutalement – et tragiquement – interrompue.

— Il semblerait qu'elle soit morte depuis longtemps, fit remarquer Brock, en regardant tour à tour la médecin légiste et l'inspecteur Flannery. Pourtant, d'après le rapport qu'on m'a transmis, sa disparition n'a été signalée qu'il y a trois mois.

Il indiqua de nouveau la table. Des mèches de cheveux et des lambeaux de peau étaient toujours attachés au crâne.

— La décomposition peut varier de façon incroyable, en fonction de divers facteurs, expliqua la légiste. Je pense que cette jeune femme a été tuée il y a environ deux mois. Généralement, les organes internes commencent à se détériorer entre vingt-quatre et soixante-douze heures après la mort. Le nombre de bactéries et d'insectes à l'endroit où se trouve le corps a un effet direct sur l'enveloppe extérieure et les tissus mous. Entre trois et cinq jours, le corps enfle. Au bout de dix jours, les insectes, les intempéries et les bactéries ont fait leur travail et vous avez une énorme accumulation de gaz. En quelques semaines, les ongles et les dents se déchaussent. Au bout d'un mois, le cadavre s'est entièrement liquéfié.

— Il y a encore quelques dents sur la mâchoire, fit remarquer Brock.

— Oui, ce qui me pousse à penser que la décomposition a bénéficié des meilleures conditions possibles : beaucoup d'humus et de l'eau. La pluie, peut-être. Ou même une inondation dans la zone où le corps a d'abord été abandonné. Comme je vous l'ai expliqué, il n'y a aucun moyen de dater la mort de façon précise. Je dirais deux mois, mais je pense aussi, d'après l'état de décomposition, que la victime a été exposée aux éléments. Elle a peut-être été recouverte d'un peu de terre et de feuilles. L'hiver a été doux et le sol est très riche, en Floride. De plus, comme vous le savez tous, les insectes ne manquent pas dans le coin.

Elle s'appuya contre la table avant de poursuivre :

— La vraie question, c'est : vu son état de décomposition avancé, comment diable s'est-elle retrouvée parmi des draps, dans une laverie industrielle ? Mais ça, c'est votre problème. Le mien, c'est de comprendre comment elle est morte. Je n'ai pas grand-chose, comme vous pouvez le constater, mais ça suffit. Cette côte, par exemple…

Elle désigna un os de son doigt ganté.

— Vous voyez cette éraflure ? Ce n'est pas l'œuvre d'un insecte. Il s'agit d'une lame aiguisée. Il y a une seconde marque identique sur cette autre côte, qui devait se trouver à l'arrière de la cage thoracique. Selon mes estimations, elle a été poignardée. En l'absence de plus de tissus ou organes, je ne peux pas vous dire combien de plaies il y a eues. Impossible de savoir combien de coups de couteau elle a reçus. Sans doute l'attaque a-t-elle été brutale, provoquant des traumatismes mortels à de nombreux organes. Le crâne est intact, en revanche.

— Avez-vous remarqué des lésions défensives sur les os des bras ? demanda Brock.

Flannery se tenait un peu en retrait, laissant Brock poser ses questions, car lui-même avait déjà vu les ossements et parlé avec la légiste.

— Non, aucune lésion défensive, agent spécial McGovern, répondit le Dr Morgan. Elle a été poignardée par-derrière. Elle n'a peut-être jamais vu le visage de son assassin. Ou alors, elle lui faisait confiance. Il peut d'ailleurs tout à fait s'agir d'une femme. L'assaut a été violent, certes, mais je pars du principe qu'aucune victime n'a envie d'être poignardée. Elle a dû être attaquée par surprise et n'a pas eu la possibilité de se défendre. Mes conclusions sont en partie fondées sur des suppositions, mais je parle d'expérience. Je suis légiste. Les inspecteurs, c'est vous, mais j'ai quand même un avis sur la question.

— Bien sûr. Pas de souci. Et merci, répondit Brock. Les draps sont encore au labo ?

— Oui. Impossible de déterminer leur provenance

avec exactitude, parce que trop d'hôtels du coin travaillent avec le même fournisseur.

Elle recouvrit les ossements d'un drap, puis regarda Brock d'un air curieux.

— Finalement, vous vous en êtes plutôt bien sorti, lança-t-elle enfin, avec un grand sourire. Malgré tout ce que Flannery vous a infligé…

— Hé ! protesta celui-ci. J'ai agi en fonction de ce que je savais à l'époque.

— Un peu vite quand même. Mais bon, vous étiez encore un bleu. Vous ne connaissiez pas… Peu importe. Ravie de voir que vous êtes entré dans les forces de l'ordre, agent McGovern.

— Heu… Merci, bafouilla Brock. Désolé, mais… Est-ce qu'on s'est déjà croisés ?

— Non. J'étais nouvelle à la morgue, mais j'ai assisté à l'autopsie de Francine Renault et du cuisinier, Peter Moore. Je savais qu'ils avaient arrêté un des jeunes saisonniers. Vous aviez eu un violent échange verbal avec la victime et vous avez été accusé par un témoignage… anonyme ?

Elle se retint de renifler, mais ne put s'empêcher de lancer un regard un peu dédaigneux à Flannery.

— Je répète que j'ai agi comme je pouvais avec les éléments à ma disposition, se défendit de nouveau Flannery, avec une pointe d'agacement. Et oui : il s'en est plutôt bien sorti.

Il lança un regard hésitant à Brock, comme s'il attendait encore confirmation.

— Je n'ai passé qu'une nuit en cellule, assura ce dernier. Croyez-moi, j'ai vécu bien pire depuis que je fais ce travail.

Flannery baissa les yeux, mal à l'aise, tandis que le Dr Morgan dissimulait un sourire.

— Merci encore, reprit Brock. Si jamais vous pensez à autre chose… N'importe quoi qui puisse nous aider dans notre enquête.

— Je ne manquerai pas de vous contacter, promit-elle solennellement, en claquant les talons.

Il la regarda d'un air surpris, mais parvint à sourire et à marmonner un nouveau remerciement. Puis, il quitta la morgue en compagnie de Flannery. Ils repartirent à bord du véhicule de fonction de l'inspecteur, pour échapper aux embouteillages en cas de besoin. Brock préférait en général conduire lui-même, mais ce jour-là, cela lui permit de passer en revue ses notes sur les victimes.

— Elle a logé au Frampton Ranch il y a trois mois, murmura-t-il pour lui-même. Elle était originaire de St. Pete. Sa disparition n'a pas été signalée tout de suite parce qu'elle était majeure et vivait seule à St. Augustine, où elle travaillait comme serveuse. Cela faisait plus d'une semaine qu'elle ne s'était pas présentée au restaurant. Apparemment, aucun de ses collègues ne la connaissait vraiment. Elle venait d'être embauchée.

— La victime parfaite, intervint Flannery, en lançant à Brock un regard en coin. Les autres disparues… Tu as aussi les informations les concernant, n'est-ce pas ?

— Oui, en pièce jointe d'un mail et sur papier. Je dois les transmettre à Egan. C'est un fervent défenseur du travail sur papier et je dois dire que cela s'est plus d'une fois révélé particulièrement utile.

— En plus, on se fait moins mal aux yeux,

grommela Flannery. Tu sais que j'ai demandé qu'ils t'envoient toi, spécifiquement. J'espère que ça ne te dérange pas trop. C'est plus fort que moi : je pense toujours qu'il se passe des choses pas nettes dans ce maudit ranch, même si je n'arrive pas à mettre le doigt dessus. Enfin, autrefois, c'était bel et bien lié au ranch, évidemment. Francine Renault y travaillait. Et c'est là qu'elle est morte, mais… Cet arbre a quand même été le témoin de nombreuses tragédies.

Il avait prononcé la dernière phrase comme si l'arbre lui faisait un peu peur. Brock fronça les sourcils et l'observa avec sérieux.

— Quoi ? finit par marmonner Flannery. Il se passe quand même de drôles de choses, par ici. Tu ne vas pas dire le contraire.

— Exact. Parce que de drôles de gens estiment que c'est bien utile qu'elles se déroulent ici.

— Tu penses qu'il faudrait abattre l'arbre.

— Cela dissuaderait peut-être de futurs criminels.

— Ou bien cela les inciterait simplement à abandonner leurs victimes ailleurs. Ou à inventer un nouvel Arbre aux Histoires. Ou un « marais hanté » ou même un « tronçon de route maudit ».

— Pas faux, approuva Brock.

— Ce qui me rend dingue, c'est de ne pas comprendre pourquoi. Enfin, quoi ! On a tous étudié ces trucs. Certains assassins ont un but simple en tête : ils veulent se débarrasser de quelqu'un. Certains meurtres sont commis sous le coup de la passion, de la colère ou de la jalousie. D'autres sont liés à des questions d'argent. Il existe même des psychotiques qui tuent pour l'excitation ou la satisfaction sexuelle que cela leur procure. Il y a douze ans, c'était juste Francine.

Certes, je n'ai pas croisé une seule personne qui l'appréciait vraiment, mais il me semble qu'elle n'a jamais rien fait de suffisamment grave pour donner des envies de meurtre à quelqu'un. Elle semblait plutôt du genre agaçante. Comme une mouche qui vous bourdonne aux oreilles.

— Peut-être était-elle une mouche vraiment très agaçante… et qu'elle bourdonnait aux oreilles de la mauvaise personne, suggéra Brock. Peter Moore s'est suicidé. Même s'il n'a laissé aucune lettre, c'est peut-être vraiment ce qui s'est passé. Il a eu peur d'être appréhendé, il était rongé de remords ou bien il souffrait d'une grave affection mentale non diagnostiquée qui l'a mené dans une voie très sombre. J'ai l'impression que tout le monde a accepté rapidement l'hypothèse de son suicide. En tout cas, il n'a pas eu droit à un procès.

Flannery lui lança un regard en coin.

— Si je comprends bien, toi non plus tu ne crois pas à la culpabilité de Peter Moore.

Brock hésita, puis répondit simplement :

— Non. Je connaissais Peter. Il détestait Francine, mais il savait se contenir en sa présence. Ce n'était pas vraiment sa supérieure, car il travaillait sous les ordres de Fred Bentley. Je ne crois pas qu'il soit coupable. Et je ne crois même pas qu'il se soit suicidé.

Flannery hocha gravement la tête.

— Et voilà. Tu vois ? C'est exactement pour ça que je voulais que tu viennes.

— Comment ça ?

— Moi aussi, j'ai du mal à croire à la culpabilité de Peter Moore. À mes yeux, on l'a sans doute un peu aidé, dans ce prétendu suicide. Aucune autre empreinte que les siennes sur le couteau, mais ce ne sont pas les gants qui manquent, dans une cuisine.

— C'est vrai.

Il y eut un long silence dans la voiture, les deux hommes réfléchissant chacun dans leur coin.

— La belle fille est de retour aussi, fit soudain remarquer Flannery.

Brock ne chercha pas à obtenir de précisions. Il était évident qu'il était question de Maura.

— C'est vous qui lui avez demandé de venir, Flannery ? s'enquit-il.

— Moi ? s'étonna l'inspecteur. Jamais de la vie. Je l'ai à peine rencontrée, à l'époque, et elle était sacrément secouée. Enfin, tu es au courant : tu étais là. Ce n'est pas toi qui l'as contactée, alors ? J'aurais cru que vous seriez au moins restés amis. C'était plutôt sérieux, vous deux, non ? Le jeune couple plein de promesses !

— Je ne l'ai pas revue depuis ce soir-là, dit Brock. Enfin, jusqu'à hier après-midi. Je l'ai croisée près de l'arbre.

— Ah oui, elle est avec cette femme… Une star du web ou une écrivaine, je ne sais pas trop. C'est ce qu'on appelle un heureux hasard, non ?

Brock ne répondit rien. Il regardait les dossiers sur les disparues. Il les avait déjà épluchés dans l'avion, mais en discuter avec un collègue permettait parfois de révéler de nouveaux angles d'approche.

— Bon, résumons, reprit-il soudain. Maureen Rodriguez venait de quitter le domicile parental pour commencer sa vie d'adulte. C'est pour ça que sa disparition n'a pas été signalée tout de suite. En revanche, Lily Sylvester était censée donner des nouvelles à son petit ami. Elle avait envie de voir le Frampton Ranch. Le lendemain de sa visite, elle a logé dans un petit hôtel à la périphérie de St. Augustine, puis elle avait prévu de retrouver une amie dans une chambre d'hôtes un peu cossue de la vieille ville. Elle n'est pas venue au rendez-vous et c'est alors que son amie a alerté la police.

Il consulta un instant un des dossiers.

— Les témoignages des proches vont tous dans le même sens, rappela Flannery. C'était une fille fiable et sérieuse. Enfin, c'est une fille…, ajouta-t-il. Il ne faut pas envisager le pire.

Brock soupira. Leur travail l'exigeait pourtant.

— Passons à Amy Bonham. Elle a logé au Frampton Ranch, où elle a raconté à une des serveuses qu'elle avait reçu une proposition de travail inattendue. Elle a poursuivi sa route vers Orlando et les parcs à thèmes. Elle a passé la nuit suivante dans un hôtel appartenant à une chaîne et c'est le lendemain qu'elle a disparu. J'imagine que vous avez déjà vérifié la piste de cette « proposition de travail inattendue » ?

Flannery fit signe que oui.

— On a des agents qui interrogent des gens à travers la moitié de l'État, précisa-t-il.

— Mais personne ne sait rien.

— Non. En revanche, la serveuse de Frampton Ranch, Dorothy Masterson, affirme qu'Amy était très enthousiaste. Elle pense qu'il devait s'agir d'un job dans un des parcs.

— Et vous avez vérifié auprès de tous les parcs.

— Bien sûr. Les petits et les grands.

Brock passa au troisième dossier.

— Lydia Merkel.

Flannery hocha la tête d'un air entendu ; il avait déjà mémorisé la plupart des détails que Brock était encore en train de découvrir.

— Lydia. Une fille adorable.

— Vous la connaissiez ? s'étonna Brock.

— Je l'ai croisée brièvement à St. Augustine. Ma femme a de la famille par là-bas et j'ai accompagné un neveu sur un des circuits touristiques de la ville. Lydia s'était inscrite à la même visite que nous. Elle avait des étoiles plein les yeux. Je ne te raconte pas ma stupeur quand mes supérieurs ont appelé pour m'informer d'une nouvelle disparition… et que je l'ai reconnue.

Il jeta un rapide coup d'œil à Brock.

— Tu sais comment ça se passe, avec les disparitions. La moitié du temps, c'est du pipeau. Une dispute ou je ne sais quoi, et la personne veut disparaître quelque temps. Mais je ne crois pas que ce soit le cas.

Il garda le silence quelques secondes.

— Surtout depuis qu'on a retrouvé les restes de Maureen Rodriguez.

— Et vous ne parvenez pas à vous enlever de l'esprit que le Frampton Ranch est lié à tout ça, d'une façon ou d'une autre.

Flannery acquiesça gravement.

— Lydia avait annoncé à sa collègue de travail, Katie Simmons, qu'elle voulait profiter de son premier jour de congé pour aller voir l'Arbre aux Histoires. Nous ne sommes pas seuls sur cette affaire. J'ai de l'aide qui arrive d'un peu partout. Nous avons des agents du FDLE dans tous les coins, sans parler du soutien des commissariats locaux. J'ai surtout l'impression d'être en train de contempler un puzzle dont il manquerait des pièces. Sauf que j'ai le cadre, parce que ces filles… ces jeunes femmes, plutôt… n'avaient qu'une seule chose en commun.

— Elles venaient toutes au Frampton Ranch ou bien en repartaient, dit Brock.

Il ressentit soudain un tiraillement sourd dans son cœur, ou peut-être dans son âme – quoi qu'il en soit, c'était douloureux. Il regarda Flannery.

— Toutes ont entre vingt-deux et vingt-neuf ans.

— Lydia Merkel avait… a vingt-neuf ans. Elle séjournait au ranch avec des amis pour son anniversaire. Pendant la visite, elle a dit qu'elle adorait les histoires de fantômes. Elle était très excitée à l'idée de voir l'Arbre aux Histoires.

Franchement, cet arbre aurait déjà dû être déraciné, pensa Brock, avant de se reprendre : Un peu extrême, non ? L'arbre n'y était pour rien. Les coupables étaient des hommes et des femmes. L'arbre n'était qu'un arbre. Enfin, deux arbres.

— C'est drôle, hein ? poursuivit Flannery. Enfin, bizarre, quoi. Ou ironique. L'Arbre aux Histoires, c'est en fait deux arbres entremêlés. Quand j'ai demandé l'aide du FBI, c'est à toi précisément que je pensais, parce que tu connais bien les lieux. Moi aussi, je suis encore là. Et Mlle Maura Antrim est revenue aussi. On est tous plus ou moins liés. Je ne peux m'empêcher de me dire qu'on connaît tous l'assassin… Même si douze années se sont écoulées.

— Ouais, approuva calmement Brock. On est tous mêlés à ça, d'une façon ou d'une autre. Comme ce maudit arbre. Mais cette fois, je veux de vraies réponses et il faut mettre un terme à ces meurtres.

— Ce que je te raconte ne te choque pas ? s'enquit Flannery.

Brock haussa les épaules.

— Mais tu ne protestes pas. Tu ne trouves pas que je pousse le bouchon un peu trop loin ? insista l'inspecteur.

— Non. Je me demande juste ce que cette personne a bricolé pendant douze ans. S'il s'agit bien du même meurtrier. Cela dit… Peut-être n'est-il pas resté les bras croisés. La Floride est immense et ce ne sont pas les endroits qui manquent pour cacher un corps. Les forêts, les marécages, les cavernes, les failles, les Everglades et bien sûr…

— Ce bon vieil océan Atlantique, acheva Flannery. Donc voilà : il s'agit d'un puzzle. Est-ce qu'il manque des pièces ? Ces trois jeunes filles disparues ont-elles simplement pris la tangente ? Ou bien…

— Cela fait-il douze ans que quelqu'un assassine des jeunes femmes, avant de se débarrasser de leur corps ? Je vais devoir effectuer pas mal de déplacements. Il va y avoir des dizaines de personnes à interroger, mais je crois que je vais commencer par la bibliothèque du Frampton Ranch.

Angie aimait faire la grasse matinée, ce qui pour une fois arrangeait bien Maura : elle avait besoin d'être un peu seule. Elle avait réalisé de très bonnes images pour Angie, pendant la veillée contes. Mark avait adoré être filmé et il passait très bien à la caméra. Angie et elle devaient retourner au feu de camp le soir même pour obtenir davantages de rushs et choisir les meilleurs.

Maura avait réussi à ne pas laisser paraître son

malaise. Elle avait sursauté au moindre bruit et l'apparition de Brock avait achevé de la mettre sur les nerfs. Sans doute était-il présent depuis le début, sans qu'elle le remarque.

Après la randonnée, elle l'avait de nouveau aperçu au bar, en pleine discussion avec un homme un peu plus âgé, dont le visage lui était vaguement familier. Ce devait être un des policiers qui avait travaillé sur l'enquête, quand Francine Renault avait été assassinée.

Un peu plus tôt dans l'après-midi, elle l'avait croisé dans les jardins, en compagnie d'une jeune femme. Maura n'avait vu cette dernière que de dos mais, de façon étrange, elle avait remarqué ses chaussures : des mocassins pratiques et confortables. Elle en avait déduit qu'elle aussi devait être de la police.

Par chance, Angie n'avait pas eu envie de leur parler : elle avait rendez-vous avec Mark au bar-lounge, pour boire un verre. Maura s'était éclipsée à l'étage, pressée de se retrouver seule dans sa chambre.

Toutefois, elle était restée allongée pendant des heures, les yeux grands ouverts, à se demander comment des événements survenus des années plus tôt pouvaient encore avoir un tel impact sur elle.

Pourquoi ?

Pourquoi Brock pouvait-il refaire ainsi irruption dans sa vie et redevenir aussi facilement le centre de ses pensées ?

Pourquoi, quand elle fermait les yeux, parvenait-elle à voir l'homme qu'il était devenu, en sachant qu'il était resté cet être imparfaitement parfait, l'homme qu'elle avait toujours comparé, inconsciemment ou non, à tous ceux qu'elle avait pu rencontrer par la suite.

Il n'avait pas cherché à la rejoindre et son regard

n'avait même pas exprimé un semblant d'affection. Il voulait simplement qu'Angie et elle soient en sécurité. Rien de plus. C'était un agent du FBI, un policier fédéral. Sa mission consistait à retrouver ceux qui avaient transformé des êtres vivants en cadavres, et à empêcher des hommes et des femmes de devenir de futures victimes.

C'était son travail.

Ce qu'il rêvait de faire depuis toujours.

Elle devait cesser de penser à lui. Pour cela, il fallait qu'elle se trouve une occupation. Elle allait faire des recherches. Les livres, les connaissances, le savoir… Il existait une multitude de faits à sa disposition. Des bribes et des détails inhabituels susceptibles d'intéresser Angie Parsons.

Elle avait toujours eu un faible pour les archives du Frampton Ranch. La première chose que Donald Glass faisait, quand il rachetait un établissement, c'était de constituer une bibliothèque bien fournie et de rassembler tous les ouvrages disponibles sur la propriété et ses alentours. C'était fascinant. Au fil des années, tout avait été informatisé et la moindre information concernant le ranch avait été soigneusement classée.

Le gérant de l'hôtel, le brave et efficace Fred Bentley, n'avait jamais montré beaucoup d'intérêt pour le contenu de la bibliothèque ; Francine Renault non plus. Toutefois, c'était un lieu presque sacré. Le richissime Donald Glass avait peut-être des défauts, mais c'était un bibliophile passionné d'histoire locale et tous ceux qui travaillaient pour lui apprenaient à respecter cela.

C'était pour ça que Maura admirait Glass. Elle ne

le connaissait pourtant pas très bien, car il laissait Francine et Fred se charger du quotidien, autrefois. À l'époque, Brock et elle passaient des heures dans la bibliothèque, souvent ensemble, à essayer de dénicher un détail obscur ou étrange à glisser dans leurs récits.

Douze années s'étaient écoulées, mais Brock venait de refaire irruption dans sa vie.

Non, pas dans sa vie.

Ils se retrouvaient par hasard tous les deux au même endroit, au même moment, parce qu'une femme avait été assassinée et que d'autres avaient disparu.

Concentre-toi…

La bibliothèque était une vaste pièce, confortable et accueillante, avec de gros canapés et fauteuils en cuir, quelques bureaux et ordinateurs, et d'immenses rayonnages chargés de dossiers et d'ouvrages. Donald Glass avait réuni une collection assez impressionnante de livres traitant des populations autochtones de la région.

Les premiers occupants étaient arrivés à la fin du pléistocène, entre douze et vingt mille ans plus tôt. À cette époque, selon les éléments mis au jour lors de fouilles archéologiques, les zones humides et les points d'eau étaient plus rares, poussant la faune – et donc, les chasseurs – à se rassembler en des endroits bien précis pour boire. On trouvait des vestiges de la présence de ces chasseurs-cueilleurs le long de presque toutes les rivières, jusqu'au golfe du Mexique. On avait même retrouvé des ossements de mammouths, preuves que ces géants arpentaient autrefois les plaines.

Vers l'an 700, l'agriculture était installée dans le nord de la Floride. Des tribus amérindiennes, baptisées

Creek par les Européens, occupaient les terres. Lorsque la vaste propriété agricole du Frampton Ranch avait été fondée, de nombreuses tribus avaient été déplacées, parfois regroupées et rebaptisées Séminoles. Il existait des ouvrages magnifiques présentant des fossiles et des éclats de poterie ou d'outils permettant de mieux comprendre ces peuples et la façon dont ils vivaient.

D'après le livre que Maura sortit d'un rayonnage, une tribu séminole vivait sur les terres occupées par le Frampton Ranch. Ces Amérindiens organisaient des rites dans ce qui était déjà à l'époque une vaste clairière dans la forêt. C'étaient eux qui avaient donné à l'arbre le nom d'Arbres aux Histoires et l'endroit avait presque toujours conservé un caractère sacré.

Maura, comme l'auteur du livre, ne croyait pas à la thèse selon laquelle les Indiens pratiquaient des sacrifices humains au pied de l'arbre. Cependant, avec le début de la guerre contre les Séminoles, les Européens avaient cherché à dépeindre les autochtones comme des barbares sanguinaires, afin de mieux justifier leur massacre.

L'arbre avait donc acquis une triste réputation très tôt.

Gyselle – par la suite connue sous le nom de Gyselle Frampton, car personne ne connaissait son véritable patronyme – était arrivée à la plantation peu après sa construction, à la fin des années 1830. Alors qu'elle était âgée d'une quinzaine d'années, des missionnaires espagnols l'avaient « sauvée » des griffes d'une tribu séminole, par laquelle elle avait été adoptée, cinq ans plus tôt. Le fondateur de la plantation, Oliver Frampton, un homme doux et bon, l'avait recueillie, vêtue, instruite, tout en lui offrant un travail au ranch.

Gyselle était donc une servante ; pas du tout le genre de fille digne d'épouser le fils du patron. Cela n'avait pas empêché Richard Frampton de tomber amoureux de la jolie servante et pupille de son père. Toutefois, Richard avait sous-estimé sa femme. À l'époque, une épouse était un trophée au bras de son mari. Un trophée riche, de préférence, et si possible agréable à regarder.

Sauf si elle était très, très riche, auquel cas l'apparence physique n'avait plus la moindre importance.

Julie LeBlanc, en revanche, n'était pas une potiche à prendre à la légère. Quand elle avait découvert la liaison de son mari et compris que celui-ci était sincèrement et profondément amoureux de Gyselle, sa fureur n'avait pas connu de bornes. Peut-être était-elle en colère contre son beau-père, qui non seulement fermait les yeux, mais semblait trouver tout cela parfaitement naturel. Après tout, les épouses n'étaient pas censées se mêler de ce genre de choses, à l'époque.

À moins que la situation ne l'arrange, tout simplement.

Elle avait glissé quelques gouttes d'un poison – la sève hautement toxique du mancenillier, un arbuste local – dans une boisson que Gyselle avait pour habitude de préparer pour le vieux M. Frampton, une sorte de grog à base de thé noir, de whisky et de sucre de canne qu'il buvait avant de se coucher.

Le vieil homme était mort dans d'atroces souffrances. Julie, la première, avait accusé Gyselle, s'indignant à grands cris et créant un tel spectacle d'hystérie que les autres serviteurs s'étaient rués sur la pauvre Gyselle.

Tout le monde aimait le vieux maître, si bien que, sans autre forme de procès, on avait traîné la servante jusqu'à l'Arbre aux Histoires – que l'on soupçonnait déjà à l'époque d'être hanté par le diable.

Gyselle avait clamé son innocence jusqu'au bout, maudissant Julie et tous ceux qui s'étaient rassemblés au moment de son exécution.

Après la pendaison, on avait laissé son corps pourrir parmi les branches, jusqu'à ce qu'il tombe de lui-même au sol. Trois ans plus tard, Julie Frampton était morte. À l'époque, personne ne connaissait la cause de sa mort, mais il s'agissait vraisemblablement de tuberculose. Le détail était important, car la véritable empoisonneuse était morte bel et bien noyée dans son propre sang, après avoir confessé l'assassinat de son beau-père.

— Maura !

Maura était tellement plongée dans sa lecture qu'elle sursauta violemment en entendant son nom. Elle était confortablement installée dans un des fauteuils en cuir, les pieds remontés sous elle, son livre sur les genoux : *Faits divers et légendes de Floride centrale.*

Sous le coup de la surprise, l'ouvrage menaça de lui échapper, mais elle le rattrapa de justesse. Heureusement, car c'était une édition originale datant de 1880.

— Monsieur Glass ! s'écria-t-elle, étonnée de voir le propriétaire du ranch.

D'habitude, le millionnaire préférait rester discret, laissant à Fred Bentley le soin de parler en son nom. Maura posa rapidement le livre et se leva pour accepter la main qu'il lui tendait.

Donald Glass, qui devait avoir une soixantaine

d'années, était encore séduisant, avec sa silhouette svelte et sa chevelure poivre et sel toujours abondante. Il se tenait droit et ses manières étaient impeccables. Dans l'ensemble, ses employés l'appréciaient et, quand son nom était cité dans la presse, c'était presque à chaque fois élogieux.

Certes, Donald Glass se servait de son argent pour gagner encore plus d'argent ; après tout, il était américain. Cependant, il le faisait de l'une des meilleures façons possibles : en préservant le patrimoine et en soutenant de nobles causes.

Personne ne cherchait à savoir si c'était par philanthropie pure ou pour bénéficier d'avantages fiscaux, car il tentait de faire le bien autour de lui.

— Mademoiselle Antrim, quelle joie de vous revoir ici, commença-t-il en souriant. Et je suis ravi que vous soyez accompagnée d'Angie Parsons. Cette jeune dame possède un don incroyable pour faire découvrir les sites intéressants de ce monde. Quelle merveilleuse publicité !

— Je n'y suis pas pour grand-chose, monsieur Glass, protesta Maura. Depuis qu'Angie a entendu parler de l'Arbre aux Histoires, elle n'a plus eu qu'une idée en tête.

— Peu importe, je suis ravi. Je suis toujours ébranlé par la mort tragique de Francine. Je crois que je le resterai toute ma vie. Elle était…

Il s'arrêta. Maura se demanda ce qu'il était sur le point de dire. Que Francine Renault était quelqu'un de bien ? Pourtant, elle n'était ni bonne ni généreuse.

— Personne ne mérite de mourir de cette façon, acheva-t-il. Je… J'ai envisagé un temps de faire arracher l'arbre, mais après mûre réflexion, j'ai changé d'avis.

Il s'agit quand même de l'Arbre aux Histoires. De nombreuses maisons où ont été commis des crimes atroces sont toujours debout.

Il hésita encore une fois.

— Bref. J'ai donc décidé que l'arbre… les arbres… resteraient. Sans parler du scandale qu'auraient fait les écologistes et les défenseurs de la nature si nous avions décidé de l'abattre. Il a des centaines d'années, vous savez. Comme vous l'avez vu hier soir, nous proposons toujours la veillée avec la promenade.

— Les arbres ne sont pas maléfiques, répondit Maura, en se demandant si elle ne cherchait pas à se rassurer elle-même.

— Non, bien sûr que non. Ce ne sont que des arbres.

Il eut un faible sourire, puis ajouta :

— En tout cas, je suis très content de vous retrouver. Et merci pour le travail que vous faites ici avec Mlle Parsons.

— Je ne suis pas certaine que vous ayez besoin de nous. Vous avez toujours affiché complet.

Il ne protesta pas.

— Je suis sûr que Marie sera ravie de vous revoir aussi, assura-t-il.

— Et moi de même, murmura Maura.

Marie devait avoir une dizaine d'années de moins que son mari et ils étaient mariés depuis environ trente ans. Comme son époux, elle était restée svelte et c'était une femme séduisante et cordiale. En public, son comportement était toujours irréprochable, au point que Maura s'était parfois demandé ce qu'elle pensait vraiment.

— Profitez bien de votre séjour au ranch ! lança Glass, avec un petit salut de la main.

Il fit mine de s'éloigner, mais se ravisa :

— Je ne voudrais pas vous inquiéter, mais… restez prudente. Je suis certain que vous êtes au courant. Des ossements ont été découverts dans les environs. Et plusieurs jeunes femmes ont disparu. Qu'il s'agisse de fugues ou… d'événements plus tragiques. Je sais que vous êtes une personne intelligente, mais… restez prudente.

— Oui, je suis au courant. Et je ferai attention, assura Maura.

Elle le suivit du regard un instant tandis qu'il quittait la pièce, puis rouvrit son livre. Toutefois, les lignes se brouillaient devant ses yeux et elle ne parvenait plus à se concentrer. En entendant de nouveau la voix de Glass, elle leva la tête, pensant qu'il avait oublié de lui préciser quelque chose.

Non, ce n'était pas à elle qu'il s'adressait.

Brock se tenait à l'entrée de la bibliothèque et s'entretenait avec Glass d'une voix grave et tranquille. Maura sentit tout son corps se tendre, ce qui la remplit d'agacement contre elle-même.

Glass et Brock se séparèrent poliment, puis Brock se dirigea droit sur elle. Il souriait, mais son visage avait quelque chose de solennel, de plus dur que dans son souvenir. L'œuvre du temps, sans doute… Et son métier y était certainement aussi pour quelque chose.

— Je savais bien que je te trouverais là, commença-t-il avec douceur.

— Oui. Je suis là.

Sans attendre d'y être invité, il s'installa dans un fauteuil voisin. Maura se demanda s'il allait évoquer ces années écoulées, se renseigner sur ce qu'elle était devenue, peut-être expliquer pourquoi il avait disparu après que les charges qui pesaient contre lui avaient été levées.

Il se tenait près d'elle, les coudes appuyés sur les genoux, les mains mollement croisées.

Trop près.

Ou pas assez.

Suffisamment en tout cas pour qu'elle en ressente une sorte d'impatience étrange, comme si elle connaissait tout de lui. Ou du moins, tout ce qui avait de l'importance.

Son odeur.

Pas le parfum de son savon ou celui de sa lotion après-rasage. Non, son parfum à lui. Celui qui n'était propre qu'à lui, qui attirait Maura et éveillait une réaction primale en elle.

Elle savait qu'il portait une petite cicatrice à l'aine, sur la gauche – quelques points de suture après une mauvaise chute contre un grillage, lors d'une course de fond au lycée. Elle savait qu'il avait des taches de rousseur sur les épaules quand il bronzait ou que…

— Tu ne devrais pas rester ici, lâcha soudain Brock. Tu dois faire tes valises et rentrer.

Il avait parlé d'une voix dure, comme si sa simple présence constituait un acte très grave. Elle n'aurait pas été plus surprise s'il l'avait giflée.

— Pardon ? demanda-t-elle, sentant une colère soudaine monter en elle.

— Tu dois partir. Quitter cette région de la Floride et surtout, le Frampton Ranch.

Pourquoi était-ce aussi douloureux de l'entendre lui parler sur ce ton, comme s'il voulait se débarrasser d'elle ?

— Désolée, mais j'ai le droit d'être ici. C'est un

établissement ouvert au public, dans un pays libre. Du moins, aux dernières nouvelles.

— Non, tu ne…

Elle se leva soudain, consciente qu'il était plus que temps pour elle de quitter la pièce.

— Excuse-moi, monsieur FBI… ou quel que soit ton titre. Ce n'est pas toi qui décides pour moi. J'ai une vie. Des choses à faire. Ici. Bonne journée.

Avec ce qu'elle espérait être de la dignité, elle tourna les talons et se dirigea rapidement vers la porte.

Comment pouvait-il lui faire encore autant d'effet ?

Et que diable faisait-il au ranch en même temps qu'elle ?

Il faisait son travail. Un autre corps avait été retrouvé. Une autre vie tragiquement éteinte.

Brock avait raison : c'était elle qui n'avait rien à faire là.

3

Le moins que l'on puisse dire, c'était qu'il avait mal négocié sa conversation avec Maura.

Il aurait voulu tout reprendre à zéro, mais elle était en colère et ne serait plus disposée à l'écouter. Pour l'instant, en tout cas.

Sans elle, la bibliothèque semblait étrangement glaciale, vide de toute humanité. Brock avait du travail, mais il se sentait incapable de quitter la pièce. Il finit par se lever pour examiner les affiches et les extraits de journaux encadrés sur les murs. Il y avait aussi un tableau représentant la belle Gyselle en train de courir à travers les bois, ses longs cheveux flottant au vent, sa robe aérienne accrochée à un branchage.

Donald Glass ne cherchait pas à cacher ou à embellir la vérité : de nombreux articles et rapports évoquaient les meurtres survenus au ranch, depuis les années 1970. Il y avait également des informations sur Francine Renault, ainsi qu'une photo d'elle, au centre d'une sorte de mémorial installé sur un bahut. On y apprenait que, même si l'on supposait qu'elle avait été assassinée par un collègue mécontent, l'enquête n'avait jamais été résolue.

En parcourant du regard les rayonnages de livres, Brock repensa malgré lui au choc qui avait été le sien quand il avait été arrêté. Il était jeune et rien ne l'avait préparé à une telle injustice. Il savait ce qu'il voulait faire de sa vie, mais c'était précisément cet idéalisme qui l'avait empêché de croire qu'un innocent puisse être accusé à tort. Évidemment, il avait été rapidement libéré. Une autre leçon pour lui : la liberté pouvait parfois être un combat.

À présent, il savait que le monde n'était pas aussi simple et bien ordonné qu'il le pensait autrefois. Il comprenait les choix de Flannery, l'urgence, la tension. La police avait subi des pressions énormes.

Avec Francine, Brock avait toujours réussi à garder son calme. Sauf le jour du meurtre, où sa colère avait pris le dessus. Il n'avait jamais eu recours à la violence physique – il était resté à bonne distance d'elle, se contentant de serrer les poings avec rage. Peut-être cela avait-il suffi à suggérer une malveillance latente.

De nombreux collègues savaient que Francine l'agaçait. Elle était terriblement exigeante et refusait tout raisonnement différent du sien. Comme presque tous les employés du ranch, il la considérait comme une sorte de dragon en furie ; en somme, c'était une véritable mégère qui s'était déjà mis tout le monde à dos.

Brock avait simplement mal choisi son jour pour exploser. Après l'incident, il avait craint de se faire renvoyer… Pas d'être arrêté pour meurtre.

De façon générale, il n'avait eu aucun problème avec ses collègues ou ses supérieurs. Francine, en revanche, lui avait toujours été insupportable. Avec le recul, il avait un peu mauvaise conscience, même si elle n'hésitait jamais à abuser de son autorité.

Brock s'était plaint à plusieurs reprises à Fred

Bentley, écœuré par la manière dont elle traitait les saisonniers. Son manque de ponctualité ou son absentéisme fréquent étaient pardonnés, évidemment, parce qu'elle était plus haut placée. Le soir du meurtre, Brock avait rapidement pris la décision de la remplacer par Maura Antrim.

Comme s'il avait su qu'elle ne viendrait pas.

Jusqu'à ce qu'on la retrouve pendue à l'arbre.

Aux yeux de la police, alertée par un appel anonyme, Brock s'était assuré de participer à la veillée, afin de pouvoir justifier toute trace de sa présence sur les lieux du crime.

À l'époque, Brock avait refusé de parler à l'inspecteur Flannery. Il était blessé, amer, persuadé que seul son jeune âge lui avait évité d'être malmené lors de sa garde à vue. Une fois libéré, il avait découvert que ses amis étaient partis. Ainsi que la jeune femme qu'il considérait comme l'amour de sa vie.

Maura avait disparu.

Elle était rentrée chez elle, protégée par des parents attentifs qui avaient pourtant affirmé apprécier Brock et être impressionnés par sa maturité et sa détermination.

Appels, mails, SMS, lettres – tous étaient restés sans réponse. Cela avait été si douloureux qu'il avait fini par renoncer. Il avait rejoint la Marine pour son service, puis s'était inscrit à l'université de New York.

Étrangement, au fil des années, il avait gardé le contact avec Michael Flannery. De temps en temps, celui-ci lui écrivait pour partager avec lui une nouvelle théorie sur l'affaire et s'excuser une fois encore de l'avoir arrêté aussi vite. Flannery était resté sur sa faim ; il avait besoin d'une explication crédible et explorait toutes les possibilités, depuis les plus familières jusqu'aux plus absurdes :

Francine avait été tuée par un meurtrier qui sévissait sur plusieurs États – un routier interpellé à la frontière de la Georgie, avec une adolescente dans sa cabine.

Elle avait été assassinée par Donald Glass en personne.

Par des étudiants de Gainesville ou de Tallahassee, lors d'un bizutage qui aurait mal tourné.

Une fois même, complètement à bout, Flannery avait suggéré que Francine avait été sacrifiée par les êtres malfaisants qui erraient dans la forêt, autour de l'Arbre aux Histoires.

Frustration.

Quelque chose continuait à les hanter. Plus tard, Brock avait appris que beaucoup de policiers, shérifs ou agents étaient un jour confrontés à une enquête qu'ils n'arrivaient pas à résoudre et qui refusait de les laisser en paix. Ou une enquête résolue, mais dont le résultat ne les satisfaisait pas. Comme une épine dans leur flanc.

S'attarder à la bibliothèque ne servait à rien. Francine Renault était morte depuis longtemps et, malgré sa personnalité difficile, elle ne méritait pas un sort aussi sinistre. La vérité restait encore à découvrir. Plus que jamais, à présent que son meurtrier était potentiellement de retour.

Brock sortit de la pièce. Avant son entretien à St. Augustine, il devait retrouver Maura pour tenter de se faire mieux comprendre et de la convaincre. En espérant qu'il n'avait pas aggravé la situation. Il l'avait si bien connue, autrefois. En cherchant à lui faire quitter cet endroit, il l'avait sans doute rendue plus déterminée à rester.

Il devait bien admettre qu'il avait peur.

De belles jeunes femmes disparaissaient et, quels que soient les sentiments qu'il avait pu éprouver pour Maura, elle était toujours aussi incroyablement belle.

Ce n'était d'ailleurs pas le seul élément en sa défaveur. Elle connaissait aussi le Frampton Ranch, ainsi que de nombreux acteurs dans ce très étrange jeu de la vie et la mort.

— Peut-être qu'on devrait aller ailleurs, annonça Maura.

Angie s'était pour une fois réveillée assez tôt pour profiter du petit déjeuner et elles étaient toutes les deux assises dans le restaurant, devant des œufs brouillés, des pancakes et du café. Angie s'était même servi quelques tranches de fromage, qu'elle savourait en fermant les yeux.

— Hum. Délicieux.

— Tu as entendu ce que j'ai dit ?

— Quoi ?

— Je pense qu'on devrait aller ailleurs.

Angie sembla abasourdie.

— Je…, commença-t-elle. Bon, d'accord. Avec ce qui s'est passé ici pour toi, je comprends que… Mais je croyais que ça allait ! C'est l'endroit rêvé pour établir notre QG. On est juste à côté de St. Augustine, de la côte… Il paraît même qu'il y a des cimetières complètement dingues, près de Gainesville. Je…

Elle se tut. Nils Hartford, très élégant dans un costume à fines rayures gris foncé, s'approchait de leur table en souriant. Angie sauta sur l'occasion :

— Nils ! Vous boirez bien un café avec nous !

— J'ai déjà bu mon café ce matin, je vous remercie. Je ne fais que passer. Mon équipe est super. On a les meilleurs serveurs du secteur, mais je préfère toujours superviser le dressage des tables avant le déjeuner.

Il se glissa sur la chaise voisine de Maura.

— Tout se déroule comme vous voulez ? demanda-t-il à Angie.

— J'adore cet endroit ! s'écria-t-elle avec enthousiasme. Et la nuit dernière, votre frère a été hallucinant. J'ai appris que c'était Maura qui faisait ce boulot, autrefois. Je la connais : elle devait être fantastique. Mais j'ai a-do-ré la performance de Mark. Il faut qu'il continue !

Nils rit.

— Ça n'est pas du tout de mon ressort. Mon frère travaille pour l'équipe de Fred Bentley, comme moi. C'est lui, notre supérieur. Je n'ai aucune autorité sur les embauches ni les licenciements. Mark adore ce genre de trucs, depuis qu'il est petit. Moi, j'étais plus intéressé par les rouages, comprendre la façon dont les choses fonctionnent. Et toi ? demanda-t-il soudain, en se tournant vers Maura avec inquiétude. Ça ne te fait pas bizarre de revenir ici ?

— Ça va, répondit Maura.

— En tout cas, merci du fond du cœur à toutes les deux pour votre travail.

Il baissa la voix, même si le restaurant était presque vide, à cette heure.

— Même Donald a été secoué en apprenant que ces jeunes femmes avaient résidé au ranch ou étaient sur le point de s'y rendre… avant de disparaître. Sérieusement, un arbre ne peut pas pousser les gens à faire des choses, mais… J'imagine que ce doit être comme une sorte de symbole. On l'a à l'œil, en ce moment. Aucune vidéosurveillance n'a jamais été installée, parce qu'il se situe en plein milieu des bois et qu'il ne s'est rien passé récemment. Maintenant… On va réfléchir à un moyen de renforcer le dispositif de sécurité. Donald doit rencontrer une société de surveillance demain, pour qu'ils nous fassent des suggestions. On a déjà des caméras à l'accueil, dans les ascenseurs, les espaces publics… Ce genre de choses. Mais c'est compliqué de trouver le bon équilibre entre respect de la vie privée et sécurité. Avec la technologie d'aujourd'hui, bien plus avancée qu'il y a douze ans, ce serait un jeu d'enfant de surveiller l'arbre. Comme il se situe sur la propriété de Donald, ce serait parfaitement légal. Bon, bref. En tout cas, merci à toutes les deux de soutenir notre réputation.

— Avec plaisir, répondit Angie.

Nils sourit, puis se tourna de nouveau vers Maura, l'air encore inquiet.

— Je voulais… En fait, je sais que tu me trouvais un peu stupide… C'est certain que je n'étais pas très malin, à l'époque. Je me croyais vraiment au-dessus des gosses qui devaient bosser l'été.

Il eut un petit rire amer.

— Et puis, il y a eu la crise financière et ça m'a bien secoué. C'est bizarre, non ? Un peu comme si toute la fine équipe se retrouvait. Moi, Mark, Donald, Fred Bentley, quelques autres encore… Et puis, toi, Brock et Rachel.

— Rachel ? répéta Maura, surprise.

— Tu ne savais pas ? Rachel est au FDLE, la police de l'État. Elle travaille avec l'inspecteur Mike

Flannery. Ils logent ici et s'occupent de l'enquête sur ces disparitions en série. Enfin, je crois que c'est en série. Tout le monde est inquiet à cause du cadavre de cette pauvre fille qu'on a découvert à la laverie.

— Oh ! Rachel et toi, vous êtes toujours… ? demanda Maura.

— Non, non. Juste amis. J'aime beaucoup Rachel. Je me suis comporté comme un idiot avec elle, quand on était ados. J'ai de la chance qu'elle me tolère encore. Et qui aurait cru qu'elle serait devenue flic ? Elle a bien changé. Toujours jolie et féminine, mais il paraît que c'est une sacrée pro et qu'elle pratique toute sorte d'arts martiaux. Une vraie dure à cuire. C'est une chouette fille. Enfin, une chouette femme.

Il eut un petit rire.

— On est adultes, maintenant. J'ai du mal à m'y faire. Et toi et Brock ? J'étais tellement jaloux de vous, autrefois…

— De nous deux ? s'étonna Maura. Sinon… Non. Je ne l'ai pas revu depuis cet été-là.

— C'est dommage. J'imagine que… ça a été difficile, ce qui est arrivé. Mais tu es là ! reprit-il, soudain enjoué. Et c'est super ! Vous avez déjà filmé la veillée contes, c'est ça ? Je crois que vous pourriez passer des journées entières ici et…

— Mais c'est exactement notre intention ! assura Angie. Un peu comme la police, en fait. Ou le FBI. On a trouvé un endroit central comme QG et on va rayonner autour. St. Augustine, peut-être Gainesville.

— C'est super, vraiment. Si je peux faire quoi que ce soit, surtout…

Il laissa sa phrase en suspens et son regard se

perdit vers l'entrée du restaurant, où Marie Glass venait d'apparaître. Elle semblait chercher quelqu'un.

— Excusez-moi, marmonna Nils avec une mine contrite. Le devoir m'appelle. Sa Majesté est arrivée. Oh ! je ne dis pas ça méchamment, s'empressa-t-il d'ajouter. Marie ne se mêle jamais des affaires du personnel et elle est toujours charmante. Une véritable reine. Cordiale et aimable avec nous comme avec les clients.

Il refit une petite grimace.

— Elle est même très prévenante quand elle sait qu'un employé a des soucis. Son vernis ne se fendille jamais. Adorable, je vous dis. Distante et élégante. Souveraine, vraiment.

Marie aperçut alors leur table et leur accorda un de ses sourires gracieux. Nils hocha poliment la tête en retour et attendit. Ce n'était pourtant pas lui qu'elle cherchait. Elle s'approcha d'un pas vif et tira la dernière chaise inoccupée en demandant :

— Permettez-moi de me joindre à vous. Je n'en ai que pour quelques secondes, c'est promis.

— Bien sûr, madame Glass, répondit Maura. Avec plaisir.

Marie Glass s'assit avec précaution.

— Ma chère Maura, vous n'êtes plus vraiment une enfant. Et si j'apprécie votre respect, je vous en prie : vous pouvez m'appeler Marie.

Maura acquiesça. Évidemment, elle n'était plus « vraiment » une enfant. La formulation de Marie était simplement… intéressante.

— Je sais que mon mari et le personnel vous ont déjà exprimé notre gratitude pour la publicité que votre travail ici va nous apporter, reprit Marie Glass.

Et de nos jours, un peu de publicité gratuite, c'est merveilleux ! Mais nous serions également prêts à vous offrir une compensation, si vous acceptiez de présenter l'hôtel plus en détail. Si vous en aviez le temps et l'envie, évidemment.

Elle s'interrompit et adressa un sourire à Maura.

— Nous apprécions votre travail et connaissons bien votre réputation. Nous serions ravis d'en profiter pleinement. Je reste, bien entendu, à votre entière disposition, en cas de besoin.

— Quelle bonne idée ! s'exclama Angie. Il faudrait revoir un peu le format à la hausse. Comme vous le savez, j'aime mettre en lumière les détails étranges et inquiétants, donc…

— Oh ! vous pouvez y aller ! répondit Marie Glass, avec un grand sourire. Nous adorons les histoires à faire peur. Honnêtement, certaines personnes viennent uniquement pour voir l'Arbre aux Histoires. Mais il serait intéressant de faire découvrir les autres facettes de la résidence… Cela inciterait peut-être les touristes à loger ici ou bien simplement à s'inscrire à la veillée et à la promenade nocturne. Une vidéo un peu plus complète pourrait nous être utile pour notre site web ou divers formats promotionnels.

— Je peux m'y mettre tout de suite, répondit Angie, avec enthousiasme. Enfin, presque tout de suite. Nous avions déjà prévu un petit périple aujourd'hui, mais nous pourrons travailler sur le script dès ce soir. Maura est un vrai génie, dans ce domaine.

Maura jeta un coup d'œil à Angie, mais se retint de montrer sa surprise. Elle n'était pas au courant du petit périple évoqué par Angie et n'était pas certaine de pouvoir concocter un script « génial » à leur retour.

— Merci beaucoup, répondit Marie en se levant. Nous savions déjà que notre Maura était une fille intelligente. Nous avions espéré qu'elle continuerait à travailler avec nous pendant ses études supérieures, mais… Bref, la vie est parfois faite de circonstances très tristes. Je vous laisse, mesdames. Monsieur Hartford, voulez-vous bien m'accompagner jusqu'aux bureaux ?

Dès qu'ils se furent éloignés, Maura se pencha vers Angie :

— C'est quoi, exactement, notre petit périple d'aujourd'hui ?

— À vrai dire, c'était ton idée. Enfin, au départ.

— Où ça ?

— St. Augustine, évidemment. Tu m'as dit que ce n'était pas très loin et qu'on pouvait facilement faire l'aller-retour dans la journée. Je veux voir le Castillo de San Marcos. Savais-tu que c'était le plus ancien fort maçonné des États-Unis ? Enfin, je crois… J'ai noté tout ça quelque part. Tu en sais sans doute plus long que mes notes !

Maura consulta sa montre. Il était encore tôt – à peine 10 heures. Si elles se mettaient en route rapidement, elles pouvaient tout à fait envisager de passer l'après-midi dans la vieille ville, puis de dîner dans l'un des nombreux restaurants et peut-être même d'écouter un petit concert quelque part, avant de rentrer.

— D'accord, répondit-elle enfin. Je pensais que tu voudrais d'abord terminer ici. Peut-être même quitter le ranch pour loger à St. Augustine ou bien partir dans la direction du vieux cimetière Rivero-Marin, au nord d'Orlando. Je ne savais pas que…

— Je croyais que tu adorais St. Augustine.

— C'est vrai.

— Donc, tout va bien.

— Oui. Mais nous n'avons pas d'autorisations. Même si tout le monde filme avec son téléphone portable, de nos jours, toi, tu le fais à des fins commerciales. Je…

— On ne filmera que l'extérieur des endroits où on risque de nous demander une autorisation. Et si ça ne te dérange pas, je voudrais visiter cette grande place, et que ce soit toi qui racontes l'histoire du bagnard espagnol. Tu sais, ce type condamné à mort, dont le garrot d'exécution s'est brisé, si bien qu'il a fini par être relâché. C'est un récit vraiment super.

— C'est la Plaza de la Constitución.

— Voilà. Une place, quoi ! dit Angie, avec un sourire. Un grand carré. C'est un carré, au moins ?

— En fait, elle est rectangulaire.

— Je sais que les détails sont importants… De toute façon, c'est une super histoire, ce bagnard.

— Il s'appelait Andrew Ranson et il n'était pas espagnol, figure-toi. C'était un Britannique qui travaillait sur un navire anglais. Il a été accusé de piraterie et condamné à mort. À l'époque, on utilisait un garrot, une sorte de lacet étrangleur attaché à un poteau. Ranson a toujours clamé son innocence et s'est présenté devant son bourreau avec un rosaire dans la main. Au milieu de l'exécution, le garrot a cédé et l'Église catholique a déclaré que sa survie tenait du miracle. Par la suite, quand Ranson a été remis de ses émotions, le gouverneur a exigé qu'il soit de nouveau exécuté, mais l'Église a refusé. Il a finalement été gracié.

— Et tout ça est réel ! s'extasia Angie. Décidément,

la vérité est souvent bien plus étrange que la fiction. Bon, ça te dit qu'on y aille aujourd'hui ?

— Oui, bien sûr. Il faut juste régler la note et on se met en route.

Tandis qu'elle faisait signe au serveur, Maura vit son ancien patron s'approcher de leur table, un grand sourire sur son visage. Fred Bentley avait une carrure imposante ; trapu sans être gros, il faisait souvent penser à un taureau en train de charger quand il se dirigeait vers vous.

Âgé d'une bonne cinquantaine d'années, il arborait cependant une belle chevelure brune. Peut-être se teignait-il les cheveux ? Son hâle naturel renforçait une allure athlétique, celle d'un homme actif, habitué à travailler dehors.

Ce n'était pas un mauvais patron – meilleur que Francine, en tout cas, qui changeait d'avis sans crier gare et accusait les autres de ses propres erreurs.

Maura baissa les yeux, se sentant vaguement coupable. Francine était peut-être antipathique, mais cela ne rendait pas sa mort moins horrible. Elle chassa de son esprit l'image de son corps pendu, une image qui la hantait encore tous les jours.

— Maura, Angie ! salua Fred d'une voix joyeuse. Je vous en prie, inutile de signer la note. Ce que vous faites ici, avec tout ce qui se passe en ce moment, c'est simplement merveilleux. Nous vous sommes tellement reconnaissants. Vraiment. S'il y a quoi que ce soit que nous puissions faire pour vous. Quoi que ce soit. Vous n'avez qu'à demander.

Maura sourit, un peu mal à l'aise, mais Angie répondit avec enthousiasme, lui assurant qu'elle adorait la propriété, la magnifique piscine, l'élégance des chambres et, bien sûr, le charme insolite des veillées et de la promenade nocturne. Elle était tout simplement ravie de séjourner dans un endroit aussi merveilleux.

Maura écouta la conversation en souriant, mais elle fut surprise de se rendre compte qu'au fond d'elle-même elle se posait des questions sur Fred.

Où se trouvait-il lorsque Francine Renault avait été pendue à une grosse branche de l'Arbre aux Histoires ?

St. Augustine était, selon Brock, l'un des joyaux de la Floride. Fondée en 1565 par Pedro Menéndez de Avilés, la ville avait beaucoup à offrir : le fort, la vieille place, des dizaines de pensions et de gîtes pittoresques, des hôtels historiques, de nombreux musées, dont un très réputé Musée de l'Étrange, des restaurants et des pubs à foison, et plein de petites salles de concert. Elle possédait également de magnifiques plages. Malheureusement, ce n'était pas pour l'une de ces merveilles que Brock était venu.

L'inspectrice Rachel Lawrence lui avait organisé une rencontre avec Katie Simmons, la collègue qui avait signalé la disparition de Lydia Merkel. Elle était potentiellement la dernière personne à avoir vu Lydia vivante.

Ils avaient convenu de se retrouver à La Pointe, un nouveau restaurant près du Castillo, Katie préférant ne pas discuter avec lui sur son lieu de travail. Toutefois, Brock avait bien l'intention de s'y rendre après leur entretien, juste pour vérifier que personne ne s'était souvenu d'un détail oublié lors des interrogatoires de la police.

L'ambiance du restaurant se voulait familiale et détendue, avec de vieilles tables en bois brut, des serviettes en tissu à carreaux et un menu proposant des plats simples, mais de qualité.

Katie Simmons était arrivée avant lui. Même sans la photo dans son dossier, il l'aurait reconnue, tant elle paraissait nerveuse. C'était une charmante jeune femme à l'allure athlétique et aux cheveux châtains. Lorsqu'il franchit la porte, elle jeta un coup d'œil craintif dans sa direction manquant de laisser échapper le verre de thé glacé qu'elle tenait à la main. Elle sembla tout de suite comprendre qui il était. Peut-être était-ce la façon dont il avait parcouru le restaurant du regard. À moins que ce ne soit son complet, peu fréquent en Floride, même pour un rendez-vous d'affaires.

Elle fit mine de se lever, avant de se raviser et d'attendre qu'il la rejoigne. Il lui tendit la main en souriant, espérant la mettre à l'aise.

— Vous êtes Katie ?

— Et vous, l'agent McGovern ?

— Vous pouvez m'appeler Brock, répondit-il en s'asseyant en face d'elle. Détendez-vous, tout va bien. Je ne saurais assez vous remercier d'avoir accepté de me rencontrer. Je sais que vous avez déjà parlé à la police à propos de Lydia. Nous avons toujours espoir de la retrouver.

Katie baissa soudain les yeux et se mit à jouer avec la paille de son verre d'un geste nerveux. Elle semblait au bord des larmes.

— Les jours passent et… Ça fait déjà plusieurs semaines. Je ne vois pas comment elle pourrait être encore vivante.

Une serveuse en blouse fleurie s'approcha pour

prendre leur commande. Brock demanda du café, et Katie et lui choisirent tous les deux la suggestion du jour, un plat de poisson.

— Je ne vais pas vous mentir, mais je pense aussi qu'il ne faut pas renoncer, reprit Brock quand la serveuse se fut éloignée. Parfois, les gens disparaissent simplement…

— Pas Lydia ! l'interrompit Katie. On voit que vous ne la connaissez pas. Elle était tellement contente de venir ici. Elle adorait la ville et son travail. Et puis, c'est une musicienne de talent. Une magicienne de la guitare, avec une voix magnifique, à la fois douce et puissante. Je… Quelque chose d'unique, vraiment. J'adore l'écouter chanter. Elle avait déjà donné des petits concerts, ici et là. Notre patron est un chic type : il établit les plannings chaque semaine et nous consulte avant. Cela a permis à Lydia de faire ses premières prestations.

— Elle se produisait déjà, avant de venir ici ? demanda Brock.

— Oh ! je crois qu'elle avait dû faire une ou deux dates. Un concert pour une soirée privée sur un yacht. Bien payé. Ils cherchaient un chanteur solo et en acoustique. La seconde, c'était dans un endroit appelé le Sanctus, un restaurant qui s'est récemment ouvert dans une bâtisse historique. Il me semble qu'ils organisent aussi des concerts. Enfin, on peut y manger et écouter de la musique, en tout cas.

— Merci. Savez-vous qui l'a embauchée sur le yacht ?

— Oui. C'est l'union des commerçants locale. Elle…

Katie se rembrunit.

— … Elle ne travaillait pas, la veille de sa disparition. On est sorties, toutes les deux. Elle devait prendre la route le lendemain matin. Elle était tellement excitée. Sa carrière – musicale, je veux dire – n'était pas fulgurante, mais ça commençait à décoller.

— D'après ce qu'on m'a indiqué, elle est partie avec son propre véhicule.

— Oui. Elle adorait sa voiture. Une vieille guimbarde, mais bien entretenue. Elle en prenait même grand soin. C'est d'ailleurs ça qui a déterminé le choix de son appartement : elle voulait un parking gratuit. C'est un peu plus loin, mais encore dans la vieille ville. À une vingtaine de minutes à pied.

— On n'a aucune trace de sa voiture, fit remarquer Brock.

Il avait relu toutes les infos disponibles sur Lydia, avant de venir. Le fait que la voiture n'ait jamais été retrouvée était l'une des raisons principales qui poussaient la police à croire que la jeune femme avait disparu volontairement.

— Je sais ! protesta aussitôt Katie. Je suis désolée, mais je me demande parfois si les enquêteurs ne sont pas stupides. L'État est entouré d'eau. Sans parler des marécages, des marais, des gouffres, des failles et de ces maudites Everglades ! Quelqu'un a pu se débarrasser du véhicule. Je vous répète qu'il est impensable que Lydia soit partie de son plein gré. J'ai commencé à m'inquiéter quand je n'ai pas eu de ses nouvelles. Je croyais qu'elle m'appellerait pour me prévenir qu'elle était arrivée ou qu'elle m'enverrait des photos de l'Arbre aux Histoires. Je vous assure que je n'ai pas paniqué tout de suite, mais comme je n'avais toujours aucune nouvelle le soir, j'ai compris que quelque chose n'allait pas. Lorsque j'ai téléphoné au ranch, on m'a dit qu'elle ne s'était jamais présentée à l'accueil. C'est là que j'ai appelé la police. On m'a répondu qu'elle avait peut-être fait un détour. J'ai insisté, en expliquant que je tombais systématiquement sur sa messagerie, mais le policier se voulait rassurant. Il fallait attendre le délai approprié pour déclarer sa disparition et lancer une véritable procédure. Ensuite, j'ai découvert que deux autres jeunes femmes avaient disparu, et puis…

Elle se tut. Brock termina à sa place :

— Et puis, on a retrouvé le corps de Maureen Rodriguez. Enfin, ce qu'il en reste. Katie… Comme je vous l'ai déjà dit, je ne veux pas vous donner de faux espoirs. Mais je ne veux pas non plus renoncer. Des équipes travaillent dur en ce moment même, je vous assure.

Il hésita. Un agent ne devait jamais faire de promesse qu'il ne serait pas capable de tenir, mais…

— Katie, je vous jure de ne pas renoncer tant que nous ne saurons pas avec certitude ce qui lui est arrivé.

Katie sourit, les yeux pleins de larmes.

— Je vous crois, murmura-t-elle.

Leurs plats furent servis. Tout en mangeant, Brock laissa Katie lui parler encore de Lydia. Elles ne se connaissaient pas depuis longtemps, mais leur amitié avait été immédiate. Elles aimaient toutes les deux la musique folk et le théâtre, et avaient assisté à plusieurs pièces ensemble. Elles étaient aussi prêtes à faire plusieurs heures de route pour un concert, adoraient l'impro, les récits et histoires étranges, etc. À la fin du repas, il la remercia sincèrement et lui tendit sa carte professionnelle, avec son numéro personnel. Il promit de l'appeler s'il avait du nouveau, bon ou mauvais.

Quand ils se séparèrent, Brock décida de faire un détour par les bureaux de l'union des commerçants, pour obtenir une liste des invités à la soirée sur le yacht. Ensuite, il se rendrait au restaurant où Lydia avait chanté.

Quelqu'un quelque part devait bien savoir quelque chose.

Sa voiture n'avait pas été retrouvée. Elle ne possédait qu'une seule carte de crédit, qui n'avait pas été utilisée en dehors de la ville. Personne ne disparaissait sans laisser de trace. Il y avait toujours un indice.

Il lui suffisait juste de le trouver.

4

« Je me trouve en ce moment même sur l'Avenida Menéndez, située en plein cœur du quartier historique de St. Augustine. La bâtisse que vous apercevez derrière moi a été érigée en 1763. En 1512, Juan Ponce de Léon débarque sur une plage au nord de la ville, et en 1564, des navires français sont bien accueillis par les autochtones. Les premières installations de colons dans cette région ne datent pourtant que de 1565, avec l'arrivée de Pedro Menéndez.

C'est sous gouvernance espagnole, près de deux siècles plus tard, en 1760, que le père de Yolanda Ferrer entame la construction de cette demeure, l'une des plus anciennes de la ville. En 1762, l'Espagne cède la Floride aux Britanniques, en échange de Cuba.

Yolanda et son époux, Antonio, partent pour La Havane. En 1783, la Floride passe de nouveau aux mains des Espagnols, en échange des îles Bahamas. Yolanda revient alors prendre possession de la maison familiale, avec l'autorisation du gouverneur. À cette époque, Yolanda est une belle jeune femme, persuadée que son mari et elle vivront heureux pour toujours. Il en sera tout autrement.

Un jour, Yolanda découvre qu'Antonio la trompe et le supplie de ne pas la quitter. À la suite d'une dispute conjugale, elle fait une chute mortelle depuis la falaise, dans le jardin derrière la maison. On se demande encore si elle n'a pas été un peu aidée…

Au fil des ans, la maison connaît bien des changements : elle sert un temps de glacière, puis de morgue. Aujourd'hui, elle accueille un restaurant gastronomique, doté d'un chef réputé et n'a pas changé de propriétaire depuis cinquante ans.

Toutefois, cela fait des centaines d'années qu'on rapporte des récits sur cette maison, qui serait hantée par la belle Yolanda. On l'aperçoit parfois en train d'errer en pleurant dans les couloirs ou dans le jardin ou encore dans ce qui était jadis sa chambre à coucher et qui fait maintenant office de bureau au manager. Yolanda ne veut aucun mal à ceux qu'elle croise et ne cherche même pas à les effrayer. Au contraire, les témoins de ces apparitions ressentent le besoin de la réconforter, en lui assurant que son histoire tragique n'a pas été oubliée ».

Une fois son monologue achevé, Maura attendit quelques secondes qu'Angie coupe la caméra d'un geste maladroit. Il y aurait certainement du ménage à faire dans les rushs, pensa-t-elle avec un soupir.

Elle préférait largement quand Angie se cantonnait à son rôle et composait le texte. Toutefois, après avoir présenté le Castillo, le Musée de l'Étrange, le cimetière huguenot, devant l'ancien bagne, le Musée de l'hôpital militaire espagnol et plusieurs autres sites, Angie l'avait suppliée de raconter la légende de Yolanda. Maura avait fini par céder.

Le soleil était presque couché. Maura avait beau apprécier St. Augustine, elle était épuisée.

— On va dîner ? proposa-t-elle à Angie.

— Carrément ! Il va falloir revenir. J'ai adoré la Plaza de la Constitución. Quand tu penses que c'est là que se déroulaient les exécutions, alors que maintenant c'est une place coquette et pittoresque, avec un marché de producteurs et des concerts le soir. J'adore les ruelles autour et les petites églises. Je suis vraiment contente qu'on soit venues.

— J'ai toujours beaucoup aimé cette ville, moi aussi, renchérit Maura. Mais je suis fatiguée et je meurs de faim. Tu as une adresse en tête ?

Le choix ne manquait pas. Angie hésita et fit une grimace.

— Si je me décidais pour un restaurant en particulier, est-ce que tu trouverais ça de mauvais goût ?

— De mauvais goût ? s'étonna Maura, un peu méfiante. À ma connaissance, aucun crime atroce n'a été commis dans un restaurant de St. Augustine.

— Le restaurant est très tranquille, assura Angie. Pas de sang ni de boyaux qui traînent dans les cuisines ou ailleurs, pour autant que je sache. Mais... C'est là qu'une des filles disparues a donné un concert, une fois. Je crois que j'ai vu une vidéo sur Internet. Lydia Merkel y a chanté, peu de temps avant de disparaître. L'endroit s'appelle Sanctus.

— Oh ! murmura Maura. Franchement, je ne...

— Tu ne t'en serais même pas doutée, si je ne t'avais rien dit.

Maura soupira.

— S'il te plaît ? insista Angie. C'est plus fort que moi, j'ai trop envie de le voir.

Évidemment...

Si le corps de cette pauvre femme était retrouvé et que son meurtre n'était jamais élucidé, cela deviendrait une nouvelle légende locale. Maura n'avait pas l'énergie de se battre avec Angie. D'ailleurs, le restaurant en lui-même n'y était pour rien.

— D'accord, finit-elle par accepter. C'est loin ? On peut y aller à pied ? Le nom ne me dit rien. Il ne devait pas encore exister, la dernière fois que je suis venue.

— C'est à quelques rues seulement.

— Alors, il vaut mieux laisser la voiture ici.

Le Sanctus, installé dans une ancienne maison, ressemblait à de nombreux restaurants de la vieille ville. D'après les estimations de Maura, la bâtisse datait des années 1800, en pleine période victorienne. Une plaque accrochée sur la façade confirma son intuition : 1855.

Elle avait autrefois été la demeure du capitaine Evan Siegfried et de sa femme Dolores. Abandonnée après la Guerre civile, la maison était devenue successivement un asile pour malades mentaux vers 1880, une école pour filles en 1910, une boutique de fleuriste dans les années 1920, avant d'accueillir de nouveau des locataires dans les années 1950. Finalement laissée à l'abandon, elle avait récemment été rachetée, puis restaurée par son nouveau propriétaire, le patron du Sanctus.

En entrant, on remarquait tout de suite qu'il s'agissait d'une ancienne maison particulière : sur la droite, un escalier menait à l'étage, tandis que sur la gauche s'ouvrait une pièce qui devait autrefois servir de salon, mais qui était à présent occupée par un long bar et quelques tables. On les guida jusqu'à une vaste salle qui avait dû être la pièce commune de la famille et au fond de laquelle était dressée une petite estrade. Un panneau annonçait que « Timmy Margulies, l'homme-orchestre » devait se produire à 20 heures.

Tandis qu'on les conduisait à leur table, Maura se figea soudain sur place, provoquant une collision avec un serveur qui arrivait derrière elle avec un plateau. Une assiette contenant des frites maison et une viande en sauce s'écrasa au sol avec fracas. Mortifiée, Maura se confondit en excuses, puis leva de nouveau la tête vers ce qui avait causé sa surprise.

Brock McGovern était assis près de la porte, en pleine conversation avec une femme arborant un polo orné du logo du restaurant. Évidemment, l'incident avait attiré son attention et, comme tous les autres clients, il la regardait à présent avec insistance.

Maura aurait voulu disparaître sous terre.

Brock échangea quelques paroles avec son interlocutrice, puis se leva pour venir à sa rencontre. Avec une grimace, Maura tenta de s'esquiver en se précipitant pour aider le serveur qu'elle avait bousculé.

— Oh là là, murmura Angie.

Brock arriva à leur hauteur, accompagné de la femme, qui était visiblement la gérante.

— Madame, je vous en prie ! s'écria celle-ci. Ne vous dérangez pas. Cela se produit souvent, dans un restaurant.

— Je sais, mais là, c'était vraiment ma faute, bafouilla Maura.

Elle tressaillit quand Brock la prit par le bras. En levant les yeux vers lui, elle vit dans son regard qu'elle en faisait un peu trop. Malgré elle, elle répéta :

— Je suis vraiment navrée…

— Maura, ce n'est pas grave, murmura Brock. Tout va bien.

Quand leurs regards se croisèrent de nouveau, Maura se rendit compte qu'elle était toujours autant attirée par lui. Elle se demanda une seconde si les paroles qu'elle venait de prononcer ne lui étaient pas destinées. Peut-être était-ce auprès de lui qu'elle s'était vraiment excusée.

— Tu n'as jamais cherché à me joindre, lâcha-t-elle soudain, tandis que le serveur et d'autres employés s'agitaient autour d'eux pour nettoyer.

Brock resta un instant interdit.

— Au contraire, répondit-il enfin. À de nombreuses reprises. J'ai appelé, j'ai écrit et… J'imagine que ça n'a plus d'importance. On ne peut pas changer le passé.

À côté d'eux, Angie toussota.

— Hum… Excusez-moi ? Je crois qu'ils aimeraient qu'on s'installe. Pour libérer le passage ?

Elle se tourna vers Brock avec un grand sourire.

— Brock ! Quelle étrange coïncidence ! Quel plaisir de vous revoir. Vous vous joignez à nous ? Maura, il faut vraiment qu'on aille s'asseoir.

— Oui, bien sûr, marmonna Maura.

Plus que jamais, elle aurait voulu rentrer sous terre.

Son cerveau tournait à toute allure ; un peu sidérée, elle comprenait lentement qu'on lui avait caché une partie de la vérité. Elle avait des parents très attentionnés. Mais avaient-ils décidé que l'innocence de Brock n'avait jamais formellement été établie et qu'ils devaient empêcher celui-ci de reprendre contact avec leur précieuse fille unique ? Comment expliquer autrement que Brock ne soit jamais parvenu à la joindre, malgré ses efforts ?

Debout dans le restaurant, elle sentait que tout le monde la regardait. Avec un petit sourire crispé, elle tira sa chaise, toujours sonnée par les paroles de Brock, regrettant ne pas les avoir entendues dans des circonstances différentes. C'était sans doute de sa faute, mais elle n'avait pas pu s'en empêcher.

— C'est magnifique, absolument magnifique, reprit Angie quand ils furent assis. Nous n'avions pas la moindre idée que vous seriez à St. Augustine aujourd'hui. Et quelle coïncidence de se croiser au même restaurant ! Avez-vous déjà mangé ? Voulez-vous vous joindre à nous ?

— Je n'ai pas dîné, mais j'ai fait un très bon repas ce midi, répondit Brock.

— Vous enquêtez ?

— Oui.

— Je suis vaguement au courant de ce qui se passe, bien sûr, reprit Angie. On ne parle que de ça sur toutes les chaînes d'informations. Impossible d'y échapper. Si je comprends bien, la dernière fille qui a disparu près du ranch vivait dans cette ville.

— Oui, répondit simplement Brock.

Angie se renfrogna ; elle s'attendait visiblement à plus de détails.

— Tu penses qu'il existe une chance de retrouver vivante une des disparues ? demanda soudain Maura.

— C'est toujours une possibilité.

— Ah ! s'exclama Angie. Voilà une réponse bien politiquement correcte.

— Non, clarifia Brock. Nous n'avons pas de cadavre. Cela signifie donc qu'il y a une chance pour qu'elle soit encore vivante.

— Même après la découverte des ossements entre les draps ? insista Angie.

— Même après ça. On ne sait pas encore si ces affaires sont liées. Le fait que les trois disparitions soient survenues dans un laps de temps court suggère en effet des enlèvements en série. Mais nous ne savons toujours pas s'il existe un lien avec le meurtre de Maureen Rodriguez. Cependant, ajouta-t-il, comme je vous l'ai déjà dit, je pense que c'est une période dangereuse pour toute femme entre dix-sept et trente-cinq ans. Franchement, je serais plus rassuré si toutes les femmes de mon entourage partaient pour l'Alaska, l'Australie ou la Nouvelle-Zélande.

Il regarda Maura avec insistance.

Celle-ci sentit son cœur s'emballer. Elle ruminait sa colère depuis si longtemps… Soudain, elle comprit qu'il n'avait pas cherché à se débarrasser d'elle, lorsqu'ils s'étaient croisés à la bibliothèque. Il s'inquiétait pour tout le monde.

Et peut-être, en raison de leur passé, plus particulièrement pour elle.

— C'est une bonne chose que vous restiez ensemble, ajouta-t-il avec un sourire. Avez-vous passé une agréable journée ?

Maura ne prit même pas la peine de répondre : Angie s'en chargea sans hésiter, se lançant dans un récit enthousiaste de ce qu'elles avaient accompli ce jour-là.

Le serveur – celui qui s'était cogné contre Maura – vint prendre leur commande et leur suggéra le vivaneau, préparé très simplement avec du jus de citron, de l'ail et un filet d'huile d'olive. Ils acceptèrent tous les trois. Angie, la seule à ne pas conduire, s'autorisa l'apéritif maison, le Sanctus, sans se soucier de ce qu'il y avait dedans. Le garçon apporta peu après un verre rempli d'un liquide bleu et pétillant, qui se révéla délicieux.

— Vous avez terminé votre travail pour aujourd'hui ? demanda Brock.

— Oh oui. Maura est incroyable. Elle savait où aller, quoi filmer. On ne fait pas de grands formats, vous savez. Juste des courts-métrages. Des tas d'études ont été réalisées sur la capacité d'attention et de concentration, de nos jours. Pour toucher le plus grand nombre, une vidéo ne doit pas être trop longue. La plupart des gens zappent au bout de quelques minutes, sauf s'il s'agit d'un sujet qu'ils ont vraiment envie de voir. Le format qui me convient le mieux, c'est entre deux et trois minutes. Avant de rencontrer Maura, ça n'allait pas du tout. C'est elle qui assure le montage, même si une seule prise suffit, en général.

— Vous êtes associées ? demanda Brock, en consultant Maura du regard.

— Non, répondit celle-ci.

— Elle est hyperdemandée ! s'exclama Angie. Des artistes, des écrivains, des performeurs. Maura a un talent incroyable pour saisir l'essence du travail de quelqu'un en quelques minutes.

— Il faut préciser qu'Angie est déjà une véritable star, ajouta Maura rapidement. Ses livres connaissent un succès retentissant.

— Je dispose de quelques sponsors très généreux pour ma chaîne. Qui aurait pensé qu'une gamine maigrichonne et un peu empotée comme moi s'en sortirait aussi bien, hein ?

— On ne sait jamais ce que la vie nous réserve,

répondit Brock, en regardant de nouveau Maura. Tu passes parfois devant la caméra, si j'ai bien compris ?

— Quand Angie en a assez, oui.

— Elle est super, franchement, ajouta Angie. Très photogénique. Et quel talent ! Une grande conteuse. Elle aurait été parfaite comme barde au temps des Vikings, quand la transmission se faisait oralement et que les gens écoutaient les histoires au coin du feu.

Elle se pencha en avant et ajouta, sur le ton de la confidence :

— Évidemment, je me tue à lui rappeler que sa vie ne peut pas s'arrêter là. On travaille ensemble depuis trois ans et je suis toujours surprise qu'elle ne me dise jamais non. Elle est toujours partante. Cette fille, c'est boulot, boulot, boulot. Moi, je fais une pause quand je suis avec quelqu'un. Maura, elle, ne prend même pas le temps de faire des rencontres.

Maura se tourna vers Angie, stupéfaite que son amie ait osé aborder un sujet pareil. Surtout après avoir flirté sans vergogne avec Brock. À vrai dire, elle ne cachait pas son intérêt pour les hommes en général. « Pour une nuit, pas pour la vie », comme Angie se plaisait à le rappeler souvent.

Maura se retint de lui donner un bon coup de pied sous la table. De toute façon, elle se trouvait trop loin d'elle. Et puis Brock l'observait, une lueur étrange dans le regard.

— Certains d'entre nous ont un rapport au travail plus… intense, fit-il remarquer.

Angie s'engouffra dans la brèche.

— Donc… Vous n'êtes pas marié ? Ni fiancé ? Une relation stable avec quelqu'un ?

Une fois encore, Maura eut envie de la taper.

Pourquoi la table était-elle si large ? Brock éclata de rire.

— Non. Ni marié, ni fiancé, ni relation stable. Pour se réveiller tous les matins aux côtés de la même personne, il faut trouver quelqu'un capable d'accepter le pire et le meilleur de vous. Et tout ce qu'il y a entre les deux. Quand on sait… Bref. Mon travail m'occupe beaucoup. Tout le monde n'est pas à même de supporter la vie avec un homme qui travaille… comme moi.

Il se cala sur sa chaise et ajouta :

— J'aimerais vous suivre en voiture jusqu'au Frampton Ranch. Je crains que la paranoïa chronique ne soit devenue une sorte de déformation professionnelle. Je sais que tout va bien pour vous, mais… si vous voulez bien m'accorder cette fantaisie ?

Il ne quittait pas Maura des yeux.

Elle aimait toujours son visage. Ses yeux, le contour de ses pommettes, la forme de sa bouche. Il était si déterminé et sûr de lui quand ils étaient jeunes. L'aimer avait été facile, une évidence. Il était devenu l'homme qu'elle avait imaginé autrefois, l'homme qu'elle aurait voulu voir au réveil, tous les matins.

— Maura ? interrogea Angie.

— Heu… Oui, bien sûr.

Brock se leva et se dirigea vers l'entrée pour régler la note.

— Il est super sexy ! chuchota Angie, tout excitée. Et il en pince encore pour toi, c'est sûr. Mais si tu préfères passer ton tour…

— Angie, il est ici pour le travail.

— Vous deviez être adorables, tous les deux.

— Oui, c'est ça. Carrément adorables. C'était il

y a douze ans, Angie. Allez, viens : on récupère la voiture et on rentre. J'ai pas mal de montage à faire.

— Mais non. Toutes les prises étaient presque parfaites. C'est moi qui aurais dû régler l'addition, avec tout ce que je gagne…

— Angie, arrête un peu. Regarde : il nous fait signe. On y va.

Brock n'était pas garé loin. Il les raccompagna jusqu'à leur voiture, puis leur demanda d'attendre, le temps qu'il les rejoigne sur l'avenue.

Assise au volant, Maura repensa aux années qui s'étaient écoulées. Au début, elle avait été sidérée que sa relation avec Brock prenne fin de façon aussi brutale et absolue. Puis, petit à petit, la normalité avait repris son cours. Les déceptions amoureuses faisaient partie de la vie. Il y avait eu d'autres hommes, mais chaque fois qu'il avait été question de s'engager dans quelque chose de plus sérieux… elle avait filé par la première sortie. Elle n'avait jamais envisagé d'adopter un tel comportement. Simplement, elle n'avait jamais rencontré celui aux côtés duquel elle avait envie de se réveiller le matin.

Elle ne put s'empêcher de se demander pourquoi Brock n'avait, lui non plus, pas trouvé cette personne.

Dans son rétroviseur, elle vit la voiture de Brock ralentir à leur hauteur. Elle s'inséra dans la circulation et quitta les vieux quartiers, Brock juste derrière elle.

— Peut-être que j'aurais dû monter avec lui, fit soudain observer Angie, en l'observant du coin de l'œil. Franchement, si tu as vraiment l'intention de laisser passer ta chance…

Maura ne put se retenir de rire.

— Angie, je croyais que c'était l'un des frères

Hartford qui t'intéressait. Nils ou Mark ? À moins que ce soit Fred Bentley.

— Bentley ? Non, non, non ! protesta Angie. J'aime les grands bruns. Ou alors un peu moins grands, mais souriants et charmeurs, avec un petit quelque chose dans le regard. L'amour de la vie, la confiance en soi… Je ne sais pas trop. Mais Bentley ? Naaan… On dirait un trente-trois tonnes lancé à pleine vitesse. Cela dit…

Elle tira sur sa ceinture pour pivoter sur son siège et faire face à Maura.

— Cela dit, j'aimerais en apprendre plus sur Donald Glass. Le pouvoir et l'argent ! Deux puissants aphrodisiaques s'il en est. Même quand un homme est sexuellement presque périmé, il suffit d'un peu d'argent et de pouvoir pour changer la donne, non ?

— Hum. Tu n'as pas oublié qu'il était marié ? lui rappela Maura.

— Non, mais j'ai aussi entendu dire que ça ne le dérangeait pas tant que ça, répliqua Angie en riant. Sa femme est plus jeune que lui, si j'ai bien compris. C'est souvent le problème : il y aura toujours plus jeune qu'elle pour prendre sa place un jour.

— Tu vois ? C'est une sorte de mise en garde philosophique.

— Je connais plein de couples avec une différence d'âge. Dans les deux sens. Et ils sont parfaitement heureux !

— Bien sûr, murmura Maura, qui ne prêtait plus vraiment attention, trop préoccupée par la voiture qui la suivait.

Le trajet du retour sembla durer une éternité. Angie

bavardait sans arrêt et Maura s'efforçait de hocher la tête et de marmonner une réponse de temps en temps.

Enfin, elle s'engagea dans la longue allée qui menait aux parkings. Brock se gara quelques places plus loin et les rejoignit, tandis que Maura sortait son matériel du coffre.

— Une escorte privée jusqu'au bout, minauda Angie. Quelle classe !

— Jusqu'à la réception, précisa Brock.

Tandis qu'ils se dirigeaient vers l'hôtel, Maura se rendit compte qu'elle ne lui avait pas demandé qui était la femme assise à sa table, avant leur arrivée au Sanctus. Étrangement, elle n'avait pas très envie d'aborder le sujet en présence d'Angie. Près de l'entrée, elle tourna légèrement la tête vers lui et lorsque leurs regards se croisèrent, ce fut comme si rien n'avait changé.

D'un simple coup d'œil, elle avait toujours été en mesure de lui faire comprendre qu'ils devaient se parler seul à seul.

Ils montèrent les marches du perron, puis franchirent la double porte. L'architecture historique du ranch avait été plus ou moins conservée : la réception avait été installée dans un coin de ce qui était autrefois le vestibule. De chaque côté, une porte menait au café et au restaurant, situés respectivement dans l'ancien salon et dans le boudoir. Le plancher de bois brut était lustré au point d'en devenir glissant – exploit de l'équipe d'entretien. Au premier étage, la demeure principale comprenait de vastes suites ; au second, sous les combles, plusieurs belles chambres avaient remplacé le grenier. Deux ailes latérales – d'anciennes dépendances – avaient été transformées en petits studios à louer.

Évidemment, Angie avait réservé l'une des grandes suites du premier étage. Maura, elle, n'avait pas besoin d'autant de place et se contentait d'une chambre sous les combles. Même si elle appréciait de travailler avec Angie, elle aimait aussi avoir son intimité.

— Voilà, murmura Brock. Tout le monde est rentré sain et sauf.

— Bienvenue ! lança une voix derrière eux. Vous avez tous décidé de sortir dans le même coin, ce soir ?

En se retournant, Maura fut surprise de découvrir Fred Bentley derrière le comptoir de la réception. Il y avait quelqu'un sur place vingt-quatre heures sur vingt-quatre, mais c'était rarement Bentley. Ce dernier vivait sur la propriété, dans l'un des appartements à l'extrémité de l'aile gauche, et Maura n'avait jamais vraiment compris quels étaient ses véritables horaires, tant il semblait être partout à la fois.

— Notre hôtesse d'accueil nous a fait faux bond, ce soir, précisa-t-il soudain en voyant que tous le dévisageaient. Ce genre de comportement n'est pas vraiment apprécié, dans la maison.

La pauvre employée ne resterait pas longtemps parmi le personnel, pensa Maura.

— J'ai croisé Maura et Angie à St. Augustine, expliqua Brock. Le monde est parfois étonnamment petit.

— Quelle étrange coïncidence, en effet, répondit Fred. Soyez les bienvenus, en tout cas. Oh ! Angie ? Mme Glass espérait vous faire visiter la propriété demain, afin que vous puissiez vous faire une idée.

Pour filmer le ranch dans son ensemble. La piscine et le patio, à l'arrière, sont vraiment magnifiques.

Il désigna Maura et Brock du menton et ajouta :

— Ces deux-là adoraient s'y baigner. Nos saisonniers ont toujours été autorisés à profiter de la piscine et de la salle de fitness, pendant leurs heures de repos.

— C'était un chouette endroit pour travailler, dit Brock. Maintenant, si vous voulez bien m'excuser, la journée a été longue. Je monte.

— Je crois qu'on va tous aller se coucher, renchérit Maura. Bonne nuit, Fred.

Un ascenseur avait été installé. Maura prenait en général l'escalier, mais en voyant Angie se diriger vers les marches, elle se souvint soudain que Brock logeait peut-être au même étage qu'elle.

— Bonne nuit, Angie ! lança ce dernier, en prenant la direction de l'ascenseur.

Angie fit aussitôt demi-tour.

— La journée a été longue, décréta-t-elle. Je vais prendre l'ascenseur, aussi.

Elle rejoignit Brock et Maura, qui appuya sur le bouton d'appel.

— Je suis dans la suite Jackson, expliqua Angie. Vous avez déjà visité les suites, Brock ? Vous pouvez venir voir ma chambre, si vous voulez.

— Je connais les suites, je vous remercie.

Angie eut un petit rire. Elle adorait flirter et avait clairement annoncé la couleur. En temps normal, ses avances ouvertes ne posaient aucun problème à Maura. Mais ce soir-là…

Non, cela n'avait rien à voir avec la soirée. C'était parce que Angie faisait des avances à Brock.

L'ascenseur s'arrêta au premier étage.

— Hé bien, ce fut une charmante journée et un charmant dîner ! lança Angie. Merci à tous les deux.

— Merci, répondit Maura.

Les portes se refermèrent.

— Toujours subtile, hein ? murmura Brock.

Maura ne put s'empêcher de sourire.

— Très subtile.

— Bien. Que voulais-tu me dire ?

L'ascenseur était étroit, ce qui les forçait à se tenir très près l'un de l'autre. Maura se demanda s'il était possible, après tout ce temps, qu'il y ait encore quelque chose… Les portes s'ouvrirent de nouveau et ils sortirent sur le palier. Brock attendit, immobile, qu'elle parle.

— Ce ne sont pas vraiment mes affaires, mais… je trouve vraiment étrange de te croiser comme ça, à St. Augustine. Tu étais en compagnie de cette femme, mais tu t'es levé pour nous rejoindre et je…

— J'enquête sur Lydia Merkel, expliqua Brock. Une de ses collègues serveuses, Katie Simmons, est persuadée qu'elle n'a pas disparu volontairement. Lydia chantait, en plus de son travail de serveuse. Elle a donné deux concerts, dont un au Sanctus.

— Oh ! d'accord. Oui, bien sûr… Tu travaillais. Et cette femme… C'est elle qui a embauché Lydia Merkel ?

— Exactement. Lydia a joué au Sanctus le mercredi avant sa disparition. J'espérais en apprendre plus, mais ça n'a pas donné grand-chose. La gérante n'a discuté que quelques minutes avec Lydia. C'était le genre de concert idéal pour le service du soir. Avec la guitare acoustiquc, lc volume sonore n'est pas trop élevé et ça permet à la chanteuse d'échanger avec les clients entre les chansons. Elle lui a proposé de se produire plusieurs fois par semaine et Lydia était ravie. Mais elle avait quelques jours de vacances prévus : elle devait se rendre au Frampton Ranch, comme elle en rêvait depuis toujours. La gérante lui a assuré que ça ne posait aucun problème. Lydia devait repasser à son retour pour qu'elles conviennent d'un planning. Comme on le sait, elle n'est jamais revenue.

Il se tut une minute, puis reprit d'une voix douce :

— Je suis désolé pour ce matin. Je ne voulais pas me montrer aussi… Mais une femme a été assassinée. Trois autres sont portées disparues.

— Je suis désolée aussi, dit Maura. Je pensais que… Peu importe. Je ne sais pas ce que je pensais. Mais crois-tu sérieusement qu'il y aura… d'autres enlèvements ? Et que c'est la même personne qui a tué cette femme dont on a retrouvé les ossements ?

Brock hocha la tête, l'air grave.

— D'après ce que je sais, il est impossible que Lydia Merkel ait simplement cherché à changer de vie. Je n'ai pas eu le temps d'interroger d'autres personnes, mais j'imagine que je vais découvrir que ni Lily Sylvester ni Amy Bonham ne se sont enfuies. Et même si plusieurs hôtels utilisent les mêmes draps et font appel à la même laverie, le Frampton Ranch ressort en premier sur toutes les listes. Trop d'éléments coïncident. Je suis peut-être un peu échaudé à cause de cet endroit, mais pour être honnête, j'ai été envoyé ici justement parce que je connaissais les lieux. Pas simplement la Floride, mais le ranch. Tu… Tu dois te montrer prudente, Maura.

— Promis. Plus que d'habitude. Et… merci.

Il hocha la tête. Il savait qu'elle le remerciait de

s'inquiéter de sa sécurité, mais aussi de lui avoir expliqué qu'il avait tout fait pour reprendre contact avec elle, des années plus tôt.

Ils restaient tous les deux sur le palier, comme incapables de se décider à bouger. Il y avait cinq chambres sous les combles et le couloir n'était pas long. Il se faisait tard. Il n'y avait plus rien à dire, malgré tous ces mots qui attendaient depuis des années. Pourtant, aucun des deux ne faisait mine de partir.

— Je… Heu… Je suis tellement navrée pour les familles de ces pauvres femmes. Tu penses vraiment que les disparitions et le meurtre sont liés ?

— On ne sait pas. Cependant, elles ont toutes un point commun : le ranch. Avec tout ce qui s'est passé…

— Tu veux dire… Francine ?

— Oui.

— Mais…, bafouilla Maura. C'était il y a douze ans.

— Oui.

— Peter s'est suicidé. Je me rappelle l'avoir lu dans les journaux et je me souviens de ses disputes avec Francine. Cela dit, tout le monde se prenait le bec avec Francine. Mais ce suicide ? Peter était un gars un peu étrange, avec de très fortes convictions religieuses. Il avait un caractère explosif et il n'était pas rare qu'il se laisse emporter, avant de passer plusieurs heures à ruminer dans son coin. Il n'était pas difficile de l'imaginer en train de traîner Francine jusqu'à l'Arbre aux Histoires, sous l'effet de la colère. Et l'idée qu'il ait par la suite été horrifié par son geste n'aurait rien d'absurde. Le remords peut très bien l'avoir poussé à se suicider.

— C'était l'hypothèse principale, mais rien n'a jamais été prouvé. Il a été poignardé en plein ventre, ce qui signifie que quelqu'un d'autre a pu le faire, puis essuyer le manche et placer le couteau entre ses mains. Le laisser dans la chambre froide. Facile de croire qu'il a fait ça tout seul. Surtout en l'absence d'autre piste crédible. Mais il est tout aussi facile d'imaginer qu'il a été poignardé et que sa mort était une mise en scène.

Brock recula d'un pas, presque comme s'il avait soudain besoin d'espace.

— Bien. Je suis dans la chambre numéro trois. Il est temps d'aller se coucher. Je… Heu… Ça fait plaisir de te revoir. Et félicitations. D'après ce que j'ai compris, tu t'en sors très bien, professionnellement. On s'en doutait tous un peu. Tu es une conteuse-née. De là à filmer les gens et les mettre en scène sur un support vidéo, il n'y a qu'un pas.

— Merci. Et toi, tu es devenu exactement ce que tu voulais être. Un agent du FBI.

Elle se tut, puis prit une profonde inspiration.

— Et… Brock ? Je n'ai jamais reçu le moindre de tes messages. Je ne sais pas si mes parents cherchaient à me protéger… Ce sont des gens bien, mais… Je suis désolée. Je t'en ai vraiment voulu pendant des années. J'ai cru que tu en avais simplement profité pour fuir.

Il secoua la tête, puis haussa les épaules.

— Et toi, tu es où ?

— La dernière, au bout du couloir. Numéro cinq.

— Vas-y, je vais attendre que tu sois rentrée.

Il eut un petit sourire, puis reprit :

— Je veux dire… Puisque je suis là, autant assurer ta sécurité, non ?

— D'accord, d'accord. J'y vais. Je… À plus tard, j'imagine ?

— Oui, murmura-t-il.

Elle tourna les talons et se dirigea vers le fond du couloir. Après avoir sorti sa clé de son sac, elle ouvrit, adressa un petit signe de main à Brock, puis entra dans sa chambre. À peine la porte refermée, elle s'adossa contre le panneau, tremblante.

Comment les années pouvaient-elles s'envoler aussi simplement ? Comment la vérité pouvait-elle être aussi douloureuse… et aussi significative en même temps ? Que serait-il arrivé, si elle avait reçu ses messages ? Seraient-ils restés ensemble, toutes ces années ? Auraient-ils déjà un, voire deux enfants… ?

Elle aurait pu revenir vers lui en riant et lui passer les bras autour du cou. Elle connaissait encore cette sensation, se souvenait de la façon dont il la serrait contre lui, posait sa main sur sa nuque pour l'embrasser. Elle n'avait pas oublié le contact de ses lèvres sur les siennes…

Le temps avait passé. Elle n'avait reçu aucun de ses messages.

Elle n'avait pas su qu'il avait cherché à la contacter. Elle aurait dû se douter de quelque chose : dès son retour, ses parents lui avaient offert un nouveau téléphone, avec un numéro sur liste rouge. Ils avaient insisté pour qu'elle change d'adresse électronique et ferme tous ses comptes sur les réseaux sociaux, pour en ouvrir de nouveaux. Jamais ils n'avaient évoqué spécifiquement le nom de Brock. C'était la situation dans son ensemble qui pouvait représenter un danger pour leur fille.

Peut-être aurait-elle dû faire plus d'efforts pour

reprendre contact avec lui. Mais après plusieurs mois de silence, elle avait fini par renoncer. Par tourner la page.

À présent, ils menaient des vies très différentes.

Elle s'écarta de la porte en soupirant. La journée avait été longue. Elle avait chaud, elle était fatiguée et son esprit était plongé dans la confusion la plus totale. Elle avait besoin d'une bonne douche.

Peut-être même d'une bonne douche froide.

Elle se déshabilla, abandonnant ses vêtements par terre, et se dirigea vers la salle de bains. Tandis qu'elle se glissait sous le jet, elle ressentit comme un malaise. Une pointe d'inquiétude.

C'était presque trop parfait.

Elle était là. Brock aussi.

Nils et Mark Hartford. Donald et Marie Glass... Fred Bentley...

Et puis, cet après-midi à St. Augustine, avec Angie. Brock qu'elles croisaient par hasard au restaurant.

Au même moment, au même endroit.

Elle ferma le robinet de la douche, se sécha rapidement et sortit de la salle de bains. Elle savait que Brock était venu pour le travail et que tous devaient se montrer vigilants. Elle devait rester prudente, comme Brock l'avait suggéré.

Sauf que...

Soudain, ce fut plus fort qu'elle : elle se mit à penser comme Angie.

Une nuit. Juste une nuit.

Pendant le dîner, Angie s'était arrangée pour que tout le monde comprenne bien que Brock n'avait personne dans sa vie. Il n'y avait aucune raison pour qu'ils ne cherchent pas à revivre le passé, même pour une nuit. Même pour quelques heures. Même pour…

Juste pour le souvenir.

Si Maura revisitait le passé, elle se rendrait peut-être compte que tout n'était pas aussi reluisant qu'elle le pensait. Que Brock n'était pas le seul homme au monde à être parfait… pour elle.

Elle connaissait le numéro de sa chambre. C'était un peu osé, mais…

Oui. C'était trop osé.

Elle se força à enfiler une longue chemise de nuit en coton et se glissa dans son lit. Elle resta allongée là, bien éveillée. Le regard perdu au plafond, elle se remémorait les contours de son corps.

5

Brock ferma sa porte à clé.

Après avoir posé son arme de service sur la table de nuit, il jeta son téléphone et son portefeuille sur le lit, puis retira sa veste et s'assit devant le petit bureau. Là, il ouvrit son ordinateur, entra le mot de passe et entreprit de rédiger ses notes. Il eut rapidement saisi tous les renseignements rassemblés cet après-midi-là. Le plus intéressant n'avait pas été sa conversation avec la gérante du Sanctus, mais sa visite à l'union des commerçants.

La personne qui avait reçu Brock savait que le corps de Maureen Rodriguez – ou du moins ce qu'il en restait – avait été découvert. Chaque hôtel, motel, auberge et chambre d'hôtes qui faisait appel à la laverie industrielle avait été passé au peigne fin, mais aucune preuve n'avait permis de cibler un établissement en particulier.

Lydia Merkel avait donné un concert privé, lors d'un événement organisé sur un grand yacht, le *Majestic*, en présence de cinquante-sept convives. Évidemment, de nombreux propriétaires du secteur touristique se trouvaient à bord.

Parmi lesquels, le couple Glass.

Donald était donc parfaitement au courant de la

disparition des jeunes femmes. Or, il n'avait jamais évoqué avoir rencontré l'une d'entre elles. À sa décharge, il n'avait peut-être pas fait le lien avec Lydia Merkel, car celle-ci s'était produite sous son nom de scène : Lyrical Lee.

On nageait en pleine confusion.

Toutefois, le nom du Frampton Ranch resurgissait à chaque fois : soit les disparues y avaient séjourné, soit elles avaient l'intention de s'y rendre.

Une fois son travail terminé, Brock se déshabilla et prit une douche. Il avait besoin de laver la fatigue de la journée. Les pièces de son puzzle étaient toujours là, mais il lui manquait un élément crucial : une preuve tangible.

Ce qui le ramenait à cette vieille rengaine…

Qu'est-ce qu'un événement survenu douze ans plus tôt pouvait bien avoir à faire avec tout ça ? Et pourquoi, alors qu'il s'évertuait à envisager cette enquête sous tous ses angles, à se concentrer sur les détails et la logique, continuait-il à voir le visage de Maura danser devant ses yeux ?

Il la connaissait si bien.

En souriant, il se dit qu'elle n'avait pas changé du tout. Elle était polie, toujours attentionnée, veillant à ne jamais causer de tort à personne. Elle avait été si stupéfaite de le croiser au restaurant qu'elle avait provoqué un véritable incident… Il sourit de nouveau en se souvenant de son expression, de son empressement à essayer de rattraper le désordre qu'elle avait déclenché.

Quand ils s'étaient parlé, elle avait semblé sincèrement choquée d'apprendre qu'il avait cherché à la joindre. Il avait vu les émotions conflictuelles qui faisaient rage en elle, et surtout la colère contre des parents qu'elle aimait pourtant et qui ne voulaient sans doute que son bien.

La douche le revigora un peu. Il avait aussi besoin d'une bonne nuit de sommeil. La découverte des ambitions artistiques de Lydia Merkel constituait une pièce importante du puzzle, à ses yeux. Surtout en raison de ce concert sur le yacht et des personnes devant qui elle s'était déjà produite : l'industrie hôtelière locale, à laquelle appartenait le Frampton Ranch.

Autrefois, Maura et lui étaient également liés à ce milieu. Ils avaient prévu de travailler à temps partiel pendant toute la durée de leurs études. Le futur de Brock était tout tracé ; il savait ce qu'il voulait faire de sa vie. Et il y était parvenu.

Enfin, presque.

Maura avait toujours eu une place dans la vision qu'il se faisait de son avenir. Peut-être même la place centrale, celle où les émotions humaines permettent de créer de la beauté dans les heures paisibles et offrent un soutien moral dans les moments difficiles.

Il ne sut jamais à quel moment il prit consciemment la décision d'aller la rejoindre.

Avant même d'avoir le temps de réfléchir, il enfila un jean et quitta sa chambre. Au passage, il s'empara de son arme de service et ferma la porte à clé derrière lui. La force de l'habitude…

Arrivé devant la porte de Maura, il se sentit un peu ridicule, mais se résolut à frapper doucement. Lorsqu'elle ouvrit – il espérait qu'elle avait pensé à jeter un coup d'œil par le judas –, elle le contempla un instant, l'air perplexe, un vague sourire aux lèvres.

— Oui ? Tu… Tu es venu pour… me tirer dessus ?

Elle recula pour lui permettre d'entrer.

— Je ne peux pas laisser mon arme sans surveillance, expliqua-t-il, avec un sourire contrit.

— Je vois.

Pendant quelques secondes, ils restèrent à se regarder d'un air embarrassé, cherchant peut-être les bons mots.

À vrai dire, toute parole était superflue.

À tâtons, il trouva le guéridon de l'entrée et posa son Glock. Il ne comprit pas vraiment qui fit le premier pas, mais soudain, Maura se retrouva dans ses bras. Le temps et la distance accentuaient chaque sensation et rendaient le goût de ses lèvres encore plus doux. Leur baiser se mua bientôt en quelque chose d'incroyable et il sentit ses mains sur son visage, le contact léger de ses doigts qui l'effleuraient, une caresse unique et électrisante, une promesse fabuleuse.

Il glissa ses mains sous le coton de sa chemise de nuit et leurs lèvres s'écartèrent juste le temps de retirer le vêtement. Puis, il sentit les doigts de Maura s'enhardir près de la boucle de sa ceinture. Un grondement impatient semblait résonner entre eux ; c'étaient les battements de leur cœur, la vibration d'un désir instinctif et bien plus encore.

Elle s'affaira un instant sur la boutonnière de son pantalon. Jamais il n'avait enlevé un jean avec autant d'aisance et de rapidité. Jamais non plus, il n'avait ressenti un tel empressement à sentir une peau contre la sienne.

Quand ils s'embrassèrent de nouveau, il glissa les mains le long de son dos, enveloppant ses épaules, avant de descendre vers ses fesses. Sans interrompre leur baiser, ils se laissèrent tomber sur le lit. Tandis que les lèvres de Brock se frayaient un passage jusqu'à son cou, elle chuchota :

— J'étais sur le point de te rejoindre, au fait.

Sa bouche chercha la sienne. Une tendresse mêlée d'urgence, un désir de retenir l'instant, un besoin d'aller plus loin. Cela faisait si longtemps. C'était tout simplement magnifique de pouvoir la toucher de nouveau, d'entendre sa voix, de s'enivrer de son parfum.

De l'aimer.

Familier et nouveau à la fois.

Leurs mains et leurs lèvres connaissaient le chemin. Il adorait le velouté de sa peau, les courbes de son corps. Il savourait ce contact, la sentant frémir et se cambrer sous ses caresses. Il percevait l'impact de leur étreinte sur elle, ses mains sur ses épaules, son dos, ses baisers brûlants, toujours plus intimes, la douceur affolante de ses seins, de son ventre ferme, de ses longues jambes fines.

Enfin, il fut en elle et leur rythme s'accorda avec une langueur, bientôt mâtinée d'un érotisme brutal qui les fit s'envoler ensemble, toujours plus haut. Instinct et émotion explosèrent en eux avec une sorte de violence secrète d'une incroyable clarté.

Après, ils restèrent allongés en silence. De nouveau, Brock écoutait les battements de leur cœur qui se mêlaient. Ils savouraient cette plénitude. Il déposa un baiser sur son front et dégagea une mèche de ses cheveux.

— Douze années, chuchota-t-elle avec un sourire à la fois doux et moqueur. Si tu veux mon avis, ça valait le coup d'attendre.

— Trop aimable de ta part. Puis-je te retourner le compliment ?

— Absolument, répondit-elle en se blottissant davantage contre lui. Tu peux me complimenter sur tout ce que tu veux. Par exemple, ma luxuriante chevelure. Bon, d'accord : pour l'instant, c'est surtout une masse informe de mèches humides. Mes yeux somptueux… Ils sont ouverts, ce n'est déjà pas si mal. Et bien sûr, le fait que tu m'as attendue toute ta vie.

— C'est vrai, fit-il remarquer gravement.

Elle sourit.

— Tu as rejoint un monastère, au FBI ?

— Ce n'est pas ce que j'ai dit. Et je me doute que tu n'es pas non plus restée cloîtrée au couvent des sœurs vidéastes, pendant toutes ces années.

Elle sourit, puis se reprit et le regarda avec sérieux.

— J'ai… J'ai eu quelques relations avec des gens bien, c'est vrai.

— Je n'en attendais pas moins de toi, répondit-il doucement.

— Mais pas aussi bien que toi, précisa-t-elle dans un murmure.

— Hum. Tu sais qu'on pourrait interpréter ça de plusieurs manières.

— Tu sais ce que je veux dire.

— Oui. Ne me mets pas sur un piédestal. Je n'étais pas si bien que ça. J'étais un peu… perdu. La meilleure façon pour moi de faire face a été de me jeter, tête la première, dans mes projets. Ça m'a plutôt réussi. Enfin, pour la majorité d'entre eux, ajouta-t-il avec un sourire triste.

— Je suis désolée.

— Inutile de s'excuser, assura-t-il.

Elle l'embrassa de nouveau et, pendant un temps, ils se contentèrent de s'enlacer avec tendresse.

Cela faisait tant d'années.

Au petit matin, ils dormirent quelques heures. Quand le soleil se leva, Brock se réveilla et aperçut le visage de Maura sur l'oreiller voisin. Il la vit ouvrir les yeux et lui sourire. Il l'attira contre lui, heureux de pouvoir démarrer la journée à ses côtés.

— C'est presque trop parfait, murmura-t-elle. Et si je suis désolée des circonstances de ces retrouvailles, je suis tellement contente… que tu sois là.

— Nous ne pouvons pas changer le passé. Et nous avons le droit de nous réjouir d'avoir… repris contact.

Elle hocha pensivement la tête.

— Je n'arrête pas de me dire que… il doit y avoir quelque chose dans les archives. Quelque chose qui nous donnerait un indice sur ce qui se trame.

— Tu dois rester à l'écart de tout ça, répondit-il avec fermeté.

Elle se redressa sur un coude.

— Comment veux-tu que j'y arrive ? J'étais là quand Francine a été tuée. Rien que ça… Ça a tout changé, Brock. Ça nous a changés. Et toi aussi, tu penses que c'est lié à ce qui se passe en ce moment.

— Nous n'avons aucune preuve tangible. En fait, si l'on se fie au profil et aux éléments concrets, nous n'avons vraiment aucune raison de croire qu'un meurtrier a pendu Francine avant d'attendre sagement plus de dix ans pour assassiner une jeune femme et en enlever trois autres. Franchement, le mieux pour toi serait de partir pour l'Alaska. Le plus vite possible.

Elle sourit.

— J'adorerais visiter l'Alaska un jour. Mais… avec toi.

Il eut la certitude de sentir son cœur et son âme frémir. Ils venaient à peine d'être réunis. Grâce à Angie, ils savaient tous les deux qu'aucune relation n'avait vraiment fonctionné pour eux, pendant toutes ces années. Ils n'avaient jamais réussi à retrouver ailleurs ce qu'ils avaient connu l'un avec l'autre.

Il sourit, craignant de laisser transparaître la force de ses émotions.

— Je ne pense pas pouvoir prendre des vacances avant un moment. Et l'Islande, tu en dis quoi ? C'est un pays incroyable pour les légendes.

Allongée contre lui, elle lui toucha le bout du nez.

— J'ai un contrat à honorer, tu sais. Je travaille à mon compte, certes, mais je loue mes services. Il faut être réaliste. Je comprends qu'il s'agit de ton boulot, mais moi aussi, je suis ici pour raison professionnelle. Je peux t'être utile, Brock.

Voyant qu'il était sur le point de protester, elle ajouta :

— Je ne suis pas stupide. Je sais fermer ma porte à clé. Je me cantonne aux endroits fréquentés. Qu'il s'agisse d'un crime nouveau ou lié au passé, le coupable est assez malin pour rester dans l'ombre. Personne ne risque rien dans l'enceinte même du ranch. Tu es dans la chambre numéro trois et moi dans la cinq. Et je ne me fais aucun souci en ce qui concerne les nuits. Je suis grande, Brock. Un peu plus vieille que la dernière fois, n'oublie pas.

— Et tu as à peu près le même âge que…

— Les femmes qui sont portées disparues ne se méfiaient pas, l'interrompit-elle. Elles menaient des existences normales et cherchaient simplement à travailler, vivre et profiter de la vie. Brock, la plupart des gens sont merveilleux, prêts à aider leur prochain. Maureen Rodriguez était sans doute une personne charmante, persuadée que le monde lui ressemblait. Du peu que je sais, les trois disparues avaient un peu le même profil : elles pensaient que les gens se comportaient comme des êtres humains normaux, capables de compassion. Elles n'imaginaient pas une seule seconde qu'un malade rôdait dans le coin. Moi, je sais qu'il y a un prédateur. Je ne risque pas de me laisser entraîner dans les ténèbres ou de suivre un inconnu.

— D'accord, chuchota Brock. Mais quand nous ne serons pas ensemble, je t'appellerai toutes les heures. Non. Toutes les cinq minutes.

— Ça ne me dérangerait pas, mais je n'y crois pas une seconde. Tes interrogatoires prennent du temps et tu ne peux pas passer ta journée à te ronger les sangs pour moi. Angie et moi allons filmer les extérieurs, près de la piscine et des restaurants, ce matin. Je suis sûre qu'elle va vouloir un plan d'elle en train de bavarder avec Marie Glass. Peut-être même avec Donald.

Soudain, un vrombissement retentit au sol, près du lit. Brock bondit et fouilla dans la poche de son jean pour en sortir son téléphone.

— Mike ? dit-il en décrochant, après avoir vérifié l'identité de la personne qui l'appelait.

C'était l'inspecteur Flannery.

— Il faudrait que tu viennes avec moi à la morgue de Gainesville, annonça celui-ci.

Brock serra les dents.

La morgue.

Il y avait un nouveau cadavre. Ce qui signifiait que jusqu'ici ses actions n'avaient pas permis de sauver qui que ce soit.

— Une des disparues ? demanda-t-il.

— Je ne crois pas. Je pense… Enfin, la légiste a suggéré que c'était beaucoup plus ancien. Mais… Bon, je te raconterai le reste. Tu peux être prêt dans combien de temps ?

— Dix minutes, annonça Brock.

— Tu es plus rapide que moi. Je te retrouve en bas dans un quart d'heure. On prendra un café à emporter et on filera.

— À tout à l'heure.

— Le premier arrivé commande les caf… Non, laisse tomber. Rachel sera là avant nous. Elle s'en chargera.

— À tout de suite.

Il raccrocha et enfila son jean à la hâte, puis il se tourna vers le lit. Maura s'était levée et le regardait d'un air inquiet.

— Je dois y aller. Je ne sais pas trop quand je serai de retour. Appelle-moi dans la journée, s'il te plaît. Et reste avec Angie et Marie Glass. Ne va pas te promener toute seule dans les bois, hein ?

— C'est promis, répondit-elle en souriant. Mais qu'est-ce… ?

— Des ossements anciens. Il faut aller voir de quoi il retourne. Et non, il ne s'agit pas d'une de nos trois disparues. Tu ne quittes pas le ranch ?

— Non, assura-t-elle avec un sourire.

Il sortit de la chambre pour rejoindre la sienne, priant pour ne croiser personne dans le couloir. Dix minutes lui suffiraient largement pour se doucher et s'habiller. En revanche, l'idée de laisser Maura seule ne lui plaisait pas du tout.

Il espérait que c'était une chose à laquelle il allait simplement devoir s'habituer.

Maura était heureuse. Et déterminée.

Non, elle ne travaillait pas au FBI. Ni dans la police. Elle n'était pas non plus particulièrement bâtie pour se défendre toute seule, en cas de besoin. Mais elle était intelligente et prudente, comme elle l'avait assuré à Brock.

Elle était au ranch au moment de l'assassinat de Francine et elle s'y trouvait de nouveau au moment où tous ces événements horribles survenaient dans son État natal. Ce jour-là, elle avait prévu de filmer la propriété avec Angie et Marie ; elle en profiterait pour bavarder avec tous ceux qu'elle croiserait.

Particulièrement Fred, Marie et peut-être Donald, Nils et Mark.

Son raisonnement était probablement erroné. Leur présence à tous au ranch, douze ans plus tard, était sans doute une pure coïncidence. Ils n'arrêteraient peut-être jamais le coupable de l'assassinat de Francine et n'obtiendraient jamais de réponses à la disparition des trois jeunes femmes ni au meurtre de la quatrième.

La triste vérité, c'était qu'une proportion inquiétante de crimes restait irrésolue. Elle avait lu les statistiques quelque part : près de quarante pour cent des enquêtes pour homicide aux États-Unis n'étaient jamais élucidés.

La seule différence, cette fois, c'était que Brock ne renoncerait pas si facilement.

De son côté, elle ferait de son mieux pour l'aider. Peut-être en retournant à la bibliothèque pour dénicher tout ce qu'elle pouvait sur le Frampton Ranch et les personnes qui y travaillaient.

Maura se doucha, s'habilla et s'attela au montage des images tournées la veille. À 9 heures, elle décida de descendre déjeuner. Angie, elle le savait, se lèverait plus tard et partirait en quête de sa dose matinale de caféine.

Elle emporta son ordinateur portable, curieuse de voir ce qu'elle pourrait découvrir sur le ranch dans divers moteurs de recherche. Comme pour la plupart des établissements touristiques, les premiers résultats menaient surtout à des sites de réservation en ligne, un peu partout dans le monde. L'histoire de la Floride du Centre-Nord ne lui fournit pas de meilleurs renseignements : elle ne trouva rien de particulièrement utile – en tout cas rien qu'elle ne sache déjà.

Vaguement déçue, elle était sur le point d'ouvrir sa messagerie, quand elle aperçut un résultat intitulé :

Des trucs très bizarres qui se sont peut-être produits.

En cliquant sur le lien, elle apprit l'existence d'une organisation étrange qui avait vu le jour en Floride dans les années 1930. Les membres étaient pour la plupart issus des écoles et universités privées locales, des jeunes gens aisés avec un penchant pour un style de vie hédoniste. Ils avaient fondé une société secrète appelée les « Enfants de l'Être suprême » et se considéraient comme supérieurs aux autres. Apparemment, ils avaient embrassé la cause nazie pendant la Seconde Guerre mondiale. Après 1945, la société avait été dissoute, pour refaire surface de façon épisodique dans les décennies qui avaient suivi.

Lors de la disparition d'une jeune femme dans les années 1950, la police avait soupçonné certains membres, mais avait eu toutes les peines du monde à prouver leur complicité. Il avait même été difficile d'attester de la simple réalité de cette société, car les membres avaient tous prêté serment de garder le secret jusqu'à la mort. Une seule fois, un jeune homme avait avoué l'existence de l'organisation et sa possible implication dans la disparition de la jeune fille. Il avait par la suite été retrouvé noyé dans le fleuve Saint-Jean.

— Ma chère Maura, vous êtes littéralement plongée dans votre travail !

Surprise, elle leva le nez de son écran. Marie Glass s'était approchée de sa table et se tenait juste à côté d'elle. Maura referma rapidement son ordinateur, se demandant si Marie avait eu le temps de voir ce qu'elle lisait.

— Je suis désolée, bafouilla-t-elle. Vous attendez depuis longtemps ?

— Non, ma chère. J'ai simplement remarqué la fascination dans votre regard tandis que vous lisiez, répondit Marie, en se glissant sur la chaise en face. C'est toujours d'accord pour aujourd'hui ? Angie et vous allez filmer les plus belles facettes de notre complexe ?

— Oh oui, tout est prêt. Enfin, dès qu'Angie daignera se montrer…

— C'est parfait. J'ai pensé que nous pourrions commencer par la piscine et le patio, puis faire un bref tour de la salle de sport pour montrer aux gens tout ce que le ranch a à offrir. Je sais qu'Angie s'intéresse d'habitude à d'autres types de contenus… Tout comme vous… mais elle a tellement de succès sur Internet. Elle touche un public très large. Je suis persuadée que ça fera une publicité formidable.

— Bien sûr. Tout ce que vous voudrez.

— C'est très gentil de sa part de parler de nous sur sa chaîne.

— Elle avait tellement hâte de venir ici. Elle est fascinée par cet endroit.

— Surtout par l'Arbre aux Histoires, si j'ai bien compris…

Marie se tut brusquement, puis sourit.

— J'ai visionné quelques-unes des vidéos d'Angie et j'ai écouté ses podcasts. Je l'ai même vue faire une intervention dans une librairie, une fois. Cet arbre, c'est tout à fait son rayon. Bien sûr, comme c'est ce qui attire la plupart de nos clients, j'apprécie aussi cet arbre. Ou ces arbres, devrais-je dire. Mais… Ceux d'entre nous qui connaissaient Francine ne peuvent s'empêcher de prendre tout ça avec un peu de recul. Bref… Quand pensez-vous pouvoir commencer à filmer ?

— Angie ne devrait pas tarder à descendre, répondit Maura. Je ne voudrais pas vous faire attendre, cela dit. Voulez-vous que je vous appelle dès qu'elle aura bu son café ?

— Eh bien, je n'ai rien de prévu aujourd'hui, mais si vous pouviez… Oh ! la voilà ! s'écria-t-elle soudain, l'air ravi.

Maura se tourna vers l'entrée. Angie, aussi souriante, charmante et bavarde que d'habitude, entrait dans le café en compagnie de Nils Hartford. Quand elle aperçut Maura assise avec Marie, elle leur adressa un petit signe, puis s'excusa auprès de Nils pour les rejoindre.

— Bonjour ! Madame Glass, vous êtes bien matinale !

Marie lui adressa un regard étonné.

— Si on peut considérer 10 heures comme une heure matinale, alors oui, Angie : je suis matinale.

Craignant sans doute de s'être montrée un peu trop cinglante, elle s'empressa d'ajouter :

— Mais j'apprécie vraiment ce que vous faites pour nous et je me tiens à votre disposition.

— Je serai prête dès que j'aurai bu un café, répondit Angie. Un très grand café !

— Magnifique. Je vais aller faire un tour sur le patio, pour m'assurer qu'aucun des petits chéris à poil de nos clients n'a fait ses besoins dans un coin.

Marie se leva et sourit de nouveau.

— À tout à l'heure ! annonça-t-elle, avant de sortir.

Angie s'assit avec une grimace.

— Si les États-Unis avaient une famille royale, elle en ferait partie, c'est sûr. Par alliance, au moins !

— C'est vrai qu'elle est un peu...

— Hautaine ? proposa Angie.

Maura haussa les épaules.

— Un peu bizarre, tu ne trouves pas ? reprit Angie.

— Quoi ?

— Donald ne semble pas aussi... coincé. Je ne vois pas d'autre mot.

— Honnêtement, je ne les connais pas très bien. J'ai travaillé pour eux, autrefois, mais je n'étais que saisonnière. On les croisait rarement. C'était Fred Bentley, notre supérieur direct.

— Ainsi que cette Francine Renault, c'est ça ? demanda Angie.

— Oui.

— Et ton chéri n'était pas le saisonnier le plus haut placé, ici ?

— Si.

Angie se pencha vers elle avec un sourire entendu et chuchota :

— Et donc ?

— Et donc quoi ?

— Hier soir ?

— Quoi, hier soir ?

— Oh ! tu n'es vraiment pas drôle, Maura, ronchonna Angie, avec une mine boudeuse. Des détails ! Des détails ! On peut presque sentir le courant qui circule entre vous, lorsque vous êtes ensemble. Je dois admettre que… Non, je n'admets rien du tout, en fait. J'ai déjà annoncé clairement qu'il m'intéressait beaucoup.

— Angie, tu t'intéresses toujours beaucoup à des tas de gens.

— C'est vrai. Du coup, j'ai jeté mon dévolu sur Nils Hartford. Il est adorable, lui aussi. Un physique plus classique. Moins farouche, pas comme notre ténébreux agent du FBI. Mais il est quand même charmant. On est ici pour plusieurs jours. J'ai bien l'intention de m'amuser un peu.

— Angie…

— Oui, je parle de m'envoyer en l'air ! s'exclama Angie, avant d'éclater de rire devant la réaction de Maura. C'est trop direct pour toi ? Oh, allez, Maura… Tu commences à me connaître.

— Et je te souhaite bonne chance dans tes conquêtes. Je suis sûre que tout se passera très bien.

— Mieux que ça, même, car je vais faire selon mon bon plaisir.

Soudain, Angie se renfrogna.

— En parlant du loup… Où se trouve ton agent du FBI préféré ?

— Il travaille, Angie. Il est parti depuis longtemps.

— Hum, j'imagine qu'on devrait s'y mettre, nous aussi. Je vais me chercher un café.

— Super. Je remonte mon ordinateur dans ma chambre et je reviens avec la caméra.

Angie n'eut même pas besoin de se lever pour son café, car Nils arriva avec un grand gobelet en carton.

— Un allongé avec deux sucres et une touche de lait, annonça-t-il en tendant le breuvage à Angie, qui en profita pour lui effleurer les doigts.

— Merci beaucoup, ronronna-t-elle avec un sourire radieux. Quand nous filmerons les restaurants, vous me rejoindrez devant la caméra, non ?

— Avec grand plaisir, assura Nils. Bonjour, Maura. Je t'ai aperçue tout à l'heure, mais tu avais l'air très occupée. Je n'ai pas voulu te déranger.

— Tu peux me déranger quand tu veux, Nils. Je ne faisais que des recherches sur Internet.

— Du nouveau aux infos ? Brock et l'inspecteur Flannery ont-ils avancé sur les disparitions ? Oh là, je n'arrête pas d'oublier Rachel…

— Pas que je sache, non.

— Il se passe quelque chose, ce matin. Ils ont fait une découverte au sud du parc national de Devil's Millhopper, expliqua Nils. Je l'ai vu aux infos. Des restes humains. Une troupe de scouts est tombée dessus par hasard, lors d'une sortie.

— Je… J'aurais sans doute dû commencer par

regarder la télé, bafouilla Maura, préférant ne pas dévoiler qu'elle était déjà au courant grâce à Brock. Encore un corps. C'est triste.

Angie ne semblait pas particulièrement perturbée.

— Le parc du Devil's Millhopper ? demanda-t-elle. Encore un truc avec le diable ? Plutôt cool... C'est quoi ?

— Un gouffre géologique, expliqua Maura. C'est dans un parc national, près de Gainesville. Un endroit magnifique, une fosse calcaire d'environ trente-cinq mètres de profondeur. Il y a un sentier et des escaliers pour descendre et la végétation au fond est incroyable.

— Il faut y aller, décréta Angie d'un ton sans appel. Comment ai-je pu rater ça ?

— Je ne crois pas qu'il soit hanté, Angie, expliqua Nils. Mais... Qui sait ? N'importe quel endroit peut être hanté, non ? Et puis, ce n'est pas loin d'ici et c'est vraiment un coin super. Vous savez quoi ? J'aimerais vous le faire visiter. J'ai un jour de congé, bientôt, si ça vous tente.

— J'adorerais que vous m'accompagniez ! s'exclama Angie. Avec Maura, évidemment. Il faut quelqu'un pour filmer.

— Ça me ferait très plaisir d'y aller avec vous deux, assura Nils.

Maura repensa alors au Nils qu'elle avait connu autrefois, quand il était encore un jeune homme qui n'hésitait jamais à écraser les autres, et s'efforça de se souvenir de ses rapports avec Francine. Une chose était certaine, cette dernière ne devait pas se laisser impressionner par son attitude hautaine.

Francine pouvait-elle avoir provoqué la colère de Nils ? Et lui, à dix-huit, était-il capable de commettre un meurtre ? C'était ridicule. Il avait le même âge que Brock ; ils étaient tous ados.

— J'adore ce parc, reprit Nils, en souriant de plus belle. Il est vraiment magnifique.

— Je croyais que la Floride était située au niveau de la mer, fit remarquer Angie. Le trou n'est pas inondé ?

— Franchement, je n'en ai pas la moindre idée, avoua-t-il. C'est un gouffre. Une histoire de croûte terrestre supérieure en calcaire ou je ne sais quoi. La géologie n'a jamais été ma tasse de thé. Pourtant, il y a quand même des espaces vallonnés dans l'État. Vraiment ! Il y a aussi des grottes incroyables et plein d'autres choses. La plupart des touristes ne cherchent que l'eau chaude et les plages, mais la Floride est une péninsule avec des tas d'endroits chouettes à visiter. Je vais voir si je peux te dénicher un fantôme dans le coin !

Angie éclata de rire et même Maura ne put retenir un sourire.

— Super. On va organiser ça, dit Angie.

Maura se leva rapidement.

— Je te rejoins près de la piscine, Angie.

Son ordinateur sous le bras, elle grimpa d'un pas vif l'escalier jusqu'au second étage. La femme de ménage était passée. Tout semblait impeccablement ordonné dans sa chambre. Presque froid.

Peut-être parce que Brock n'était plus là.

Elle secoua la tête avec impatience. Il fallait bien admettre que leurs retrouvailles avaient été faciles, merveilleuses… parfaites. Elle avait sans doute tort d'accorder autant d'importance à une seule nuit. La vie les avait déjà éloignés une fois.

Soudain, elle craignit que d'autres événements tragiques ne viennent les séparer de nouveau.

— Quand il y a aussi peu de… restes, expliqua le Dr Rita Morgan, il est presque impossible de dater la mort avec précision, en nombre de mois. Encore moins en jours ou en semaines. Comme vous le savez, ces ossements ont été retrouvés au sud du parc de Devil's Millhopper, en plein cœur d'une forêt de conifères. La zone se trouve aux abords d'une clairière où des scouts se rendent souvent. Un des garçons s'est levé en pleine nuit pour aller répondre à l'appel de la nature – pas de sanitaires, les scouts campent à la dure. C'est comme ça qu'il a découvert un crâne. Évidemment, il a hurlé et a couru chercher un des parents accompagnateurs, lequel a alerté la police. Et voilà.

Elle désigna la table d'autopsie d'un geste théâtral.

— Les ossements étaient éparpillés et il nous en manque encore quelques-uns. Je crois qu'ils ont été rongés par à peu près toutes les créatures qui sont passées par là. En revanche, certaines marques, notamment là et là…

Elle désigna quelques os.

— … N'ont pas été laissées par des dents. Cette jeune femme… Nous avons retrouvé l'os du bassin, donc nous pouvons dire avec certitude qu'il s'agit d'une femme… a été poignardée. Oh oui, pardon : ce sont des côtes que je vous ai montrées tout à l'heure, avec les marques de couteau. Vous vous en doutiez un peu, j'imagine.

Brock acquiesça, imité par Michael Flannery et

Rachel Lawrence. Tous étaient familiers du squelette humain.

— Vous pensez qu'elle a été tuée depuis moins d'un an ? demanda Brock.

— L'état des os le suggère. Et la mâchoire comporte encore quelques dents. Je dirais qu'elle est morte depuis six à douze mois. Elle a sans doute été enterrée à la va-vite dans un sol humide, ce qui a favorisé une décomposition rapide. Les insectes et la faune sauvage se sont chargés du reste. Il nous manque encore un fémur et quelques os courts. Je crains aussi que de nombreuses dents se soient perdues en route. On risque d'avoir du mal à identifier la victime. On pourra récupérer de l'ADN sur les os et le comparer au fichier des personnes disparues, mais comme vous le savez, cela va prendre du temps.

— Il ne s'agit pas d'une des trois femmes disparues récemment, n'est-ce pas ? On parle d'au moins six mois ? demanda Brock.

— Au moins six mois, confirma le Dr Morgan, en désignant la pile d'os d'un air triste. Celle-ci avait entre dix-huit et trente ans. D'après le bassin, encore une fois. J'aimerais pouvoir vous en dire plus. On va continuer à chercher. On fera tout notre possible.

Ils remercièrent le médecin et quittèrent la morgue. Dehors, Flannery reprit la parole :

— Je crois que celui qui a assassiné Francine il y a douze ans a pris goût au meurtre. Il a recommencé. Peut-être pas souvent, au début. Seulement quelques victimes. Je ne suis pas profileur, mais j'ai assisté à pas mal de séminaires de formation avec le FBI… Comme toi, j'en suis certain. À mon avis, son cycle s'accélère. Pendant des années, il lui a suffi de tuer une fois par an. À présent… Ou du moins au cours de la dernière année, la pulsion s'est faite de plus en plus pressante.

— C'est une hypothèse, répondit Brock. Michael, il est aussi possible que le caractère épouvantable de Francine ait poussé quelqu'un à bout. Et que ces deux cadavres de femme qu'on a retrouvés n'aient rien à voir avec la mort de Francine. Et que ces disparitions ne soient pas non plus liées.

— Tu te fais l'avocat du diable, Brock, dit alors Rachel en soupirant.

En effet. Brock ignorait d'ailleurs pourquoi.

Peut-être que trop d'indices pointaient dans la direction du Frampton Ranch et qu'il n'avait pas vraiment envie d'être impliqué. Malgré tout ce qui s'était passé, il conservait encore beaucoup de bons souvenirs de cet endroit.

Ils avaient à présent les ossements de deux femmes tuées au cours de la dernière année. Trois femmes toujours portées disparues. Il avait à peine eu le temps de gratter la surface.

— Allez, Brock, reprit Flannery. Je me triture les méninges depuis douze ans. J'ai fait quelque chose de travers, autrefois, et ça m'est revenu en pleine figure. Depuis, je paie chaque jour le prix de mon erreur.

— Ce n'était pas votre erreur, Flannery. Vous n'étiez pas assez haut placé dans la hiérarchie à l'époque pour exiger que l'enquête reste ouverte et que quelqu'un s'en occupe sérieusement. Mais si votre théorie est exacte… Si le tueur court toujours, alors il a pendu Francine, puis poignardé Peter Moore en faisant croire à un suicide, afin de fabriquer un coupable idéal. C'est peut-être à ce moment-là qu'il a compris que c'était beaucoup plus gratifiant pour lui de poignarder que de contempler quelqu'un en train de mourir par strangulation.

— Il a commencé à apprécier le goût du sang, approuva Flannery.

— Et vous pensez qu'il s'agit de quelqu'un qui était ou est toujours en lien avec le Frampton Ranch ?

Rachel les regarda tour à tour.

— C'est vrai que Nils Hartford était un crétin absolu, autrefois, soupira-t-elle, alors que personne n'avait accusé son ancien petit ami. Cela dit, je ne crois pas que ce soit un assassin. Il… Lui et moi, ça n'aurait pas pu durer, mais nous sommes restés en bons termes. Quand sa famille a fait faillite, il m'a avoué qu'il aimait travailler dans les restaurants et au ranch, et qu'il espérait que Fred lui donnerait une chance. Quant à Mark… C'était encore un gosse, à l'époque.

— On a quelques exemples d'enfants mortellement dangereux, rappela Flannery.

— Fred Bentley ? interrogea Brock, en regardant Rachel. Il est toujours à son poste.

— C'est lui qui doit superviser tout le linge de l'hôtel, ajouta Rachel.

— Ce n'était pas un mauvais patron et je crois me souvenir que les clients l'aimaient bien. Si ce n'est pas lui… et que tu as raison pour les frères Hartford…

— Ça nous laisse Donald Glass, conclut Brock.

Donald Glass. Un homme marié qui, selon la rumeur, avait entretenu une liaison avec Francine Renault. Un homme qui, au fil des années, s'était forgé une réputation de coureur de jupons. Mais un homme assez intelligent pour avoir doublé la fortune déjà importante de sa famille aurait-il commis l'erreur stupide de perpétrer un meurtre sur sa propriété ? En semant des indices qui risqueraient de le confondre ?

— Il est temps de rentrer, annonça Brock. Je pense qu'il faut interroger discrètement tous nos suspects. Leur laisser entendre que nous craignons que les trois disparues soient mortes et qu'il y aurait un tueur en série en balade.

— Quelqu'un de chez toi pourrait-il retracer tous les déplacements de nos principaux suspects ? demanda Flannery à Brock. La FDLE est équipée, mais au FBI, vous pouvez couvrir tout le pays.

— Pas de soucis, assura Brock. Je… Je n'ai pas encore eu l'occasion de discuter plus longuement avec Glass, mais il était content que nous ayons choisi le ranch comme QG. Évidemment, il est possible qu'un homme comme lui se croie invincible. Au-dessus des autres. Cela dit, je pense qu'il reste une question majeure à laquelle nous devons impérativement répondre.

— Laquelle ? demanda Flannery.

— Où se trouvent les femmes portées disparues ? Il n'y a aucun cadavre. C'est toujours délicat pour la police quand des adultes disparaissent. Les gens ont le droit de disparaître et il s'agit souvent d'un choix de leur part. Mais on a fouillé les bois et on n'a pas retrouvé de corps. Si c'était Glass qui commettait ces crimes – ou quelqu'un d'autre sur le ranch ou même quelqu'un qui n'a rien à voir avec –, il pourrait très bien emmener ses victimes ailleurs. Les retenir prisonnières… jusqu'à ce qu'il les tue. Si nous parvenons à trouver cet endroit… Peut-être pourrons-nous encore sauver des vies.

— Et peut-être qu'on se plante complètement, fit remarquer Rachel. Si on se concentre trop sur une fausse piste… Adieu, la carrière.

— Oublions nos carrières un instant. L'important, c'est de découvrir la vérité, en espérant qu'on retrouvera les femmes disparues. D'accord ?

Rachel fit la grimace.

— D'accord, d'accord…

— Tu m'étonnes, maugréa Flannery.

Brock sentait grandir en lui un pressentiment qui ne lui plaisait guère. Il y avait un tueur en liberté au Frampton Ranch. Et Maura était là.

Une belle jeune femme, liée au ranch.

Une victime potentielle.

Mûre à point.

Il ne laisserait jamais une chose pareille se produire. Il en faisait le serment. À présent qu'il l'avait retrouvée, il était prêt à mourir plutôt que de la perdre à nouveau.

6

Maura et Angie étaient en train de terminer leur travail. La piscine, nichée entre les deux extensions à l'arrière du bâtiment principal, était entourée d'un patio, dont les briques rouges avaient été agencées avec goût pour respecter l'harmonie historique des lieux. Quelques chaises longues et des parasols ajoutaient une touche de modernité élégante à ce cadre exceptionnel.

Maura était restée derrière la caméra. Après avoir pris plusieurs plans du bassin, elle avait filmé Angie et Marie assises au bord de l'eau, en train de bavarder, un cocktail à la main. Marie avait évoqué la construction de la piscine, vingt ans plus tôt, et du soin qui avait été apporté au confort des clients. Un couple était sorti sur le patio, pendant que Maura filmait l'eau, avec le jardin en arrière-plan. Les deux jeunes gens avaient accepté de bonne grâce de signer une autorisation pour être filmés pendant leur baignade.

Lorsque le portable de Maura sonna, elle était tellement concentrée sur ce qu'elle faisait qu'elle envisagea une seconde d'ignorer l'appel. Puis, elle se souvint que Brock et elle avaient passé un accord, et elle s'excusa rapidement pour répondre, laissant Angie et Marie à leur discussion.

Les deux femmes faisaient penser à deux cousines en pleine conversation, insouciantes des adultes alentour.

Au téléphone, Brock semblait tendu. Il lui conseilla une fois encore de bien rester avec Angie en permanence.

— Je ne bouge pas d'ici, assura-t-elle. On va filmer le restaurant, puis la bibliothèque. Ensuite, on ira sans doute faire quelques plans dans la suite d'Angie. Tu rentres bientôt ?

— Oui.

Maura raccrocha en souriant, puis leva les yeux vers Marie et Angie, qui attendaient poliment qu'elle termine sa communication.

— Allons-y, mesdames ! lança Maura. On passe au restaurant.

— Ils n'ouvrent que dans vingt minutes pour le déjeuner, répondit Marie. Nous aurons le temps de filmer les tables dressées et Nils pourra vous présenter certaines de nos spécialités.

— C'est parfait, approuva Maura.

— Ça va être génial ! s'écria Angie, toujours enthousiaste. On va parler des suggestions du jour, et Nils pourra les servir à table. Maura, il faudrait que tu fasses d'abord un travelling de la salle vide, pour qu'on découvre bien le lieu, puis quelques gros plans sur les plats.

Angie et Marie partirent devant. Maura récupéra son sac et sa caméra, remercia une dernière fois le couple, puis rejoignit à la hâte les deux autres femmes. Quand elles entrèrent dans le restaurant, tout était impeccable et prêt pour le déjeuner. Les verres étincelaient sur les tables drapées de nappes blanches immaculées. L'ancienne cheminée et les vitres colorées créaient une atmosphère feutrée qui renforçait le charme pittoresque de la salle.

Maura effectua un long plan de la pièce, tandis qu'Angie décrivait les lieux en voix off. Nils se tenait juste derrière elle ; cela la mettait mal à l'aise, mais elle ne risquait rien. En plus de Marie et Angie, il y avait une bonne dizaine de commis et de serveurs dans la cuisine. Toutefois, lorsque Nils lui toucha l'épaule, elle sursauta malgré elle.

— Pardon, pardon ! s'écria-t-il. J'ai peur de tout gâcher. Si je fais quelque chose de travers, tu me le diras, hein ? On pourra faire une seconde prise ?

— Nils, c'est du numérique. On peut faire autant de prises que tu veux, mais il vaut mieux que cela reste spontané, naturel.

— D'accord. Merci, Maura.

— Pas de problème.

Angie et Marie s'installèrent autour d'une petite table ronde, près d'une baie vitrée. Ils étaient sur le point de commencer, quand Nils passa la tête dans le restaurant encore fermé.

— Je tenais juste à vous informer que nous allons ouvrir bientôt, à midi pile.

Il revint quelques minutes plus tard, accompagné cette fois de Donald Glass, élégamment vêtu de l'un de ses fameux complets rayés.

— J'ai pensé que ce serait une bonne idée de faire une apparition sur l'une de ces vidéos, annonça-t-il. Marie est certaine qu'elles vont faire fureur. Cela ne vous dérange pas, ma chère ? ajouta-t-il à l'adresse de sa femme. Il me semble que je saurai présenter notre cave avec beaucoup d'enthousiasme.

— Bien sûr, mon ami. Comme vous voudrez. Il

faut qu'on vous voie également, répondit Marie, en se levant pour lui laisser sa chaise. J'avais simplement imaginé que vous préféreriez être filmé dans la bibliothèque. Vous l'aimez tellement, cette bibliothèque…

Donald sourit.

— C'est vrai, j'en suis très fier. Mais j'ai aussi la passion des grands vins.

— Comme vous voudrez, mon ami.

Elle semblait un peu blessée, mais fit de son mieux pour le cacher. Avec un large sourire, elle se tourna vers Nils Hartford :

— Il leur faudrait un menu et la carte des vins, s'il vous plaît.

— Tout est déjà disposé sur la table, madame Glass, assura Nils.

— Très bien ! lança alors Maura. Si tout le monde est prêt, ça tourne dans cinq, quatre…

Elle termina le décompte en silence sur ses doigts.

— Bonjour, c'est Angie Parsons et je suis toujours au Frampton Ranch. Après une matinée au bord de cette incroyable piscine et avant la veillée contes de ce soir, rien de tel qu'un bon déjeuner dans un restaurant de choix. J'ai le plaisir d'être accompagnée par Donald Glass en personne, le propriétaire de cet établissement, ainsi que de nombreux autres hôtels de la région. C'est également un fin connaisseur en vins. Bonjour, Donald.

— Bonjour, Angie. Mon épouse Marie et moi sommes ravis de vous accueillir ici. C'est vrai, j'apprécie les grands vins. Malgré la présence de M. Fred Bentley, l'un des meilleurs gérants d'hôtels de cet État, et de Nils Hartford, un extraordinaire restaurateur, aucun vin n'est acheté ou servi ici sans mon accord.

Glass entreprit ensuite de détailler sa carte, expliquant ses choix dans un vocabulaire technique que Maura n'était jamais parvenue à maîtriser.

La première prise fut parfaite.

Nils s'approcha de la table pendant qu'ils découvraient le menu, et vanta l'excellence et la grande variété des plats proposés. Il conseilla la dorade au four à Angie et le bœuf Wellington, pour Donald. Malgré sa nervosité, sa performance fut impeccable.

— À présent, il est midi, annonça-t-il. C'est l'heure d'ouvrir les portes.

La conclusion était parfaite.

Avec un sourire, Donald Glass acquiesça et Maura coupa la caméra.

— Pas de traitement de faveur sur le sujet. Nous avons un règlement très strict. Vous êtes d'accord Angie ?

— Absolument. Je prendrai soin de ne pas trop m'approcher des autres tables.

Cependant, les clients remarquèrent rapidement qu'il se passait quelque chose d'inhabituel et une certaine excitation gagna la salle. De nombreuses personnes avaient assisté à la veillée où Maura avait filmé et elles voulaient à leur tour prendre part au spectacle. Tandis que Maura discutait avec les nouveaux venus, elle sentit que Marie l'observait. Elle se tourna vers elle :

— Cela ne vous dérange pas, madame Glass ? demanda-t-elle.

— Pas du tout, au contraire, assura Marie, en glissant un coup d'œil à Donald, qui bavardait toujours avec Angie.

Ces deux-là s'entendaient comme larrons en foire. Angie était charmante, comme à son habitude. Séductrice. C'était comme si elle ne pouvait pas s'en empêcher. Glass, lui, semblait mordre à l'hameçon avec ravissement. Marie se tourna de nouveau vers Maura, le regard impassible.

— Allez-y, reprit-elle. Si d'autres clients désirent signer des autorisations pour être filmés, cela ne fera qu'ajouter de l'authenticité. J'espère que les plats de mon mari et de Mlle Parsons seront envoyés rapidement, afin que nous puissions passer à la suite. Donald va certainement vouloir une scène dans la bibliothèque, comme je l'ai suggéré tout à l'heure. Il est vrai que je peux plus facilement fermer celle-ci pendant quelques minutes.

— Merci, dit Maura.

Marie l'accompagna jusqu'à une table voisine pour discuter avec des clients. Elle récupérait la dernière autorisation quand elle surprit Marie à marmonner quelque chose. Mais pas à son intention. Pas exactement. C'était comme si elle exprimait tout haut ce qu'elle pensait, sans même s'en rendre compte.

— Et dire que j'ai toujours répondu de lui…

— Pardon ? demanda Maura en se tournant vers elle. Vous me parlez, madame Glass ?

Marie sursauta.

— Comment ? Oh ! je vous prie de m'excuser. Je devais penser à voix haute.

Elle s'éloigna rapidement.

Maura resta un instant songeuse, puis se remit au travail. Le cuisinier en chef, un nouvel employé déjà très respecté et grand gagnant d'une émission de téléréalité culinaire, vint présenter ses plats, évoquer la fraîcheur des produits qu'il choisissait et la subtilité de ses assaisonnements. Tout se déroulait à merveille.

Cependant, Maura ne parvenait pas à oublier le comportement de Donald Glass en présence d'Angie… Ni la réaction de Marie.

Brock garait sa voiture dans le parking du ranch quand son téléphone sonna. C'était son supérieur. Il ne l'avait pas encore appelé, se contentant de prendre contact avec leur unité technique pour signaler la découverte d'ossements. Egan voulait certainement des informations sur le cadavre qu'ils avaient vu ce matin-là. Brock lui parla de leur hypothèse, persuadé que son chef allait lui conseiller de fouiller dans une autre direction.

Au contraire.

Quand ils eurent terminé, Egan transféra l'appel à Marty King, l'analyste qui avait effectué les recherches demandées par Brock.

— J'ai fouiné en profondeur, expliqua Marty. Avant de travailler au Frampton Ranch, Nils Hartford a bossé dans un restaurant de Jacksonville, Le Chapelier fou. Un truc chic. Il a connu une petite période de chômage avant le Frampton Ranch. J'ai trouvé un responsable disposé à me parler : c'est Nils qui a démissionné, mais il aurait été viré s'il ne l'avait pas fait. Une de ses collègues s'était plainte de harcèlement sexuel. Hartford était gérant, elle était serveuse. Elle a signalé au propriétaire qu'elle avait peur de Nils Hartford.

— Intéressant. Est-ce qu'on sait si la serveuse est toujours en vie ?

— C'est ce que je suis en train de vérifier, répondit Marty. En revanche, je n'ai pas grand-chose concernant Mark Hartford. Il a fréquenté une université locale, histoire et sciences sociales, et il a bossé directement pour Donald Glass, une fois son diplôme en poche.

— Fred Bentley ?

— Il travaille pour Donald Glass depuis près de vingt ans. Depuis quinze ans au Frampton Ranch. Avant ça, il était dans un gros établissement dont Glass est propriétaire, dans le Colorado.

— Et sur Glass lui-même ?

— Rien. Et des tonnes à la fois. Si on en croit tous les ragots dans la presse – dont certains sont plus fiables que d'autres —, Glass aurait eu plusieurs liaisons, au fil des ans. Certaines femmes ont gardé le silence, d'autres non. Il est marié à Marie depuis vingt-cinq ans. Si j'étais elle… je divorcerais aussi sec.

Marty se tut quelques secondes, puis ajouta :

— Désolé. Ce n'était pas très professionnel.

— Pas de souci. Donc… c'est un coureur, hein ?

— Une des principales liaisons était avec Francine Renault, toujours selon les rumeurs. Cela a fuité dans quelques torchons locaux, mais aucun nom n'a été publié, par crainte de poursuites judiciaires. Au fil des années, il a acheté le silence de plusieurs femmes. L'une d'elles l'a accusé d'agression sexuelle… avant de retirer sa plainte. Ils ont trouvé un accord. La plupart de ces informations sont confidentielles. Sans mandat en bonne et due forme, je ne peux pas aller plus loin.

— Merci. Il passe le plus clair de son temps en Floride, non ?

— Oh ! il se déplace pas mal. Londres, New York, le Colorado, L.A. Mais sinon, oui : la plupart du temps, il réside en Floride. Ses séjours dans ses autres propriétés durent en général le temps d'un week-end, une à deux fois par an.

— Est-ce que Marie l'accompagne ?

— D'après ce que j'ai trouvé, il voyage seul. Je vais continuer à creuser. Je te tiens au courant si je tombe sur quoi que ce soit d'intéressant.

Sur le parking, les inspecteurs Flannery et Lawrence l'attendaient. Il leur raconta ce qu'il venait d'apprendre.

— Un homme aussi aisé que Glass… Serait-ce possible ?

— Nous n'avons rien de sûr pour l'instant, donc on va s'efforcer de ne pas se faire virer du ranch avant d'avoir des preuves, d'accord ?

— Évidemment, répondit Flannery, avant de se tourner vers Rachel, l'air sérieux : Tu devrais essayer de discuter avec Donald Glass, dans les prochains jours.

— Tu me jettes en pâture ? s'étonna Rachel.

— Jamais. Mais peut-être te répondra-t-il plus facilement.

— Tu veux dire qu'il ne me prend sans doute pas au sérieux et qu'il ne se méfiera pas ?

— Rachel, Rachel… Ne monte pas tout de suite sur tes grands chevaux…

Quand Rachel interrogea Brock du regard, il soupira :

— Pourquoi pas ? On ne sait jamais.

— D'accord, reprit Flannery. Je te jette en pâture au riche patron. Si ça peut marcher… Il te voit peut-être encore comme l'adolescente qui venait travailler ici l'été. Il sera moins sur ses gardes.

Rachel leur adressa un grand sourire.

— Pas de souci ! Je voulais juste savoir où je mettais les pieds.

— Allons déjeuner, proposa Flannery. Oh et puis, n'hésite pas à flirter un peu avec ton ex, si besoin. Je suis sûre que tu es assez rusée pour ça.

Devant l'entrée du bâtiment principal, Rachel s'arrêta soudain :

— Et si Brock demandait à Maura de s'en charger ?

— Maura ne fait pas partie des forces de l'ordre, répondit Brock, d'un ton un peu sec.

Rachel consulta Flannery du regard.

— Oui, mais..., hésita-t-elle. Tout le monde ici l'aimait bien. Même Nils, alors que ce n'était qu'une saisonnière. Je le surprenais parfois à l'observer avec adoration. Glass aussi, d'ailleurs. Je crois que Francine Renault lui menait la vie dure, justement parce que Glass semblait complètement gaga d'elle. Si elle parvenait à faire parler Nils... en notre présence, évidemment. Ça vaut le coup d'essayer, non ?

— Je sais que nous sommes des professionnels avec un règlement à respecter, intervint Flannery. Mais franchement, Brock : ce qui t'a poussé à entrer dans la police, c'est la certitude d'avoir de l'instinct. Parfois, les lignes ne sont pas aussi nettes. Il ne s'agit pas d'utiliser Maura comme appât. En revanche, je pense qu'elle pourrait nous aider en discutant avec certaines personnes. En présence de l'un d'entre nous.

Brock les regarda tour à tour, sans trop savoir quoi penser. Les paroles de Rachel l'avaient surpris : jamais il n'avait eu conscience des réactions des autres face à Maura. Il n'avait d'yeux que pour elle, à l'époque. En revanche, l'engouement de Flannery n'aurait pas dû l'étonner. Il avait toujours su que l'inspecteur ne renoncerait jamais.

Brock répugnait à se servir de Maura. Elle restait

une civile, ultra compétente dans son domaine, mais sans aucune formation policière.

Toutefois… Il fallait admettre qu'elle avait la possibilité d'interagir avec toutes les personnes liées à cette enquête. De plus, il avait une confiance absolue en elle. Le fait qu'ils soient de nouveau ensemble n'avait rien à voir avec ça. Il ne s'agissait que d'une nuit ; ils ne s'étaient fait aucune promesse.

Brock leva un index, d'un air de reproche :

— Elle ne reste jamais seule. Jamais, jamais. Avec aucun d'entre eux, que ce soit Fred Bentley, les frères Hartford ou Donald Glass.

— Entendu, répondit Flannery.

Rachel acquiesça, l'air grave. Ils reprirent la direction de l'hôtel.

— Je meurs de faim, soupira Rachel, quand ils entrèrent dans le hall, où des effluves subtils s'échappaient du restaurant.

— On va déjeuner ? proposa Flannery.

— Je vous rejoins tout de suite, marmonna Brock, en se dirigeant vers la réception, où il venait d'apercevoir un employé qu'il n'avait jamais croisé auparavant.

— Bonjour, monsieur. En quoi puis-je vous être utile ?

— Vous êtes nouveau, dit Brock.

— En effet, monsieur.

— Qu'est-il arrivé à la jeune femme qui s'occupait de la réception ?

— Je l'ignore, monsieur. Je ne sais pas de qui vous parlez. C'est M. Bentley qui s'occupe de nos plannings. En ce moment, je fais la matinée et le début de soirée. Si je peux vous aider…

— Oui. Angie Parsons est en train de filmer dans

le ranch. Pouvez-vous m'indiquer l'endroit où elle se trouve actuellement ?

— Ils sont dans la bibliothèque, mais ils ont demandé à ne pas être dérangés, monsieur. Monsieur !

Brock se dirigeait déjà vers la bibliothèque.

— Monsieur ! Je n'aurais pas dû vous le dire. Ils ne veulent pas être dérangés. S'il vous plaît ! Je viens d'être embauché et je… Monsieur !

— C'est bon, je suis du FBI, lança Brock par-dessus son épaule.

Cela n'avait pas vraiment de rapport, dans cette situation, mais il cherchait à rassurer l'employé. Il traversa le hall et s'engagea dans le couloir derrière le café. La porte de la bibliothèque était close. Un panneau indiquait clairement

NE PAS DÉRANGER

Tant pis.

Il frappa doucement. À sa grande surprise, la porte s'ouvrit aussitôt et Marie Glass apparut, un doigt sur les lèvres. Il hocha la tête et se glissa dans la pièce ; Marie referma rapidement derrière lui.

Il était arrivé juste au début d'un nouveau plan et il remarqua tout de suite que c'était Angie qui filmait. Maura, en plus de son talent pour la réalisation, était aussi très douée devant l'objectif. Elle était en train d'expliquer qu'elle se trouvait dans l'un de ses endroits préférés de l'hôtel, en compagnie du propriétaire, Donald Glass. Ce dernier avait pour habitude de créer une bibliothèque bien fournie dans chacun de ses établissements et se passionnait d'histoire locale.

— Celle du ranch est une véritable tranche de vie, précisa-t-elle en souriant. Avec le bon, le moins bon, le pire.

— Exactement, approuva Glass. Car telle est la vie, et l'histoire est à cette image.

Maura connaissait son affaire. Glass, qui avait été interviewé de nombreuses fois dans sa vie, savait également reconnaître une bonne chute.

— Coupez ! cria Angie. C'est parfait ! Marie, qu'en pensez-vous ?

Marie sourit, comme à son habitude. Un sourire plein de dignité qui ne trahissait rien de ses pensées.

— Excellent. Si on pouvait simplement faire un plan dans l'entrée… Peut-être Fred Bentley en train d'accueillir Angie.

Elle se tourna vers Brock et ajouta :

— Souhaiteriez-vous figurer dans la vidéo, Brock ? Vous connaissiez bien la maison, autrefois.

— Non, merci. Mais je ne manquerai pas de la visionner.

Maura l'observait. Il ne parvint pas à lire dans son regard, mais elle semblait avoir des choses à lui dire. En privé.

— Je ne suis pas certain que ma hiérarchie apprécie, ajouta-t-il, en guise d'explication.

— Dans ce cas, allons-y, répondit Marie. Donald, mon ami, voulez-vous aller chercher Fred, je vous prie ? Il gère cet établissement depuis plus de quinze ans. Il serait logique que ce soit lui qui accueille Angie.

— Bonne idée, ma chère. Je vous retrouve à la réception.

Quand Donald quitta la bibliothèque, Brock s'excusa en souriant pour le rejoindre.

— Monsieur ! appela-t-il.

Glass se retourna, surpris.

— Oh ! Brock. En quoi puis-je vous être utile ?

Il eut soudain l'air soucieux et demanda :

— Avez-vous appris quelque chose ? J'ai aperçu un flash d'informations à la télévision, tout à l'heure. De nouveaux ossements ont été découverts, mais près de Gainesville cette fois. Il ne s'agissait… A-t-on retrouvé une des disparues ?

Il semblait véritablement inquiet.

— Non, monsieur, dit Brock. La victime n'a pas encore été identifiée, mais la disparition remonte à beaucoup plus longtemps.

— On ne sait jamais si c'est la vérité ou si c'est la version officielle qu'on a servie aux médias.

— C'est vrai. L'identité des ossements reste encore inconnue. Si vous le permettez… Il y avait une jeune femme à la réception, hier. Elle travaillait peut-être seulement de nuit et je me montre sans doute un peu trop prudent, mais… Je n'ai pas pu m'empêcher de remarquer un nouvel employé, à l'instant.

— Vraiment ? Je dois avouer que je ne sais rien des gens qui travaillent à la réception. Je m'occupe plus des restaurants et de l'équipe d'animation. Fred saura vous répondre.

— Merci.

— Avez-vous vu Fred, d'ailleurs ?

— Non, mais je…

— Il est sans doute au restaurant. Je vais aller voir. Excusez-moi.

Brock le regarda s'éloigner.

L'homme était poli – comme toujours. Brock avait cependant du mal à croire que toutes les rumeurs sur lui étaient fausses. Glass aimait les femmes en général et avait un goût prononcé pour les liaisons extraconjugales. Lorsqu'il partait en voyage d'affaires pour visiter ses autres établissements, était-ce simplement parce qu'il avait besoin de solitude pour travailler ? Ou bien en profitait-il pour entretenir des amourettes sans lendemain ? D'ailleurs, se rendait-il seulement dans ses propriétés ? Ces voyages d'affaires n'étaient peut-être qu'une excuse pour rejoindre une destination tout autre…

Le pouvoir et l'argent.

Ces deux atouts permettaient-ils à Glass de séduire des jeunes femmes ?

Brock gagna rapidement la réception. Maura n'était pas seule. Dans un lieu public, en plein jour. Elle ne risquait donc rien.

Il était impatient de la retrouver. Et encore plus d'entendre ce qu'elle avait à lui raconter.

Son travail avait beau ne pas être des plus fatigants, Maura était épuisée et avait hâte d'en finir. La plupart des scènes tournées le matin s'étaient bien passées et ils n'avaient pas eu besoin de plus de deux ou trois prises à chaque fois. Malgré tout, elle se sentait lasse.

Cela la fit sourire.

Sa lassitude la rendait heureuse… car elle savait pourquoi elle n'avait pas beaucoup dormi, la nuit précédente. Pourtant, pas question d'être trop fatiguée ce soir-là ! Brock apparut en haut des marches du perron. L'air détendu, il les rejoignit pour attendre Donald et Fred Bentley.

— J'ai tellement hâte de visiter ce parc de Devil's Millopper ! s'écria Angie en battant des mains. Rien que le nom semble prometteur.

— C'est un endroit fascinant, répondit Brock. Un exemple parfait des changements permanents qui affectent notre terre, de la façon dont les éléments et la matière organique s'unissent pour créer des phénomènes géologiques spectaculaires. C'est vraiment un beau site.

Il ajouta en riant :

— J'aime bien nos sirènes, aussi. Les sources du parc naturel de Weeki Wachee sont magnifiques. L'eau y est limpide comme du cristal.

— Des sirènes ? répéta Angie, avec curiosité.

— Oui. Elles…

Il s'interrompit, car Glass venait d'arriver, accompagné de Bentley. L'imposant gérant rayonnait.

— Je vais figurer dans la vidéo ! annonça-t-il, ravi.

— Absolument, répondit Angie.

— Aux côtés de la célèbre Angie Parsons ! Ou de notre belle Maura. Ce qui serait tout aussi bien, évidemment.

Maura sourit.

— Merci pour le compliment, mais non. C'est avec Angie.

— Qu'est-ce que je dois dire ? demanda Fred.

Maura savait déjà exactement comment elle entendait utiliser la lumière de l'après-midi pour les filmer en train de monter les marches du perron, jusqu'à l'entrée.

— Pour commencer, vous pourriez accueillir Angie et lui souhaiter simplement la bienvenue au Frampton Ranch, expliqua Maura. Ensuite, vous n'aurez qu'à nous raconter que vous travaillez ici depuis quinze ans. Avec vos propres mots, évidemment. Vous pouvez aussi ajouter une petite touche historique, si ça vous chante.

Elle aurait dû se douter que quelque chose irait de

travers pour cette scène. À la première prise, Fred se figea et se mit à bafouiller. Avec un sourire, Maura lui adressa quelques encouragements. Ensuite, il oublia ce qu'il devait dire. Puis, il oublia de suivre Angie jusqu'à l'entrée. Il se confondit en excuses, demanda à être renvoyé… de la scène, pas du ranch. Maura fit tout son possible pour le rassurer et ils parvinrent enfin à terminer. Pendant tout le temps de ce pénible tournage, Brock resta sur le côté, entre Donald et Marie. Le couple n'échangea pas une parole.

Lorsque tout fut fini, Marie rejoignit Angie. Donald remercia tout le monde et se retira dans son bureau. Fred adressa quelques mots à Angie, puis s'approcha de Maura.

— J'ai été affreux. Heureusement que tu étais là. Je crois que c'est à ça qu'on reconnaît un bon réalisateur. Allez, j'ai du travail. À plus tard !

Il se dirigea vers le perron, mais Brock le héla :

— Fred ?

— Oui ?

— J'ai remarqué qu'il y avait un nouvel employé dans le hall…

— Exact. Vous vous souvenez de l'autre soir, quand je tenais moi-même la réception ? Heidi ne s'est pas présentée à son poste. Elle n'a même pas appelé pour prévenir. Comme c'est une cause de licenciement, je lui ai fait savoir qu'il était inutile qu'elle revienne.

— Vous lui avez donc parlé ?

— Non, répondit Fred, en fronçant les sourcils. Je suis tombé sur son répondeur. J'ai laissé un message.

Elle a dû l'écouter, parce qu'elle n'a pas repointé le bout de son nez.

— Quel est le nom de famille de Heidi et où vit-elle ?

— Heidi Juniper. Elle vit quelque part entre ici et Gainesville. Vous ne pensez quand même pas que…

— Il va me falloir son adresse exacte et un numéro de téléphone, coupa Brock. Il faut nous assurer que Heidi est juste une irresponsable… et pas une nouvelle disparue.

— Bien sûr, je comprends. Je vais vous chercher tout ça.

Quand Fred fut parti, Angie se tourna vers Brock, affichant la même inquiétude que Bentley.

— Vous ne croyez tout de même pas que… ?

— Je ne sais pas, répondit Brock. On va simplement vérifier que tout va bien. Que diriez-vous d'aller déjeuner ?

— Ils servent encore aussi tard ? interrogea Maura. Il me semble qu'ils ferment une heure, entre le service du midi et celui du soir.

— Je parie qu'ils accepteront de nous recevoir, répondit Angie, avec un large sourire. Oh ! j'adore quand les gens pensent vous être redevables ! ajouta-t-elle d'une voix joyeuse, en montant les marches du perron.

Maura soupira, trop heureuse d'avoir enfin quelques minutes, seule avec Brock… avant le soir. Cependant, Angie se retourna et appela avec impatience :

— Allez ! Venez ! Ils ne vont pas nous attendre des heures non plus !

Les poings sur les hanches, elle resta plantée en haut de l'escalier. Impossible de parler. Maura se résigna à la rejoindre. Au moins, Brock était à ses côtés.

7

Lorsque Brock entra dans le restaurant, Michael Flannery et Rachel Lawrence étaient encore assis à une table pour quatre et terminaient leur repas. Dès qu'il aperçut Maura et Angie, Michael attrapa une chaise supplémentaire et les invita à se joindre à eux.

Angie était ravie de les rencontrer et leur proposa de les filmer le soir même, pendant la veillée. Flannery et Lawrence déclinèrent poliment. Les policiers appréciaient rarement que leur visage soit diffusé sur les réseaux sociaux. Surtout lorsqu'ils travaillaient en civil.

— Je dois vraiment être peu fréquentable, soupira soudain Angie. Je veux dire… J'ai vu les informations. Je sais que des femmes ont été kidnappées et que l'une d'entre elles est morte… Ou du moins qu'on a retrouvé ses ossements. Mais cet État est si vaste et si peuplé ! Ça ne change sans doute pas grand-chose, mais avec une telle densité démographique, ce genre de drame est presque inévitable, non ? J'ignorais que le FBI et la FDLE se concentraient sur cet hôtel, mais j'en suis ravie ! Demain, je veux visiter cet immense gouffre du Devil's Millhopper. Nils avait l'air très motivé pour nous accompagner, mais peut-être qu'il ne pourra pas se libérer aussi vite.

Comme par magie, Nils apparut juste derrière elle à cet instant.

— En attendant, vous pouvez toujours voir d'autres endroits, pas très loin d'ici. Il y a Cassadaga, une communauté spiritualiste. Il paraît que le coin est hanté. Et puis, cette taverne à Rockledge, un théâtre à Tampa… La liste n'en finit pas. Vous n'avez que l'embarras du choix.

— Il nous faut des autorisations, rappela Maura.

Nils sourit.

— Il y a encore de quoi faire dans ce secteur. Des grottes, par exemple. Incroyable, non ? Des grottes, en Floride ! Sur la route de Marianna, mais pas trop loin d'ici. La grotte des Dames, dans le parc du Witglacoochee. Il faut marcher un peu dans la forêt, mais ça vaut le coup.

Maura jeta un regard à Brock, qui comprit aussitôt qu'elle n'avait pas l'intention de partir en expédition seule avec Angie.

— Des grottes ? répéta Angie. Cool ! Elles sont hantées ? Bizarres ?

— Oh oui. Il y a un endroit qu'on appelle le Domaine de Satan. Maura et Brock le connaissent bien. Ils adoraient explorer les environs, pendant leurs jours de congé.

Il ajouta avec un large sourire :

— J'aimerais vraiment vous accompagner au Devil's Millhopper, si ça ne vous embête pas d'attendre.

Angie se pencha vers lui en riant.

— Pas du tout. On a prévu de passer plusieurs jours ici, de toute façon.

Nils hocha la tête, visiblement mordu.

— Hum… Nils ? demanda Maura. On peut encore déjeuner ?

— Normalement… non. Mais pour vous, aucun souci ! Commandez vite, si vous voulez bien. Le chef vous a vus arriver et il est prêt à attendre. En revanche, je dois veiller à ce qu'il ait un temps de pause avant le service de ce soir, donc…

— J'ai déjà mangé, répondit Angie en souriant. C'était délicieux, d'ailleurs. Je vous conseille la dorade.

Brock consulta Maura du regard, puis se tourna vers Nils :

— Deux hamburgers, c'est possible ?

— C'est ce que Michael et moi avons choisi, approuva Rachel, avec un soupir d'aise. Ils étaient divins.

— Ça me convient, dit Maura.

— Ça marche ! lança Nils en s'éloignant.

Flannery se pencha alors vers Angie :

— Je sais que vos vidéos et vos livres sont importants pour vous, mais pour l'instant, il serait plus sage de ne pas vous aventurer toute seule dans des lieux isolés.

— Je n'irais jamais me promener là-bas toute seule, s'indigna Angie.

— Tant mieux, murmura Rachel.

— Non, je ne serai pas seule, reprit Angie. Maura sera avec moi.

Elle se tourna vers les cuisines, où Nils était en train de discuter avec le chef.

— Bel homme, non ?

— Il paraît, marmonna Rachel, en examinant ses ongles. Bref, ce qu'on voulait…

— Même à deux, cela reste imprudent, coupa Flannery.

Angie lui sourit.

— Inspecteur Flannery, aviez-vous l'intention de nous accompagner ? Ou bien Brock ? Ce pourrait être amusant.

— Si vous allez visiter les grottes, pourquoi pas ? répondit Brock.

Maura leva la tête, surprise, mais détourna rapidement le regard.

Il devait avoir une bonne raison pour suggérer une chose pareille. Et elle la connaissait : des ossements avaient été découverts non loin de là. Peut-être espérait-il retrouver d'autres corps dans cette zone. Ou, avec un peu de chance, des jeunes femmes encore en vie.

— Super ! s'écria Angie. C'est entendu, alors. Un rencard à trois, ajouta-t-elle avec un gloussement. Sauf… Sauf si l'inspecteur Flannery ou l'inspecteur Lawrence souhaitent se joindre à nous ?

— Nous avons du travail, rappela Rachel, un peu sèchement.

— Évidemment.

— Et puis, dit Rachel, l'air pincé, nous ne sommes pas pressés d'aller ramasser vos os quelque part.

Angie la regarda en souriant.

— Ne vous inquiétez pas pour moi. Brock nous accompagne. Et quand nous irons au Devil's Millhopper, Nils sera avec nous. Maintenant, si vous voulez bien m'excuser : on a tellement bien travaillé ce matin, que je meurs d'envie d'aller essayer cette piscine ! S'il vous arrive de faire des pauses en dehors des heures de repas, n'hésitez pas à me rejoindre, ajouta-t-elle, avec un clin d'œil à l'intention de Brock et de Flannery.

Quand elle fut partie, Rachel fixa Maura avec des yeux ronds.

— Comment vous faites pour la supporter ? demanda-t-elle.

— En général, c'est quelqu'un de très optimiste, expliqua Maura, avec un sourire. Je crois aussi que, comme la plupart des gens, elle pense que ce genre de drame n'arrive qu'aux autres.

— Jusqu'à ce que ça vous tombe dessus sans crier gare, murmura Brock.

Maura jeta un rapide coup d'œil en direction de Rachel et Flannery. Elle semblait hésiter à prendre la parole.

— Que se passe-t-il, Maura ? fit-il. Nous travaillons sur des enquêtes jointes. Rachel, Mike et moi sommes dans la même équipe. Tu peux parler.

— Tu as vraiment l'intention de te rendre aux grottes ? demanda-t-elle.

Elle espérait qu'il lui dirait la vérité.

— Je veux inspecter la zone au sud de Devil's Millhopper. Les ossements de ce matin ont été découverts entre Millhopper et les grottes. Ça sera sans doute inutile, mais on ne peut rien laisser au hasard. Les gens ont tendance à ne voir la Floride que sous l'angle des plages bondées et ensoleillées. Pourtant, il existe de véritables endroits sauvages, par ici. Il pourrait y avoir des corps… n'importe où.

— C'est rageant, soupira Rachel. Rien de tout cela n'a de sens et nous sommes peut-être en train de fabriquer de toutes pièces une théorie, parce que nous n'avons pas envie de nous retrouver avec de nouveaux cadavres sur les bras. Et aussi, parce que le meurtre de Francine Renault nous a tous échaudés.

Elle consulta ses collègues du regard, avant de poursuivre :

— Un corps dans une laverie, un autre dans une forêt. Le second suggère un tueur qui cherche à cacher ses victimes. Le premier, un tueur qui aime attirer l'attention et veut créer une mise en scène. Ce pauvre scout qui est tombé sur un crâne en allant faire pipi en pleine nuit… Oh pardon ! Vous n'avez pas encore mangé !

Brock balaya l'air de sa main et Maura sourit en baissant les yeux. Il en fallait plus pour l'impressionner. Pourtant, quand les hamburgers arrivèrent, elle se rendit compte qu'elle n'avait pas très faim. Si le macabre ne la dérangeait pas, le simple fait de penser à cette nouvelle victime lui coupait l'appétit.

— Tu crois que le tueur cache les femmes qu'il a enlevées dans une grotte ? demanda Rachel à Brock, avec curiosité. Est-ce que ça ne serait pas trop risqué ?

— Dans les grottes les plus connues du grand public ? Certainement. Mais dans celles moins fréquentées et un peu à l'écart des réserves et des parcs ? Peut-être pas. En tout cas, il les a retenues prisonnières quelque part pendant plusieurs jours, voire plusieurs semaines. Ensuite, il existe des centaines de milliers de hangars, d'entrepôts, d'usines abandonnées… Je sais juste que trois femmes manquent à l'appel et que j'ai très envie de les retrouver avant que quelque chose de plus grave leur arrive.

Flannery approuva d'un air solennel.

— Maura… Vous souvenez-vous de quelque chose

qui aurait pu désigner un coupable, à l'époque ? N'importe quoi. Même un détail.

Maura hésita, puis jeta un coup d'œil à Brock. Celui-ci l'encouragea d'un hochement de tête.

— J'étais abasourdie, quand nous avons découvert le corps de Francine. Le choc absolu. Lorsqu'on a appris que Peter Moore s'était suicidé, j'étais déjà loin. Nous étions jeunes et… je ne savais pas trop quoi penser.

Elle hésita une seconde, puis prit son courage à deux mains :

— En… En faisant des recherches sur Internet, ce matin, je suis tombée sur quelque chose qui pourrait avoir de l'importance. Ou pas. C'est un peu tiré par les cheveux. Il y a plusieurs décennies existait dans cette région une société secrète appelée « Les Fils de l'Être Suprême ». Ils ont été soupçonnés d'avoir enlevé et peut-être tué une femme dans les années 1950. C'est ça qui m'a mis la puce à l'oreille. L'un des membres devait témoigner devant un tribunal, mais il est mort avant. Bon, je tiens cette information d'un site quelconque et je n'ai rien vérifié du tout, mais…

Brock se tourna vers Flannery :

— Avez-vous déjà entendu parler de ce groupe ? Les Fils de l'Être Suprême ?

Flannery réfléchit quelques instants.

— Ça me dit vaguement quelque chose. Je ne suis pas certain. Ça remonte à loin… Quand je suis entré dans la police, des anciens se demandaient si cette société… n'aurait pas repris du service. Ça concernait une affaire de meurtre. Une fille retrouvée dans une ravine, pas loin du fleuve Saint-Jean. Elle était dans un triste état, comme si on s'était acharné sur elle avant de la jeter. Selon les rumeurs, les coupables étaient des gosses de riches du coin. Mais l'enquête a conduit à l'arrestation d'un homme qui n'avait rien à voir avec ce milieu. Il a été exécuté par la suite.

Maura ne quittait pas Brock des yeux.

— Tu as autre chose ? murmura celui-ci.

Maura acquiesça.

— Il m'est arrivé quelque chose d'étrange avec Marie Glass, tout à l'heure. Elle n'avait sans doute pas remarqué que j'étais juste à côté d'elle. Ni même qu'elle avait parlé à haute voix, mais… Elle observait son mari, qui était en compagnie d'Angie, et elle a marmonné quelque chose comme… comme si elle devait cesser de le couvrir. Quand elle s'est rendu compte que je la regardais, elle a fait comme si de rien n'était. Pour être franche, Glass a toujours été correct avec ses employés, même si…

— … Même s'il a déjà acheté le silence de plusieurs femmes, acheva Rachel. Il a toujours été irréprochable avec moi. Mais il y avait aussi des rumeurs concernant Francine Renault.

— Pour ma part, je dois m'assurer qu'une jeune femme du nom de Heidi Juniper est saine et sauve, annonça soudain Brock.

— Heidi Juniper ? répéta Flannery.

— Elle travaillait ici. Elle s'occupait de la réception. Elle s'est absentée sans prévenir et Bentley lui a laissé un message pour l'informer qu'elle était virée. Il doit me donner ses contacts. Dans les circonstances actuelles, je pense qu'il est important de savoir pourquoi elle n'est pas venue travailler.

Quand ils eurent tous terminé de manger, Flannery fut le premier à se lever de table.

— Rachel et moi allons nous charger de vérifier cette histoire de Heidi Juniper, proposa-t-il. Je me disais que tu aurais peut-être envie de bavarder avec tes vieux amis, Donald et Marie Glass.

— Pas vraiment ce que j'appellerais de vieux amis, mais..., marmonna Brock.

— Je retourne à la bibliothèque, annonça Maura, avant d'ajouter, en les regardant tour à tour : vraiment, ça n'aurait aucun sens. Donald Glass est peut-être un coureur de jupons, doublé d'un imbécile, étant donné qu'il est marié, mais il est si soigneux de ses archives qu'il y a même inclus le meurtre de Francine. Sans parler de la veillée contes ! Prendrait-il un tel risque, s'il était coupable ?

— La meilleure façon de garder un secret, c'est parfois de le laisser à la vue de tous, rappela Flannery. Jeune femme, soyez prudente.

— C'est bien la première fois qu'on me met en garde avant d'aller dans une bibliothèque, plaisanta Maura. La plupart des gens ne considèrent pas la lecture comme un sport de l'extrême. En revanche, si ça peut vous aider dans vos enquêtes...

— Merci, dit Flannery. Rachel, on y va ?

Ils quittèrent le restaurant.

— Je t'accompagne à la bibliothèque, Maura, annonça Brock.

— Je croyais que tu voulais parler à Marie et Donald Glass ?

— On parie qu'ils se pointent tous les deux, pendant qu'on y est ? Séparément, mais...

— Pari tenu, répondit Maura en se levant à son tour.

Maura se mit à la recherche du moindre document faisant allusion aux Fils de l'Être Suprême. Pour commencer, elle s'intéressa aux classeurs contenant les coupures de presse des années 1950. Brock s'assit à l'autre bout de la pièce dans un des énormes fauteuils, pour se plonger dans la lecture d'un ouvrage sur les différentes tribus indiennes ayant peuplé la région.

Maura trouvait sa compagnie étrangement réconfortante, même si son esprit vagabondait de temps en temps. Elle se demandait s'ils auraient pu tout oublier pour partir loin, dans un endroit où il n'y aurait rien à faire que de passer la journée au lit, à écouter le murmure de la brise marine, et à respirer l'air salé et le parfum de l'autre…

Elle s'ébroua et s'efforça de se concentrer sur ses archives.

Après avoir parcouru deux classeurs entiers, elle dénicha enfin ce qu'elle cherchait. Le premier article datait de 1953 et évoquait la disparition d'une étudiante du nom de Chrissie Barnhart. Celle-ci avait été aperçue pour la dernière fois à la bibliothèque universitaire et devait retrouver des amis à la cafétéria du campus, pour un petit concert. Plus personne ne l'avait revue. Il y avait une photo de Chrissie : de grands yeux et des cheveux clairs qui tombaient souplement sur ses épaules et encadraient son beau visage.

La coupure suivante avait été publiée dix jours plus tard. Dans une chambre de la cité universitaire, un étudiant s'était réveillé un matin en entendant son colocataire s'agiter et marmonner dans son sommeil, visiblement aux prises avec un vilain cauchemar. Avant d'avoir le temps de le secouer, il l'avait entendu gémir : « Je ne savais pas qu'on allait la tuer ! Je ne savais pas ! Je le jure ! ».

L'incident avait été signalé à la police et des inspecteurs avaient convoqué le colocataire pour l'interroger sur ce mystérieux cauchemar. Le jeune homme s'appelait Alfred Mansfield. Au départ, Mansfield avait nié avoir fait quoi que ce soit de répréhensible. Il avait fait un cauchemar, rien de plus. Cependant, les policiers avaient continué à le cuisiner et, en échange de son immunité, Mansfield leur avait avoué l'existence d'une société appelée Les Fils de l'Être Suprême. Leurs pères avaient soutenu la montée au pouvoir de Hitler. Après la guerre, cette société était devenue un sombre secret. Seule l'élite de l'élite était autorisée à la rejoindre – cela signifiait apparemment les plus riches.

Alfred Mansfield ne connaissait pas les autres membres, mais il était certain de pouvoir faire tomber les assassins de Chrissie. Il avait simplement accepté une invitation flatteuse, enfilé le costume qu'on lui avait tendu à la fin d'une soirée et suivi dans une clairière un petit groupe de jeunes gens, coiffés de masques semblables à ceux du Ku-Klux-Klan.

Tous étaient restés anonymes, mais Mansfield pensait que le chef devait être Martin Smith, le fils d'un riche industriel. Ils n'avaient pas tué Chrissie le jour de son enlèvement et Alfred ignorait où celle-ci avait été gardée prisonnière. Tout ce qu'il savait, c'était qu'il s'était trouvé dans cette clairière avec deux arbres emmêlés, quand la jeune femme avait été amenée, nue et hurlante. Le meneur s'était alors adressé au groupe, évoquant la nécessité de rendre à l'Amérique sa grandeur, grâce à l'honneur de ceux qui s'élevaient au-dessus des autres. Pour cela, des sacrifices étaient inévitables.

Alfred avait tenté de retenir ses larmes en comprenant le sort réservé à Chrissie et en assistant à son exécution. Il n'avait plus du tout envie d'être suprême, de quelque façon que ce soit. Il voulait surtout oublier tout ce qui s'était passé.

Il voulait que le cauchemar s'arrête.

Il avait accepté de servir d'informateur aux forces de l'ordre.

Lors de sa libération, les inspecteurs lui avaient affirmé que son interrogatoire avait été tenu secret et qu'il ne risquait rien. Il avait bien agi en avertissant la police, qui prendrait en main la suite de l'affaire.

Alfred avait été repêché dans le fleuve Saint-Jean vingt-quatre heures plus tard. Il avait été poignardé à plusieurs reprises, avant d'être jeté à l'eau, où il s'était noyé.

Le corps de Chrissie Barnhart n'avait jamais été retrouvé.

Quelques pages plus loin, Maura étouffa un cri de surprise en découvrant un croquis du meurtre de la jeune femme, tel qu'il avait été décrit par Alfred. L'esquisse était l'œuvre d'un dessinateur de la police, mais l'endroit représenté ressemblait à s'y méprendre à la clairière de l'Arbre aux Histoires. Des hommes masqués se tenaient en cercle autour d'une jeune femme nue, habilement dissimulée par les longs manteaux de ses tortionnaires.

— Brock ! Brock ! chuchota-t-elle en lui faisant signe d'approcher, sans quitter des yeux le dessin.

En l'entendant s'éclaircir la gorge, elle se retourna

vivement. Comme ils l'avaient prédit tous les deux, un des deux Glass était entré dans la bibliothèque.

C'était Marie.

Brock s'était levé pour se placer entre Maura et elle.

— Madame Glass, dit Maura en abandonnant à son tour son fauteuil.

Elle se sentait étrangement coupable et cela devait se voir sur son visage. Elle s'efforça de sourire et demanda d'une voix inquiète :

— Avons-nous oublié quelque chose ? Je suis certaine qu'Angie sera ravie de recommencer une scène, si vous le souhaitez.

— Oh non, ma chère. Je pense que nous avons fait un travail formidable, aujourd'hui. J'ai simplement entendu dire qu'il y avait du monde ici. J'aurais dû me douter qu'il s'agissait de vous deux ! Mes petits rats de bibliothèque ! À ma connaissance, vous êtes les meilleurs saisonniers que nous ayons jamais embauchés.

— Merci, répondit Maura.

— C'est vraiment dommage, reprit Marie, en se tournant vers Brock. Je suis tellement navrée de ce qui est arrivé. Nous… Cette erreur nous a tous coûté très cher, j'en ai bien peur.

Le souvenir semblait véritablement l'attrister.

— Marie, tout cela appartient au passé, assura Brock. En fin de compte, ma vie en a à peine été affectée. Une simple ride à la surface de l'eau.

Maura le regarda. Son visage était un livre ouvert qui démentait ses paroles. Elle baissa rapidement la tête pour dissimuler un petit sourire. Elle savait que leur séparation avait représenté plus qu'une ride dans la vie de Brock. Cela l'avait profondément affecté.

— Ce n'est pas votre faute, Marie, dit-elle.

Marie resta silencieuse un instant, puis reprit :

— Peut-être… Peut-être aurais-je pu… Je… Je suis désolée. Je ne voulais pas vous déranger. Je vous laisse retourner à votre travail. Moi, je dois… J'ai quelque chose… à faire. Si vous voulez bien m'excuser.

Elle quitta la bibliothèque avec précipitation.

— Tu vois ? chuchota Maura. Il y a quelque chose qui la tracasse. À mon avis, elle a assuré à la police que Donald était avec elle, alors qu'en fait, il ne l'était pas.

Elle le prit par le bras pour le guider jusqu'à son livre.

— Brock, il faut que tu viennes lire ce que j'ai trouvé. Donald Glass n'a pas fait ses études ici, mais il serait un candidat parfait pour les Fils de l'Être Suprême ! Tu crois qu'il pourrait chercher à ressusciter un vieil idéal ? Regarde ce dessin ! Il faut que tu lises l'article.

Elle céda son fauteuil à Brock et, une main posée sur son épaule, attendit qu'il parcoure en silence les coupures de journaux et les photos. Quand il releva la tête, son téléphone se mit à sonner. Il le sortit rapidement de sa poche, vérifia l'identité de l'appelant et décrocha.

— Flannery ? Qu'avez-vous trouvé ?

Il se rembrunit en entendant la réponse, puis raccrocha et se tourna vers Maura.

— Quoi ?

— Je crains qu'on ait une nouvelle disparition. Ce qui m'inquiète le plus, c'est que je ne sais pas combien de femmes notre tueur peut garder prisonnières en même temps.

— Je ne risque rien, Brock, assura Maura. Je resterai avec Angie et le groupe. On a croisé Mark Hartford dans le couloir. Il a dit qu'une vingtaine de personnes s'étaient inscrites. En plus, les inspecteurs Flannery et Lawrence ne seront pas loin.

— Je préférerais que tu t'enfermes dans cette chambre jusqu'à mon retour, répondit Brock, en passant les doigts dans ses cheveux.

Ils étaient allongés sur le lit et, même si ce n'était pas le matin, Brock adorait toujours autant voir son visage posé sur l'oreiller voisin du sien.

En quittant la bibliothèque, en fin d'après-midi, ils avaient commencé à échafauder des projets pour la soirée, mais leurs pas les avaient conduits jusqu'à l'ascenseur, puis jusqu'à la chambre de Maura. Là, ils avaient cessé de parler pour s'embrasser avec fureur, arrachant leurs vêtements pour se laisser tomber sur le matelas et continuer à se caresser.

On aurait dit deux adolescents en train de s'explorer avec frénésie.

— Ça me rappelle la salle de repos du personnel, dans l'autre aile, lui avait-elle chuchoté, tandis qu'il était en elle.

Les yeux dans les yeux, ils avaient atteint le sommet ensemble. Brock s'était senti exactement comme autrefois, comme s'il avait trouvé la meilleure drogue du monde, comme si plus rien ne pourrait jamais surpasser le simple fait d'être avec elle, en elle, son regard plongé dans le sien, à sentir ses caresses sur son corps.

— Je me demande si M. et Mme Glass savaient à quel point les employés appréciaient cette pièce, avait-il plaisanté plus tard, alors qu'ils reprenaient leur souffle, haletants et couverts de sueur.

— Il faut qu'on se lève, rappela Maura. Tu dois rencontrer la famille de Heidi et je dois préparer la caméra pour la veillée et la promenade nocturne.

— Non. Tu restes enfermée dans ta chambre.

— Ce serait ridicule. On sera plus d'une vingtaine. Ce serait absurde de tenter quelque chose.

Ils avaient déjà discuté de tout cela et la logique jouait en la faveur de Maura. Ils s'habillèrent donc, malgré leurs réticences à se séparer.

— Tu crois qu'Angie se doute qu'on s'est remis ensemble ? demanda Brock d'une voix hésitante.

— Sans doute, mais…

— Mais ?

— À mon avis, elle s'en fiche. Angie, c'est… c'est Angie. Elle n'a peur de rien. Pour elle, les hommes sont des chiens. Ou plutôt, d'adorables toutous. Du coup, selon elle, ça donne aux femmes le droit d'être un peu chiennes. C'est une de ses théories favorites.

Brock repensa au comportement d'Angie, pendant le déjeuner.

— Est-elle au courant que Rachel et Nils sortaient ensemble ?

— Je ne crois pas. Pourquoi le saurait-elle ? Elle n'était pas là, à l'époque. Nils lui plaît bien, je crois. Elle te préfères, toi, mais…

— Vraiment ?

— Elle soupçonne que tu t'intéresses plus à moi, ce qui ne sied pas du tout à son ego. En revanche, elle m'a clairement fait comprendre que, si je n'étais pas motivée, elle n'hésiterait pas.

Brock éclata de rire.

— Décidément, l'honnêteté est une qualité des plus merveilleuses !

— Ou pas. Ça peut être embarrassant, des fois. Tu pars en premier ?

— Non. On descend ensemble. Je veux d'abord m'assurer que tu es bien en compagnie d'un large groupe, autour du feu de camp.

— D'accord, d'accord. Dans ce cas, on ferait mieux de descendre.

La réception était bondée, car les gens commençaient à se rassembler pour la veillée. Maura vit une famille – la mère, le père et leurs trois enfants —, ainsi que le couple de la piscine qui la salua avec chaleur. Plusieurs personnes semblaient être venues seules. Deux autres familles attendaient dans un coin, la première avec une petite fille, la seconde, avec des jumeaux qui devaient avoir quatorze ans. Angie était déjà là, en train de bavarder avec Mark.

— Salut ! Tu viens aussi ce soir ? demanda ce dernier en apercevant Brock.

— Non. Le devoir m'appelle. Avec un peu de chance, je serai de retour avant la fin.

— Vous devez vraiment partir ? gémit Angie, avec une moue dépitée.

— Oui.

— Vous ne pouvez pas envoyer un de vos collègues ?

— Non. Mike Flannery et Rachel Lawrence vous accompagnent. Rachel connaît très bien le principe de la veillée, mais Mike n'y a jamais assisté. Et puis… Il y a certaines tâches dont je préfère m'occuper moi-même.

— Ah oui, dit Angie avec un sourire moqueur.

J'oubliais que les hommes étaient persuadés de devoir tout faire eux-mêmes.

— Pas cette fois, répondit Brock plaisamment. Mike et Rachel ont vraiment abattu le plus gros du travail, jusqu'ici. C'est mon tour de débroussailler un début d'enquête, en me chargeant d'un interrogatoire préliminaire.

Il aperçut soudain ses collègues qui approchaient.

— Je dois juste dire un mot à Mike, ajouta-t-il en s'éloignant. Je vous retrouve tout à l'heure.

Il se dirigea vers Flannery.

— Merci de te charger de l'entretien avec la famille, ce soir, commença Flannery. Vraiment. Je sais que ça te coûte de t'absenter. Je te jure qu'on va veiller sur elle comme un couple de parents lions.

— Je crois que ce sont surtout les lionnes qui font le boulot, intervint Rachel. Les mâles se contentent de se prélasser toute la journée.

— Alors, je vais essayer de relever le niveau, répondit Flannery en riant. C'est important que j'assiste à la veillée. Tout le monde connaît l'arbre et les histoires qui vont avec, sauf moi.

Brock ne précisa pas qu'il préférait interroger les parents d'Heidi en personne. Trop souvent, de nombreux détails cruciaux se perdaient, quand on les rapportait ensuite aux collègues.

— Je fais au plus vite, assura-t-il.

— Tu n'as pas à t'inquiéter, vraiment, répéta Flannery. On est là.

— Je sais, mais… La culpabilité de Glass me semble de plus en plus plausible.

— Glass ne sera pas présent, donc… rien à craindre,

rappela Rachel. Et je ne suis peut-être pas grande, mais… crois-moi, je ferais une lionne féroce.

— Je n'en doute pas une seconde, répondit Brock avec un sourire.

Quand il se tourna vers Maura, il vit qu'elle était en pleine conversation avec Mark Hartford. Sans attendre, il prit la direction du parking. Il avait vingt minutes de route pour rejoindre le domicile des parents de Heidi, situé dans une banlieue tranquille, au sud de St. Augustine.

La famille de la jeune femme vivait dans une vaste copropriété fermée. La maison devait avoir une vingtaine d'années et reflétait l'atmosphère cossue et paisible de la classe moyenne supérieure. Les parents de Heidi l'attendaient avec impatience. La mère, Eileen, une femme svelte avec des cheveux gris bouclés, avaient les yeux rougis par les larmes ; elle était dans tous ses états. Le père de Heidi, Carl, tout aussi mince, mais chauve, cherchait en vain à l'apaiser.

— La police n'a même pas daigné ouvrir une enquête avant aujourd'hui. Ils pensent qu'elle n'a pas vraiment disparu, que c'est une simple escapade. Je connais ma fille : quand elle dit qu'elle rentre, elle rentre !

Eileen se remit à pleurer.

— Quand lui avez-vous parlé pour la dernière fois ? demanda doucement Brock.

— Elle était au travail. Elle avait fini sa journée. Les horaires peuvent varier, d'une journée à l'autre, mais cela ne la dérangeait pas du tout. Parfois, elle enchaîne deux services, mais elle a appelé pour prévenir qu'elle ne tarderait pas, car elle était fatiguée. Elle n'est jamais revenue. J'ai attendu longtemps, puis j'ai réveillé Carl et on a fait le trajet dans les deux sens, sur l'autoroute. Il ne pouvait rien lui arriver ici… Notre quartier est très sûr.

— Avez-vous téléphoné au ranch ? Avez-vous parlé à quelqu'un là-bas ?

— Un homme a décroché ; il avait l'air agacé. Il a dit que l'hôtel n'était pas une garderie et que Heidi était sans doute sortie rejoindre des amis !

— Connaissez-vous le nom de cet homme ?

— Non, il a juste répondu au téléphone. « La réception, que puis-je faire pour vous ? », voilà ce qu'il a dit.

— Très grossier, renchérit le père. Si j'avais su que… Vous allez vous renseigner, n'est-ce pas ? L'inspecteur qui nous a contactés… Flannery… C'est le premier à nous prendre au sérieux.

— Nous ne prenons pas cela à la légère, soyez-en assurés, assura Brock, en posant la main sur celle d'Eileen. C'est important. Votre fille a-t-elle dit autre chose ? A-t-elle eu le moindre problème avec un collègue ? Est-ce que l'un des employés ou des clients avait été désagréable avec elle ? Ou bien l'avait abordée de façon inappropriée ?

— Elle adore son travail, répondit Carl. Vraiment. Elle racontait que M. Glass était charmant, même si elle le croisait rarement. Mme Glass aussi, d'ailleurs. C'est Fred Bentley, son supérieur. Il semble bien. Selon Heidi, il est très à cheval sur les horaires et le règlement, mais comme elle est toujours à l'heure et respecte les consignes, ils s'entendent bien. Elle apprécie également beaucoup le type qui s'occupe des animations, ou quelque chose comme ça. Elle a le droit d'utiliser la piscine et la salle de gym, tant que ça ne dérange pas les clients.

Il regarda sa femme et demanda :

— Elle ne t'a pas confié quelque chose dont elle ne m'aurait pas parlé ?

— Je ne pense pas…

Elle se tut, l'air soudain incertain.

— Je vous en prie, dites-moi ce qui vous traverse l'esprit, dit Brock. Même si cela vous semble anodin.

Eileen se rembrunit davantage, puis poussa un long soupir.

— Un détail bizarre… Elle marmonnait pour elle, alors je…

— Qu'a-t-elle dit ?

— Je crois que… Je ne suis même pas sûre d'avoir bien saisi. La dernière fois que je lui ai parlé au téléphone, juste avant qu'elle se mette en route et disparaisse, elle a grommelé quelque chose comme… « Être suprême, mon œil ! ». Oui, je crois bien que c'est ça. Je n'y ai pas prêté plus d'attention. Elle parlait sans doute d'un client un peu méprisant. Les gens sont souvent comme ça, quand ils se croient supérieurs aux employés. Oui, je suis presque certaine que c'est ce qu'elle a dit, même si je ne suis pas sûre que ça signifie quoi que ce soit. « Être suprême, mon œil ». Oui, c'est ça.

8

— La belle Gyselle… On l'aperçoit parfois dans ces bois, près de l'Arbre aux Histoires. Un fantôme errant pour toujours autour du lieu de sa mort. Peut-être, en tant qu'esprit, se souvient-elle d'une époque plus joyeuse ? Peut-être court-elle rejoindre son amant, pour rêver aux bonheurs qu'elle a connus de son vivant ?

Maura trouvait que Mark Hartford s'en sortait très bien.

Même pendant la randonnée, il continua ses récits sur le sentier qui menait à l'Arbre aux Histoires. Il l'avait invitée à prendre la parole à deux occasions, ce qu'elle avait accepté de bon cœur. Elle en avait également profité pour tourner quelques plans supplémentaires – Angie n'aurait qu'à faire son choix par la suite pour les scènes de nuit.

En se retournant, elle aperçut Mike et Rachel et ne put retenir un sourire.

Ces deux-là avaient certainement dû promettre à Brock de veiller sur elle, car ils ne la lâchaient pas d'une semelle. Arrivée devant l'arbre, elle fut prise de l'envie soudaine de le filmer sous tous les angles. Elle se mit au travail, sans parvenir à chasser de son esprit l'esquisse qu'elle avait découverte aux archives, un peu plus tôt dans la journée. Des silhouettes inquiétantes autour de l'arbre. La victime des années 1950, Chrissie, aux mains de ses agresseurs.

Les victimes actuelles étaient-elles retenues prisonnières, comme Chrissie à son époque ? Dans ce cas, comment se pouvait-il que personne ne les ait retrouvées plus tôt ?

— Ma parole, on dirait que tu te lâches ! lui chuchota soudain Angie.

— Un peu, admit Maura.

Mark éleva alors la voix pour s'adresser aux participants :

— Des questions ? Des remarques ?

Avant d'avoir le temps de réfléchir et de changer d'avis, Maura prit la parole :

— Oui, Mark. As-tu déjà entendu parler d'une organisation appelée les Fils de l'Être Suprême ?

Il la regarda, étonné. Le groupe tout entier s'était tu et attendait avec curiosité.

— Oui, répondit enfin Mark. Je… Il me semble qu'il s'agit plutôt d'un genre de mythe urbain.

Il eut un geste d'excuse en direction de l'assistance :

— Il ne s'agit pas d'un fait attesté, messieurs-dames. Juste des rumeurs qui circulaient quand j'étais à l'université. Cette société aurait existé autrefois. C'était une bande de snobs qui se croyaient au-dessus des autres. Aucune institution scolaire n'a jamais autorisé sa création. J'ai même entendu dire qu'on risquait de se faire renvoyer, si on était soupçonné d'en faire partie. Apparemment, ils ont soutenu les nazis dès le début et s'intéressaient de très près à ce que faisait Hitler, dès les années 1930. Mais bon ! C'est fini tout ça, croyez-moi ! Je serais au courant, sinon. Et toi, Maura ? Où est-ce que tu as entendu parler d'eux ?

— Oh ! j'ai lu ça quelque part… J'étais simplement curieuse de savoir si c'était vrai ou non.

— Je ne peux rien garantir, mais j'ai entendu dire qu'ils avaient bel et bien existé. Personne dans mon entourage n'a la moindre idée de l'identité des membres. Si les rumeurs ont commencé dans les années 1930, ce groupe remonterait à beaucoup plus loin et aurait concerné la riche élite locale dès les années 1850. Des types débarqués du Nord pour établir des plantations, des ranchs, des maisons, quand la Floride est devenue un territoire, puis un État à part entière. Ils se considéraient comme supérieurs. Il se pourrait même que la mort de Gyselle ait été arrangée en partie par certains membres de l'époque. C'est la première fois que je partage cette théorie avec qui que ce soit. Ces types devaient penser que l'arbre était un endroit sacré. Et Julie Frampton aurait très bien pu évoquer discrètement son problème à quelqu'un, pour les convaincre d'agir à sa place.

— C'est une hypothèse comme une autre, murmura Maura. Merci, Mark.

Elle sentit l'inspecteur Flannery se rapprocher d'elle.

— Allez, messieurs-dames ! lança Mark, en désignant le sentier. Il est temps de rentrer. Personne à la traîne. Nous ne savons pas ce qui se passe en ce moment, alors, s'il vous plaît : restez groupés.

Le groupe reprit sagement le chemin du retour. Tandis qu'ils quittaient la forêt pour rejoindre l'hôtel, Maura aperçut Brock qui sortait du parking et marchait dans leur direction.

— Brock ! appela Angie. Vous avez raté les

dernières histoires ! Gyselle aurait été tuée par une société secrète. Dingue, non ?

Brock fronça les sourcils et consulta Maura du regard.

— J'ai demandé à Mark s'il avait entendu parler de cette organisation, expliqua Maura.

— Oh ! fit-il. Je vois. Eh bien, ça apporte un peu de nouveauté à la veillée. C'est super.

Maura savait qu'il ne raconterait pas son entrevue avec les parents de Heidi en présence des autres, mais elle pressentait que cela avait été difficile. Il allait certainement vouloir s'entretenir d'abord avec Mike et Rachel.

Elle le trouvait tendu. Même avec elle. Peut-être parce qu'elle avait évoqué la société secrète. La journée était enfin terminée et elle n'avait plus qu'une seule envie : retourner dans sa chambre et oublier le monde entier.

Enfin… À part Brock.

— Longue, longue journée, lança-t-elle en bâillant. Je vais me coucher. Angie, on pourra visiter ces grottes demain, si ça te dit. Brock, tu crois que tu auras le temps de nous accompagner ?

— Oui. D'ailleurs, je crois que les inspecteurs Flannery et Lawrence pourront venir, eux aussi.

Si Flannery fut surpris de cette annonce, il n'en laissa rien paraître.

— Oui, allons-y tous, approuva-t-il. On pourra fouiller la forêt aux alentours de l'endroit où ont été retrouvés les derniers restes humains. Angie, cela ne vous dérange pas, j'espère ?

— Pas du tout ! Au contraire. J'espère qu'on trouvera quelque chose ! Oh là là, c'est horrible, ce que je viens de dire… Hor-rible. Ce n'est pas ce que je voulais… Sauf que ce serait cool si on découvrait une cachette, un repaire. Et qu'on sauvait quelqu'un !

— Ce serait vraiment exceptionnel, fit remarquer Maura en regardant Brock, qui semblait toujours troublé. Bon, Angie : si on part en excursion demain, cela signifie qu'il va falloir se lever tôt.

— Oh oui, promis ! On se retrouve à la cafétéria à 8 h 30, d'accord ?

— C'est parfait, répondit Brock.

— Une petite escapade, murmura Rachel. Ça nous changera de la routine…

— Tu seras vraiment prête à 8 h 30 ? insista Maura, sceptique.

— Bien sûr ! assura Angie. Même si j'ai des projets pour ce soir…

— Des projets ? répéta Brock.

— Pas d'inquiétude. Je ne quitte pas le ranch. Je vais juste boire un verre avec une connaissance…

Maura avait hâte de se retirer.

— Bon, annonça-t-elle. Je vais me coucher.

Sans attendre, elle se dirigea vers la réception, pressée de regagner sa chambre. Et encore plus pressée que Brock la rejoigne.

Brock resta au pied des marches du perron, en compagnie de Mike et Rachel. Il adressa un signe à Angie qui s'éloignait en souriant, visiblement pressée de se rendre à son rendez-vous, puis il informa rapidement ses collègues de ce qu'il avait appris chez les parents de Heidi.

— Ça devient de plus en plus bourbeux, soupira Flannery en secouant la tête. Je veux bien envisager un tueur en série qui enlève ses victimes, mais… Vous y croyez vraiment, à cette société secrète nazie qui existerait depuis des années ? Non, attendez… Ça remonterait même à plus loin que les nazis, si j'ai bien compris.

— Je n'en avais jamais entendu parler avant aujourd'hui, avoua Brock. Et je n'en sais pas beaucoup plus. Donc, il y aurait une sorte de secte… Ou alors, c'est ce que quelqu'un essaie de nous faire croire.

— Cela signifierait que beaucoup de gens sont impliqués, marmonna Rachel. J'avais déjà eu vent de cette histoire, mais j'ignorais qu'elle remontait aux guerres séminoles, avant que Mark y fasse allusion ce soir. Franchement, réfléchissons un peu et regardons les choses en face : à cette époque, personne n'avait besoin de préciser s'il était ou non suprême. La société et ses lois se chargeaient de dicter la place de chacun : les hommes étaient supérieurs aux femmes et la moindre touche de couleur sur la peau était inacceptable.

— D'accord, reprit Brock. On sait que Gyselle a été traînée de force depuis la maison jusqu'à l'arbre pour, grosso modo, y être exécutée. L'histoire ne nous indique simplement pas qui était derrière tout ça. Je crois que Heidi a été enlevée par la ou les mêmes personnes que les autres filles. Je ne pense pas qu'elle soit déjà morte, même si… Tout ce qu'on peut faire, c'est espérer et tout faire pour les retrouver.

— Brock, on a des agents qui fouillent tous les bâtiments abandonnés, les hangars, les cabanes, etc., et qui demandent des mandats de perquisition dès qu'ils tombent sur quelque chose de louche. Au point où on en est, il faut écouter notre instinct. Tu penses vraiment que les grottes peuvent donner quelque chose ?

— Les derniers ossements ont été découverts pas loin. On verra demain, j'imagine. Je vais me coucher.

— D'accord. Bonne nuit. À demain.

Le reste du groupe de la veillée s'était dispersé. La réception était calme quand Brock traversa le hall. Le jeune homme qu'il avait croisé la veille était de service ; Brock lui adressa un petit salut et se dirigea vers l'ascenseur. Il nota soudain qu'il n'avait pas aperçu Angie ni la personne qu'elle devait retrouver au bar. Il fit demi-tour pour s'approcher du comptoir.

— Monsieur ? demanda l'employé. Puis-je vous renseigner ?

— Je croyais que Mlle Parsons était encore en bas. Elle avait rendez-vous au bar, mais je ne la vois pas.

— Elle était là tout à l'heure… Elle a dû monter.

— Était-elle seule ?

— Je… Je lui ai dit bonsoir, mais comme j'étais en train de compter les réservations pour demain et de valider quelques départs, je n'ai pas vraiment fait attention.

La suite d'Angie était sur le chemin de Brock. Il lui suffisait de frapper à sa porte pour s'assurer que tout allait bien. D'après ce qu'il avait appris de Maura, Angie avait peut-être tout simplement été très directe avec celui qu'elle devait retrouver. Elle était peut-être dans sa chambre.

Très occupée.

Tant pis. Il devait vérifier, quitte à interrompre un moment d'intimité.

Maura se demandait ce qui pouvait bien retenir Brock si longtemps. Elle savait pourtant qu'il devait informer ses collègues de sa rencontre avec les parents de Heidi. Elle faisait les cent pas dans sa chambre quand son téléphone sonna. Elle répondit rapidement, pensant qu'il s'agissait de Brock.

Non.

C'était Angie.

— Maura ? Il faut que tu descendes. Appelle le beau brun ténébreux et venez me rejoindre !

— Te rejoindre ? Angie, où es-tu ?

Angie eut un gloussement ravi.

— Je suis en veine, ce soir, chuchota-t-elle. Il faut que tu viennes. J'ai trouvé quelque chose. Ou plutôt, mon beau et viril rencard a découvert quelque chose pour moi. Dépêche-toi ! Trouve Brock et ramène tes fesses !

— Où ?

— À l'Arbre aux Histoires. J'ai quelque chose pour toi ! Tu vas adorer !

Maura entendit un petit glapissement étrange – un cri d'excitation ? – puis la communication fut coupée. Elle lâcha son téléphone et se précipita dans le couloir, juste au moment où Brock arrivait sur le palier.

— Brock ! Viens vite ! Il faut redescendre ! s'écria Maura, sans s'arrêter.

— J'ai voulu m'assurer qu'Angie était bien dans sa chambre, parce que je ne l'ai pas vue en bas, mais elle ne répond pas.

— Elle est à l'Arbre aux Histoires. Brock… Elle a dit qu'elle avait découvert quelque chose. Elle était tout excitée, mais c'était… bizarre. Allez, viens !

Sans attendre l'ascenseur, elle commença à descendre les marches. Brock la suivit.

— Maura, attends ! Tu ne devrais pas. Je vais y aller seul. Maura !

Il ne parvint à la rattraper que dehors, sur les pelouses. Il la saisit par le bras.

— Laisse-moi y aller seul. Retourne à l'hôtel. Dans ta chambre. Et enferme-toi à double tour.

— Il n'y a aucun problème, assura Maura. Angie voulait juste me montrer quelque chose. Brock, tu es armé et elle a insisté pour que tu viennes. Elle veut qu'on soit là tous les deux.

Il secoua la tête d'un air buté.

— Ce pourrait être un piège.

— Angie était fidèle à elle-même, au téléphone. Je ne vois pas où serait le piège. Allez, viens !

— Non ! Tu ne sais pas… Retourne à l'hôtel. Va dans ta chambre et ferme la porte à clé.

Elle le regarda sans rien dire.

— S'il te plaît, Maura. Si nous devons encore…

— Mais Brock, je viens de lui parler ! C'est idiot. Je suis avec toi et… S'il te plaît, allons-y !

Elle fit mine de s'éloigner, mais il la retint.

— Maura !

— Quoi ?

— Tu ne peux pas te mettre en danger comme ça. Laisse-moi faire mon travail.

Maura soupira avec irritation, puis finit par céder.

— Oh ! bon, d'accord !

— Vas-y !

Elle regagna le perron de l'hôtel, sachant qu'il attendrait qu'elle ait franchi les portes pour prendre la direction de la forêt. Quelque chose la tracassait à propos de l'appel d'Angie. Il y avait eu ce petit cri étrange, puis la communication avait été coupée.

Agacée, mais résolue, elle traversa la réception, adressa un signe à l'employé et se dirigea vers l'ascenseur, trop fatiguée pour monter par l'escalier. Dans le couloir, elle chercha son téléphone dans sa poche, pour tenter d'appeler de nouveau Angie, mais elle se souvint soudain qu'elle l'avait oublié sur son lit. Peu importait. Elle était presque arrivée. Elle poussa la porte de sa chambre. La pièce était plongée dans l'obscurité.

Elle n'avait pas laissé les lumières allumées.

Elle n'avait pas non plus pensé à fermer à clé.

Elle n'eut pas le temps de comprendre ce qui se passait. Quelque chose glissa sur son visage, étouffant son cri, et elle tomba à terre.

Puis, ce fut le noir complet.

Brock avançait avec prudence sur le sentier qui menait à l'Arbre aux Histoires, en veillant à ne pas quitter l'ombre. Bien avant d'atteindre son but, il entendit quelqu'un appeler à l'aide en sanglotant. Il pressa le pas, mais s'efforça de rester discret.

Lorsqu'il déboucha dans la clairière, il aperçut Angie, ligotée à l'énorme tronc. Il ne se précipita pas vers elle, mais prit le temps d'étudier les alentours avec soin. La lune n'était qu'à moitié pleine et l'obscurité régnait partout. Il semblait n'y avoir personne d'autre, mais il se méfiait. Cela n'avait aucun sens. Plusieurs jeunes femmes avaient disparu. Des ossements humains avaient été découverts.

Mais personne n'avait été ligoté à l'Arbre aux Histoires.

Il sortit son téléphone de sa poche et appela Flannery.

— Arbre aux Histoires. Renforts, lança-t-il à voix basse.

Puis, son arme à la main, il s'avança, surveillant toujours les fourrés, par crainte d'une embuscade.

— Brock ! Brock ! Faites attention ! Il sait que vous êtes là. Il sait… Il pourrait se cacher… Quelque part.

— Je reste vigilant, Angie, répondit-il en s'approchant d'elle.

Il tira son couteau de sa poche et commença à trancher les cordes qui la retenaient. Lorsqu'elle fut libre, elle se jeta dans ses bras.

— Vous m'avez sauvée. Heureusement que j'ai appelé Maura. Il aurait pu revenir. Il aurait pu… Il m'aurait tuée, j'en suis sûre. Oh ! Brock ! Merci ! Merci !

Mike et Rachel arrivèrent en courant, faisant sursauter Angie.

— Tout va bien, Angie. Tout va bien. Qui vous a amenée ici ? demanda Brock. Qui est-ce ?

Angie se mit à trembler.

— Je n'arrive toujours pas à y croire, gémit-elle, avant d'éclater en sanglots.

Quand Maura reprit connaissance, tout était noir et, pendant quelques minutes, l'obscurité la rendit confuse. Elle n'eut d'abord aucun souvenir de ce qui s'était passé puis, petit à petit, la mémoire lui revint. Elle avait été attaquée, alors qu'elle entrait dans sa chambre.

Elle se palpa le crâne avec précaution. Elle ne saignait pas, mais elle souffrait d'un terrible mal de tête. Brock avait raison. Cet appel était un piège. Celui qui était derrière tout ça savait comment Brock réagirait. Il se doutait qu'il ne laisserait jamais Maura risquer sa vie. Elle ignorait seulement de qui il s'agissait.

Mark ou Nils Hartford ?

Bentley ?

Donald Glass lui-même ?

Elle repoussa un tissu qui la recouvrait. Une sorte de couverture – un couvre-lit de l'hôtel, pensa-t-elle en reconnaissant le matériau. Le sol était froid et humide, comme si elle se trouvait sous terre. Elle s'assit avec peine, maïs il lui fut impossible de se lever, car l'espace était trop petit. Elle se mit à avancer à quatre pattes, s'efforçant de percer les ténèbres.

Où était Angie ? Avait-elle aussi été enlevée ? Brock s'était-il précipité vers la clairière… pour rien ? Dans ce cas-là… il allait sans doute rameuter tous les policiers du secteur pour lancer une battue. Tremblante de peur, et malgré sa douleur lancinante à la tête, elle se remit en route. Brock partirait à sa recherche, elle le savait. Mais cela ne l'empêchait pas de tout tenter pour se sauver elle-même.

Elle s'arrêta un instant pour tendre l'oreille. Rien. C'était la nuit. Il était tard. Elle inspira profondément. Une odeur de terre. D'humus. Et de…

Soudain, elle comprit où elle se trouvait. En plus de la terre, elle sentait aussi une matière dure, un peu poreuse, sous ses doigts. Quelque chose qu'on ne rencontrait que dans la région. De la coquina. Une roche sédimentaire calcaire, constituée de coquillages et de débris de coraux. La roche utilisée pour construire le grand fort de St. Augustine et de nombreux autres bâtiments. À sa connaissance, il n'y avait pas de coquina au Frampton Ranch.

Peut-être ne se trouvait-elle plus au ranch. Elle ne savait pas combien de temps elle était restée évanouie. Elle reprit sa progression, sans craindre les créatures qui pouvaient partager cet abri souterrain.

Soudain, ses mains rencontrèrent un corps.

— Qui, Angie ? Qui vous a fait ça ? demanda Brock, serrant toujours le corps tremblant de la jeune femme, tandis qu'ils retournaient vers l'hôtel.

Flannery et Rachel avaient fouillé le périmètre, une équipe technique avait été appelée et la clairière grouillerait bientôt de policiers.

— C'est… Donald Glass ! s'écria-t-elle, d'une voix encore incrédule. Il était tellement poli et gentil. Il a dit qu'il voulait me montrer quelque chose de vraiment spécial. C'était lui ! C'était lui !

Flannery, qui se trouvait juste derrière eux, partit comme une flèche en direction des bâtiments.

— Allons voir si ce vieux fumier est à l'hôtel, marmonna-t-il. Être Suprême, tu parles ! Qu'est-ce qu'il espérait, franchement ? Qu'Angie meurt d'elle-même pendant la nuit ? À moins qu'il ait prévu de revenir pour achever son crime… À l'endroit même où il a sans doute assassiné Francine, il y a douze ans ?

Arrivée près du perron, Brock appela Rachel :

— Reste avec Angie, tu veux bien ? Je dois aller chercher Maura.

— Ne me laissez pas ! supplia Angie, en l'agrippant par le bras.

— Non, je dois aller chercher Maura, répéta-t-il en se dégageant.

Rachel vint à son secours et s'occupa d'Angie, qui était toujours terrifiée. Brock se rua vers l'escalier pour rejoindre la chambre de Maura. Dans le couloir, il vit que la porte était entrouverte. Il se précipita.

La chambre était vide.

Le couvre-lit avait disparu ; son téléphone gisait par terre.

Brock resta un instant interdit, le souffle coupé.

Un piège.

Et il avait été assez stupide pour tomber dedans.

Quand il redescendit en courant dans le hall, le jeune employé de la réception était plaqué contre le mur, l'air hagard, et observait Flannery qui passait les menottes à Donald Glass.

— Non, non ! Vous faites erreur ! J'étais dans ma chambre ! protestait ce dernier. Demandez à ma femme ! Angie ! Pourquoi proférer des accusations pareilles ? Pourquoi ? Je ne vous ai rien fait. Je vous ai ouvert les portes de mon hôtel, j'ai tout fait pour... Pourquoi ?

Angie sanglotait toujours de façon incontrôlée, mais Donald Glass était lui-même très agité ; il semblait complètement abasourdi.

— Vous avez essayé de me tuer ! s'écria Angie.

— J'ai passé la soirée dans ma chambre ! hurla Glass. Demandez à ma femme !

Marie Glass apparut en haut des marches et commença à descendre ; elle avait l'air frappée de stupeur. Ses mains tremblaient quand elle prit appui sur la rambarde.

— Marie ! appela avec force Glass. Dites-leur, ma chère ! Marie !

Marie Glass se mit à bafouiller, les yeux débordants de larmes.

— Je… Je ne peux plus mentir pour vous, Donald. C'est fini.

— Quoi ? hurla son mari.

Brock s'approcha et vint se placer juste devant lui.

— Où est Maura ? demanda-t-il d'une voix dure, sans chercher à dissimuler sa colère.

— Maura ? répéta Glass, interloqué, avant de s'écrier : Dans votre lit, sans aucun doute !

— Elle a disparu. Quelqu'un l'a enlevée. Où est-elle, Glass ?

Donald Glass se mit à sangloter.

— Je n'ai pas enlevé Maura. Je n'ai pas fait de mal à Angie, je vous le jure. J'étais dans ma chambre. Dans ma chambre !

— Appelez tous les renforts disponibles, lança Brock. Il faut fouiller partout. Maura est avec les autres filles, j'en suis certain. Et elles ne sont pas loin.

Une première sirène se fit entendre au loin, puis ce fut un véritable concert.

— Je me charge de Glass, annonça Flannery à Brock. Tu peux t'occuper des recherches.

— Je l'accompagne aux voitures, répondit Brock, en posant une main ferme sur l'épaule de Glass. Je vous jure qu'il va parler.

Il suivit Flannery dehors, jusqu'aux véhicules de police. Un agent en uniforme bondit d'une fourgonnette pour leur ouvrir la portière arrière.

— Il ne dira rien, Brock, commença Flannery. Va t'occuper des recherches… Ou pas, ajouta-t-il, en voyant Brock pousser Glass sans ménagement à l'arrière du véhicule, avant de se glisser à ses côtés.

— Je ne sais pas où elle est. Je ne sais pas ! criait Glass. Ne me tuez pas ! Pitié, ne me tuez pas !

— Ne soyez pas idiot. Je ne vais pas vous tuer, répondit Brock. Tout ce que je veux, c'est que vous me donniez une information que j'ignore encore. Où pourrait-on cacher une femme, aux alentours du ranch ?

— Mais je vous jure que…

— Vous ou n'importe qui, bon sang ! aboya Brock. Je m'efforce autant que possible de vous croire. Alors, parlez !

— De l'eau… S'il vous plaît… Ne me tuez pas… De l'eau…

Le corps que Maura venait de rencontrer se mit à parler.

— Je n'ai pas d'eau. Je ne vais pas vous tuer. Je m'appelle Maura Antrim. Qui êtes-vous ?

— Maura !

La personne s'agita dans l'obscurité et Maura sentit des mains l'agripper.

— Je vous connais… Je vous connais… Je suis Heidi… J'ai tellement peur ! Je me suis arrêtée pour aider une voiture qui avait mis ses feux de détresse et… Quelqu'un m'a frappée… Je suis sûre que je suis en train de mourir. J'ai si peur. Il fait si noir. Je ne sais plus… Ils vous ont enlevée aussi ?

— Oui. On m'a assommée dans ma chambre d'hôtel. Vous avez une idée de qui a pu vous faire ça ?

— Non…

— On n'est pas loin du ranch, c'est tout ce que je sais. Pas loin du tout.

— Mais où ?

— Je pense qu'on est dans une sorte de gouffre qui a été recouvert il y a de nombreuses années pour servir de cave ou quelque chose comme ça. Les murs ont été maçonnés avec de la coquina. Si on est entrées, on doit pouvoir sortir. Vous pouvez bouger ?

— À peine.

— D'accord. Restez tranquille. Je vais chercher un moyen de nous échapper.

— Non ! supplia Heidi, en s'agrippant de nouveau à elle. Ne me laissez pas seule !

— Dans ce cas, il faut venir avec moi, répondit Maura avec fermeté.

Elle se remit à ramper et la terre du sol se fit bientôt plus humide. Elles avançaient à présent dans une sorte de conduit d'évacuation, sans doute au bord de la voie express. Si seulement elle parvenait à atteindre une grille…

Son esprit était à la fois engourdi et en surchauffe. Quand Angie l'avait appelée, elle était en compagnie de la personne avec qui elle avait rendez-vous ce soir-là. Cette personne avait réussi à attirer Angie à l'extérieur, puis l'avait forcée à tendre un piège à Brock…

Elle devait connaître Brock, évidemment. Assez pour savoir qu'il insisterait pour que Maura retourne à l'hôtel, alors que lui était formé pour faire face au danger. Il devait s'agir de quelqu'un qui connaissait bien la propriété et était en mesure de s'y déplacer librement, tout en évitant le regard des employés à l'accueil et les caméras de surveillance dans le hall.

Des idées se croisaient à toute allure dans son esprit, mais l'une d'entre elles commençait à s'imposer.

Non.

C'était impossible.

Il ne pouvait s'agir d'une organisation. Plutôt d'une

personne seule… qui aurait connaissance de cette société secrète.

Maura se mit à penser à la belle Gyselle fuyant ceux qui voulaient la pendre aux branches de l'Arbre aux Histoires. Peut-être ses agresseurs appartenaient-ils à une société. Peut-être pas. Peut-être avaient-ils simplement…

Une lumière ! Elle aperçut soudain un minuscule point lumineux au loin…

Une grande agitation régnait dans le ranch.

La police cherchait partout. On avait sorti les chiens, qui avaient tous reniflé un vêtement appartenant à Maura. Laissant les équipes cynophiles fouiller la forêt, l'hôtel, les jardins et la piscine, Brock se dirigea vers la route.

Donald Glass avait raconté tout ce qu'il savait. Non, il n'y avait jamais eu de sous-sol au ranch. Il y avait bien le vide sanitaire des fondations, mais un homme adulte pouvait à peine s'y tenir accroupi, quand il fallait faire des opérations de maintenance. L'ancien puits avait été comblé des années plus tôt et les dépendances avaient été démolies pour faire place aux deux ailes modernes. Il n'y avait aucun autre bâtiment sur la propriété et le seul cimetière à proximité était minuscule et ne comportait ni caveau ni mausolée.

Où cacher quelqu'un ?

Ce n'étaient pas les entrepôts qui manquaient dans le secteur et il y avait également les larges canaux et les citernes de drainage, le long de la voie express, qui servaient à absorber l'excédent d'eau en cas de tornade ou de forte pluie.

L'emplacement rêvé pour qu'un corps se décompose rapidement.

Donald Glass avait été placé en garde à vue, mais Brock ne s'en souciait pas. Plus rien n'avait d'importance, à part retrouver Maura.

Quand il atteignit la voie express, il se mit à courir sur le bas-côté, le long du grillage, à la recherche d'un passage vers les canalisations, situées en contrebas. Il courut et courut, puis refit le chemin dans l'autre sens, avant de remarquer un endroit où de la végétation semblait avoir été écrasée.

Il se précipita.

C'était l'accès qu'il cherchait. Quand il s'avança vers la bouche d'entrée la plus proche, il entendit une voix qui appelait et des coups martelés contre la grille.

— Maura ! cria-t-il en tombant à genoux.

Il eut vite fait de venir à bout du grillage avec son couteau. Maura se jeta dans ses bras et, pendant quelques secondes, se contenta de rester agrippée à lui. Puis, un second cri retentit.

— C'est Heidi… Il y aurait d'autres femmes, là-dedans. Mortes ou vivantes, je ne sais pas.

Brock aida Heidi à sortir de l'égout. La jeune femme le serra si fort dans ses bras, pleurant et riant à la fois, qu'il faillit tomber à la renverse. Soudain, on entendit des chiens aboyer au loin.

— Par ici ! cria Brock.

Bientôt, l'endroit grouillait de policiers et de chiens et Brock put serrer de nouveau Maura contre lui, bien décidé à ne plus la lâcher.

Épilogue

Maura surprit tout le monde en prenant la parole la première :

— Vous savez… Il m'arrive de la voir vraiment. Ou du moins, de me l'imaginer. Je parle de la belle Gyselle. Il peut être difficile de se défaire d'une légende. Elles peuvent parfois même vous coller à la peau. Si je dis ça, c'est parce que d'une certaine façon son histoire ressemble un peu à la mienne. Sa vie réelle a un sens, mais parfois, la vérité ne nous apparaît pas immédiatement, car nous sommes aveuglés par la légende.

Dans le hall du Frampton Ranch, tous la regardaient avec intérêt. Les employés savaient à présent que Donald Glass avait été arrêté et avaient eu vent des événements tragiques : l'agression d'Angie par leur patron et l'enlèvement de Maura, qui avait finalement été retrouvée, avec les autres disparues. Heidi était saine et sauve et avait déjà rejoint le domicile parental.

Les jeunes femmes avaient été hospitalisées. Pour Lily Sylvester, le séjour risquait d'être long : elle était restée dans le noir pendant plusieurs mois, avec très peu de nourriture et de l'eau sale pour toute boisson. Son organisme avait beaucoup souffert. Lydia Merkel serait sans doute autorisée à rentrer chez elle dès le lendemain et Amy Bonham, vers la fin de la semaine.

L'avenir semblait plein d'espoir pour elles. Elles avaient survécu.

Les clients avaient tous quitté l'hôtel, à la demande de la police et de Marie Glass, le temps de régler la situation de façon adéquate. En dehors du personnel, des inspecteurs Flannery et Lawrence, d'Angie et de Maura, le ranch était vide. Donald Glass était en prison et attendait d'être inculpé. Toutefois, si Maura avait vu juste, cette mise en accusation n'aurait jamais lieu.

— L'histoire de Gyselle me fait également penser à ce qui est arrivé à Francine Renault. Certes, je ne la vois pas vraiment courir à travers les arbres dans une longue robe vaporeuse, mais elle aussi a trouvé la mort sur ce ranch. Par la suite, plusieurs femmes ont connu un sort similaire, au fil des années. Toutes n'ont pas fini leurs jours au pied de l'arbre, mais toutes ont été brutalement poignardées par le même tueur. Comme Francine. Comme Peter Moore, le cuisinier. Au premier abord, toutes ces histoires ne paraissent pourtant pas liées. S'agit-il d'un ou de plusieurs tueurs ? Œuvrent-ils de façon indépendante… ou jointe ? Une chose est certaine, ils sont mus par un motif identique : la vengeance.

Autour d'elle, les gens semblaient hésiter, intrigués et perplexes. Elle ne faisait pas partie de la police ni du FBI. Pourquoi prenait-elle ainsi la parole pour élaborer une théorie ?

— Je croyais qu'il s'agissait d'enlèvements opportunistes, murmura quelqu'un.

— Oui et non, répondit Maura.

Brock s'avança alors :

— Nous avons découvert l'existence d'une ancienne société appelée les Fils de l'Être Suprême. Nous pensons que ces personnes ne sont plus vraiment actives, mais la légende a cédé la place à quelque chose qui lui ressemble. Une imitation, en quelque sorte.

— Qu'est-ce que c'est que toutes ces énigmes ? s'impatienta Nils Hartford. Je croyais que la police allait nous dévoiler ce qui s'est passé.

— Sans doute Donald Glass se prenait-il vraiment pour un être suprême, soupira son frère, d'un air navré.

— Je laisse Maura vous expliquer, intervint Brock. Elle a toujours été une conteuse extraordinaire.

— Revoilà la belle Gyselle, courant à travers les bois, reprit Maura. Mais… Son seul péché a été d'avoir une liaison avec le propriétaire de la plantation.

Elle se tourna vers Marie Glass.

— Ce n'est pas Donald qui a tué Francine, Marie. C'est vous.

— Comment ? s'exclama Marie avec indignation. Je n'ai pas tué Francine. C'est mon mari !

— Non, il n'a pas tué Francine. Ni Maureen Rodriguez ni l'autre femme dont les restes ont été retrouvés. Donald est un passionné d'histoire et s'efforce de la partager avec ceux qu'il côtoie. Son seul défaut est d'aimer un peu trop les femmes et vous avez trouvé un moyen de vous venger de celles qui l'ont éloigné de vous. Et bien sûr, de vous venger de Donald lui-même. Oh ! et vous avez aussi assassiné Peter Moore… quand vous avez découvert à quel point vous trouviez agréable de jouer avec un couteau.

— C'est de la folie ! Comment pouvez-vous me croire capable de tels actes !

D'un geste, elle indiqua son physique fluet.

— Quelle insupportable petite traînée ingrate ! ajouta-t-elle, avec dépit, en désignant Maura.

— Inutile d'être grossière, intervint Brock. Marie, vous avez été maligne, mais nous vous avons filmée.

— Vraiment ? Alors, comment ai-je ligoté Angie et comment suis-je rentrée…

— Oh ! mais vous n'avez pas ligoté Angie.

— Évidemment. C'est ce que je me tue à…

— C'est Angie qui s'est ligotée toute seule, coupa Brock calmement.

Angie bondit sur ses pieds.

— Non ! Je n'étais même pas présente quand Francine Renault est morte. Ni le cuisinier. Comment pouvez-vous penser que je suis impliquée ?

— Je ne comprends toujours pas votre rôle dans cette affaire, Angie, mais vous êtes bel et bien mêlée à tout ça. Il n'y avait personne d'autre dans la forêt, hier soir. Tout le monde a un alibi solide. Mark et Nils avait tous les deux de la compagnie, ce soir-là… Mais ce n'était pas vous. Et puis, il y a la vidéosurveillance : on y voit Fred Bentley en train de parler avec l'employé de nuit, à l'heure du drame. Alors, quoi ?

Il regarda tour à tour Marie et Angie.

— Vous trouviez toutes les deux qu'on commençait à s'approcher un peu trop ? Que nous risquions de tout découvrir ? Que les sous-entendus de Marie à propos de son époux tombaient trop à pic ? Et puis, votre insistance pour vous rendre à l'endroit où des restes humains avaient été retrouvés. Étrange, non ? À mon avis, Marie a paniqué quand ces ossements sont ressortis des égouts. Elle les a enveloppés dans des draps, espérant s'en débarrasser par la laverie.

Peut-être pensiez-vous que tout n'était pas perdu. Quels qu'aient été vos motifs, Marie et vous avez kidnappé et tué des gens. Cela permettait à Marie de laisser libre cours à sa rage. Elle était persuadée de pouvoir faire accuser son mari, en cas de besoin. Mais vous…

— C'est absurde ! s'écria Angie.

— Non, pas vraiment. Nous avons vérifié votre historique d'appels téléphoniques. Vous avez eu de très nombreuses conversations avec Marie, au cours de la dernière année. De longues conversations. Elle choisissait les victimes. Vous l'aidiez à les faire disparaître.

Le personnel de l'hôtel s'était figé, comme prisonnier d'un tableau étrange.

— C'est parfaitement ridicule ! s'emporta Angie, qui avait l'air d'un animal pris de panique. Non, c'est Marie ! Je n'ai jamais…

— Oh ! la ferme ! aboya Marie. Hors de question que je sois la seule à porter le chapeau ! Je peux vous expliquer pourquoi Angie voulait autant que moi faire du tort à Donald. Nous cherchions un moyen de créer des preuves qui accuseraient Donald, sans l'ombre d'un doute. Quant à ces femmes… Toutes des traînées ! Elles méritaient de souffrir. Nous aurions pu faire en sorte que Donald croupisse pendant des années en prison, avant que soit appliquée la peine de mort. Il n'existe aucune preuve, mais… la mère d'Angie était une des catins de mon mari. Il l'a payée pour qu'elle se fasse avorter. La misérable a pris l'argent… mais n'est pas allée à l'hôpital.

Elle se tourna vers Angie et lâcha d'un ton désespéré :

— Tu n'aurais jamais dû naître !

— Oh, Marie ! Quelle sale menteuse..., maugréa celle-ci en faisant mine de se jeter sur elle.

Rachel s'interposa avec souplesse pour la retenir et en profita pour lui passer les menottes. Marie, toujours aussi droite et digne, fut arrêtée par Mike Flannery. Elle lui cracha au visage et le traita de tous les noms. Jamais Maura ne l'avait entendue faire usage d'un tel langage.

Quand on les emmena, les employés restèrent un instant à se dévisager en silence, puis soudain, tout le monde se mit à parler en même temps. Certains exprimaient leur incrédulité, tandis que d'autres affirmaient qu'ils n'étaient pas surpris.

— Non, murmura simplement Fred Bentley, l'air songeur. Non, non, non.

— Et pourtant, si, répondit Brock. Vous l'avez vu par vous-même.

— Et maintenant ? demanda Mark.

— Donald Glass va être libéré rapidement. Il est sous le choc et complètement abasourdi par ce qui s'est produit. Il pense que c'est sa faute si Marie est si cruelle. Il ignorait totalement l'existence d'une enfant naturelle et, à présent, il doit faire face au fait que cette enfant est devenue... une tueuse. Il a besoin de temps pour recouvrer ses esprits. C'est à lui de prendre des décisions. Pour l'instant, il m'a demandé de vous dire qu'aucun de vous n'a quoi que ce soit à craindre. Votre prochain salaire est assuré, quoi qu'il arrive.

Un murmure d'approbation parcourut l'assistance,

puis le groupe se sépara lentement. Fred regarda longuement Maura et Brock.

— Bien, annonça-t-il enfin. Je suis là. Je veillerai à ce que tout reste dans l'ordre, jusqu'à ce que Donald sache ce qu'il veut faire. Le personnel va rester à son poste. Je serai là… pour tout.

Il commença à s'éloigner, mais revint sur ses pas.

— Je… Je n'arrive pas à y croire. Cette adorable Angie. Qui aurait pu imaginer… ? Mais merci, Brock. Oui, merci beaucoup.

Il s'éloigna enfin, la tête basse, en direction des bureaux. Brock et Maura restèrent seuls au milieu de l'entrée.

— On y va ? suggéra-t-il.

— Oui, mais…

— « Mais où ? » C'est ça que tu vas me demander ? la taquina Brock. Une île. Un endroit magnifique avec des plages interminables. Pour pouvoir s'allonger sur le sable et rattraper le temps perdu, penser à ceux qui sont morts et à ceux qui sont encore en vie. Ta valise est prête ?

— Oui, dit-elle en souriant.

Ils quittèrent le Frampton Ranch.

La brise marine caressait délicieusement la joue de Maura, effleurant sa peau, jouant avec le tissu vaporeux des rideaux qui entouraient le bungalow. Elle percevait le murmure des vagues sur le rivage, si proches qu'il aurait suffi de quelques pas pour se tremper les pieds. L'endroit était magnifique. Brock avait déniché aux Bahamas un véritable paradis secret, où seuls quelques serveurs apparaissaient parfois, quand on pressait un bouton, pour apporter à manger ou à boire. Le logement voisin se trouvait à plusieurs centaines de mètres sur la plage, derrière une rangée de palmiers.

C'était divin.

Même si rien n'était plus divin que de dormir aux côtés de Brock, comme si c'était la chose la plus naturelle du monde. Parfois, ils restaient simplement allongés et évoquaient les années passées. Puis, une innocente caresse menait à une autre et ils faisaient l'amour.

Quatre jours pour eux, dans ce coin de paradis.

— Tu as eu tes parents au téléphone ? demanda Brock.

— Bien sûr. S'ils avaient eu vent des événements et n'avaient pas eu de nouvelles de moi après… ils auraient perdu la tête !

Elle se rapprocha un peu de lui.

— J'ai presque de la peine pour ma mère… Elle était horrifiée. Elle a avoué qu'elle avait bien reçu tous tes messages, mais qu'elle ne m'avait rien dit. La pauvre, elle était toute penaude… Cela dit, j'ai ma part de responsabilité. J'étais tellement vexée que tu ne me donnes pas de nouvelles, que je n'ai même pas cherché à te contacter. Je pensais que tu m'avais reléguée aux oubliettes…

— Jamais. Pas toi, répondit-il d'une voix rauque, avant de sourire timidement. Mais ta mère… Elle viendra au mariage, quand même ?

— Oh oui ! s'exclama Maura en riant. Je lui ai annoncé qu'on était aux Bahamas, mais qu'on rentrerait bientôt pour un petit mariage intime à New York, dans un pub irlandais appelé le Finnegan's. Elle n'a même pas essayé de me faire remarquer qu'on allait peut-être un peu vite. Mon père, lui… Il trouve que c'est super. Pourquoi attendre, après tout ce temps ? C'est maintenant ou jamais, selon lui. Au fait : c'est sympa de la part de tes amis de nous laisser organiser la réception dans leur bar.

— Kieran et Craig sont de très bons amis à moi. Craig est un collègue de longue date et Kieran est propriétaire du pub avec ses frères. Ils sont tous enthousiastes à l'idée d'accueillir un mariage. Et toi… Ça ne t'embête pas de vivre à New York ? Pour l'instant ? Peut-être qu'un jour on fera comme les oiseaux migrateurs : on redescendra vers le sud pour l'hiver. Et quand on sera vieux et grisonnants, on rentrera pour de bon. À moins que je demande ma mutation avant. Mais pour l'instant…

Elle se pencha pour l'embrasser.

— Je t'ai perdu pendant douze ans. Je suis prête à prononcer ces vœux et à déménager à New York sans hésiter. D'ailleurs… il me semble que c'est l'endroit rêvé pour élargir ma clientèle.

Brock sourit, puis approcha son visage du sien.

— C'est fantastique. Je savais que je t'aimais, à l'époque. Je n'ai jamais cessé de t'aimer. Et je te fais le serment de t'aimer pour le restant de mes jours.

— C'est beau, chuchota-t-elle. Je t'aime aussi. Depuis toujours et pour toujours.

Quand elle caressa ses cheveux, il lui prit la main pour l'embrasser.

Leur baiser se prolongea. La brise marine continua à effleurer leurs corps, tandis que le soleil s'élevait dans le ciel.

Maura savait que la brise marine ne serait pas là tous les matins pour les réveiller en douceur. Ils ne dormiraient pas toujours dans un bungalow installé sur la plage, à quelques mètres de l'océan.

Mais cela n'avait pas la moindre importance.

Parce qu'elle savait que ce serait toujours le visage de Brock qu'elle trouverait le matin, sur l'oreiller voisin du sien.

DEBRA WEBB

Des soupçons à haut risque

Traduction française de
ISABEL ROVAREY

BLACK ROSE

HARLEQUIN

Titre original :
THE SAFEST LIES

1

Winchester, Tennessee
Vendredi 9 août

Sadie Buchanan n'avait encore jamais mis les pieds à Winchester. Le plus près qu'elle s'en soit approchée, c'était lors d'un bref passage à Tullahoma des années plus tôt alors que, nouvellement affectée dans le secteur de Nashville, elle était venue assister à une conférence inter-forces à la Arnold Air Force base. À vrai dire, il était très inhabituel pour un agent de se retrouver dans un coin comme celui-là, a fortiori pour une opération de sauvetage. Le type de problème nécessitant son intervention se produisait rarement dans de petites villes comme celle-ci. Ses missions, pour la plupart, la conduisaient soit vers les grands centres urbains de l'État, soit au fin fond du désert ou dans des zones de montagne isolées.

Quoi qu'il en soit, dès lors qu'un agent était en difficulté, elle entrait en scène.

Elle se gara devant le bureau du shérif de Franklin County. Elle n'avait pas particulièrement visé l'extraction d'agents en situation dangereuse lorsqu'elle avait débuté dans sa carrière au FBI mais c'était devenu sa spécialité au bout de deux ans en poste, après une première mission décisive. Celle-ci avait bénéficié d'une grande visibilité car l'agent concerné était important, ce qui avait attiré sur elle l'attention des hauts rangs de la hiérarchie. C'était à l'occasion de cette mission que s'était révélé, pour elle comme pour le Bureau, son don particulier pour se faufiler partout. À partir de là, elle s'était concentrée sur ses entraînements en prévision de moments comme celui-ci. Ce genre de tâche ne convenait pas à tous les agents. Pour réussir, il fallait avoir des compétences et un mental bien spécifiques.

S'infiltrer, atteindre la cible et partir sans y laisser de plumes.

Son père disait toujours que tout le monde avait un don. De toute évidence, le sien, c'était celui-ci. Il ne lui avait encore jamais fait défaut et il n'y avait aucune raison que cela commence aujourd'hui.

Dans le bâtiment de brique qui abritait le bureau du shérif et la prison du comté, une employée l'accueillit derrière le comptoir de la réception.

Sadie déclina son identité et montra son insigne.

— Bonjour, agent Buchanan… La salle de conférences est au fond du couloir, à gauche, déclara la sergente Rodriquez en indiquant de la main le long corridor qui s'ouvrait derrière son bureau. Ils vous attendent.

Sadie la remercia et suivit la direction indiquée. L'une des choses qu'elle avait d'emblée remarquées en arrivant à Winchester, c'était que la température y était plus élevée qu'à Nashville – et il n'était que 10 heures du matin. La ville ne manquait pas d'un certain charme suranné, avec le lac, les collines et les bois qui l'entouraient. Pour la plupart des gens, un tel paysage aurait composé un cadre idyllique mais ce que Sadie voyait dans cette belle nature, c'était le nombre d'endroits où il était possible de se cacher. Des tas et des tas de cachettes potentielles.

Pas la meilleure configuration pour localiser une cible.

Elle ouvrit la porte de la salle de conférences et entra. Quatre personnes s'y trouvaient mais elle n'en reconnut qu'une : l'agent spécial Deacon Ross. Lui aussi avait été affecté à Nashville. Ils n'avaient travaillé ensemble qu'une seule fois mais il jouissait d'une réputation irréprochable. Aux dernières nouvelles, il avait pris un congé prolongé.

Le bruit courait qu'il pourrait ne pas revenir – mais ce n'était peut-être qu'une rumeur. Il semblait en tout cas bel et bien investi dans cette affaire.

— Agent Buchanan, dit un grand homme brun trônant en tête de la table, en se levant et en tendant la main. Je suis le shérif Colt Tanner. Nous sommes vraiment heureux que vous soyez venue.

Sadie lui serra la main.

— Bonjour, shérif. Heureuse de pouvoir vous être utile.

— Voici le chef de la police Billy Brannigan, reprit Tanner en désignant l'un de ses compagnons, châtain, les yeux marron, qui avait la même allure de cow-boy que le shérif.

Brannigan se pencha en avant pour lui serrer la main à son tour.

— Enchanté de faire votre connaissance, agent Buchanan.

— Moi de même, chef Brannigan, dit Sadie avant de se tourner vers le quatrième homme. Agent Ross…

Elle tendit la main.

Ross la serra puis se tourna vers la femme qui se tenait à son côté.

— Je vous présente Cecelia Winters.

Sadie salua la petite femme à la chevelure de feu.

— Mademoiselle Winters.

Winters inclina la tête et lui serra la main mais elle garda le silence.

Tirant une chaise, Sadie prit place. Sur la table, étaient étalés quelques dossiers et une pile de cartes. Pas exactement la configuration typique pour une réunion préparatoire à une mission tactique mais, depuis le début, elle avait eu le pressentiment que cette mission-ci différerait des autres. Ce qui ne lui posait pas problème : elle n'avait rien contre la nouveauté – dès lors que personne n'était tué. À ce jour, Sadie n'avait encore jamais perdu de cible.

— J'imagine qu'on vous a mise au courant de la situation, déclara Ross.

— Je suis rentrée à Nashville tard hier soir ; j'étais en mission à Memphis. Je crains de ne connaître que les grandes lignes mais j'ai pensé que vous me fourniriez tous les détails à mon arrivée.

Ce serait en tout cas sa première réunion d'information en présence d'une civile sans lien direct avec l'enquête officielle. Quelque chose lui soufflait que cette mission n'avait décidément pas fini de la surprendre.

— Voilà plus de deux décennies, la présence d'un certain groupe d'extrémistes implanté dans le secteur de Franklin County a été repérée. Le gros de leur activité, pensait-on, se concentrait sur le trafic d'armes. Mais de nouveaux soupçons se sont fait jour ces dernières années : on se demande désormais s'ils n'auraient pas été mêlés à des enlèvements, peut-être en lien avec du trafic d'êtres humains. Mon ancien partenaire, Jack Kemp, a enquêté sur eux mais, à l'époque, il n'existait pas suffisamment de preuves qu'ils étaient impliqués dans quoi que ce soit de criminel ou d'illégal pour justifier une opération. Il y a un peu plus de neuf ans, les choses ont bougé et Jack est revenu par ici voir ce qu'il en était. C'est au cours de cette mission qu'il a disparu. Récemment, de nouvelles informations ont été mises au jour concernant ce qui lui est arrivé – en partie grâce à une source civile. Comme la plupart d'entre nous, Jack travaillait avec un certain nombre d'informateurs civils.

— L'un d'eux était Levi Winters, ajouta le shérif Tanner. Levi a récemment disparu et nous soupçonnons le groupe de ne pas y être étranger.

Brannigan n'avait pas soufflé mot. Sadie se demanda s'il fallait voir dans son silence un bon ou un mauvais signe. Peut-être n'était-il ici qu'à titre informatif… La cible était très probablement en dehors de sa juridiction.

— Le Bureau ouvre-t-il une nouvelle enquête dans la région ?

Cela semblait aller de soi. Mais Sadie n'était pas au fait de ce qui se passait à Franklin County et plus elle écoutait Ross, plus elle se rendait compte qu'il avait des amis haut placés et que c'était pourquoi elle avait atterri ici.

— Ou l'affaire qui nous occupe est-elle officieuse ?

Les hommes échangèrent un regard qui répondit à sa question mieux que ne l'auraient fait des paroles.

— Jusqu'à un certain point, l'extraction en elle-même

est de nature officieuse, admit Ross. Il semblerait que la réouverture du dossier concernant le groupe connu sous le nom de La Résurrection suscite des hésitations. Personnellement, je pense que nous sommes pris dans une guerre entre le Bureau et l'ATF, qui nous aveugle. Nous espérons que les informations que détient Levi nous aideront à y voir plus clair. Mais la priorité, pour l'heure, c'est de le retrouver.

Le ramener en vie était donc doublement important, songea Sadie. Elle porta son regard sur l'autre femme assise à la table. L'espoir brillait dans ses yeux, c'était évident. La situation étant ce qu'elle était, Sadie pouvait très bien s'en aller sans que cela ait une quelconque incidence sur sa carrière puisque cette mission n'était pas officielle. Rien ne l'empêchait de se lever et de franchir cette porte plutôt que de risquer sa vie pour sauver un informateur qu'elle ne connaissait ni d'Ève ni d'Adam et dont elle n'était même pas sûre qu'il soit crédible. Auquel cas les chances de ce dernier de s'en sortir seraient bien minces.

Et cette décision, si elle n'entachait pas sa carrière, entacherait gravement sa conscience.

— Voyons un peu à quoi je suis censée m'attendre, suggéra-t-elle.

Ce fut Tanner qui commença. Il expliqua que les membres de ce groupe se tenaient suffisamment tranquilles pour qu'il n'ait jamais eu affaire à eux. Les membres de la Résurrection étaient anonymes et veillaient à tenir secrète leur appartenance à cette communauté. Leurs voisins, leurs amis, peut-être même leur famille, n'étaient pas au courant. La tactique avait été éprouvée au fil des siècles par nombre de sociétés secrètes.

Prenant la parole pour la première fois, Brannigan confirma le résumé de Tanner. La police de Winchester n'avait jamais eu affaire à une personne se réclamant de ce groupe extrémiste. Le taux de criminalité de Franklin County était bas. D'après les rumeurs entourant la Résurrection, il s'agissait de survivalistes extrémistes, du genre de ceux qui, convaincus que l'apocalypse était proche, se préparaient à la fin des temps. Le problème était compliqué par le fait qu'il existait apparemment une branche dissidente du groupe, une frange à laquelle on faisait référence par l'appellation sibylline *les autres,* laquelle était plus dangereuse encore. Plus primitive et violente.

Ross prit le relais.

— Nous avons pris contact avec une source à l'ATF ; nous n'avons pas encore de retour mais l'aide qu'il pourra nous apporter sera de toute façon limitée compte tenu des règles de confidentialité des agences fédérales – vous connaissez la musique. Pour autant, on ne peut pas attendre, les bras croisés, que Winters se fasse tuer. À terme, nous espérons bien voir le FBI et l'ATF dépêcher une force conjointe pour aller regarder d'un peu plus près, en collaboration avec les autorités locales, ce que sont réellement les activités de ce groupe. Mais, en attendant, comme je l'ai dit, notre objectif immédiat, c'est de récupérer Winters.

Sadie avait parfaitement compris.

— Vous pensez donc qu'il est entre les mains de la Résurrection ou de ce groupe dissident mais, de toute évidence, dit-elle en promenant son regard autour de la table, vous ne savez pas où il est actuellement détenu.

Tanner tapota du plat de la main les cartes topographiques.

— D'après nous, certaines zones sont plus probables que d'autres mais, non, nous n'avons aucune idée de l'endroit où il peut se trouver.

— Et vous n'avez pas le temps de conduire le genre de recherches qu'il faudrait pour localiser une aiguille dans une botte de foin, conclut Sadie. Le temps joue contre nous.

Elle arrêta son regard sur Ross, sachant qu'il comprendrait sa proposition.

— Il nous faut attirer leur attention. Je recommanderais la diffusion d'un bulletin d'information faisant état de la disparition d'un agent fédéral dans le secteur de Winchester. La formulation doit rester ambiguë, bien entendu. Donnez mon signalement mais pas mon nom.

Elle reporta son attention sur Tanner.

— Je commencerai par l'endroit le plus évident et fouillerai le secteur jusqu'à ce qu'ils me trouvent.

— Vous voulez qu'ils vous trouvent ? répéta Tanner, l'air un peu gêné aux entournures.

— Nous n'avons pas le temps de localiser et d'infiltrer le groupe par un autre moyen. Leur suggérer de me trouver sera plus rapide et beaucoup plus efficace.

— Est-ce que ce n'est pas aussi beaucoup plus dangereux ? souligna Brannigan.

— Si, acquiesça Sadie sans s'embarrasser de circonlocutions. Mais c'est la seule façon d'obtenir le résultat désiré rapidement.

— L'agent Buchanan a suivi un entraînement très poussé pour gérer exactement ce genre de situation, affirma Ross au reste de l'auditoire.

À en juger par les expressions de Tanner et de Brannigan, son assurance n'avait guère allégé leurs craintes.

— Donc, si je comprends bien, vous vous proposez d'y aller seule, sans renfort, argua Brannigan. À mon avis, tout ce qu'on va y gagner, c'est de se retrouver avec deux otages au lieu d'un.

Sadie accueillit son évaluation d'un bref hochement de tête.

— C'est une possibilité. Mais, chef Brannigan, croyez-moi, si je n'avais pas l'expérience et les compétences voulues pour tenter ce sauvetage, nous ne serions pas réunis ici, autour de cette table. Je sais ce que je fais. J'ai conscience du risque mais je ne m'inquiète pas outre mesure.

— Je peux peut-être apporter mon aide.

Toutes les têtes se tournèrent vers la femme qui avait parlé. Cecelia Winters regarda directement Sadie tandis que les hommes se mettaient à parler tous en même temps.

— Pas question, protesta Ross d'un ton sans appel, la tension se sentant dans sa voix, son maintien et la ligne dure de sa mâchoire.

— Il a raison, renchérit Tanner en secouant fermement la tête.

— Toute cette histoire est déjà bien assez périlleuse comme ça, ajouta Brannigan.

Sadie les ignora et focalisa son attention sur Cecelia.

— De quelle manière ? interrogea-t-elle.

— Les gens d'ici me connaissent. Ils savent ce qui m'est arrivé – ce qui s'est passé dans ma famille. Tout a été révélé au grand jour, le secret est levé désormais. Si c'est moi qui répands la nouvelle, ils me croiront – et le message se propagera bien plus rapidement que par le biais d'un bulletin d'information. Beaucoup de gens, ici, n'ont pas confiance dans les journaux télévisés.

— Non, Cece, objecta aussitôt Ross. Si vous vous en mêlez, cela ne fera que compliquer les choses.

OK, traduisit mentalement Sadie. Ross et Cecelia étaient ensemble. Il ne voulait pas la voir se mettre en première ligne. Une relation personnelle dans ce genre d'affaire, c'était bien souvent synonyme d'ennuis.

— Toute aide est bien sûr la bienvenue mais Ross a peut-être raison, dit-elle, non pour dissuader son interlocutrice mais tout simplement parce que c'était vrai.

Le regard dur que Ross lui décocha signifiait clairement qu'il n'était pas content de la façon dont elle avait répondu. Tant pis. Il avait voulu que Sadie accepte une mission, une extraction – une extraction très risquée. Pourquoi se serait-elle privée d'une ressource éventuelle ?

— Levi est mon frère. Je tiens à apporter ma contribution, déclara Cecelia en jetant un coup d'œil à Ross. J'ai besoin de me sentir utile.

— Vous avez bien conscience qu'une fois que tout sera terminé cela pourrait avoir des conséquences ? souligna Sadie pour que la jeune femme comprenne bien les possibles répercussions des choix qu'elle aurait faits.

En règle générale, Sadie n'aimait pas impliquer des civils mais, apparemment, dans ce cas précis, celle-ci l'était déjà jusqu'au cou.

— Tout à fait. Vous savez, la dernière décennie

de ma vie n'a été qu'une longue, une interminable conséquence. Alors, un peu plus ou un peu moins…

Ross ne partageait clairement pas son avis.

Sadie le regarda bien en face.

— Est-ce que cela vous pose problème ?

Elle n'aimait pas les problèmes. Surtout venant de ceux qui étaient censés être du même bord qu'elle.

Il soutint son regard pendant quelques secondes avant de déclarer :

— Non.

— Bien.

Sadie se tourna de nouveau vers Cecelia.

— Vous allez dire à quiconque sera le plus susceptible de colporter la nouvelle que l'agente qui travaillait avec votre frère est venue ici et qu'elle s'est mise à poser des questions un peu partout en ville…

Elle haussa les épaules.

— Qu'elle s'efforçait de le retrouver mais que, maintenant, elle aussi a disparu et que vous vous faites du souci à son sujet.

Cecelia acquiesça d'un hochement de tête.

— OK, je vais le faire.

— Par où dois-je commencer ? L'endroit le plus évident ? demanda Sadie en promenant tour à tour son regard sur chacun d'entre eux.

— L'église, dit Ross.

Il jeta un regard à Cecelia tandis qu'il parlait.

— Nous avons des raisons de croire que les Survivalistes du Salut étaient de mèche avec le groupe initial – la Résurrection. Ils stockaient des armes à feu, pour leur compte vraisemblablement, mais nous n'en avons pas la preuve. L'ATF étudie la question, ainsi que de nombreuses autres, mais, comme nous l'avons dit, leurs recherches prennent beaucoup trop de temps et ils font de la rétention d'informations.

— Mais, vous, vous êtes certains qu'il existe un lien entre les deux groupes ?

— Oui, affirma Ross.

Tanner et Brannigan hochèrent la tête de concert.

— Bien. Je vais donc commencer par là.

À l'adresse de Cecelia, elle ajouta :

— Vous vous chargez de faire passer le mot que je pose des questions partout.

Elle orienta son attention sur Tanner.

— Assurez-vous tout de même que le journal local signale la disparition d'un agent fédéral – on n'est jamais trop exhaustif. Pas de nom, hein, juste une description, rappela-t-elle.

Tanner hocha la tête.

— J'aimerais me familiariser avec la région à l'aide de ces cartes et de ces plans. On peut peut-être commencer par le secteur où se situe l'église ?

Ross étala les cartes sur la table de conférence et se mit à lui décrire le terrain. Sadie prit son temps et enregistra méthodiquement la topographie des lieux dans sa mémoire. L'une des choses qui faisaient qu'elle excellait dans sa spécialité était sa capacité à mémoriser des cartes et des plans et à retenir des points de repère. Pour une citadine, elle avait un sacré talent de pisteuse. Nulle prétention de sa part dans ce constat ; simplement, elle connaissait sa valeur et avait conscience de n'avoir rien à envier aux chasseurs avec lesquels elle avait collaboré – et elle avait collaboré avec nombre d'entre eux.

Et puis surtout, elle savait focaliser son attention. L'adage proclamant que le diable était dans les détails était vrai. Les détails revêtaient une importance capitale. Et il n'était pas besoin d'être douée d'une mémoire photographique exceptionnelle pour se les rappeler. Il suffisait de savoir fixer son attention.

— À propos de l'église, reprit-elle en pointant le doigt sur la zone située autour de l'édifice, qui semblait assez éloigné de la ville. J'aurais besoin d'en savoir le plus possible sur son histoire.

— C'est mon père qui l'a créée il y a environ trente-cinq ans, expliqua Cecelia. C'était un homme d'une cruauté sans nom, capable de tout. Il avait une cohorte de fidèles qui lui étaient tout dévoués et qui se sont tournés vers mon frère aîné, Marcus, quand il a été tué. Il y en a encore parmi eux pour croire qu'ils étaient tous deux des sortes de messies et je suis bien certaine que les plus convaincus d'entre eux en savaient bien plus qu'ils ne l'ont dit. S'ils entendent parler de vous, autant vous dire que le message sera transmis là où vous le voulez.

Ross poussa un dossier en direction de Sadie.

— Ceci vous donnera une bonne vue d'ensemble de ce que nous savons. Ce n'est pas exhaustif mais c'est tout ce dont nous disposons.

Sadie ouvrit le dossier et survola du regard la première page.

— J'aimerais avoir un moment pour compulser le dossier. Ensuite je me rendrai à l'église, j'y cacherai ma voiture et je commencerai à fouiner alentour. Avec un peu de chance, quelqu'un ne tardera pas à venir me chercher.

— Pour votre gouverne, intervint le chef de la police Brannigan. Je persiste à penser que ce n'est pas une bonne idée.

Sadie aurait bien voulu pouvoir le persuader du contraire mais, dans une certaine mesure, il n'avait pas tort. C'était très probablement une mauvaise idée.

Seulement, leurs possibilités étaient restreintes. Parfois, les mauvaises idées étaient les seules réalisables.

2

Le crépuscule tombait déjà. Sadie avait frappé à toutes les portes dans le voisinage de l'église – non qu'il y en ait beaucoup. Elle était allée droit au but, posant des questions directes, appelant le groupe qu'elle recherchait par son nom. Puis elle avait roulé jusqu'à l'église des Survivalistes du Salut aujourd'hui désaffectée et s'était mise à fureter dans les environs.

Forcer la porte avait été un jeu d'enfant. L'ATF et le FBI avaient fouillé le bâtiment de fond en comble à plusieurs reprises et, bien que les issues aient toutes été condamnées, la serrure de la porte arrière avait été endommagée. Il ne lui avait pas fallu dix secondes pour faire sauter les scellés et en venir à bout. Simple comme bonjour.

Il était possible qu'il lui faille patienter un ou deux jours avant que la nouvelle de sa présence ici parvienne aux oreilles des intéressés. Ce qui n'était pas bon pour sa cible. Levi Winters ne disposerait peut-être pas de ce délai-là. D'un autre côté, il était également possible qu'il ne soit pas du tout séquestré mais tranquillement installé parmi ses amis au sein de ce groupe suspect. Cecelia était persuadée qu'il était retenu contre son gré mais c'était sa sœur, et les sœurs ne savaient pas toujours tout.

En tout cas, pas celle de Sadie.

Sa sœur et elle ne s'étaient jamais bien entendues. Peut-être à cause des dix ans de différence qui les séparaient ou de la voie que sa sœur avait choisie et que Sadie méprisait. Pricilla Buchanan était avocate pénaliste. Elle consacrait son existence entière à défaire ce que des gens comme Sadie avaient accompli au risque de leur vie. Bien entendu, aux yeux de leur mère, elles étaient toutes les deux des anges, mais leur mère se trompait. Elle ne voulait voir que les bons côtés de tout le monde. Mais Pricilla n'était pas quelqu'un de bien. C'était une égoïste qui ne pensait qu'à son propre intérêt et se moquait bien de la justice.

Sadie chassa sa sœur aînée de ses pensées tandis qu'elle musardait dans les allées du repaire extrémiste. Incroyable, après tout ce qui s'était passé et tous les méfaits dont il s'était rendu coupable, que les adeptes se refusent toujours à dire du mal de leur tristement célèbre dernier chef de file. L'homme, par ailleurs frère aîné de Cecelia, avait caché ici des armes de contrebande. Elles avaient beau avoir été entreposées dans le souterrain secret qui avait été creusé au-dessous de l'église, il avait juré ses grands dieux qu'il ne savait pas comment elles avaient atterri là. Il était même allé jusqu'à prétendre qu'elles avaient dû s'y trouver avant la mort de son père, neuf ans plus tôt. Une belle ordure. Et, apparemment, le père avait été pire encore.

Ross et les autres soupçonnaient Marcus Winters d'avoir caché ces armes pour le compte de la Résurrection. En dépit de la gravité des charges qui pesaient contre lui, Winters refusait de se mettre à table. Il protégeait quelqu'un, c'était clair, et ce quelqu'un lui faisait assez peur pour le conduire à refuser de passer un accord, malgré la promesse d'une nouvelle vie sous programme de protection des témoins.

Dès la minute où il avait été écroué, il s'était fermé comme une huître et n'avait plus ouvert la bouche depuis.

Tout ce qui était susceptible de fournir des indices concernant le rapport entre l'église et le groupe d'extrémistes survivalistes trafiquants d'armes avait disparu. Le tunnel reliant l'église à la maison Winters devait être prochainement démoli. Cecelia avait indiqué qu'elle comptait vendre la propriété sitôt que les autorités lui donneraient le feu vert. Elle voulait tourner définitivement la page sur le sordide passé qui était le sien. Franchement, qui aurait pu l'en blâmer ? D'après ce que lui avait dit Ross, elle avait déjà payé le prix fort pour s'être dressée contre sa famille.

Sadie suivit les instructions qu'on lui avait données pour trouver le tunnel. En fait, elle cherchait surtout à tuer le temps. Plus elle s'attarderait dans le secteur, plus elle augmenterait ses chances de tomber sur ce qu'elle était venue chercher. Du moins était-ce ce qu'elle espérait. Et, si elle avait vraiment de la chance, la situation se débloquerait rapidement.

Ross lui avait fourni un élément d'information censé lui servir de moyen de pression une fois qu'elle aurait infiltré le groupe. Son contact, à l'ATF, avait assuré que cela lui serait extrêmement utile. Ma foi… Il lui était arrivé de se lancer dans une mission avec moins encore, mais c'était un peu maigre malgré tout.

L'entrée du tunnel était barricadée. Sadie rebroussa chemin et remonta deux par deux les marches conduisant au sanctuaire de l'église.

Il n'y avait rien d'autre à faire ici. Elle tourna le dos à l'entrée principale et stoppa net. Un homme était assis sur un banc du dernier rang. Ses cheveux gris – pas gris-blanc, gris argent – dépassaient du feutre qu'il portait enfoncé sur la tête. Une grosse barbe camouflait le reste de ses traits. Il portait une salopette et une chemise à manches longues, malgré la chaleur écrasante qui régnait à l'extérieur. Difficile de déterminer s'il était armé. La rangée de devant masquait son corps au-dessous de son torse. À en juger par ce qu'elle voyait, il semblait raisonnablement inoffensif.

Mais Sadie était trop expérimentée pour se fier aux apparences.

— Vous devez être cet agent fédéral qu'on recherche partout.

Bien qu'il ait parlé d'une voix basse, un peu rouillée par l'âge, sa voix résonna dans la grande salle vide. Pas particulièrement menaçante mais frémissante d'une puissance contenue.

— En effet, c'est moi. Sadie Buchanan.

— J'ai entendu dire que vous et un de vos amis fédéraux me recherchiez…

De toute évidence, il parlait de Deacon Ross.

— Je ne connais personne d'autre et je n'ai pas d'amis ici mais je recherche quelqu'un, oui. Je ne sais pas si vous êtes cette personne.

Elle prit le parti de s'avancer vers lui, lentement, en longeant l'allée centrale. Les semelles en caoutchouc de ses chaussures de marche étaient totalement silencieuses sur le sol en bois.

— Que voulez-vous, mademoiselle Buchanan ? Ou dois-je vous appeler *agent* Buchanan ?

Sadie s'assit sur le banc situé devant lui et se tourna pour lui faire face.

— Sadie ira très bien. Après ce qui s'est passé hier, je doute que quiconque me considère encore comme un *agent* – sauf, peut-être, dans le cadre d'un procès.

La fable selon laquelle elle était un agent qui avait trahi était la meilleure couverture qu'elle ait trouvée compte tenu des circonstances et du peu de temps dont elle disposait.

— Neuf ans de service. Une carrière sans l'ombre d'un accroc. En passe d'obtenir une promotion, d'après ce que je me suis laissé dire, assena-t-il, son regard rivé au sien. Pourquoi renoncer à tout ça, Sadie ? Qu'est-ce qui vous a amenée ici ?

L'homme avait donc des amis bien placés. Seule une poignée de gens, ici, savaient son nom et aucune des personnes présentes dans la salle de conférences du shérif ne connaissait ses antécédents. Elle haussa les épaules.

— J'aurais dû obtenir cette promotion voilà deux ans. Et, vous avez raison, neuf ans, c'est long. Neuf ans passés à regarder des hommes comme mon responsable écrire sa propre définition de la justice. Sans compter que mon père croyait fermement que tout homme ou toute femme a le droit de vivre sa vie comme il l'entend et de porter une arme… Mon pragmatisme me vient de lui, je suppose.

Le regard de l'homme se durcit.

— Tout ça est fort intéressant, Sadie, mais je n'aime pas perdre mon temps. Pourquoi ne pas me dire tout de suite ce que vous pensez avoir à me dire ?

— J'apprécie que vous ayez pris la peine de vous renseigner sur mon compte, monsieur… ?

— Prentiss. Rayford Prentiss.

— Monsieur Prentiss, acheva-t-elle. Le problème, c'est que – sans vouloir vous offenser en aucune façon – j'aimerais parler au responsable. C'est urgent. Nous n'avons pas beaucoup de temps.

Il soutint son regard pendant un long moment de silence lourd.

— Vous n'avez pas l'air du genre à avoir des idées suicidaires, constata-t-il finalement.

Sadie sourit.

— Non, en effet. Ce que j'ai, en revanche, monsieur Prentiss, ce sont des informations concernant la constitution d'une force interagences en vue d'un coup de filet qui pourrait se révéler fatal à la Résurrection. Si vous et vos amis m'acceptez parmi vous, je vous donnerai tous les tuyaux pour survivre à la tourmente qui va se déclencher – à supposer que vous sachiez de quoi je parle et que vous ayez l'autorité nécessaire pour me conduire où il se doit.

Un sourire retors souleva un coin de sa bouche à demi recouverte par la moustache.

— Pour commencer, je vois très bien ce que vous voulez dire et j'ai toute l'autorité nécessaire. La vraie question, c'est : pourquoi devrais-je avaler cette histoire rocambolesque ?

— À vrai dire, monsieur Prentiss, mes motivations sont de nature plutôt personnelle, voyez-vous. Ce que je peux vous dire, c'est que je me suis mise dans une situation telle que je ne vois pas d'issue évidente. Cette solution m'a donc paru en valoir largement une autre. Mon père disait toujours qu'il fallait toujours prévoir l'avenir. J'ai besoin de disparaître pendant quelque temps, monsieur Prentiss. Je pense que vous et vos amis pouvez m'y aider. Ce serait un échange de services rendus.

Prentiss gloussa dans sa barbe.

— J'avoue que je suis déconcerté, Sadie. Vous semblez sincère mais je ne suis pas tout à fait sûr de vous croire. Mais, soit… On va jouer à votre petit jeu. Je reconnais qu'il vous a fallu une certaine dose de courage pour vous lancer dans cette aventure.

Son regard pesa sur elle, lourd d'une promesse sans équivoque.

— Mais soyez certaine que, si vous m'avez menti, vous n'aimerez pas la façon dont tout ceci pourrait se terminer.

— Super.

Sadie afficha un vaillant sourire et se redressa sur le banc.

— Alors, marché conclu ?

Un autre long moment de silence s'étira entre eux tandis qu'il l'étudiait sous le rebord de son chapeau.

— Il semblerait.

Il éleva une main et des hommes apparurent comme par magie, semblant surgir de nulle part. Quatre en tout, tous armés.

— Mes amis vont s'occuper de votre transport. Au revoir, Sadie.

Lorsqu'il se leva et s'éloigna, elle ne put s'empêcher de se demander si cette mission n'allait pas prendre fin ici et maintenant. Ces types pouvaient très bien la tuer sans que personne sache jamais ce qui était arrivé, ni qui avait commis le crime.

N'en était-il pas toujours ainsi ?

La porte se referma derrière Prentiss et elle se leva à son tour, son regard se portant d'un visage à l'autre.

— Alors ? Qui de vous va me conduire ?

— Déshabillez-vous, ordonna celui qui était le plus proche d'elle.

Elle rit.

— Je ne me déshabille jamais lors d'un premier rendez-vous.

Il éleva son arme et la mit en joue.

— Déshabillez-vous. Tout de suite.

L'un de ses comparses avança d'un pas et jeta un sac par terre, au bout de la rangée de bancs.

— Il y a des vêtements dedans, l'informa celui qui semblait être le responsable de la bande.

— Bon. Si vous insistez.

Prenant son temps, elle retira ses chaussures, ses chaussettes, puis déboutonna sa chemise. Lorsque la chemise, les chaussures et les chaussettes furent rangées à côté du sac, elle ôta son jean et l'ajouta à la pile.

Elle tendait la main vers le sac lorsque l'homme qui braquait son arme sur elle protesta :

— Non, non, vous devez tout enlever.

Elle s'était doutée que c'était ce qu'il dirait. Sadie passa les bras dans son dos et décrocha l'agrafe de son soutien-gorge qu'elle laissa tomber sur la pile. Puis elle fit glisser son slip et le jeta sans cérémonie au-dessus du reste.

L'homme hocha la tête et elle tendit la main vers le sac. À l'intérieur, se trouvaient un pantalon de jogging gris et un T-shirt blanc. Pas de sous-vêtements ni de chaussettes. Dieu merci, il y avait une paire de tongs en plastique. Du genre bon marché qu'on trouvait près des caisses, dans les magasins à bas prix. Elle enfila la tenue fournie et chaussa les tongs.

L'homme qui avait apporté le sac ramassa ses affaires et les rangea dans le sac vide. L'idée que son téléphone se trouvait dans le lot ne lui plaisait pas. Avec son arme, c'était l'objet dont elle dépendait le plus.

Ma foi, elle n'avait pas le choix.

— Allons-y.

Celui qui la tenait en joue lui fit signe avec le canon de son arme de se diriger vers le fond de l'église.

— Et ma voiture ? demanda-t-elle tandis qu'ils se dirigeaient vers la porte de derrière.

— Un ami viendra la récupérer et la démontera en pièces détachées.

Elle s'arrêta net et lui lança un regard noir. Avait-il perdu la tête ?

— Attendez un peu. Cette voiture a coûté…

— Là où vous allez, vous n'en aurez pas besoin.

Le trajet jusqu'à leur destination dura une demi-heure – à une ou deux minutes près.

Sadie avait veillé à compter les secondes et les minutes, d'une part pour éviter de se laisser envahir par des pensées dérangeantes et, d'autre part, parce qu'il était important de savoir approximativement où elle se trouvait. Une demi-heure de distance, en voiture, était un élément qui pouvait faciliter les recherches au cas où une équipe serait dépêchée pour venir à sa rescousse.

À ceci près que personne ne viendrait. Cette mission n'était pas officielle. Ross et ses amis s'inquiéteraient s'ils ne recevaient pas de nouvelles de sa part au bout de quelques jours mais ils ne pourraient pas faire grand-chose d'autre que fouiller les bois au petit bonheur. La localiser serait difficile sinon impossible.

Les dispositifs de traçage cachés dans son téléphone portable, dans la semelle de ses chaussures et dans son soutien-gorge se trouvaient maintenant Dieu sait où. À moins que quelqu'un ne l'ait vue et n'ait suivi le convoi, elle ne pouvait désormais plus compter sur des renforts.

Franchement, elle avait été surprise par les véhicules qu'ils utilisaient. Elle s'était attendue à voir de vieux 4x4 couverts de boue et bourrés d'armes à feu mais ce n'était pas du tout le cas. Les deux véhicules étaient des SUV haut de gamme flambant neufs. Bien sûr, ils étaient dotés de quatre roues motrices mais ils étaient racés, presque élégants – contrairement à leurs occupants.

Le plus jeune du groupe était chargé de sa surveillance personnelle. Il lui avait attaché les mains dans le dos et avait enfoncé un capuchon sur sa tête avant de s'asseoir à son côté, sur la banquette arrière. Un comparse conduisait. Les deux autres étaient dans le second véhicule avec Prentiss, sans doute. Personne ne souffla mot pendant tout le trajet. Ils avaient mis de la musique, probablement pour l'empêcher de relever des bruits qui auraient pu permettre d'identifier les endroits par lesquels ils passaient. Des animaux, des trains, des constructions, n'importe quoi.

Finalement, comme le véhicule s'arrêtait et que le moteur était coupé, la musique s'éteignit. Des portières s'ouvrirent et un bruit de voix étouffées lui parvint. Derrière le son de ces voix, le silence. Pas de rumeur urbaine en fond sonore, pas de bruit de circulation. Pas même le moindre son d'animal.

Des doigts s'enroulèrent autour de son bras et la tirèrent du siège, la guidant pour qu'elle ne se rompe pas le cou en mettant pied à terre. Lorsqu'elle fut sortie, on lui retira le capuchon de la tête.

Sa première pensée fut qu'elle avait fait un bond en arrière dans le temps. Les imposants murs de pierre lui évoquèrent les murailles d'un château qu'elle avait visité à Edinburgh, en Écosse. Massifs, ils devaient mesurer près de dix mètres de haut et étaient dotés de tours de guet. Une grande structure de pierre se dressait au centre d'un vaste terrain qui ressemblait à une cour de campus sans les aménagements paysagers. Comme dans les vestiges primitifs qu'elle avait vus au cours de ses voyages, les fenêtres étaient toutes petites. Il y avait d'autres bâtiments au-delà de la construction principale mais elle n'en voyait que les toits au loin.

Elle leva les yeux puis fronça les sourcils. Pas de ciel.

Elle balaya du regard l'étendue qui aurait dû être la voûte céleste mais ne vit que de l'acier et des sortes de grands panneaux au-dessus de sa tête. Comme le plafond d'un immense hangar. Mais pas la moindre trace de nuage, de soleil, enfin de n'importe quoi qui soit synonyme de « ciel ».

Où qu'ils soient, ils ne se trouvaient pas à l'extérieur. Elle jeta un coup d'œil par-dessus son épaule au véhicule dont elle venait de descendre. Elle n'avait à aucun moment eu la sensation d'entrer dans un bâtiment. Et il n'y avait eu ni montée ni descente. La conduite avait été fluide, sans à-coups, continue. Peut-être étaient-ils entrés dans un ascenseur qui les avait emmenés sous terre. Mais l'explication ne lui semblait pas non plus satisfaisante car il n'y avait pas eu d'arrêt suffisamment long avant que le moteur soit coupé et qu'ils quittent l'habitacle.

L'homme qui la surveillait l'incita à avancer du canon de son arme. Elle enregistra le plus de choses possible de ce qui l'entourait tandis qu'elle se mettait en marche. Où qu'ils soient, l'endroit semblait fortifié. S'ils étaient sous terre ainsi qu'elle le soupçonnait, c'était probablement dans l'intention de survivre à une explosion nucléaire. Qui plus est, cela expliquerait que les fédéraux et les autorités locales n'aient encore jamais réussi à localiser le camp depuis les airs.

Quand ils tournèrent l'angle du plus grand bâtiment qu'elle ait vu jusque-là, il ne restait plus que deux hommes pour l'escorter. Prentiss et les deux autres avaient pris une direction différente. Après le grand bâtiment, il s'en trouvait d'autres, de plus en plus petits. Le long du mur de droite, les constructions de taille plus modeste étaient numérotées et alignées, tels des chalets de location au bord d'un lac. À ceci près qu'il n'y avait pas de lac – du moins pas à sa connaissance – et qu'elle n'était pas en vacances. Une longue bâtisse basse, dépourvue de fenêtres, à l'autre bout de la vaste cour, semblait être l'endroit vers lequel ils se dirigeaient. Son toit plat indiquait qu'il ne comportait pas d'étage. Il ne comportait qu'une seule entrée sur l'avant – à supposer que ce qu'elle voit soit bien la façade avant.

Le second garde déverrouilla la porte et l'ouvrit. Numéro un la poussa en avant d'une bourrade à l'épaule. Les gardes sur ses talons, elle emprunta un long corridor blanc avec des portes de chaque côté. Parvenus à mi-chemin du couloir, ils s'arrêtèrent devant l'une d'elles et le garde numéro deux la déverrouilla en composant un code sur un clavier. La lourde porte s'ouvrit vers l'extérieur et Sadie comprit que c'était là qu'on comptait l'installer pour l'instant. Jusqu'à ce qu'ils aient décidé quoi faire d'elle, selon toute probabilité.

— Je suis censée rencontrer votre chef, rappela-t-elle à Numéro un.

— Demain.

La porte lui claqua au nez.

Elle se retourna. Une lumière tamisée émanait du périmètre de la pièce. Il y avait un lit métallique et des toilettes surmontées d'un lavabo intégré au réservoir de la chasse d'eau, comme ceux des quelques prisons qu'il lui était arrivé de visiter.

Repoussant d'un geste vif les couvertures, elle inspecta le matelas, s'assura que les draps n'étaient pas souillés par quoi que ce soit qu'elle puisse voir ou sentir. Le coton sentait le propre. OK. Elle fit les cent pas dans la petite pièce et envisagea les possibilités qui s'offraient à elle. Prentiss avait été flanqué de quatre hommes. Elle n'en avait pas vu d'autres à leur arrivée mais cela ne signifiait pas qu'il n'y en avait pas des centaines d'autres quelque part par ici. On n'avait aucune idée du nombre exact de membres que comptait le groupe.

Si la Résurrection était à l'image de la plupart de ces communautés extrémistes, ils devaient être plusieurs centaines sur ce site. C'était de toute évidence un quartier général. Les installations étaient trop sophistiquées pour qu'il n'en soit pas ainsi. Le Bureau engrangeait des informations sur ce type de groupes depuis des décennies. Mais celui-ci avait apparemment réussi à passer sous les radars. Les membres se taisaient. Par peur, présumait-elle. Il était dans la nature humaine de parler de ses centres d'intérêt. Or, faire partie d'un mouvement comme la Résurrection était typiquement le genre de choses dont une personne portée vers l'extrémisme devait être tentée de se vanter. Mais personne, jamais, ne se flattait d'appartenir à ce groupe-là.

Ce silence les rendait d'autant plus dangereux. Il limitait la collecte de renseignements, compliquant la tâche de Sadie et de ses pairs. Les forces de l'ordre dépendaient des informateurs et les informations se recueillaient dans la rue. Lorsque rien ne filtrait, il était impossible de se forger une idée juste d'une situation donnée.

Sadie planta les poings sur ses hanches et fit de nouveau le tour de la pièce, plus lentement cette fois. Elle examina les murs, pensa à la porte au moment où elle s'était ouverte. Les murs étaient en béton, de même que la porte, et épais d'une bonne vingtaine de centimètres. Le sol et le plafond de ce bâtiment semblaient faits du même matériau que les murs. L'uniformité lisse et froide du béton n'était rompue que par les petits pavés lumineux répartis près du sol sur tout le pourtour de la chambre. Le petit lit était en métal et les draps, d'un textile si fin qu'il semblait en papier plutôt qu'en tissu. Impossible de fabriquer une corde avec ça. Elle se retourna et considéra la porte. Elle était dotée non pas d'une serrure classique mais d'un dispositif électronique à code.

Sortir de là n'allait pas être une mince affaire. Si la chance était de son côté, Levi Winters était séquestré dans le même bâtiment. S'il était bien ici en tant qu'otage, ce qui restait à vérifier. Peut-être que lui connaîtrait un moyen de s'échapper et qu'il serait d'accord pour s'enfuir avec elle.

C'était tout le problème lorsqu'on se trouvait sous terre ou, peut-être, dans le flanc d'une montagne. S'en évader était généralement quelque peu compliqué.

Elle s'était trouvée dans des situations plus épineuses que celle-ci, se remémora Sadie.

Pour l'instant, l'important était de découvrir où était sa cible ; elle trouverait ensuite le moyen de filer d'ici.

3

Cette fille était synonyme de problèmes.

Smith Flynn étudia le moniteur sur lequel il surveillait ses faits et gestes. Elle allait et venait dans sa cellule comme si son prochain aller-retour avait la moindre chance de connaître une issue différente. Elle ne s'était pas assise une seule fois depuis qu'on l'avait enfermée là.

Il l'avait vue arriver. Elle était entrée dans le camp, la tête haute, les épaules rejetées en arrière, observant discrètement tout ce qui était dans son champ de vision. Son attitude ne traduisait ni frayeur ni hésitation. L'arrivée ici de Sadie Buchanan n'était pas plus accidentelle que ne l'était le moment auquel elle survenait. Elle était en service commandé.

Quoi qu'elle soit venue faire ici, elle constituait malheureusement pour lui un problème supplémentaire dont il devait tenir compte.

Il n'aimait pas les imprévus. Même lorsqu'ils étaient aussi séduisants et intrépides que Sadie Buchanan.

— Alors ? Que penses-tu de tout ça ?

La voix arracha Smith à ses pensées. Il se tourna vers Prentiss. Le vieil homme dirigeait la Résurrection depuis très longtemps. Il prenait rarement la parole mais, lorsqu'il le faisait, tout le monde l'écoutait religieusement – non que ce qu'il ait à dire soit particulièrement pertinent ou intéressant. C'était plutôt qu'ils tenaient à la vie. Prentiss était très à cheval sur la question de l'irrespect.

— Elle a une idée derrière la tête, dit Smith sans informer Prentiss de ce qu'il savait déjà. Il va falloir le temps de découvrir ce que c'est.

Prentiss hocha la tête, son attention fixée sur l'écran.

— Je n'aime pas tuer des femmes. Un homme qui tue une femme… c'est mal. C'est un péché presque aussi grave que de tuer un enfant. Un homme tuant une femme ou un enfant ne vaut pas la corde pour le pendre.

Son regard perçant se planta dans celui de Smith.

— Mais si tu me dis qu'elle ment, je n'hésiterai pas.

Smith ne perdit pas de temps à feindre de réfléchir.

— Qu'elle mente, ça, je te le confirme. Ça ne fait pas de doute.

Il reporta son attention sur l'écran.

— Toute la question est de savoir pourquoi. C'est ce qu'il nous faut découvrir avant que tu ne te débarrasses d'elle.

Prentiss hocha la tête.

— Tu as raison. Tant que nous n'avons pas la réponse, elle est à toi. Fais ce que tu veux, tu as carte blanche, mais débrouille-toi pour découvrir la vérité.

— Est-ce que ce n'est pas toujours ce que je fais ?

Le vieil homme se leva et se dirigea vers la porte. Smith attendit que la porte se soit refermée avant de se tourner de nouveau vers le moniteur. Il se demandait si Sadie Buchanan avait la moindre idée du guêpier dans lequel elle s'était fourrée. Quelle que soit la raison qui l'avait conduite ici, elle avait commis une monumentale et regrettable erreur.

Il sortit de son bungalow, ferma la porte à clé et se dirigea vers le centre de détention. Personne ne surveillait ses déplacements – ils étaient trop prudents et avisés pour le faire. La porte s'ouvrit pour lui comme s'il était le roi des lieux. Une fois à l'intérieur, il demanda au garde :

— Je vais avoir besoin de la salle d'entretien numéro deux pendant environ une heure. Amenez-moi Levi Winters.

— Oui, monsieur.

Le garde s'éloigna rapidement pour exécuter l'ordre qu'il avait reçu. Smith emprunta le corridor sur la droite, le long duquel s'alignaient six salles d'interrogatoire. Chacune d'elles était équipée d'instruments spécifiques destinés à arracher des réponses à ceux qui avaient eu la malchance d'atterrir ici. Avant d'entrer dans la salle numéro deux, il passa par la salle d'observation et se pencha vers le moniteur de contrôle.

Deux minutes s'écoulèrent avant que le garde pénètre dans la salle deux. Il fit asseoir Levi Winters dans le siège situé face à la caméra cachée. Lorsque Winters fut attaché à la chaîne fixée au sol, le garde se retira. Smith observa Winters pendant un long moment. Il était plus jeune que cette femme qui s'était invitée sur cette base ultra-sécurisée.

Plus important que toute autre chose chez ce prisonnier, il avait peur. Il était *mort de peur.*

Ils allaient sûrement le tuer, maintenant.

Un froid glacial s'empara de tout le corps de Levi. Comment savoir ce qu'ils lui réservaient, cette fois-ci ?

Ce salaud de Flynn n'avait pas été tendre avec lui, il l'avait forcé à parler alors qu'il s'était juré de rester coi.

Levi ferma les yeux et baissa la tête. Il était perdu. Il avait voulu trouver la vérité. Prouver à sa sœur qu'il n'était pas mauvais comme leur frère, Marcus. Il était déjà tellement pétri de remords à l'idée de l'avoir laissée tomber comme il l'avait fait que le seul fait d'y penser était une souffrance… Encore aujourd'hui, malgré le pétrin dans lequel il se trouvait. Il n'avait pas aidé Cece comme il l'aurait dû et, pour se racheter, il avait donc décidé de faire éclater la vérité concernant leur père et tout ce que Marcus et lui avaient fait, comme ordonner la mort de ce type du FBI, Jack Kemp.

Jack avait été gentil avec Levi. Il lui avait donné le sentiment de compter, d'être important. Levi aurait bien voulu lui ressembler. Et puis… Jack Kemp avait disparu.

Ce que personne ne savait, c'était que Levi se souvenait de la nuit où sa mère était morte, même s'il était très jeune à l'époque. Elle et ce salaud qui leur avait servi de père avaient eu une très violente dispute – échanges de noms d'oiseaux, cris, pleurs – puis plus rien. Levi s'était faufilé hors de sa chambre et s'était posté sur le palier, en haut de l'escalier. Les pleurs avaient repris mais, cette fois, c'était Levi qui les versait. Tout ce dont il se souvenait ensuite, c'était Cece le serrant contre lui et les cris de leur grand-mère. Celle-ci avait fini par se calmer et elle les avait emmenés chez elle.

La certitude et la haine qui avaient germé en lui cette nuit-là n'avaient fait que s'amplifier mais, avant que Levi ait pu trouver le courage de faire ce qu'il fallait, leur jeune sœur, Sierra, avait tué le vieux salopard. C'était lui qui aurait dû s'en charger. Il aurait dû tuer ce démon et s'occuper de sa famille au lieu de laisser le champ libre à l'aîné de la fratrie, Marcus. Mais Levi avait été si jeune, si faible… si effrayé. Résultat : il avait laissé tomber Cece. Et maintenant, il allait mourir sans avoir eu le temps de racheter ses fautes passées.

Il aurait voulu pouvoir voir Cece une dernière fois et lui dire combien il était désolé. Elle avait payé pour eux tous.

La porte s'ouvrit et Levi se figea. Ce devait être lui – celui que les autres appelaient *l'interrogateur.* Levi frissonna à la pensée de ce qu'il avait bien pu lui concocter cette fois-ci. Comment avait-il pu échouer si lamentablement ? Au point où il en était, tout ce qu'il désirait désormais, c'était rentrer chez lui. Montrer à sa sœur combien il l'aimait et mettre enfin sa vie sur les rails.

Il n'était pas comme leur père ni comme Marcus. Il n'avait pas le mal chevillé au corps comme eux.

Il voulait juste partir d'ici, rentrer à la maison.

Smith Flynn s'avança dans la salle. Il avait les yeux d'un gris si clair qu'ils en étaient presque transparents. Avec ses cheveux blond pâle, cela lui donnait l'air d'un Scandinave. Il était grand, au moins un mètre quatre-vingt-douze. Et costaud. Il suffisait de le voir pour comprendre qu'il soulevait des poids régulièrement. Mais il n'avait jamais levé la main sur Levi. Il l'avait fait souffrir par d'autres moyens. Du matériel… et des mots. Il savait s'y prendre pour susciter la terreur.

Avant que Levi n'ait pu se retenir, son regard se

porta vers les rangements métalliques alignés contre le mur du fond. Leurs portes fermées à clé cachaient des instruments qu'il espérait ne plus jamais revoir. Mais, de toute évidence, son vœu n'allait pas être exaucé.

Le pire, c'était que ce type voulait lui soutirer la vérité mais que lui n'avait rien à proposer en échange de sa vie, voire d'un simple répit sans torture. Levi n'avait strictement rien. Il était venu ici pour prouver quelque chose. Il avait commis une lourde erreur des années plus tôt, en entrant dans le groupe La Résurrection pour montrer à Jack Kemp combien il était habile. Il avait laissé Jack se servir de lui. Il avait eu tant besoin de cette figure paternelle qu'incarnait Jack Kemp. Levi aurait fait n'importe quoi pour l'impressionner. Mais il était allé trop loin.

Il n'avait fait que s'attirer de graves ennuis. Et maintenant, il allait certainement connaître le même destin que Jack.

Levi finirait en enfer avec son maudit père.

— On a un nouveau problème, Levi.

La peur lui enserra la gorge. Le seul son de la voix de cet homme avait le don de donner le frisson à quiconque se trouvait dans l'une de ces salles avec lui. Une voix profonde, grave, dangereuse. La frayeur s'étendit au reste de son corps. Pourquoi l'interrogateur n'en finissait-il pas avec lui une bonne fois pour toutes ? Levi ne voulait pas mourir mais il ne supporterait pas cette torture beaucoup plus longtemps.

— Je vous ai déjà dit que je ne savais rien. Je suis venu ici uniquement pour connaître la vérité concernant un vieil ami. Je vous jure que c'est vrai. C'est la seule et unique raison.

— Jack Kemp, reprit Flynn. Vous me l'avez déjà dit, en effet. Rappelez-moi pourquoi vous pensiez qu'il pouvait se trouver ici ?

— Il était du FBI, déclara Levi.

Il était inutile de tenter de cacher quoi que ce soit à ce fumier. L'interrogateur avait les moyens de lui tirer les vers du nez.

— Il m'avait demandé de l'aider à trouver des informations sur un groupe nommé La Résurrection, mais je suis allé trop loin.

— Vous voulez dire que vous avez rejoint le groupe à ce moment-là, c'est-à-dire voilà environ neuf ans, c'est bien ça ? Pour aider votre ami.

Levi hocha la tête.

— Seulement, Jack a disparu avant que j'aie pu lui dire quoi que ce soit. Je suppose que vous l'avez percé à jour et que vous vous êtes débarrassé de lui.

— C'est votre frère, Marcus, qui est responsable de ce qui lui est arrivé, Levi. Si vous aviez vu le journal télévisé récemment, vous le sauriez. Il a avoué.

Levi s'étonna que Marcus ait reconnu avoir dénoncé Jack à ces timbrés. Marcus n'aurait jamais confessé quoi que ce soit, hormis pour sauver sa peau. La douleur lui serra la poitrine.

— Et mes sœurs ? Vous avez du nouveau concernant mes sœurs ?

Flynn l'épingla de son regard glacial.

— Vous pensez vraiment que j'ai du temps à perdre à prendre des nouvelles de vos sœurs ?

Levi cligna des paupières et se mordit la lèvre si fort qu'il sentit le goût du sang dans sa bouche. Il aurait voulu frapper cet homme. Mais il en avait entendu suffisamment sur le compte de l'interrogateur pour tenir sa langue... Celui qui obtenait les réponses pour le compte du Conseil. Celui qui savait distiller la souffrance. La peur saisit de nouveau Levi. Il n'aurait jamais dû s'aventurer ici. Il avait voulu se rendre utile... mais il n'avait fait que commettre une erreur de plus. Jack était mort désormais, ça, c'était sûr. Marcus était en prison. Dieu seul sait ce qu'il était advenu de Sierra. Quant à Cece, il ne pouvait qu'espérer qu'elle aille bien.

Flynn plaça une photo d'une femme sur la table.

— Vous la connaissez ?

La femme avait des cheveux noirs et des yeux de jais. Sa peau était hâlée, comme si elle avait passé tout l'été à se dorer sur une plage. Elle était jolie mais il ne l'avait jamais vue. Il secoua la tête. Pria pour que ce soit la réponse qu'attendait l'interrogateur, parce qu'il n'en avait pas d'autre à lui fournir.

— Non. Son visage ne me dit rien.

— Vous en êtes sûr ? Réfléchissez bien, Levi. Si vous me mentez, vous n'arrangerez pas vos affaires, croyez-moi.

— Je jure que c'est la vérité. Je ne la connais pas. Je ne l'ai jamais vue.

Flynn ne répondit pas tout de suite. La poitrine prête à exploser sous l'effet de la tension, Levi attendit. Pourquoi diable ce salaud ne lui disait-il pas qu'il était un homme mort ? Si c'était la mort qui l'attendait, il aurait préféré le savoir afin de s'y préparer. Il en avait plus qu'assez de ces petits jeux. Il ne connaissait pas cette femme. Il n'avait aucune autre information en lien avec le FBI, avec ce maudit endroit ni avec quoi que ce soit. Son pied se mit à s'agiter, faisant cliqueter la chaîne qui emprisonnait sa cheville. Il s'obligea à s'immobiliser. Craquer n'améliorerait en rien sa situation.

— Je vous crois, Levi.

Flynn reprit la photo et la rangea dans un dossier.

— Ce qui m'ennuie, c'est qu'elle a débarqué ici seulement quelques jours après vous, voyez-vous.

Levi se sentit sombrer dans un puits sans fond.

— Je ne sais pas pourquoi. Je ne la connais pas. Pourquoi ne lui posez-vous pas la question, à elle ?

— Ne vous inquiétez pas, je vais le faire. Je pense que je sais ce qui l'amène ici, mais j'ai besoin d'en être certain.

Levi cligna des yeux. Il ne voyait pas où l'interrogateur voulait en venir ni quel rapport cette femme pouvait bien avoir avec lui. Il n'attendait qu'une chose : qu'on le remmène dans sa cellule et qu'on le laisse en paix. Il redoutait de voir l'interrogateur se diriger vers ces placards, là-bas, et sortir ses instruments de torture.

Depuis l'adolescence, Levi s'était toujours considéré comme plutôt courageux. Il s'était vu comme quelqu'un de bien, quelqu'un qui faisait ce qu'il fallait. Une sorte de héros. Du moins était-ce ce qu'il voulait être. Il avait espéré se conduire en héros pour sa sœur Cece en l'aidant à prouver son innocence… mais il n'avait pas réussi. Et il était de plus en plus évident qu'il était bien loin d'être celui qu'il avait cru. Il n'était même pas courageux.

Il était lâche.

Un misérable lâche.

— Puis-je compter sur votre aide, Levi ?

Levi ramena instantanément son attention au moment présent. Il ravala la bile qui lui montait dans la gorge et s'efforça de ralentir les battements désordonnés de son cœur.

— Oui, bien sûr. Qu'est-ce que je dois faire ?

— Je dois encore y réfléchir. Mais nous nous reverrons très bientôt.

L'homme se leva et s'en alla.

Levi se tassa sur son siège. Ferma les yeux et remercia le ciel d'avoir survécu à cette deuxième rencontre avec l'interrogateur.

Quoi qu'il lui demande, Levi se plierait à sa volonté. L'obéissance était probablement le seul moyen de rester en vie. C'était ce qu'aurait voulu Cece, de cela il était certain.

Même s'il se comportait comme le dernier des poltrons.

Smith retourna à son bungalow et alluma la vidéosurveillance pour regarder Sadie Buchanan.

Elle avait cessé d'aller et venir. Sans doute avait-elle décidé d'économiser son énergie. Son intelligence était au-dessus de la normale, devina-t-il. Et son assurance, sans aucun doute, supérieure à celle de la moyenne des agents spéciaux. Ses cheveux et ses yeux sombres, avec sa peau olive, lui conféraient un air exotique. Sous la surface, elle avait l'air sacrément coriace. Elle avait des courbes mais il n'y avait rien de doux en elle. Elle était mince. Musclée. C'était là une femme qui s'astreignait à un entraînement physique draconien.

Si le prétexte selon lequel elle détenait des informations susceptibles d'intéresser le groupe n'avait rien d'original, sa méthode pour attirer leur attention l'était, elle. Accrocher l'attention de Prentiss lui-même, puis se laisser amener ici par des membres du groupe sans piper mot était ingénieux. Et extrêmement risqué. Quoi qu'elle soit venue chercher ici, ce devait être important. Suffisamment pour risquer sa vie.

L'effectif des équipes de reconnaissance avait été doublé et toutes étaient sur le terrain présentement, en train de patrouiller, bien que celle qui l'avait conduite ici ait assuré qu'ils n'avaient pas été suivis. Par ailleurs, la totalité de ses vêtements et effets personnels lui avait été confisquée avant que le convoi quitte cette église paumée. Pour supporter tout cela sans broncher, il fallait une puissante motivation.

Il était possible qu'un dispositif de traçage ait été implanté sur son corps svelte mais une première inspection de surface au scanner n'avait rien détecté sous sa peau. Ses vêtements et son téléphone portable avaient été nettoyés. Ainsi qu'il s'y était attendu, son mobile ressemblait à une ardoise vide. Les données compromettantes avaient toutes été effacées. L'appareil avait été réduit à un simple système de traçage. Ils avaient affaire à un agent très expérimenté.

Plutôt que de courir le risque que l'examen initial ait manqué quelque chose, il souleva le combiné de téléphone de la ligne interne et appela le service médical.

— Soumettez la prisonnière Buchanan à un balayage scanner en profondeur et envoyez-moi les résultats immédiatement.

Smith coupa la communication, son attention toujours centrée sur la femme qu'il voyait sur le moniteur. Il la vit faire volte-face comme la porte de sa cellule s'ouvrait. Elle n'opposa pas de résistance lorsque le garde lui menotta les mains dans le dos et l'escorta hors de l'espace exigu où elle était recluse. Passant d'un moniteur à l'autre, Smith suivit son trajet dans le long corridor blanc, puis dans la cour. Elle et le garde traversèrent l'espace commun et entrèrent dans le petit bâtiment qui abritait le centre médical. Smith appuya sur un bouton pour activer le moniteur d'une autre caméra et suivit leurs mouvements à l'intérieur.

Le garde se posta devant la porte menant au centre d'imagerie tandis que le manipulateur prenait la prisonnière en charge.

— Déshabillez-vous, lui ordonna-t-il.

Buchanan jeta un coup d'œil à la ronde, vit l'équipement d'imagerie puis obtempéra sans poser de questions. Elle enleva le haut en premier, révélant des seins fermes et une taille fine. Comme le pantalon de survêtement glissait le long de ses hanches et de ses cuisses, les yeux de Smith suivirent le mouvement. En dépit de l'entraînement qu'il avait lui-même suivi, son corps se tendit. Elle était indéniablement attirante. Des hanches légèrement arrondies et de longues jambes sculptées par des heures de course à pied. Ses longs cheveux cascadaient sur ses épaules, unique rempart à sa nudité.

Ce qu'il trouva le plus surprenant et le plus intéressant fut la façon dont elle regardait le manipulateur droit dans les yeux, sans un battement de cils. Rien de timoré chez elle. Elle n'était ni prude ni effrayée.

Smith poursuivit son observation pendant l'examen. Sur un deuxième écran, il vit s'afficher les résultats. Aucune présence d'un quelconque dispositif de traçage inséré ou implanté dans son organisme. Elle ne dissimulait rien.

Sa curiosité s'aviva. Cette femme – cet agent du

FBI – était venue dans un camp bourré d'extrémistes ultra-entraînés et armés jusqu'aux dents. En réalité, les gens, ici, étaient plus des mercenaires que des survivalistes. Et elle s'était laissé emmener en étant totalement désarmée, sans aucune possibilité d'appeler des renforts ni de s'évader.

Soit Sadie Buchanan disait vrai quant à la raison qui l'avait conduite ici, soit elle était complètement inconsciente.

Il ne tarderait pas à en avoir le cœur net.

4

Samedi 10 août

Sadie ouvrit les yeux. Une totale obscurité l'enveloppait. Son cœur s'emballa.

L'espace d'un moment, elle se demanda où elle était. L'air ne parvenait pas à pénétrer ses poumons.

Puis elle se souvint. Le camp. *La Résurrection.*

Les ennuis.

Elle se figea.

Qu'est-ce qui l'avait réveillée si brutalement ? Un son. Le bruissement à peine audible d'une étoffe contre une autre comme si quelqu'un s'était approché beaucoup trop près d'elle, couchée en chien de fusil sur ce petit lit dur comme la pierre.

Elle se risqua à inspirer un peu d'air le plus discrètement possible et une subtile senteur de cuir et de bois effleura ses sens.

Elle n'était pas seule.

S'obligeant à se détendre, elle tenta de percer l'obscurité. Ses yeux finirent par discerner une forme assise au bord du fin matelas, à quelques centimètres d'elle à peine. Celui ou celle qui était là était absolument silencieux.

Quelqu'un était entré dans sa cellule, s'était avancé

jusqu'à son lit, s'y était installé à son côté. L'ouverture de la porte aurait dû la réveiller. Avait-on drogué sa nourriture ?

Elle n'avait jamais le sommeil si lourd en temps normal.

— Qu'est-ce que vous voulez ?

Elle retint son souffle, craignant de manquer une partie de la réponse – si réponse il devait y avoir.

— Pourquoi êtes-vous ici, Sadie Buchanan ?

Un homme. Le timbre de sa voix était intense, profond et… *dangereux.* Elle ne put empêcher un frisson de courir le long de son échine.

Recouvrant l'impassibilité qui était sa marque de fabrique, elle riposta :

— Vous connaissez déjà la réponse.

L'homme grommela quelque chose.

Elle s'obligea à se détendre. Où était passé son cran coutumier ? En général, elle n'avait pas besoin de se faire violence pour y recourir. Il est vrai que l'homme l'avait tirée du sommeil en pleine nuit. Encore que… En l'absence de fenêtre, elle n'avait aucun moyen de savoir de façon certaine l'heure qu'il était. Après tout, c'était peut-être le matin. Oui, il devait y avoir eu quelque chose dans la nourriture à laquelle elle n'avait pourtant touché qu'avec circonspection. Elle aurait pu s'en douter mais la faim, parfois, l'emportait sur l'expérience.

— Pourquoi êtes-vous venue ici, Sadie Buchanan ?

Le ton, cette fois, s'était durci. Sa patience s'amenuisait et son interlocuteur, manifestement, n'aimait pas se répéter. Soit. Elle non plus.

— Comme je l'ai dit à vos amis, j'ai des informations qui pourraient aider votre cause. Je suis venue pour passer un marché.

Il rit, mais d'un rire où ne perçait nulle trace d'humour.

— Si vous étiez aussi maligne que vous pensez l'être, Sadie Buchanan, vous sauriez que les gens comme nous ne sont pas du genre à passer des marchés.

Son courage, enfin, s'exprima dans sa pleine capacité. Il était temps.

— Pardonnez-moi mais ce n'est pas tout à fait vrai, monsieur… euh ?

— Flynn. Smith Flynn.

Automatiquement, son cerveau fouilla dans les registres de sa mémoire. Mais non. Smith Flynn ne lui évoquait rien.

— Peut-être n'êtes-vous pas au courant des diverses transactions qu'ont conclues vos responsables ? Avec un cartel de trafic d'armes sud-américain, par exemple. La dernière cargaison a été saisie par les fédéraux et les autorités locales ici, à Winchester – enfin… si nous sommes toujours dans la zone de Winchester. Et ce n'est qu'un début. Les choses ne vont pas très bien tourner pour vos amis si vous refusez la généreuse offre que je vous soumets.

Il parut réfléchir à sa mise en garde. Si la chance était avec elle, sa curiosité, piquée au vif, l'emporterait sur la logique.

— Ce qui s'est passé récemment à Winchester a été un coup de chance inespéré pour *vos* amis, proféra-t-il de cette voix singulièrement enjôleuse qui mettait ses sens en émoi. Un coup de chance totalement imprévisible, mais qui ne se reproduira pas.

Ce fut au tour de Sadie de rire cette fois.

— Vous pensez que c'est pur hasard si cet important stock d'armes a été découvert dans ce tunnel ? Vous croyez vraiment que les fédéraux tablent sur les coups de chance ?

La tension de l'homme monta d'un cran, elle le perçut à sa posture. Ils avaient beau ne pas se toucher, la tension crépitait entre eux. Il était aussi nerveux qu'elle. Elle plissa les yeux, tentant de percer l'obscurité. S'étant un peu accoutumée au manque de lumière, elle distingua des cheveux clairs. Blonds, se dit-elle. Ou peut-être gris.

— Vous avez la preuve que ce n'était pas le cas ?

Là, elle s'aventurait en terrain glissant. À part Levi Winters, elle n'avait aucun nom de membre à lui fournir, hormis l'atout qu'elle gardait en réserve.

— Je sais ce qu'ont dit les autorités locales : une piste les a conduits à l'église. Il s'est ensuivi la débâcle de la famille Winters – qui était déjà en voie de désintégration, de toute façon. L'église était dans le collimateur de la police depuis quelque temps déjà mais ils voulaient frapper au bon moment. Nous connaissons tous les deux l'issue de cette perquisition…

Il laissa passer suffisamment de temps pour faire naître l'ombre du doute en elle.

— Sadie Buchanan, vous me posez problème. Je me demande si vous détenez réellement des informations pertinentes ou si c'est une pulsion de mort qui vous pousse à agir comme vous le faites. Si vous désirez quitter ce monde, mettez le canon de votre arme de service sur votre tempe… Ce sera plus simple.

— Monsieur Flynn, je vous assure que je n'ai absolument aucun désir de mourir, affirma-t-elle, se rendant compte qu'elle était en train de prendre l'avantage dans cette première manche. Je dispose d'informations qui peuvent vous être extrêmement utiles, à vous et à vos amis. Mais je ne peux pas vous forcer à me croire, bien sûr.

Ayant dit, elle se renversa en arrière sur le mince matelas comme si elle avait dit tout ce qu'elle avait à dire.

— Je vais vous avoir à l'œil, Sadie Buchanan. Si vous m'avez menti, vous le regretterez peut-être plus que vous ne l'imaginez.

Elle tendit nonchalamment le bras, sa main atterrissant sur ce qui semblait être le haut de son bras. Un bras aussi dur que l'acier mais elle soupçonnait que cela n'avait rien à voir avec l'état d'extrême vigilance qui était le sien et tout à voir avec des séances de sport intensives.

— Parlez-moi de vous, Smith Flynn. Quelle est votre histoire ? À quoi cherchez-vous à échapper ?

Il saisit sa main et l'emprisonna dans la sienne.

— Qu'est-ce qui vous fait croire que je cherche à échapper à quoi que ce soit ? questionna-t-il, son pouce remuant contre la peau tendre de sa paume. Vous ne me connaissez pas.

La caresse de son pouce la troublait ; c'était le but de la manœuvre.

— Comment pouvez-vous être sûr que je ne vous connais pas ? Personne n'est invisible, monsieur Flynn.

Le matelas ondula dans un bruissement de draps comme il s'inclinait vers elle. Son visage s'approcha si près du sien qu'elle sentit son souffle sur sa peau. Elle cessa de respirer.

— Je le sais parce que vous n'avez jamais vu mon visage. Un nom n'est qu'un nom. C'est le visage – les yeux, tout particulièrement – qui raconte une histoire. En ce qui me concerne, je découvrirai tout de la vôtre.

Puisant en elle tout le courage dont elle était capable, elle se força à se tourner tout entière vers lui, ce qui eut pour effet de placer sa bouche à quelques millimètres de la sienne.

— Alors, montrez-moi votre visage. Nous serons fixés.

Elle devina son sourire au son de sa voix.

— Vous ne manquez pas d'aplomb, Sadie Buchanan. Ou alors, vous êtes encore plus naïve que je ne le croyais.

— Je croyais que vous saviez d'ores et déjà tout de moi, monsieur Flynn.

— Je le croyais aussi.

Il se recula imperceptiblement et les poumons de Sadie se remirent à fonctionner presque normalement.

— Vous allez passer votre grand oral ce matin, mademoiselle Buchanan.

Le matelas s'enfonça de nouveau comme il se levait.

— J'espère pour vous que vous réussirez la série de tests qui vous attend, assena-t-il d'un ton bref. Mais un petit conseil : si un fond de lucidité subsiste en vous et que vous vous rendez compte que vous êtes en train de vous enferrer, ayez le bon sens de laisser tomber et d'avouer la vérité. Le Conseil en tiendra compte et vous accordera une mort rapide, indolore.

— Trop aimable à vous, mais je ne suis pas du genre à laisser tomber, monsieur Flynn, répliqua Sadie en posant les pieds par terre. Si vous me connaissiez un tant soit peu, vous le sauriez.

Il ne répondit pas et le prochain son qu'elle entendit

fut le déclic de la porte qui se refermait et qu'on verrouillait.

Afin d'être sûre qu'il était sorti pour de bon et non embusqué dans un coin de la pièce, elle se leva et en fit le tour complet en tendant la main vers le milieu pour s'assurer qu'il n'était pas debout au centre.

Puis elle s'adossa à la porte et ferma les yeux. Il avait peut-être raison sur un point : il existait une très forte possibilité qu'elle soit effectivement en train de s'enferrer.

Le garde la fit sortir. Celui-ci, comme ceux de la veille et l'équipe qui avait accompagné Prentiss, portait une tenue de camouflage militaire et des rangers. Dehors, la lumière lui fit plisser les yeux. Elle était si vive qu'on aurait presque dit la lumière du jour. Mais il n'y avait pas de ciel puisque cet endroit se trouvait quelque part sous terre.

— Où sommes-nous ? demanda-t-elle à l'homme qui la poussait en avant. Dans un souterrain ? Une grotte ?

Si c'était une grotte, elle était vraiment très grande. Peut-être bien à flanc de montagne. Cela expliquerait que le véhicule qui l'avait amenée ici soit entré directement sans ralentir ni marquer d'arrêt et que le camp n'ait pas été localisé par une quelconque reconnaissance aérienne.

Comme elle s'y attendait, l'homme ne répondit pas. Même lorsqu'il avait ouvert la porte de sa cellule, il n'avait pas pipé mot. Elle s'était levée et l'avait suivi, heureuse de quitter la boîte en béton où elle était confinée.

— Si nous sommes sous terre…

Sadie s'arrêta et le garde manqua la percuter.

— Vous savez, ces menottes sont inutiles. Où irais-je si je tentais de m'enfuir ?

Il la fusilla du regard, l'attrapa par le haut du bras et la guida en avant.

— Où allons-nous ?

Silence.

Les plus petits bâtiments, ceux qui ressemblaient à des chalets de location, captèrent de nouveau son attention. Il devait s'agir des quartiers de vie des responsables. Les baraquements des membres tels que le garde qui l'escortait ce matin ne devaient pas être bien loin. Elle se demanda si l'homme qui était venu la voir dans sa cellule au cours de la nuit vivait dans l'un des chalets.

— Vous étiez de service hier soir ?

Toujours pas de réponse. Il continua à avancer, le regard braqué droit devant lui.

— Un homme est venu me rendre visite dans ma cellule, poursuivit-elle, trébuchant presque comme elle tentait de jeter un coup d'œil au garde mutique par-dessus son épaule.

Elle nota un bref clignement de paupières mais il se ressaisit aussitôt. Avait-il craint qu'elle ne tombe ou l'idée de l'homme lui rendant visite dans sa cellule l'avait-elle troublé ?

— Il a cherché à m'effrayer.

Pas de réaction.

— Mais il n'a pas réussi. S'il avait voulu me tuer, il l'aurait fait.

— Il y a pire que la mort.

Les doigts du garde encerclèrent de nouveau son bras et il l'entraîna vers un bâtiment, sur la gauche.

Un panonceau à côté de la porte indiquait : dispensaire. Elle voulut l'interroger à ce sujet mais il la fit rapidement entrer et s'en alla avant qu'elle n'en ait eu le temps. Une femme vêtue d'un uniforme blanc, les cheveux noirs tirés en chignon, la prit en charge.

— Le garde vous attendra à l'extérieur, annonça l'infirmière – ou le médecin – en la conduisant jusqu'à une salle blanche dotée d'une table d'examen flanquée d'une desserte dont le plateau était rempli de matériel médical.

Sadie penchait pour infirmière ou assistante. Celle-ci prit la température de Sadie puis la reconduisit vers le corridor.

Dans la salle attenante, se trouvait une autre table d'examen. Un pantalon de survêtement et un T-shirt étaient posés dessus, soigneusement pliés. Derrière, se trouvait un rideau – du genre rideau de douche.

L'infirmière tira une clé de sa poche et lui retira les menottes avant d'indiquer de la main le rideau.

— Déshabillez-vous et passez sous la douche. Il y a un flacon de savon.

Sadie n'essaya pas de discuter. Elle retira ses vêtements, entra dans la cabine de douche et se lava le corps et les cheveux. Lorsqu'elle ressortit, la supposée infirmière attendait à côté de la table d'examen. Elle avait revêtu un tablier, un masque et des gants en latex. Des étriers étaient maintenant déployés à une extrémité de la table.

— Nous allons procéder à l'examen maintenant.

Sachant toute protestation inutile, Sadie monta sur la table et plaça ses pieds dans les étriers prévus à cet effet. Un examen complet s'ensuivit. Elle demanda à Sadie de se coucher sur le côté, examina son dos, ses fesses. Puis ce fut le tour des bras, des jambes, des mains et des pieds. Du visage, du cou, du cuir chevelu. Elle procéda ensuite à un examen gynécologique.

Sadie fit la grimace.

— Vous cherchez quelque chose en particulier ?

Ils lui avaient déjà fait passer un scanner intégral la veille. Ces nouvelles précautions paraissaient quelque peu superfétatoires.

La femme retira ses gants et les jeta dans la poubelle.

— Rhabillez-vous.

Sadie s'exécuta. Une fois revêtue du pantalon et du T-shirt propres, elle fut de nouveau menottée et confiée au garde qui l'attendait devant la porte. De là, il l'escorta jusqu'à un autre bâtiment de mêmes dimensions que le dispensaire. Le panonceau, à l'entrée, indiquait laconiquement Conseil. Comme les autres bâtiments, il était en béton, gris. Austère. De plain-pied, comme le dispensaire et le centre de détention.

Sitôt entrée, elle comprit qu'il s'agissait d'un endroit important. Le sol était moquetté. Une moquette rase, à usage commercial mais qui étouffait malgré tout les pas. Les murs n'étaient pas blancs mais d'un ton beige.

— Que vouliez-vous dire en disant qu'il y avait pire que la mort ?

— Attendez ici.

Il la fit asseoir sur un banc.

— Peut-être que vous n'aurez pas à le découvrir.

Sadie s'adossa au mur et le regarda partir, chassant de son esprit la sinistre affirmation du garde. Pour le moment, elle préférait envisager des scénarios plus optimistes. Elle avait bien conscience d'être au bord du précipice. Ce qui allait se passer dans les prochaines minutes déterminerait son sort. Un faux pas, et elle pouvait basculer.

Les minutes s'égrenèrent. Trois, puis quatre et cinq. Dix. Sadie croisa les jambes, les décroisa, puis recommença quelques instants plus tard. Son pied commença à s'agiter. Quelqu'un, quelque part, était en train de l'observer. Elle aurait dû prendre un air blasé, montrer qu'elle n'était pas impressionnée.

Finalement, une porte s'ouvrit sur le corridor à quelques mètres du banc où elle se trouvait. Un autre garde s'avança vers elle, la prit par le bras pour qu'elle se lève et la conduisit jusqu'à la porte. La pièce était spacieuse. Une longue table occupait le fond, derrière laquelle sept ou huit hommes étaient assis. Une chaise l'attendait face à eux.

Lorsqu'elle se fut assise, le garde demeura derrière elle.

La plupart des membres du Conseil étaient âgés, de type caucasien. Ce qui n'était pas une grande surprise. L'un d'eux, cependant, était plus jeune. Il devait avoir quelques années de plus que Sadie. Quarante, quarante-deux ans, peut-être. Des cheveux blonds. Des yeux gris, perçants comme des lasers. Comme les autres, il avait les yeux fixés sur elle mais il y avait quelque chose de bien plus pénétrant dans sa façon de la dévisager. Ils étaient tous en civil. Jean, T-shirt ou chemise à manches courtes pour certains, pull-over pour d'autres, et rangers. À l'exception d'un seul.

De tous ceux qui étaient présents, la seule personne qu'elle ait déjà vue était Prentiss. Il portait le même genre de salopette et chemise qu'elle lui avait vues lors de leur première rencontre mais pas de chapeau cette fois.

Ce fut lui qui parla le premier.

— Agent Buchanan, vous avez provoqué un vif émoi par ici, dit-il en tournant la tête à droite puis à gauche pour regarder ses compagnons. Nous sommes globalement tombés d'accord sur le sort qui doit vous être réservé. Un point, néanmoins, reste à clarifier avant que nous ne prenions une décision définitive.

Sadie fit la moue.

— Je ne suis pas sûre de bien comprendre, monsieur Prentiss. Vous n'avez pas encore entendu ce que j'ai à dire. Peut-être la protection de votre camp et de vos disciples n'est-elle pas votre priorité…

Il arrêta sur elle un regard aussi létal qu'une arme.

— En effet, vous ne comprenez pas bien, agent Buchanan. Ce que vous avez à dire ne nous intéresse pas. Nous doutons de la véracité de vos soi-disant informations et nous sommes parvenus à la conclusion que nous n'avions pas la patience de jouer à votre petit jeu.

Pas exactement la réaction qu'elle avait espérée. Le moment était venu d'abattre sa carte maîtresse.

— Monsieur Trenton Pollard.

Son regard balaya les visages tandis qu'elle prononçait le nom, cherchant à déterminer s'il évoquait quelque chose à quelqu'un. Autour de la table, tous avaient les cheveux aux épaules, des barbes fournies et de grosses moustaches qui dissimulaient en grande partie leurs traits, à l'exception du membre le plus jeune, mais personne ne cilla.

— Le Bureau et l'ATF ont la Résurrection dans le collimateur et ils ont la ferme intention de faire tomber ses responsables, à commencer par vous, monsieur Prentiss. Ils vous considèrent comme le maillon faible de ce groupe. Les informations dont ils ont besoin pour atteindre cet objectif seront fournies par M. Pollard. D'après ce que je me suis laissé dire, ce n'est pas seulement l'emplacement de votre base qu'il compte révéler… Loin de là.

Tous les yeux étaient braqués sur elle.

Pour le pire ou le meilleur, elle avait dévoilé sa main. La balle était maintenant dans leur camp.

Elle n'avait rien d'autre.

À part ce qu'elle pourrait improviser. Elle avait toujours été plutôt douée pour inventer des histoires.

Un murmure passa dans l'assistance – exception faite du plus jeune. Il se contentait d'observer Sadie en silence ou, même, de jeter un coup d'œil à l'un ou l'autre de ses collègues. Qu'il l'examine avec tant d'attention commençait à la déstabiliser. Elle fixa son attention sur les autres, espérant qu'elle avait tapé dans le mille en jetant son pavé dans la mare.

Finalement, le silence se fit parmi le petit groupe et Prentiss tourna de nouveau les yeux vers elle.

— Agent Buchanan, bien que nous ayons toujours des réserves concernant votre démarche, je vous accorde que vous avez capté notre attention. Mais ma question est la suivante : qu'espérez-vous gagner en agissant ainsi ?

C'était là qu'entrait en scène l'improvisation.

— J'ai commis une erreur.

Elle haussa les épaules.

— J'ai vu une occasion de garnir mon compte en banque et je l'ai saisie. Je vous épargnerai les détails sordides. Malheureusement, voilà deux jours, j'ai découvert qu'une enquête allait être ouverte et mes comptes, bloqués. J'ai déplacé certaines sommes d'argent mais il était impossible de tout transférer et de disparaître dans le délai qui m'était imparti. J'étais au pied du mur : il me fallait dénicher au plus vite un endroit où ils ne pourraient pas me retrouver. Je me suis dit qu'un échange de bons procédés entre vous et moi serait bénéfique à tout le monde.

— Je crains que vous n'ayez surestimé votre valeur.

Mince alors.

— Je regrette que vous voyiez les choses ainsi.

Elle se leva.

Voilà, les dés étaient jetés. Mais peut-être tout n'était-il pas fini… Il avait tout de même mentionné un point qui faisait obstacle à leur décision.

Comme personne ne disait rien, elle déclara :

— Étant donné qu'il semble ne pas y avoir de place pour moi ici, je vais devoir m'efforcer d'échapper au Bureau par mes propres moyens. Je vous souhaite d'y parvenir, vous aussi. Ils arrivent, monsieur Prentiss. Sur ce point, vous pouvez me faire confiance.

Un sourire un peu distant étira les lèvres du vieil homme.

— Peut-être auriez-vous dû mieux peser le pour et le contre en prenant votre décision, agent Buchanan. Car, voyez-vous, une fois que vous avez pénétré ici, il n'y a pas trente-six façons d'en ressortir.

Elle n'avait pas besoin d'une explication de texte.

Le Conseil avait statué sur son sort.

La mort.

5

— Que va-t-il se passer maintenant ?

Comme de bien entendu, le garde ne répondit pas tandis qu'il conduisait Sadie hors du bâtiment. Mais elle s'était sentie obligée d'essayer. Il était le seul à lui avoir parlé, à part Prentiss.

Et l'inconnu qui lui avait rendu visite pendant la nuit.

Ce n'était pas le garde, ça, c'était sûr. Sa voix était différente, son odeur également – il n'était pas fraîchement douché comme l'homme qui s'était introduit dans sa cellule. Il émanait du mystérieux inconnu une odeur de propre – de savon. Mais le genre de savon qu'utilise un homme soucieux du parfum qu'il dégage. Et ses cheveux avaient été plus clairs – blond pâle ou argent.

Franchement, elle n'avait rencontré personne qui sente aussi bon. Elle songea au blond, assis parmi ses collègues du Conseil… La couleur de cheveux pouvait correspondre mais elle ne s'était pas trouvée suffisamment proche de lui pour sentir son odeur.

Peu importait, de toute façon. Ils n'avaient pas gobé son histoire, donc sa survie était désormais plus que sujette à caution. Pour autant, elle respirait encore, non ? Donc il s'agissait de ne pas renoncer. Elle avait peut-être une chance de retourner la situation.

— Est-ce que vous êtes censé me tuer ?

Son garde continua à avancer. Il pouvait avoir une petite quarantaine, lui aussi. Il était grand, assez musclé, en bonne condition physique, apparemment. L'uniforme vert et kaki moulait des bras et des jambes solides. Son teint n'était pas aussi pâle qu'on aurait pu s'y attendre, compte tenu du fait que cette base – où qu'elle soit située – ne recevait aucune lumière du jour. Maintenant qu'elle y pensait, les membres du Conseil, eux aussi, avaient eu plutôt bonne mine. Soit ils disposaient de lampes à bronzer soit ils passaient du temps à l'extérieur, hors de ce monde clos.

Mais où ?

Des jardins ? Des champs ? L'un des principes du survivalisme n'était-il pas de parvenir à l'autosuffisance ? Soit en produisant leur propre nourriture soit en pratiquant le troc avec d'autres groupes aux vues similaires.

— Si je dois mourir, pourquoi ne pas me parler ? Ça n'aura bientôt plus d'importance, n'est-ce pas ?

Mais son insistance ne lui délia pas la langue. Il l'entraîna au-delà de la grande cour et des bâtiments qui semblaient encercler celui où elle avait été interrogée. La structure dont ils approchaient, la dernière, tenait plus de l'abri couvert que d'une bâtisse. Des SUV, des camions et deux véhicules de type militaire y étaient stationnés. Tout au fond, un long bâtiment bas muni d'une demi-douzaine de portes basculantes jouxtait le parking couvert. L'entretien des véhicules, déduisit-elle.

Le garde ne s'arrêta que lorsqu'ils eurent dépassé les véhicules. De petits dômes de métal parsemaient le sol. Elle crut d'abord qu'il s'agissait de réservoirs de carburant enterrés mais ce ne devait pas être ça puisque quatre énormes cuves se dressaient à côté du garage. Peut-être les cuves contenaient-elles de l'eau ? Il fallait bien qu'il y ait une réserve d'eau quelque part.

Son garde l'emmena jusqu'au dôme le plus proche et l'ouvrit. Sous le dôme métallique apparut une roue d'acier, du genre de celles dont étaient dotées les portes des sous-marins. Soufflant et ahanant, il la fit tourner vers la droite puis souleva la porte comme un couvercle. Une échelle s'enfonçait dans les profondeurs.

Le garde se releva et lui détacha les mains avant de lui faire signe de la tête.

— Allez-y, maintenant.

Elle regarda le trou dans le sol, à ses pieds.

— Qu'est-ce qu'il y a là en bas ?

Il la regarda pendant quelques instants.

— Vous verrez.

— Vraiment ? Vous n'avez rien de plus original que « Vous verrez » ?

Elle s'obligea à calmer le rythme de son cœur qui s'emballait. C'était le moment de décider si elle allait coopérer ou tenter de s'échapper.

Elle jeta un coup d'œil autour d'elle. Il n'y avait nulle part où se cacher. Son gardien ne semblait pas armé mais d'autres, dans les parages, pouvaient l'être. Et puis, où diable irait-elle ? Et il y avait ces tours de guet.

— Vous enfuir ne servira à rien.

Évidemment… Il n'était pas besoin d'avoir une boule de cristal pour deviner ce qu'elle avait en tête.

— Dites-moi ce qu'il y a là-dessous et je ne vous embêterai plus.

Avec un soupir exagéré, il répondit :

— Des gens comme vous.

— Des prisonniers ? souligna-t-elle en le regardant en face.

Il hocha la tête.

— Ils sont morts ou vivants ?

Seule subsistait cette question maintenant.

Il haussa les épaules.

— Est-ce que ça a une quelconque espèce d'importance ? Je vous l'ai dit : il y a pire que la mort. Cet endroit appartient à cette catégorie.

Autant dire qu'elle n'était pas près de sauver Levi Winters. Mais peut-être était-il au fond de ce trou, lui aussi ?

— Merci du tuyau.

C'était maintenant ou jamais. Si elle devait tenter de courir…

— Vous voyez ce trou dans le mur à votre droite ?

La question du garde ramena son attention sur lui.

— Quel trou ?

Elle le localisa en même temps qu'elle parlait. Un petit carré qui s'ouvrit au moment où elle le regardait, livrant passage au canon d'un fusil. Une meurtrière. Donc, des sentinelles postées le long des murs surveillaient les lieux. Il n'y avait pas que les tours de guet.

— Si vous vous enfuyez, vous êtes morte.

Cela lui facilita les choses.

— OK. J'ai compris.

Sadie posa une main sur l'échelle et posa le pied sur le premier barreau, puis sur le suivant. Lorsqu'elle fut descendue d'un mètre ou deux, un grincement métallique au-dessus de sa tête lui fit lever les yeux. La lourde porte se referma. Elle prit une profonde inspiration. Il n'y avait rien qu'elle puisse faire pour le moment. Sinon, aller voir s'il y avait des personnes vivantes en bas.

Dieu merci, il ne faisait pas totalement noir. Des veilleuses positionnées à intervalles réguliers éclairaient le chemin. Lorsqu'elle atteignit le bas de l'échelle, environ sept ou huit mètres au-dessous de la trappe, elle vit un long tunnel s'ouvrant devant elle, balisé lui aussi par un éclairage encastré. Il faisait beaucoup plus frais ici et l'air était chargé d'une odeur de terre et d'humidité.

À propos d'air, il fallait nécessairement qu'un système de ventilation amène l'air jusqu'ici. Elle inspira une nouvelle fois. Elle l'espérait, en tout cas.

— Vous êtes la première femme qu'ils aient envoyée ici.

Sadie fit volte-face. L'homme qui avait parlé se tenait à peine à cinquante centimètres d'elle. Comment avait-il pu s'approcher d'elle sans qu'elle s'en rende compte ? Son instinct était généralement beaucoup plus en phase avec son environnement.

— Qui êtes-vous ?

Elle soutint son regard inquisiteur sans ciller.

Contrairement aux hommes qu'elle avait rencontrés jusqu'alors sur la base, celui-ci était aussi pâle qu'un fantôme. Ses cheveux d'un châtain terne pendaient sur ses épaules voûtées. Il portait les mêmes vêtements qu'elle, pantalon de survêtement et T-shirt, à ceci près que les siens étaient sales et usés. Il avait les pieds nus.

— George, répondit-il en se passant la langue sur les lèvres. Et vous ? C'est quoi, votre nom ?

— Sadie.

Elle se prépara à prendre le large mais opta pour attendre de voir quelles étaient ses intentions. Ce n'était pas comme si elle avait pu… aller quelque part. Et puis le dénommé George connaissait probablement cet endroit comme sa poche.

— Sadie, répéta-t-il, prononçant le nom lentement, comme s'il en testait la sonorité.

Elle regarda autour d'elle.

— Qu'est-ce que c'est que cet endroit ?

— Le *Big Dig*… Le grand trou.

Il partit d'un rire aussi rouillé que l'était sa dentition.

Elle se força à sourire, saisissant l'allusion.

— Je vois, dit-elle. Comme l'interminable chantier autoroutier souterrain de Boston. Et vous êtes là pour creuser, George ? Vers quoi ?

Il haussa l'une de ses épaules osseuses.

— On creuse là où ils nous disent de creuser.

— Et ils vous disent… des choses, parfois ?

— Ils donnent des ordres. Oui. Ils les font passer avec l'eau et la nourriture.

De la nourriture. On leur donnait donc à manger. Dieu merci.

— Donc, ils vous nourrissent. OK. C'est bien.

Nouveau haussement d'épaules spasmodique.

— Juste assez pour survivre… La plupart du temps.

Super. Génial, vraiment.

— Bon et, alors, qu'est-ce qui se passe ici ?

— Rien. On travaille, sauf quand ils en décident autrement.

Il se mit à avancer dans le tunnel.

Sadie se mit en mouvement, elle aussi. Le passage était suffisamment large pour que trois personnes puissent y marcher de front. Au-dessus de leurs têtes, des poutres de bois et d'acier empêchaient le plafond de s'affaisser. Ce n'était pas du travail bâclé. Un savoir-faire en ingénierie avait été nécessaire pour concevoir ce chantier.

— À quoi ?

— Au creusement du tunnel, pardi. Il doit aller jusqu'au sud de Huntland.

— Ça a l'air d'être un chantier d'envergure.

Il laissa échapper le caquètement rouillé qui lui tenait lieu de rire.

— La Résurrection voit grand, Sadie. Ils ont de grands projets.

Manifestement, oui.

— Combien de personnes travaillent ici ?

— Environ une vingtaine.

— Tous sont prisonniers ?

— Oui. Certains d'entre nous faisaient partie de la communauté mais ont commis une erreur. Mieux vaut être envoyé ici plutôt que l'autre éventualité, je suppose.

Cela se discutait.

— Et ceux qui n'étaient pas membres du groupe ?

— Certains ont été amenés de l'extérieur pour leurs connaissances ou leurs compétences. Des entrepreneurs. Des conducteurs de travaux… Deux anciens militaires ont été affectés à la base aérienne.

Élément d'information qu'il lui faudrait communiquer aux autorités si elle arrivait à sortir d'ici.

— Vous avez des outils ? De l'équipement ?

— Bien sûr, dit-il en posant sur elle ses yeux vides, enfoncés dans les orbites. Il y a tout ce qu'il faut.

Sadie le suivit jusqu'à une fourche où le tunnel se divisait en quatre boyaux différents. Il emprunta celui situé le plus à gauche.

— Vous creusez jusqu'à la surface et vous percez des issues ou des trappes d'accès ?

Ça pouvait être une bonne chose.

Il secoua la tête, douchant ses espoirs.

— Non. Ça, ce sont eux qui s'en chargent d'en haut. On n'est pas autorisés à trop s'approcher de la surface.

Cela signifiait néanmoins que ces zones-là étaient proches de la liberté.

— Ils ont tout prévu, on dirait.

Son compagnon confirma d'un marmonnement.

Des bruits de métal et des voix lointaines résonnèrent au loin.

— On est presque arrivés à l'endroit où on travaille en ce moment.

De fait, elle commençait à distinguer des silhouettes devant elle. Des hommes équipés de casques et de lumières frontales. Ils maniaient des pioches et des pelles. Un marteau-piqueur fonctionnant sur batterie pilonnait la pierre dans un vacarme d'enfer.

— Je vais travailler là, moi aussi ?

George s'arrêta et lui fit face.

— Donnez-moi ces tongs et je vous répondrai.

Elles étaient de taille plus ou moins universelle et ne protégeaient pas grand-chose, donc pourquoi pas ?

— D'accord.

Sitôt qu'elle eut ôté les claquettes, il y inséra ses pieds crasseux avant de relever la tête.

— On va nous le faire savoir. En général, ils ne tardent pas, donc, ce devrait être dans la journée ou demain. Et on saura si vous êtes une travailleuse ou du ravitaillement.

Du ravitaillement ? Un froncement de sourcils creusa le front de Sadie. Un très mauvais pressentiment lui soufflait que ce devait être là « ce qui était pire que la mort ».

— Parfois, ils arrêtent de nous donner à manger. Si on n'a pas assez travaillé. Ou pas assez vite. Alors, ils nous punissent. Si vous faites partie du ravitaillement, alors ça peut être vous l'aliment de secours.

Bon sang.

Il haussa les épaules une nouvelle fois.

— Vous seriez surprise de savoir combien de temps une personne, même mince comme vous, peut durer.

Elle jeta un coup d'œil autour d'elle. Et prononça les seuls mots qui lui venaient à l'esprit après cette macabre déclaration :

— Mais vous n'avez rien pour conserver vos *ravitaillements* ici ?

— Pas besoin. On ne peut pas tout manger en même temps. On garde les ravitaillements en vie le plus longtemps possible. On ne prend qu'un morceau à la fois et on garde le reste pour plus tard. Ça marche plutôt bien. Quand les ravitaillements sont morts, on finit ce qui est encore comestible avant qu'ils ne pourrissent.

Oui… Logique, d'une sinistre façon, songea-t-elle en réprimant un frisson. Sauf si l'on était soi-même le plat de résistance.

Personne ne fit attention à eux lorsqu'ils arrivèrent sur le chantier. George lui tendit une pioche et lui indiqua où creuser. Sadie fit un large détour pour contourner les autres ouvriers et se mit au travail. Elle ne pouvait s'empêcher de regarder par-dessus son épaule de temps en temps pour s'assurer que personne ne l'observait. Les hommes, pour la plupart, ressemblaient à George. Vêtus de haillons. Les cheveux longs, raides. Sales. Le teint blafard, l'air revenu de tout.

Ils se taisaient maintenant qu'elle était là donc les seuls bruits étaient ceux du chantier : les pelles et pioches qui grattaient le sol et le tambourinement du marteau-piqueur. Et, dans les rares moments de silence, les respirations et les grognements. Où dormaient-ils ? Y avait-il des toilettes, quelque part ? Et, du fait qu'elle était la seule femme présente, tenteraient-ils de la violer pendant son sommeil ?

Peut-être poserait-elle la question à George quand elle en aurait l'occasion.

Un bruit fort, comme le tintement unique d'une sonnette de porte, retentit au milieu de la cacophonie ambiante. Elle leva les yeux, son attention rivée sur George. Il posa sa pelle et repartit dans la direction par laquelle ils étaient arrivés. Les autres le regardèrent puis la regardèrent, elle, avant de se remettre à l'ouvrage.

Le verdict était-il tombé la concernant ? Peut-être, lâché du haut de ce puits, comme elle ?

Elle saurait bientôt si elle était destinée à rejoindre les rangs des travailleurs ou à grossir le stock des *ravitaillements de secours*.

Smith attendait l'arrivée de Prentiss.

Il avait sollicité un entretien aussitôt après l'interrogatoire de Buchanan par le Conseil. Le vieux avait décidé de prendre son temps. Il savait que Smith n'était pas satisfait de la décision et il entendait le laisser mariner.

Smith traversa la salle de réunion du Conseil et regarda par la fenêtre. Depuis plus de trois décennies, la Résurrection creusait son trou et se frayait un chemin sous la montagne. À l'époque, seule une vague rumeur avait couru à propos de l'implantation d'un groupe de survivalistes extrémistes à Franklin County, personne ne sachant véritablement de quoi il s'agissait. Smith doutait d'ailleurs que les chefs initiaux aient anticipé la façon dont le groupe allait évoluer.

Smith secoua la tête. Ils étaient devenus tout autre chose que ce qu'ils étaient au début – que ce qu'ils étaient censés être. Se préparer à survivre à la destruction de l'humanité était une chose, se préparer à mener une guerre sans merci contre ceux qui ne pensaient pas comme vous en était une autre.

Les choses s'étaient sérieusement gâtées au cours de la dernière décennie. Aujourd'hui, tout se résumait à une question de pouvoir et d'argent entre les mains de quelques-uns et non plus de sécurité et de survie pour le plus grand nombre.

— Te faire attendre était inévitable.

Smith se retourna pour faire face à l'homme qui venait d'entrer dans la salle. Rayford Prentiss était un vieil homme aujourd'hui mais ça ne l'empêchait pas d'être absolument sans pitié. Il ne s'était pas adouci avec l'âge – au contraire. Il était mauvais comme la gale et n'avait aucune espèce de considération pour la vie humaine.

Prentiss se servit une généreuse dose de bourbon et porta le verre à ses lèvres. Smith l'observait, sa patience s'amenuisant de minute en minute. Mais il ne laisserait rien voir de son agacement. Il ne pouvait pas se le permettre avant le moment venu.

Moment qui ne tarderait plus désormais. Il allait arriver plus tôt que Smith ne l'avait prévu.

L'entrée en scène de Sadie Buchanan et le nom qu'elle avait lancé constituaient un avertissement. Quelque chose allait se produire. Smith devait se tenir prêt. Pour cela, il avait besoin d'informations – des informations que Buchanan était en mesure de lui fournir. L'envoyer croupir en bas avait été prématuré. Cette décision n'était rien d'autre qu'une provocation manifeste contre ce qu'avait préconisé Smith.

— Tu es mécontent de ma décision concernant cette femme, commença Prentiss en se resservant.

— Elle a des relations, c'est évident. Des relations qui pourraient se révéler utiles.

Prentiss reposa la bouteille de bourbon sur le buffet et partit d'un gros rire.

— Parce qu'elle a lâché le nom d'un type qui est parti d'ici depuis des années ? Si elle avait des relations, elle saurait que Pollard est probablement mort et enterré. Qu'il ne présente aucun intérêt ni aucune menace pour personne.

— Peut-être, peut-être pas. Quoi qu'il en soit, l'essentiel n'est pas là. Tu n'as pas une vision globale de la situation, mon vieux, répliqua Smith en s'avançant vers lui. Combien de temps encore penses-tu pouvoir continuer à diriger ces gens comme un dictateur ?

— Tu penses que c'est toi qui devrais prendre la tête du Conseil.

Ce n'était pas une question. Smith ne faisait pas mystère de son opinion sur le sujet. Il voulait que Prentiss sache que ses jours étaient comptés – beaucoup plus, d'ailleurs, qu'il ne l'imaginait. Smith dut réprimer le sourire qui lui montait aux lèvres. Tout allait changer et cette vieille ordure avide de pouvoir n'avait encore aucune idée de ce qui l'attendait.

— Il n'y a plus que toi pour croire encore à ta vision des choses. Personne, au sein du Conseil, n'approuve tes méthodes. S'ils te tolèrent, c'est uniquement par respect pour ce qui a été.

La colère flamba dans le regard de Prentiss.

— Tu parles de ton père ? J'aurais dévoyé *sa* vision de ce que devait être la Résurrection, c'est ça ?

Smith serra les dents pendant quelques secondes.

— Ne te compare pas à mon père.

Prentiss se rapprocha, leva les yeux vers lui, contenant à grand-peine sa fureur.

— Tu es parti pendant dix ans. Tu n'es revenu que lorsque tu as appris qu'il était mort. S'il ne t'avait pas nommé au Conseil sur son lit de mort, tu serais en bas, dans les tunnels, en train de creuser – là où est ta place.

La seule chose qui avait permis à Smith de tenir bon pendant ces deux dernières années, c'était de savoir qu'à la fin des fins, quand tout serait terminé, il pourrait regarder Rayford Prentiss droit dans les yeux et lui révéler ce que personne, ici, ne savait. Le choc suffirait vraisemblablement à terrasser ce vieux salaud.

Smith ne vivait que dans l'attente de ce moment.

Toute émotion s'effaça de l'expression de Prentiss.

— Tu voudrais que je revienne sur ma décision concernant cette femme.

Encore une affirmation.

— Tu es libre de faire ce que tu veux… y compris de changer d'avis.

Personne ne remettait *jamais* Prentiss en question. Du moins personne à part Smith. Dès son premier mois ici, il avait marqué la limite à ne pas dépasser. Jusqu'ici, Prentiss ne l'avait pas franchie. Il tempêtait, il invectivait, il menaçait mais il veillait toujours à ne pas pousser le bouchon trop loin. Trop nombreux étaient ceux qui demeuraient fidèles à la mémoire d'Avery Flynn. Prentiss ne voulait pas courir le risque de se trouver confronté à une rébellion. Surtout au moment crucial où ils en étaient.

— Et pourquoi changerais-je d'avis ?

— Buchanan peut être utile, assena Smith. Ce nom, elle l'a bien sorti de quelque part, il n'est pas tombé du ciel. Pense au peu de gens qui savent ce qu'il signifie.

Smith l'avait coincé avec cet argument, il le savait. Trenton Pollard avait été un agent de l'ATF. C'était le seul à avoir réussi à infiltrer le groupe de façon aussi complète sans être démasqué. La rage s'empara de Smith à ce souvenir. Pollard s'était insinué jusqu'au cœur de la Résurrection. Il avait presque causé leur perte puis il avait disparu. Seulement, il n'était pas allé loin. Tout comme l'agent du FBI Jack Kemp. Il était enterré non loin d'ici. Mais Prentiss n'en avait pas la certitude. Personne n'était au courant à part Smith. Si Kemp avait pour sa part été victime de la famille Winters, Pollard et lui avaient poursuivi le même but : détruire la Résurrection.

Ils n'étaient pas les premiers à s'y être essayés, mais ils étaient ceux qui avaient le mieux réussi leur immersion.

Jusqu'à aujourd'hui.

Le visage de Prentiss se tordit en une moue de dédain.

— J'ai de gros doutes quant à sa prétendue utilité.

— Et tu es prêt à courir le risque ?

Non, bien sûr que non, il ne l'était pas. Smith savait bien que ses fanfaronnades n'étaient que de l'esbroufe. Surtout maintenant que cette éventualité avait été publiquement portée à son attention. C'était le moment d'enfoncer le clou.

— À tout le moins, elle pourrait constituer une bonne monnaie d'échange, le cas échéant.

Prentiss laissa passer quelques secondes.

— Très bien. Pour toi, je vais revenir sur ma décision. Mais le risque pèse désormais sur toi. Si elle devient un problème, ce sera *ton* problème.

Les deux hommes se mesurèrent du regard pendant un long moment. Prentiss aurait voulu le voir mort, imagina Smith. C'était réciproque.

Mais l'heure n'était pas encore venue.

— Un de ces jours, mon vieux, tu apprendras à avoir confiance en mon jugement, nota-t-il d'un ton posé.

Prentiss laissa échapper un bref ricanement.

— Peut-être.

Il tourna les talons. Smith le regarda partir, immobile. Bientôt, Rayford Prentiss saurait à quoi s'en tenir.

Smith appela le garde affecté à la surveillance de Buchanan. Saurait-elle jamais qu'elle lui devait d'avoir eu la vie sauve ? S'ils survivaient tous les deux à ce qui allait arriver, il ferait en sorte qu'elle se rende compte de la grave erreur d'appréciation qu'elle avait commise en venant ici.

Qu'est-ce qu'elle avait cru ?

Qu'avait cru le Bureau ?

Il devait certainement s'agir d'une mission de sauvetage. Peut-être de Levi Winters ? Encore que, de son point de vue, celui-ci ne soit pas une cible suffisamment importante pour risquer la vie d'un agent.

Quelle que soit la raison de sa présence ici, elle lui mettait de sacrés bâtons dans les roues.

Maintenant, il allait être obligé de revoir ses plans. Sinon, tout pouvait capoter et il aurait gaspillé deux ans de sa vie pour rien.

Chose qu'il ne pouvait pas permettre.

6

Sadie continua à creuser comme on le lui avait ordonné mais, du coin de l'œil, elle regarda l'homme qui se dirigeait vers elle. La plupart des autres travailleurs jetèrent des coups d'œil furtifs dans sa direction mais sans oser s'arrêter et la dévisager. Ils ne voulaient pas courir le risque d'être pris en défaut. Les responsables, George et trois autres, n'hésitaient pas à les stimuler d'un coup de pelle sur la tête ou à les frapper dans les reins avec le manche d'un outil. À en juger par les cicatrices qui marquaient certains des travailleurs, ce pouvait même être bien pire.

Que ce soit l'instinct de survie ou le plaisir d'exercer le petit pouvoir que leur conférait leur statut de chef, George et ses pairs semblaient prendre leur rôle très au sérieux. Peut-être leur rudesse leur valait-elle certaines faveurs ? Si tel était le cas, ce n'étaient manifestement ni des vêtements neufs, ni un bon bain chaud, ni de la nourriture en plus grande quantité. Tout le monde, au fond de ce trou, semblait logé à la même enseigne du point de vue de l'état de santé, des tenues vestimentaires et du degré de crasse qui les recouvrait.

George stoppa à quelques mètres d'elle.

— Venez avec moi.

D'après son estimation, elle avait dû descendre par cette échelle approximativement trois heures plus tôt. Des cloques se formaient déjà sur ses mains et elle avait les muscles des bras et du dos endoloris à force de manier la pioche. Mais, même si elle avait la perspective de passer des jours, des semaines ou des mois à s'échiner à ce rude labeur, c'était toujours préférable à l'autre éventualité… Celle de devenir une denrée comestible.

— Pourquoi ?

Autant être fixée sur son sort tout de suite. L'équipe saurait bientôt ce qu'il en était, de toute façon. À quoi bon maintenir ainsi le suspense ?

— Ils veulent que vous remontiez, dit-il avec un mouvement du menton en direction du plafond.

Les genoux de Sadie manquèrent se dérober.

— Quoi ? Je dois remonter par cette échelle ? Maintenant ?

Toute l'équipe assistant à l'échange, elle avait formulé sa question de son ton le plus pessimiste. Inutile de leur donner l'impression qu'elle était la veinarde qui échappait à son funeste destin de rat des tunnels. Si elle se montrait anxieuse ou réticente, ils lui en voudraient peut-être moins. Et puis, d'ailleurs, y avait-il vraiment lieu de se réjouir ? Elle ne savait pas ce qui l'attendait là-haut.

Il y a pire que la mort.

— Allez, en route, la pressa George au lieu de répondre à sa question.

Elle jeta sa pioche par terre et le suivit dans le long tunnel mal éclairé. Il marchait sans un mot, ses tongs nouvellement acquises claquant sur le sol.

Lorsqu'ils arrivèrent au pied de l'échelle, il la regarda en plissant les yeux.

— Quelqu'un, là-haut, doit avoir un plan vous concernant. En général, quand on descend ici, on ne remonte pas.

Elle songea à l'homme qui était venu dans sa cellule, puis à Prentiss. Si la décision émanait de l'un d'eux, ce n'était pas bon signe. Elle serait bientôt fixée. En tout cas, si Levi Winters était encore de ce monde, il devait être en haut puisqu'elle ne l'avait pas vu ici.

— Sans doute, répondit-elle avec un haussement d'épaules.

Il désigna l'échelle du menton.

— Et merci pour les tongs.

Elle résista à la tentation de lui dire que, si ça ne tenait qu'à elle, lui et les autres ne resteraient plus là très longtemps. Mais elle ne pouvait pas courir ce risque. Sans compter qu'elle n'était pas en position de garantir quoi que ce soit. Loin de là. Jusqu'ici, cette mission avait été un total fiasco.

Elle entama son ascension. Lorsqu'elle atteignit les derniers échelons, la trappe s'ouvrit. Le garde qui l'avait amenée ici l'attendait. Elle cligna des yeux, éblouie par la lumière. Peut-être était-ce le fait d'avoir passé des heures dans la pénombre, mais il lui semblait que cet éclairage était proche de la lumière du jour. Plus qu'elle ne l'avait remarqué auparavant. Peut-être avaient-ils installé des tubes solaires ou un autre moyen discret de capter la lumière extérieure et de l'acheminer jusqu'ici ?

Le garde rabattit la trappe et contempla ses pieds nus. Il ne lui demanda pas où étaient ses tongs ; il devait en avoir une petite idée.

Il l'entraîna loin du petit champ de dômes. Étant donné qu'elle n'avait pas vu d'autre accès pendant qu'elle était en bas, les autres dômes devaient être des conduits d'aération.

— Où est-ce que je vais, maintenant ?

Ainsi qu'elle s'y était attendue, il ne répondit pas et ils poursuivirent leur chemin en silence. Ils dépassèrent le centre de détention, puis le bâtiment où siégeait le Conseil et atteignirent la zone où étaient alignées les constructions plus petites. Il la conduisit jusqu'à celle marquée du numéro neuf. Il frappa, puis attendit.

Sadie ouvrit et referma les mains, regrettant de n'avoir pas pu les laver. Les ampoules la piquaient. Son regard s'abaissa jusqu'à ses pieds nus et maculés de terre.

La porte s'ouvrit. Le grand blond qui avait participé à la séance d'interrogatoire du Conseil se tenait sur le seuil.

Il inclina brièvement la tête à l'adresse du garde, qui s'éloigna.

— Entrez, proféra-t-il d'un ton sec, son implacable regard transparent vrillé sur elle.

Sadie obtempéra. Franchissant le seuil, elle pénétra en territoire inconnu. Rien de nouveau sous le soleil. L'inattendu et l'imprévu étaient consubstantiels de toutes ses missions.

Son hôte referma la porte derrière elle. Le bungalow se composait d'une pièce principale, sobrement meublée d'un lit, d'une table et de chaises et d'un petit sofa, avec, au fond, un coin-cuisine flanqué d'une porte donnant probablement accès à la salle de bains. À côté du lit, une table plus petite servait apparemment de bureau puisqu'un ordinateur était posé dessus. Tout le confort d'une vraie maison, songea-t-elle.

Il tira une chaise devant la plus grande des deux tables.

— Asseyez-vous.

Elle s'installa.

Au lieu de l'attacher sur la chaise ainsi qu'elle s'y attendait, il prit place en face d'elle, les mains croisées.

— Vous représentez un vrai dilemme, Sadie Buchanan.

Elle avait déjà entendu ça, généralement de la bouche d'un supérieur, au Bureau. Il s'agissait rarement d'un compliment. Le plus souvent, la remarque visait à lui rappeler qu'il y avait des procédures à suivre et des protocoles à respecter.

— Dites-moi ce que je dois faire pour rectifier ce qui pose problème.

Elle posa ses mains sur la table, voulant qu'il voie ses ampoules.

— J'aimerais savoir que j'ai ma place ici.

Il la considéra longuement sans rien dire. Il devait être plus proche de son âge qu'elle ne l'avait d'abord cru. Trente-six, trente-sept ans, peut-être. Il était grand, fort et sa peau était lisse, exempte de cicatrices, contrairement à celle de nombre des hommes qu'elle avait vus sur cette base, ici ou en bas. De toute évidence, il n'avait jamais appartenu à une catégorie de niveau inférieur.

— Je n'ai pas confiance en vous.

Il avait presque murmuré et pourtant, cette intonation… cette façon de parler. Elle étudia ses cheveux blond platine, se pencha en avant, rapprochant son visage du sien, et prit une profonde inspiration.

C'était lui, l'homme-mystère qui était venu dans sa cellule. Elle reconnaissait son parfum.

Smith Flynn.

Elle se renfonça dans son siège.

— Si ça peut vous réconforter, je ne vous fais pas confiance non plus, monsieur Flynn.

L'ombre d'un sourire passa sur ses lèvres, si fugitive qu'elle lui aurait échappé si elle ne l'avait pas observé aussi attentivement.

— Vous devriez m'être reconnaissante d'être intervenu en votre faveur.

Elle soutint son regard, rivé sur elle.

— Oh. Alors, c'est vous qui m'avez fait repêcher du fond de ce trou, observa-t-elle en ponctuant sa phrase d'une moue surprise. Intéressant.

Et logique en un sens, puisqu'on l'avait amenée droit ici.

Elle sonda longuement les prunelles argentées.

— Je suis censée vous remercier ?

— Je peux vous faire renvoyer en bas, si vous préférez. Le reste du Conseil était d'avis de vous classer dans la catégorie « ravitaillement de secours ».

Nom d'un chien. Elle s'humecta les lèvres, s'efforça de ne pas lui montrer à quel point elle lui savait gré de ne plus être dans cette antichambre de l'enfer.

— Ce ne sera pas nécessaire. Je vous remercie d'avoir pris ma défense, monsieur Flynn. Mais j'avoue que je me demande un peu pourquoi vous vous êtes élevé seul contre l'avis général ?

— Vous avez besoin d'un bain, agent Buchanan.

Il se leva de table et se dirigea vers la porte, qu'il ouvrit. Le garde était toujours posté de l'autre côté.

— Emmenez-la se laver et ramenez-la à sa cellule, ordonna-t-il.

— Oui, monsieur.

Sadie n'attendit pas davantage. Se redressant, elle s'avança vers la sortie. Lorsqu'elle passa devant l'homme qui l'avait – pour le moment – sauvée du funeste destin que lui avait réservé le Conseil, elle marqua un temps d'hésitation.

— Est-ce que je vais vous revoir ?

— Si vous faites ce qu'on vous dit, oui, vous me reverrez.

Elle sortit, le garde en tenue de camouflage sur ses talons, muet comme une carpe, à son habitude. Le soulagement de Sadie était tel que ses épaules s'affaissèrent. La fatigue et la faim se faisaient sentir désormais. Peut-être qu'on l'autoriserait à manger après le bain ?

Elle décida de repartir à la pêche aux informations.

— C'est bizarre, je n'ai pas vu Levi Winters. Il a été placé à l'isolement, peut-être ?

Silence du garde.

— Il est ici depuis plus longtemps que moi, enchaîna-t-elle comme s'il avait répondu et qu'elle poursuivait la conversation. Alors, peut-être qu'on lui a déjà assigné une tâche. Mais je ne l'ai pas vu dans le *Big Dig*.

Devant la porte du centre de détention, il se tourna enfin vers elle.

— Contentez-vous de vous occuper de ce qui vous regarde. C'est le meilleur moyen de rester en vie. Obéissez et ne posez pas de questions.

Elle hocha la tête.

— D'accord, j'ai compris.

Une fois à l'intérieur, il la conduisit jusqu'à une salle autre que sa cellule et transmit les ordres venant d'en haut à la femme vêtue de l'uniforme blanc. Lorsqu'il fut reparti, Sadie se tourna vers l'infirmière.

— Re-bonjour.

L'infirmière la regarda de haut en bas.

— Après votre bain, nous nous occuperons de ces ampoules.

Sadie la suivit dans une vaste pièce de sanitaires comprenant une rangée de douches et trois baignoires alignées d'un côté, avec des crochets sur les murs pour y suspendre les serviettes, vraisemblablement. La femme en blanc ouvrit le robinet d'une des baignoires et quitta la pièce. Pressée de se nettoyer après son séjour salissant dans les entrailles de la terre, Sadie commença à se dévêtir.

La femme revint avec une serviette et une nouvelle tenue composée de l'incontournable et hideux pantalon de survêtement et d'une paire de baskets.

— Pointure trente-neuf, ça ira ? questionna-t-elle en contemplant ses pieds.

Sadie hocha la tête.

— Oui, je vous remercie.

— Ne soyez pas trop longue. Quand vous aurez fini, revenez dans mon bureau.

Sadie inclina la tête et la femme disparut de nouveau.

Elle s'immergea avec délectation dans le bain, ignorant la douleur cuisante que provoquait l'eau brûlante à l'intérieur des mains. Elle soupira d'aise comme elle s'autorisait quelques précieux instants de détente complète. Elle l'avait bien mérité. Mais la femme avait recommandé de ne pas s'attarder. Elle entreprit donc de se frictionner énergiquement le corps puis les cheveux. Une fois rincée, elle se sécha rapidement et enfila les vêtements propres, toujours sans sous-vêtements ni chaussettes. Mais c'était déjà beau d'avoir eu droit à autre chose que des tongs.

Quittant la pièce, elle revint dans la direction d'où elle était venue. Aucun risque qu'elle s'enfuie : il n'y avait qu'une porte et celle-ci donnait dans le bureau de la femme en blanc. Ou plutôt, la salle d'examen. La femme se leva en la voyant et lui fit signe de s'asseoir en face d'elle, sur l'unique chaise.

Sadie la regarda réunir de la gaze stérile, des pansements adhésifs et un tube de pommade.

— Vous êtes infirmière ?

— Oui.

Elle était jeune, entre vingt-cinq et vingt-huit ans, jugea Sadie.

— Ils vous ont laissée aller à l'école d'infirmières ?

La main de la jeune femme, occupée à appliquer le baume, s'interrompit dans sa besogne, suspendue en l'air.

Zut. Avait-elle abordé un sujet qu'il ne fallait pas ?

— Désolée. Je vous demandais ça simplement par curiosité.

— Je venais juste de finir mes études à Tullahoma quand ils m'ont ramenée ici.

Sadie soutint son regard.

—- Oh.

Concentrée sur la pose de la gaze autour de la main droite de Sadie, l'infirmière poursuivit :

— Je pensais ne pas avoir envie de revenir mais ils m'ont dit que je me marierais cette année…

Son visage s'illumina d'un sourire.

— J'ai été si heureuse…

Sadie humecta ses lèvres sèches. La jeune femme avait goûté à la liberté pendant ses années d'études.

Alors, pour mater ses velléités d'indépendance, ils avaient agité une carotte sous son nez. Simple comme bonjour. Et efficace, apparemment.

— Qui est l'heureux élu ?

— Il s'appelle Levi. On s'est rencontrés il y a longtemps. Ensuite, il est parti mais je ne l'ai jamais oublié. Je disais toujours à mon père qu'il me manquait.

— Levi Winters ?

Était-ce possible ?

— Oui. Vous le connaissez ?

Sadie se borna à hocher vaguement la tête plutôt que de mentir ouvertement.

— Qui est votre père ?

— Rayford Prentiss, répondit-elle en lui décochant un nouveau sourire. Le chef du Conseil. Il a beaucoup d'enfants ici. Bien sûr, on est tous adultes désormais. Mon père dit qu'il est temps de faire d'autres enfants.

Le tableau se précisa dans l'esprit de Sadie. Le nombre de membres de la Résurrection était en baisse et Prentiss entendait relancer le taux de natalité et regonfler les effectifs.

— Il y a beaucoup de couples mariés ici ?

— Quelques-uns, seulement. Mais il va y avoir plus de mariages cette année. Certains d'entre nous vont partir, s'intégrer aux communautés du dehors. C'est…

Elle se tut et blêmit comme si elle venait subitement de s'apercevoir qu'elle s'était épanchée auprès d'une prisonnière.

— Je comprends, se hâta d'enchaîner Sadie. C'est un excellent plan. M. Prentiss est un visionnaire.

Le sourire de la jeune femme refleurit sur ses traits.

— Oui ! Je refusais de le voir quand j'étais jeune, mais je m'en rends compte aujourd'hui, oui.

Sadie se demanda si les hautes instances du Bureau et de l'ATF avaient idée de ce que Prentiss complotait.

Son projet dépassait largement le cadre de ce site.

Smith prolongea sa course d'un kilomètre et demi. Il lui arrivait de quitter le camp pour des affaires relatives au Conseil mais sa seule façon d'en sortir quotidiennement était de courir dix kilomètres tous les jours. Le reste de ses exercices physiques se déroulait dans la salle de sport du camp. Mais, pour la course à pied, il avait besoin de se sentir libre, ce qui n'était pas le cas lorsqu'il tournait en rond sur une piste, en salle. Son parcours le conduisait à travers des zones isolées, où il avait peu de chances de croiser quelqu'un. Il ne lui était arrivé qu'une seule fois de faire une rencontre, et c'était un chasseur nullement désireux d'engager la conversation, focalisé qu'il était sur sa mission consistant à traquer une quelconque proie à quatre pattes.

Smith sacrifia au rituel de ses courtes haltes habituelles. Il prit appui contre un arbre et feignit d'arranger quelque chose sur sa chaussure droite. Il n'y avait rien par terre, au pied de l'arbre. Rien non plus sous la mousse alentour. Pour sa pause suivante, il s'arrêta près du ruisseau scintillant qui dévalait de la montagne. Il s'agenouilla et, les mains en coupe, puisa un peu d'eau pour se désaltérer. L'eau était limpide et fraîche malgré la chaleur des derniers jours d'été. Il balaya du regard le lit du cours d'eau pendant qu'il buvait. Rien. Il s'essuya les lèvres et repartit. Il stoppa une dernière fois sur un éperon rocheux. Cette fois, il relaça ses baskets. Il n'y avait rien entre les pierres.

Pas le moindre message.

Il avait été sûr de trouver quelque chose. L'annonce que des ennuis se profilaient à l'horizon. Ou qu'une révolte couvait. L'unique fois où un tel événement s'était produit avait conforté une fois pour toutes sa position au sein du Conseil. Toutefois, ce qu'il s'était attendu à trouver aujourd'hui, c'étaient des informations portant sur la véritable nature de la mission de Sadie Buchanan. Mais non. Aucun message en ce sens.

Il ne pouvait y avoir qu'une seule explication à cela : la mission de Buchanan était non officielle, peut-être pas même autorisée.

Bon sang, quelle tuile. Un agent fédéral la jouant en solo. Comment pouvait-il espérer gérer un électron libre et mener à terme sa mission ? Il marchait déjà sur des œufs, avec Prentiss.

La mémoire d'Avery Flynn avait beaucoup de poids, l'avertissement de Smith ayant évité le renversement de pouvoir que préparait cette faction rebelle aussi. Mais Prentiss n'en demeurait pas moins la figure la plus respectée de la communauté. S'ils avaient dû choisir entre eux deux, Smith ne serait probablement pas sorti vainqueur.

Il y avait une chose, cependant, qu'il pouvait faire, c'était pousser jusqu'à l'église pour y trouver le journal le plus récent. En dernier recours, un message pouvait être publié par le biais des petites annonces. Si son contact avait eu l'impression d'être surveillé dans les bois, il se serait bien sûr abstenu de déposer quoi que ce soit dans l'une des boîtes aux lettres mortes habituelles.

Smith s'orienta dans cette direction d'une foulée régulière. L'église étant à un peu plus de cinq kilomètres, le trajet lui prit environ une demi-heure. Il aurait pu parcourir cette distance bien plus rapidement si les sentiers zigzaguant à travers bois n'avaient été aussi caillouteux. C'étaient ceux qu'empruntaient les chasseurs et les randonneurs ; aucun sentier n'avait été créé par la Résurrection.

Tous les membres veillaient scrupuleusement à ne pas ouvrir de nouveaux passages. Ils s'en tenaient exclusivement à ceux qui étaient déjà existants. Ralentissant comme il arrivait aux abords de l'édifice, Smith jeta un coup d'œil à la ronde pour s'assurer qu'il n'y avait personne. Le mouvement fondé par Mason Winters appartenait désormais au passé. Marcus Winters et sa sœur Sierra avaient été dénoncés par leur sœur, récemment libérée de prison.

Il en était ainsi des secrets. Ils finissaient toujours, à un moment ou à un autre, par être éventés.

Son secret à lui ne tiendrait plus très longtemps. Il ne pourrait pas s'accommoder de cette complication imprévue. Il n'y avait tout bonnement pas de place dans son planning pour une Sadie Buchanan et les ennuis qui allaient avec.

L'église était vide ainsi qu'il l'avait prévu. Il s'avança vers le bord de la route, jusqu'à l'emplacement réservé au journal, au-dessous de la boîte aux lettres. Le journal à la main, il revint nonchalamment vers l'église, s'assit sur les marches et l'ouvrit. Il passa attentivement toutes les annonces en revue. Rien.

Pourtant, le nom de Trenton Pollard avait clairement été un avertissement. Il posa le journal et se leva. Quelque chose se tramait. Il devait absolument se tenir prêt à tout.

Et si son contact était grillé ?

Il n'avait aucun moyen de le savoir.

Smith poussa un profond soupir et s'en retourna dans les bois. Il rejoignit un chemin familier et se mit à courir sur quelques kilomètres. Cette situation était inédite. Depuis deux ans qu'il travaillait ici en sous-marin, jamais encore il n'avait été confronté à un problème de ce genre. Mais il avait toujours su que cela pouvait arriver. Son contact pouvait à tout moment être compromis. L'homme était plus âgé que lui ; il pouvait aussi être tombé malade, voire être mort – auquel cas son remplacement prendrait un peu de temps.

Toute la question était de savoir si, oui ou non, Smith disposait de ce temps-là.

Parvenu à un kilomètre et demi du camp, il ralentit l'allure et se mit à marcher. Pour l'instant, il ne pouvait rien faire d'autre qu'avancer ses pions comme si Sadie Buchanan n'avait pas subitement fait irruption dans le camp.

Concernant Levi Winters, le tir avait apparemment été rectifié : Prentiss avait décidé de l'utiliser comme mâle reproducteur. Smith ne pouvait s'empêcher de trouver cet abrupt revirement singulièrement étrange. Était-ce le début du changement qui était en passe de se produire ? Peut-être le vrai problème n'était-il pas Sadie Buchanan, mais Levi Winters ?

Son frère, Marcus, avait été un allié fiable pendant de longues années. Mais Levi, lui, n'avait interagi avec eux que par périodes, en dilettante. Il avait été en lien avec Jack Kemp – ce qui rendait la soudaine volte-face de Prentiss d'autant plus incompréhensible.

D'un regard circulaire, Smith s'assura qu'il n'avait pas été suivi puis il courba la tête et plongea prestement dans l'entrée piétonne camouflée par la végétation. Quoi que Prentiss puisse combiner, il n'en soufflerait mot à personne tant qu'il ne serait pas prêt à passer à l'action. S'agissant de sécurité, il ne parlait jamais de ses positionnements stratégiques à aucun des membres du Conseil. Il était beaucoup trop parano pour cela.

Il ne lui restait donc plus qu'à redoubler de vigilance et voir comment la situation allait évoluer.

Prentiss était un homme extrêmement rusé. Ce n'était certes pas en se montrant naïf ou faible qu'il s'était accroché à son poste de chef du Conseil.

Smith soupira. Sans doute aurait-il dû se féliciter d'avoir réussi à le supporter jusque-là. Il pouvait se targuer d'être détenteur d'au moins un record.

Un record de durée.

Personne d'autre n'avait jamais mystifié Rayford Prentiss aussi longtemps.

7

— Où allons-nous maintenant ?

Le bain, les vêtements propres et, surtout, la crème apaisante et les bandages sur ses mains endolories avaient ragaillardi Sadie mais elle n'en avait pas moins toujours une mission à accomplir. Il lui fallait trouver Levi Winters. Elle savait maintenant qu'il était bien vivant puisque Prentiss avait planifié son mariage avec l'une de ses filles. S'agissait-il, d'ailleurs, de sa fille biologique ? se demanda-t-elle. Elle décida de laisser ce point de côté. L'idée que le vieil homme puisse avoir des douzaines d'enfants conçus avec des femmes différentes la mettait mal à l'aise – particulièrement si ces femmes n'avaient pas été consentantes, ce qui, vu le personnage, n'avait rien d'impossible.

— À la cafétéria.

Son attention revint se fixer sur l'homme qui marchait à son côté. Les borborygmes de son estomac lui rappelèrent qu'il y avait bien longtemps qu'elle n'avait rien avalé. Mais il n'y avait pas lieu de se réjouir trop vite… Ce passage par la cafétéria pouvait signifier seulement l'assignation à un nouveau travail. Ce n'était pas parce qu'on l'emmenait là-bas qu'elle aurait le droit de manger.

— Pour travailler ? questionna-t-elle puisque son garde attitré semblait d'humeur un peu plus loquace.

— Pour manger.

Cette fois, la réaction de son estomac fut assez sonore pour qu'il l'entende aussi.

Il émit une sorte de grognement – ce qui devait lui tenir lieu de rire – mais elle nota une lueur amusée dans son regard.

Ils entrèrent dans le centre de détention mais prirent à gauche lorsqu'ils atteignirent la fourche, laissant le couloir desservant les cellules sur leur droite. Au bout du corridor, deux doubles portes portaient l'inscription *Cafétéria*.

— Allez prendre votre repas au comptoir puis asseyez-vous. Mangez et ne cherchez pas les ennuis. Je serai de retour dans quinze minutes.

Elle hocha la tête et entra. Son garde ne la suivit pas. Il devait y avoir une salle de restauration séparée pour les gens du sérail. Une douzaine de personnes, toutes vêtues de la même façon qu'elle, étaient assises autour des quatre tables. Lorsqu'elle se plaça devant le comptoir de distribution, l'employé, de l'autre côté, saisit un plateau en plastique et y posa des haricots, du pain et quelque chose qu'elle n'identifia pas immédiatement mais qui était vert.

Son plateau-repas en main, Sadie se dirigea vers les tables. Des pichets d'eau et des gobelets en inox étaient disposés sur chacune d'entre elles. Les autres prisonniers étaient tous des hommes. Pas surprenant, le nombre de femmes qu'elle avait rencontrées jusqu'alors étant des plus réduits. Les autres prisonniers jetèrent des coups d'œil suspicieux sur son passage. Elle saisit des bribes de conversation, portant sur le travail aux champs ou à la laverie. L'un d'eux était assis tout seul, à la table la plus éloignée du comptoir de service.

Levi Winters. Intérieurement, Sadie poussa un soupir de soulagement. Elle orienta ses pas dans cette direction, tira une chaise et prit place. Empoignant le pichet, elle se servit un verre de ce qui semblait être de l'eau. De l'eau plate, espéra-t-elle, se prenant à prier le ciel qu'elle ne contienne pas quelque drogue destinée à les tenir sous contrôle. Elle restait persuadée que son visiteur nocturne – le dénommé Flynn – n'aurait pas pu s'introduire dans sa cellule sans qu'elle s'en rende compte si elle n'avait pas été droguée. Quand elle eut avalé une bouchée de haricots insipides et de pain rassis, elle jeta un coup d'œil à son compagnon de table.

— Ça va, Levi ?

Il leva vivement les yeux en entendant son nom, la dévisagea pendant quelques instants.

— Nous nous connaissons ?

Elle secoua la tête.

— Je m'appelle Sadie. C'est à la demande expresse de votre sœur, Cece, que je suis venue ici.

L'espoir emplit son regard.

— Cece ? C'est vrai ? Elle va bien ?

Sadie sourit.

— Très bien. Elle a été totalement disculpée et ils ont compris ce qui s'était réellement passé quand votre père a été tué.

Songeant au message que Cece l'avait chargée de faire passer, Sadie ajouta :

— Elle veut que vous sachiez que tout va bien et que rien de ce qui est arrivé n'était votre faute. Tout ce qu'elle souhaite, c'est vous voir revenir sain et sauf.

L'étincelle d'espoir dans son expression s'éteignit et il considéra de nouveau son assiette.

— Ils ne me laisseront jamais partir.

— Voulez-vous épouser cette jeune femme ?

Il releva la tête, ses yeux remplis de crainte croisant les siens.

— Je ne la connais même pas. D'après Prentiss, quand j'étais enfant, mon père a promis de me destiner à l'une de ses filles. Il a dit que, si je ne faisais pas exactement ce qui était attendu de moi, ils m'enverraient dans les tunnels.

Il secoua la tête et frissonna.

— J'ai eu des échos de ce qui arrivait à ceux qui étaient relégués en bas…

Rien de bon, Sadie était bien placée pour le savoir. Elle jeta un coup d'œil à la ronde.

— Ne vous inquiétez pas. Je vais vous faire sortir d'ici. Mais il faut que vous gardiez votre calme et que vous me fassiez confiance.

Un froncement de sourcils plissa son front.

— Je ne sais pas qui vous êtes mais vous êtes complètement folle si vous pensez pouvoir partir d'ici. *Personne* ne sort jamais d'ici. Vous faites ce qu'on vous dit ou… vous disparaissez.

Sadie lui adressa un sourire rassurant.

— Comme je l'ai dit, l'important est de rester calme. Vous obéirez au doigt et à l'œil à tout ce qu'on vous dit jusqu'à ce que je vous fasse signe.

Elle vit les yeux de Levi s'arrondir tandis que son regard se portait ailleurs, derrière l'épaule de Sadie.

Elle se retourna à demi, juste à temps pour voir un homme qui s'avançait vers elle. Il semblait mécontent.

Voire franchement en colère. Elle se leva, s'interposant entre lui et Levi.

— Il y a un problème ? lança-t-elle d'une voix forte.

L'homme s'arrêta, manifestement surpris qu'elle ose lui faire face. Il la fusilla du regard.

— À cause de vous, on m'envoie dans les tunnels, proféra-t-il en pointant un doigt accusateur sur elle. Alors, oui, j'ai un problème.

Il l'insulta d'une de ces injures que les femmes n'aiment pas entendre employer à leur propos, puis il lui cracha au visage.

Sadie s'essuya la joue d'un revers de manche.

— Je suis désolée de l'apprendre, mais je n'y suis pour rien. J'imagine que cette décision vient de M. Prentiss. Pourquoi ne pas vous en prendre directement à lui ?

Le visage de l'homme pâlit à vue d'œil à la mention du nom de Prentiss. Sadie se félicita d'avoir eu la présence d'esprit de citer le nom qui faisait trembler tout le monde ici.

L'homme la foudroya du regard pendant encore quelques secondes puis retourna à sa table. Sadie déplaça sa chaise pour faire face au reste des personnes qui occupaient la salle. Au moins verrait-elle venir le danger… Tirant son plateau devant elle, elle se força à manger. Se nourrir était indispensable si elle voulait garder des forces. Elle trempa ses lèvres dans l'eau. Celle-ci ne semblait pas avoir de goût bizarre, donc elle étancha la soif qui la tenaillait en buvant une longue gorgée.

Un par un, les prisonniers se levèrent, plateau entre les mains, prêts à partir. En allant déposer leurs plateaux, ils profitèrent de ce qu'ils passaient à proximité de Sadie pour lui jeter les restes de nourriture qu'ils n'avaient pas mangés.

Faisant comme si de rien n'était, elle continua à engloutir le pain et les haricots. Elle tiqua une ou deux fois comme un morceau de nourriture l'atteignait au visage mais, dans l'ensemble, elle réussit à ne pas manifester le moindre signe extérieur de désagrément. Ils étaient tous remontés contre elle maintenant. On l'avait extraite des tunnels pour y jeter quelqu'un d'autre. Ils devaient tous penser qu'elle avait eu droit à un régime de faveur parce qu'elle était une femme. Mais la vérité, c'était que Sadie n'avait aucune idée de la raison qui les avait conduits à l'extraire du *Big Dig.* Un coup de chance ? C'était peu probable.

— Je voudrais bien avoir votre courage.

Sadie jeta un regard à Levi et lui sourit.

— Vous vous en sortez très bien, Levi. Ne soyez pas trop dur avec vous-même. Et ne vous en faites pas, on sera partis d'ici très bientôt.

Il secoua la tête.

— Vous ne comprenez pas.

À en juger par son expression abattue, il était plus soucieux que soulagé de la savoir ici.

— Qu'est-ce que je ne comprends pas ? Je suis venue ici pour vous retrouver et vous tirer de leurs griffes. C'est ce à quoi je vais m'employer.

Il avala sa salive, avec difficulté, baissa les yeux.

— Ils nous écoutent. Je ne pouvais pas vous avertir. J'ai dû faire ce qu'on exigeait de moi.

Il se leva, prit son plateau.

— Je suis désolé, vraiment désolé.

Comme Levi s'éloignait, Sadie se demanda comment elle avait pu baisser sa garde et laisser son instinct, généralement si sûr, lui faire défaut à ce point. Elle avait commis une erreur grossière. Une erreur de débutante, et qui allait sûrement lui coûter très cher – la vie, probablement. Elle aurait dû deviner que Winters aurait subi un lavage de cerveau ou été plus ou moins endoctriné.

Bon sang.

Elle se leva, s'apprêtant à emporter son plateau, lorsque son garde fit irruption et lui ordonna, l'expression indéchiffrable :

— Laissez-le là où il est.

Sadie reposa le plateau sur la table et suivit le garde hors de la cafétéria. Le corridor était désert. Les prisonniers qui l'avaient bombardée de nourriture avaient soit rejoint leurs cellules soit repris le travail. Le garde la reconduisit jusqu'à la sienne. Il soutint son regard pendant quelques instants avant de refermer la porte et d'activer le code de verrouillage. Elle aurait pu jurer avoir vu passer une lueur de regret dans son regard.

Si le garde était désolé pour elle, c'est qu'elle s'était vraiment, vraiment mise dans un beau pétrin.

Smith sortit de la douche et se sécha. S'il n'avait reçu de son contact aucun complément d'information sur Sadie Buchanan, il devait y avoir une raison. Le nom qu'elle avait lancé, Trenton Pollard, était une formule codée destinée à l'avertir qu'un problème risquait de se présenter à lui. Seulement voilà, il n'avait rien d'autre. Pas le moindre message à aucun des emplacements servant de boîtes mortes.

Il enfila un jean propre et une chemise fraîchement lavée. Le code vestimentaire était on ne peut plus simple pour les membres du Conseil : chacun portait ce qui lui plaisait. La plupart d'entre eux naviguaient continuellement entre le camp et le monde extérieur. Mais pas Smith. Il restait en permanence basé ici. Il ne voulait pas courir le moindre risque en s'aventurant au-dehors.

Les gardes étaient vêtus de leur treillis tandis que les travailleurs se voyaient remettre des survêtements. Seules les personnes occupant des postes de responsabilité et les membres du Conseil s'habillaient en civil. La nette distinction entre les uns et les autres était l'une des choses que Flynn détestait le plus dans cet endroit… Dans cette vie.

Aucun être humain n'aurait dû se voir inculquer la notion qu'il était inférieur à d'autres. Le mode de vie de chacun devait être fondé sur le libre arbitre, et non imposé par une dictature conduite par un malade mental totalement autocentré. Comment diable tant de gens s'étaient-ils laissé embarquer dans cette vie ?

Un coup frappé à sa porte le tira de ses pensées. Il acheva de lacer ses chaussures et se redressa.

— Entrez.

La porte s'ouvrit et l'un des gardes personnels de Prentiss, Mitchell, apparut.

— M. Prentiss aimerait vous voir dans ses quartiers privés.

Le vieil homme convoquait rarement Smith sauf en cas de réunion exceptionnelle du Conseil… ou de problème. Son instinct souffla à Smith qu'il s'agissait en l'occurrence de ce dernier cas.

— Dites-lui que j'arrive.

Mitchell inclina brièvement la tête et s'en alla, refermant la porte derrière lui.

Smith alla jusqu'à son bureau et consulta l'écran de son ordinateur. Buchanan était dans sa cellule. À ses mains bandées et son survêtement propre, il comprit qu'elle s'était docilement laissé faire pendant l'étape de nettoyage. Aucun signalement n'avait été formulé au sujet de son comportement.

Cette femme était une énigme. Que faire ? se demanda-t-il. Lui révéler qui il était ou attendre qu'elle-même abatte ses cartes ? Pour sa part, il ne croyait pas à l'histoire qu'elle avait servie. Elle cachait autre chose.

Prentiss n'avait pas été dupe non plus. Smith avait gagné un peu de temps ce matin mais ça ne durerait pas longtemps. Il avait compté sur les infos qu'il pensait recevoir ce matin pour se forger une idée de la situation mais, dans l'état actuel des choses, le mieux à faire était de se tenir à l'affût du moindre renseignement qui filtrerait au cours des jours prochains en croisant les doigts pour que les ennuis qu'il redoutait ne se produisent pas avant.

Prenant son temps, il remonta l'Allée du Conseil jusqu'au dernier bungalow et toqua à la porte. Son père avait occupé le bungalow numéro un, mais Prentiss, lui, n'aimait pas l'idée d'être aussi facilement accessible. Il avait voulu que le reste du Conseil soit placé en amont, avant lui, tel un barrage protecteur, pour le cas où un danger pénétrerait le camp.

En plus du reste, ce salaud était un lâche.

— Entrez.

Smith poussa la porte. Prentiss était assis à sa table, une tasse de thé fumant devant lui.

— Viens t'asseoir, dit-il en lui faisant signe de la main.

Smith tira une chaise et prit place en face de lui, refusant d'un geste le thé que le maître des lieux lui proposait.

Prentiss but son thé chaud pendant une bonne demi-minute avant de déclarer :

— Le Conseil a changé d'avis.

Smith demeura totalement immobile, le visage fermé.

— Y a-t-il eu un vote dont je n'aurais pas été informé ?

Bien entendu, songea-t-il à part soi. C'était ainsi que procédait Prentiss lorsqu'il voulait que les choses se passent selon ses vœux. Il ne prenait pas la peine de présenter un argumentaire, il mettait tout bonnement de côté ceux dont il pressentait qu'ils ne lui apporteraient pas son soutien.

— C'était une urgence et tu n'étais pas disponible.

Le regard de Prentiss se planta dans le sien.

— Apparemment, tu étais allé courir ou marcher. Enfin bref, communier avec la nature d'une façon ou d'une autre.

— Ce n'est pas une nouveauté, je le fais tous les jours, lui rappela Smith. Tu connais mon planning journalier.

— À ceci près qu'il s'est passé quelque chose pendant ton absence, contra Prentiss. Ta nouvelle idée fixe, Sadie Buchanan, a avoué la véritable raison de sa présence ici et ce n'était pas parce qu'elle cherchait asile, ainsi qu'elle l'avait prétendu. Elle a infiltré notre camp sous un prétexte. Elle représente une menace pour notre sécurité.

La peur se lova dans les entrailles de Smith. Pour autant qu'il ait pu en juger, Buchanan n'avait pas été torturée. Et il ne l'imaginait pas s'ouvrant spontanément de ses motivations cachées, a fortiori si celles-ci donnaient d'elle une image négative.

— Oh. Voilà un rebondissement intéressant, en effet. Que s'est-il passé, au juste ?

— Elle a dit à Levi Winters que c'était sa sœur qui l'avait envoyée ici. Buchanan était chargée de venir le récupérer. Tout ce qu'elle nous a dit n'était rien d'autre que du bluff.

— J'aimerais la réinterroger, assena Smith en se levant comme si sa déclaration était déjà implicitement avalisée. Je suis sûr de pouvoir la faire parler.

Prentiss éleva une main.

— Inutile. La décision est déjà prise. On va la remettre aux *autres*. Levi Winters aussi.

Smith dissimula sa surprise.

— Tu l'avais sélectionné pour ta fille…

— Mon choix était prématuré. Il a échoué au test final. Les types de son espèce, on n'en a que faire ici.

— Mais on a besoin de plus de femmes. Buchanan ne sera pas la première que nous aurons acquise à notre façon de penser.

C'était le seul argument logique – et valide – qui lui soit venu à l'esprit.

Le vieux roublard le considéra longuement.

— Tu la défends depuis qu'elle est arrivée ici. Est-ce que, par hasard, tu suggérerais que tu l'as sélectionnée comme épouse ?

Avant qu'il n'ait eu le loisir de répondre, Prentiss continua :

— Tu as snobé chacune de mes filles et… tu voudrais de cette… de cette traîtresse ? De cette *étrangère* ?

— Comme je l'ai dit, reprit Smith sans relever les termes employés par Prentiss, je persiste à penser qu'elle peut nous être très précieuse lors de futures négociations. Je ne l'envisage pas comme épouse mais bien comme un outil d'échange pour la communauté.

— Le Conseil veut l'expulser de chez nous.

— Je ne suis pas d'accord et j'ai mon mot à dire en tant que membre du Conseil, objecta Smith, campant fermement sur sa position.

Il avait voix au chapitre sur toutes les questions soumises au vote du Conseil. Prentiss le savait même si ça ne lui plaisait pas. Le salaud ne pouvait pas lui forcer la main.

Prentiss se leva et se dirigea vers son bureau. Il y prit un document.

— C'est décidé. Le décret est signé et le message a été transmis aux *autres*. Il n'y a plus à discuter. Dommage que tu n'aies pas été joignable en temps utile. Tu devrais peut-être revoir ton planning.

— Il est tout à fait possible de revenir sur un décret, contra Smith. Je vais parler aux autres membres du Conseil.

— Nous ne rediscuterons pas de cette question. Tu escorteras Buchanan et Winters en personne. Demain matin.

Les yeux de Smith se plantèrent dans ceux de Prentiss.

— Qu'est-ce que tu manigances, mon vieux ?

Prentiss soutint son regard puis il sourit.

— Comme on fait son lit, on se couche, Smith. Il ne faut pas venir se plaindre ensuite du manque de confort.

Une désagréable sensation de malaise s'insinua en

lui. Sûr et certain, il y avait quelque chose d'autre que Sadie Buchanan et Levi Winters derrière ce retournement de situation – commodément survenu en son absence.

— Tu partiras au lever du soleil, répéta Prentiss. Tu devrais être de retour avant la nuit.

Smith ne perdit pas de temps à ergoter davantage. Se levant, il quitta le bungalow et se rendit directement au centre de détention. Les gardes ne lui posèrent aucune question et personne ne tenta de l'arrêter comme il marchait droit vers la cellule de Buchanan. Il déverrouilla la porte.

Buchanan, debout à l'autre extrémité de la petite pièce, se retourna. Il surprit une lueur d'incertitude dans son regard sombre avant que le masque impassible retombe.

Il alla droit au but.

— Il s'est passé quelque chose aujourd'hui. Quoi ?

Les murs avaient des oreilles dans l'enceinte de ce camp mais peu importait. En tant que membre du Conseil, il avait le droit de connaître les faits.

— Que voulez-vous dire ? répliqua-t-elle avec un haussement d'épaules. On m'a fait remonter des tunnels et on m'a autorisée à prendre un bain et conduite à la cafétéria.

L'irritation de Smith grimpa d'un cran.

— Ne me faites pas perdre mon temps. Que s'est-il passé ?

Elle croisa les bras, plantée face à lui.

— Je suis tombée sur un vieil ami. Je lui ai transmis un message de la part de sa sœur. Elle s'inquiète pour lui.

— Qu'avez-vous dit, exactement ?

La fureur lui contractait les mâchoires.

Elle poussa un profond soupir comme si c'était lui qui l'agaçait prodigieusement – et non le contraire.

— Je lui ai dit qui j'étais et que sa sœur m'avait envoyée le sauver. Je lui ai dit aussi de ne pas se faire de souci parce que je le ferais sortir d'ici.

Voilà qui expliquait la tenue en urgence du Conseil. Il la regarda droit dans les yeux.

— Donc, vous avez menti. L'histoire que vous nous avez racontée n'était qu'une fable pour dissimuler vos véritables intentions.

Elle hocha brièvement la tête.

— Oui, j'ai menti.

— Allez dormir. Nous partons demain à l'aube.

Il lui tourna le dos mais, avant qu'il n'ait atteint la porte, elle s'enquit :

— Pour aller où ?

Il ne prit pas la peine de la regarder.

— Pour aller échanger une taupe contre une brebis égarée.

8

Dimanche 11 août

Ils savaient.

Pis encore, elle s'était elle-même vendue.

Sadie ferma les yeux et secoua la tête. Elle s'était plantée, et en beauté. Flynn l'avait qualifiée de taupe. Il allait l'emmener hors du camp pour l'échanger contre une brebis égarée. Un membre de la Résurrection, de toute évidence, qui avait dû être enlevé par un autre groupe ou une faction dissidente en raison d'une rivalité ou d'un désaccord quelconque lié aux trafics auxquels ils se livraient.

Compte tenu du fait qu'elle était du FBI, il était aussi possible que la brebis égarée soit entre les mains des forces de l'ordre. La police locale ? Ou les fédéraux ? Elle avait eu l'impression, s'agissant des autorités de Winchester et de Franklin County – du moins jusqu'au démantèlement de l'église des Survivalistes du Salut —, que la Résurrection avait fait plus figure de légende locale qu'autre chose. Une bande de bouseux un peu illuminés munis de vieux revolvers récupérés dans des foires aux armes et de rations repas commandées sur Internet.

Mais ce n'était pas du tout le cas. La Résurrection

était une organisation extrêmement structurée, bien gérée, qui s'appuyait sur un puissant réseau de relations, avec d'importantes ramifications. Aujourd'hui, bien sûr, les autorités savaient qu'elle se livrait à du trafic d'armes. Et, d'expérience, Sadie savait, elle, que la drogue et la traite d'êtres humains allaient souvent de pair avec la contrebande d'armes. Les filles de Prentiss n'étaient peut-être pas ses enfants biologiques. Il s'agissait peut-être d'enfants qui avaient été volées puis élevées dans ce fichu camp.

Marchant de long en large, Sadie fit demi-tour comme elle atteignait le mur opposé de sa cellule en béton. Il fallait absolument qu'elle trouve une combine pour s'échapper. Il y avait des gens, dans ce camp, qui avaient besoin d'aide, besoin d'être sauvés. Levi, les travailleurs, en bas, dans les tunnels. Et, qui sait ? peut-être bien la totalité de la population féminine. Elle n'avait vu que très peu de femmes, mais elle se doutait bien qu'il y en avait d'autres. Elle poussa un grand soupir. À la lumière de ce qu'elle savait désormais, tout cela prenait une envergure que ni elle ni personne n'avait soupçonnée.

Il était possible qu'une autre organisation fédérale – l'ATF, chargée de la lutte contre l'alcool, le tabac et les armes à feu, ou la DEA, l'agence antidrogue – en sache plus que le Bureau sur ce groupe. Le partage des informations ne s'effectuait qu'au compte-gouttes, en fonction du « besoin d'en connaître », règle de base de toutes les agences fédérales, afin de préserver la sécurité des opérations en cours et des agents en infiltration ou en mission sur le terrain.

Eh bien, elle aurait eu bien besoin d'en savoir davantage ! De nouveau, elle exhala un profond soupir. En fait, ce qui lui faisait le plus défaut, c'était un soutien – des renforts.

Le chuintement feutré de la serrure à clavier codé attira son attention sur la porte.

L'aube devait être levée.

La porte s'ouvrit et son regard rencontra celui, indéchiffrable, de Smith Flynn. Il n'y alla pas par quatre chemins.

— C'est l'heure. On y va.

Elle s'avança, s'attendant à ce que l'homme s'écarte pour la laisser passer. Mais non. Il demeura là où il était, le regard baissé sur elle.

Apparemment, il avait quelque chose à lui dire avant de se mettre en route.

— À partir de maintenant, sauf indication contraire de ma part, vous ne pensez plus par vous-même. Vous faites exactement ce que je vous dis, *quand* je le dis. C'est compris ?

N'importe quoi, pourvu qu'elle sorte de cette prison.

— C'est compris.

— On va sortir d'ici, vous ne regardez personne, vous n'ouvrez pas la bouche. Vous me suivez et vous obéissez au moindre de mes ordres.

— OK.

Il se détourna et s'engagea dans le corridor. Elle lui emboîta le pas. Tandis qu'ils laissaient la cellule derrière eux et se dirigeaient vers la sortie du centre de détention, elle ne vit pas son garde, ni d'ailleurs aucun autre. Idem à l'extérieur. Instinctivement, elle fut tentée de jeter un coup d'œil derrière elle mais elle se retint. Flynn lui avait enjoint de ne regarder personne. Dans le petit jeu qui se jouait aujourd'hui, elle jugeait préférable de ne pas tester Flynn tout de suite. Quoi que la suite des événements lui réserve, elle devait se montrer extrêmement prudente.

Elle s'était résignée à l'idée qu'il lui serait peut-être impossible de s'évader de cet endroit toute seule. Si elle ne pouvait pas s'enfuir, elle ne pouvait pas faire sortir Levi. Au moins, si elle réussissait à brûler la politesse à Flynn à un moment ou à un autre, aurait-elle la possibilité de donner l'alerte et d'envoyer des renforts pour extraire sa cible.

Elle était surprise que Flynn ne lui ait pas lié les mains. Ils marchaient maintenant en direction de l'endroit où elle avait vu tous les véhicules stationnés. L'accès aux tunnels se trouvait également dans cette direction. Son cœur se mit à battre la chamade. Elle ne voulait pour rien au monde redescendre là-bas. Si c'était ce qui l'attendait, elle devrait faire quelque chose – au moins *essayer* de prendre le large. Ce serait son dernier baroud d'honneur, même si cela devait lui coûter la vie.

Elle se mordit la langue pour se retenir de lui demander si c'était là le sort qui lui était réservé tout en se préparant mentalement à devoir se défendre ou prendre ses jambes à son cou. Il avait parlé d'un échange. Et puis il y avait eu ce type, à la cafétéria, qui était furieux contre elle parce qu'on l'envoyait dans les tunnels à sa place. C'était bien un échange, ça, non ?

Bon sang. Une bouffée d'anxiété l'envahit.

Elle était plus coriace que ça. Si elle laissait la peur et le doute la gagner maintenant, la situation lui échapperait totalement. Elle ne maîtrisait peut-être pas grand-chose pour le moment, mais c'était mieux que rien. Quoi qu'il puisse arriver, elle devait s'accrocher à ce peu de contrôle qu'il lui restait.

Lorsqu'ils arrivèrent au parc de stationnement, il ouvrit la portière arrière d'un SUV noir. Il se pencha à l'intérieur pour y prendre quelque chose. Elle vit, quand il se redressa, qu'il s'agissait d'entraves de poignets en nylon et d'un capuchon noir – le même que celui qu'on lui avait enfoncé sur la tête pour venir ici avec Prentiss et ses hommes de main.

Un mouvement à l'intérieur du véhicule la fit incliner imperceptiblement la tête. Quelqu'un était déjà dans l'habitacle. Le capuchon noir qui descendait jusqu'aux épaules l'empêchait de déterminer si le passager était un homme ou une femme.

Flynn présenta les entraves devant lui et elle tendit docilement les mains, poignets rapprochés. Quand elle eut les mains attachées, il lui enfonça le capuchon sur la tête. Une main encercla le haut de son bras, la poussa dans la voiture. Elle prit place sur la banquette.

— Où allons-nous ? demanda l'autre prisonnier.

Sadie éprouva un petit coup au cœur en reconnaissant la voix. *Levi.* Soit il n'avait pas reçu la même injonction qu'elle, soit il avait décidé de passer outre.

La portière se referma et, quelques instants plus tard, la portière conducteur s'ouvrit. Le SUV oscilla sous le poids du chauffeur, puis la portière claqua. Elle résista à l'envie de soulever le capuchon pour s'assurer que c'était Flynn qui était au volant. Ses mains étaient liées devant elle, donc rien ne l'en empêchait, mais mieux valait s'abstenir. Si les choses devaient aller de mal en pis à partir de maintenant, autant que ce ne soit pas de son fait – au moins n'aurait-elle pas à s'abreuver d'amers reproches.

Son désir de sortir d'ici l'emportait, et de loin, sur le besoin de satisfaire sa curiosité. Et, coup de veine inespéré, Levi faisait partie du voyage. S'il lui restait une chance de reprendre la main sur cette mission de sauvetage, tant mieux !

Le véhicule se mit en mouvement. Environ une minute plus tard, il y eut un très bref arrêt, puis ils repartirent. Sadie supposa qu'ils avaient fait halte le temps que le portail, ou la barrière, s'ouvre. Son cœur se mit à cogner dans sa poitrine à l'idée qu'ils avaient peut-être franchi ces murs suffocants.

Pendant les dix minutes qui suivirent, d'après le décompte de Sadie, ils roulèrent à petite vitesse. Le trajet était fluide, sans à-coups, si bien qu'elle finit par douter de la fiabilité de son évaluation de la vitesse. De nouveau, la tentation de soulever le capuchon la saisit. Elle la combattit.

Pour l'instant.

— Baissez-vous ! Sur le plancher !

L'ordre crié prit Sadie de court et, l'espace d'une demi-seconde, elle ne bougea pas.

— À terre !

Elle glissa de la banquette, recroquevillée sur elle-même, et empoigna Levi par le bras pour l'entraîner à sa suite. Heureusement, il n'opposa pas de résistance.

Un bruit de verre cassé suivi d'un *ping* sur le métal de la carrosserie l'informa qu'ils étaient attaqués.

— Gardez la tête baissée, murmura-t-elle à Levi.

Elle le sentit s'aplatir contre le plancher.

Le moteur du SUV vrombit. L'embardée provoquée par la subite accélération les projeta l'un contre l'autre.

— Ne bougez pas, souffla-t-elle, la tête rentrée

dans les épaules, comme son compagnon remuait à son côté.

Le SUV fonçait, tanguant et cahotant sur les inégalités de la route. Concentrée, Sadie s'efforçait de se faire toute petite, les deux mains agrippées aux fixations du siège avant. Ce véhicule n'était pas blindé, le bris de glace qu'elle avait entendu en était la preuve.

Si une balle touchait le conducteur… ils mourraient certainement tous les trois.

Tout à coup, le SUV freina et s'arrêta brutalement, dans une violente secousse.

Un nouveau coup de feu fracassa la lunette arrière, puis il y eut un télescopage de sons d'une autre nature. Des frottements, des crissements métalliques, un furieux rugissement de moteur, un craquement… puis un gros *boum*.

Le SUV bondit en avant et s'immobilisa.

— Vous pouvez vous relever.

La voix de Flynn, clairement, même si elle semblait un peu étouffée et lointaine. Sadie s'avisa que c'était le martèlement du sang qui battait dans ses oreilles. Elle respira un grand coup puis, à tâtons, remonta tant bien que mal sur la banquette.

— C'est bon, on ne risque plus rien ? questionna-t-elle.

Après l'épisode qu'ils venaient de vivre, elle estima que les règles avaient changé. Demander s'ils étaient hors de danger semblait raisonnable.

— Pour le moment, oui.

— Qu'est-ce qui se passe ? s'enquit Levi d'une voix haut perchée qui traduisait son anxiété.

— Tout va bien, c'est fini, le rassura Sadie, espérant que cela suffirait à le calmer.

Le sentant remuer le bras, elle l'attrapa et le tira vers elle.

— Ne faites rien tant qu'il ne nous a rien dit, rappela-t-elle à voix basse.

Vu ce qui venait de se produire, elle faisait jusqu'à un certain point confiance à Flynn, qu'il le mérite ou non. Mais ils n'étaient pas encore sortis d'affaire. Elle ne connaissait pas ses intentions finales. Il avait pu les protéger, Levi et elle, parce qu'ils n'avaient de valeur que vivants. Ses périlleuses mesures de protection étaient peut-être simplement intéressées.

Le SUV freina une nouvelle fois. Le pouls de Sadie s'accéléra instantanément.

Soudain, on lui arracha le capuchon qui lui bouchait la vue.

— Sortez, ordonna Flynn.

Il retira le capuchon de Levi et lui enjoignit aussi de descendre. Sadie ne se le fit pas dire deux fois. Levi l'imita, sortant du même côté qu'elle. La route n'était pas goudronnée. C'était une piste de terre, gravillonnée par endroits. Boueuse. Il avait dû pleuvoir au cours de la nuit.

Elle leva la tête, plissant les yeux, éblouie par les rayons de soleil filtrant à travers la canopée. Ils étaient au milieu de la forêt mais au moins ils n'étaient plus dans cette maudite prison. La piste semblait disparaître derrière l'arrondi de la montagne, accrochée au bord du vide. Derrière eux, se dressait le flanc de la montagne, devant eux, le ravin. Sous les yeux de Levi et Sadie, Flynn, debout près du véhicule, côté conducteur, guida le SUV, toujours en marche, vers le bord de la piste puis, à la dernière seconde, il sauta en arrière juste au moment où le véhicule basculait dans le vide pour aller s'écraser dans les arbres. Comme celui qui les avait attaqués, comprit-elle, reconnaissant l'enchaînement de bruits provoqués par le véhicule dévalant la pente boisée. Voilà pourquoi il avait donné ce brusque coup de frein. Le chauffeur de l'autre véhicule, tentant d'instinct d'éviter la collision, avait donné un coup de volant qui l'avait envoyé par-dessus bord.

Sadie le regarda revenir vers eux. Ce ne fut que lorsqu'il fut à quelques pas qu'elle remarqua le sac à dos accroché à son épaule. Elle n'avait aucune idée de ce qu'il contenait mais ce qui était sûr, c'était qu'ils se retrouvaient désormais privés de moyen de transport.

— Qu'est-ce qu'on fait, maintenant ? interrogea-t-elle.

— Maintenant, répondit-il en tirant un couteau de sa poche et en tranchant d'un geste vif les entraves de ses poignets avant de répéter l'opération sur Levi, on court.

Le Conseil avait voté.

La fureur submergea Smith tandis qu'il progressait dans le dense sous-bois aussi vite qu'il était possible. Buchanan soutenait sans peine le rythme mais Winters les ralentissait plus qu'il ne l'avait pensé.

— Allez, allez, dépêchez-vous, cria-t-il par-dessus son épaule.

Buchanan lui retourna un regard agacé.

Elle avait saisi qu'ils étaient dans le pétrin, imagina-t-il, mais il doutait qu'elle comprenne pleinement la gravité de la situation. Le Conseil avait décidé de mettre un terme à la position de Smith parmi eux et, apparemment, de mettre un terme à Smith tout court. Bien entendu, ils allaient vouloir s'assurer qu'il était mort, ainsi que ses compagnons ; pas question de laisser quoi que ce soit au hasard et de permettre que l'on puisse remonter jusqu'à eux.

C'était signé Prentiss. Personne d'autre, au Conseil, n'aurait osé prononcer un tel arrêt à son encontre. Le vieil homme avait commencé à craindre que la préférence des autres membres du Conseil n'aille au leadership progressiste de Smith.

Il avait senti ce moment venir. Smith avait maintenu sa couverture intacte au-delà de ce que quiconque aurait cru possible. L'ironie de la chose, c'était de songer que c'était l'apparition de Buchanan qui avait fourni à Prentiss le moyen parfait d'aboutir à ce résultat.

Smith se trouvait donc face à une alternative : sauver la vie de l'agent Buchanan ou tenter de sauvegarder sa couverture.

La *sauvegarder ?* Elle était déjà fichue.

Prenant la tête du petit groupe, il s'enfonça dans la forêt, Buchanan et Winters avançant en file indienne derrière lui. Se fondre dans la nature était pour eux la seule façon de quitter ces montagnes vivants. Pour l'instant, ils avaient un coup d'avance. Le trio que Prentiss avait envoyé à leurs trousses était éliminé. Si l'un ou l'autre avait survécu au plongeon, il lui faudrait du temps avant de pouvoir remonter du fond de ce ravin et appeler des renforts. Rester sur la route était inenvisageable. Il y avait des guetteurs en certains points de cette partie du parcours et il n'existait pas d'autre voie carrossable à proximité. Disparaître entre deux postes de contrôle était la seule possibilité. Se déplacer de façon non linéaire, en zigzag, était leur seul espoir de déjouer les plans de leur ennemi.

Les renforts allaient se lancer à leur poursuite, telles des panthères traquant leurs proies. D'ici là, il leur fallait s'éloigner le plus possible de cet endroit. Prentiss allait dépêcher son équipe de pisteurs et ils viendraient avec leurs chiens. Le facteur temps était crucial.

Smith connaissait ces bois. Il avait grandi ici, occupant le plus clair de son temps à se frayer des passages dans cette épaisse végétation. Pendant ses deux années dans le camp, il avait anticipé ce moment. Car il n'avait jamais eu aucun doute à ce sujet : il arriverait, c'était certain, et il devrait alors évacuer les lieux en urgence. Ce qu'il n'avait pas prévu, c'était de devoir le faire, encombré de deux autres personnes.

Bien des choses demeuraient à éclaircir, mais l'heure n'était pas aux supputations ; le temps pressait.

— Où allons-nous ?

Buchanan avançait d'un pas régulier, juste derrière lui. Elle était solide, en bonne condition physique – seul point positif de cette compagnie inopportune qu'il se retrouvait forcé de traîner à ses basques.

— Vous le verrez lorsque nous serons arrivés.

— C'étaient vos amis qui nous ont tiré dessus, n'est-ce pas ?

Avant qu'il n'ait pris la peine de répondre, elle ralentit l'allure, se laissant distancer de quelques pas.

— Allez, accrochez-vous, Levi. Il faut continuer à avancer.

— Pourquoi diable le suivons-nous ? cria Winters. Il est de leur côté.

— Ce n'est pas faux.

Ce fut l'absence soudaine de bruit après la remarque de Buchanan qui alerta Smith. Ses compagnons s'étaient arrêtés.

Il stoppa lui aussi et, réprimant un soupir d'exaspération, revint sur ses pas pour faire face à ce nouvel obstacle qui se présentait. Il jaugea Buchanan avant de porter son regard sur Winters.

— Vous savez trouver votre chemin au milieu de cette forêt ? demanda-t-il en embrassant d'un geste la végétation aussi dense qu'une jungle qui les encerclait. Nous sommes à des kilomètres de l'habitation la plus proche. Vous aurez besoin d'eau. *J'ai* de l'eau. En quantité limitée, mais j'en ai.

Buchanan jeta un coup d'œil à Winters qui, maintenant, se tenait à côté d'elle. Puis elle leva les yeux, probablement pour tenter d'apercevoir une portion de ciel et de déterminer dans quelle direction le soleil se levait.

— On va vers le sud, les informa Smith. Et on a un long chemin à parcourir. Si l'un de mes *amis* en a réchappé, il appellera Prentiss… Et, de toute façon, même s'ils sont tous morts, Prentiss attend de leurs nouvelles. Quand il verra que rien ne vient, cela lui mettra la puce à l'oreille et il enverra une armée de gardes pour nous retrouver. Avec les chiens. Il faut qu'on soit le plus loin possible quand ça se produira.

— Pourquoi devrions-nous vous faire confiance ? s'enquit Buchanan.

Elle était maligne. Elle était prête à le suivre mais elle se montrait volontairement réticente, sans doute pour prouver à Winters qu'elle était de son côté. Elle espérait, en lui manifestant son soutien, gagner sa coopération. Si l'objet initial de sa mission avait été de l'exfiltrer du camp, elle tenait probablement à atteindre son objectif. C'était compréhensible.

Smith haussa les épaules.

— Vous n'avez aucune raison de me faire confiance. Mais, moi, je m'en vais. Je connais le chemin. J'ai tout le nécessaire. Soit vous me suivez soit vous vous débrouillez tout seuls. Ça m'est égal.

Il pivota sur lui-même et reprit sa marche dans la haute végétation du sous-bois.

Quinze secondes plus tard, il entendait les pas des deux autres derrière lui. Ils avançaient rapidement, s'efforçant de le rattraper. Quoi qu'ait dit Buchanan à Winters, cela avait donné des ailes au jeune homme. Tant mieux. Smith n'avait pas envie de finir avec une balle dans la tête avant d'avoir mené à bien sa propre mission.

Ils marchèrent encore pendant trois heures avant qu'il décide qu'ils pouvaient s'autoriser une courte halte pour se désaltérer. Il y avait un petit surplomb rocheux juste un peu plus loin. Ils s'abriteraient au-dessous. Il y ferait plus frais et ils y seraient à l'abri des regards, pour le cas où quelqu'un serait déjà sur leurs traces. Car il ne se faisait pas d'illusions. Jusqu'à présent, il n'avait pas entendu le moindre aboiement de chien mais ça ne signifiait pas qu'il n'y avait personne sur ce sentier. Prentiss userait de tous les moyens qui étaient à sa disposition. Il n'était pas question de commettre la moindre erreur. Smith serra les dents. Il en était presque à souhaiter voir le visage de ce salopard.

Il pensa aux trois poursuivants qui étaient tombés au fond du ravin dans l'autre SUV. Même s'ils avaient survécu, ce dont il doutait fort, ils ne seraient vraisemblablement pas en état de les prendre en chasse. Et appeler des renforts supposait un certain délai. De quarante minutes à une heure, le temps de se préparer et d'atteindre le point où lui et ses compagnons avaient abandonné le SUV.

Il balaya les arbres du regard et tendit l'oreille. À l'heure qu'il était, les équipes de recherche devaient être à pied d'œuvre, sur le terrain. Les chiens leur indiqueraient la bonne direction. Smith se félicita de n'avoir pas perdu une seconde ; l'avance qu'ils avaient prise était son seul atout.

Smith avala sa dernière gorgée d'eau et rangea la bouteille vide dans son sac.

— Où va-t-on, maintenant ? s'enquit Buchanan.

— À la rivière. Il n'y a pas beaucoup d'eau à cette époque de l'année, ce qui joue en notre faveur. On va se servir de l'eau pour empêcher les chiens de retrouver notre piste.

— Je n'ai pas entendu d'aboiements, argua Winters. Est-ce qu'ils ne devraient pas être à nos trousses maintenant ?

— Quand vous les entendrez, ce sera trop tard, rétorqua Smith en se levant du rocher sur lequel il s'était assis. Allez, en route.

Il tendit la main, attendant qu'ils lui rendent leurs bouteilles d'eau, qu'il plaça à leur tour dans son sac à dos. Puis il se mit en marche. Buchanan le suivit sans hésiter. Winters aussi, mais au bout d'un assez long laps de temps.

Reposé, Smith allongea un peu le pas. Il voulait franchir cette crête et atteindre la rivière d'ici une heure au maximum. Il ne se sentirait l'esprit plus tranquille que lorsqu'ils auraient pataugé dans l'eau sur au moins deux kilomètres.

Une nuée de moustiques se mit à vrombir autour de sa tête comme il écartait les branches des fourrés. Il ignora les quelques piqûres qui s'ensuivirent. Derrière lui, il entendit ses compagnons s'agiter pour chasser les déplaisants insectes. Le terrain devenait plus rocailleux et accidenté par ici, mais il continua à avancer à allure constante, sans marquer le pas.

À la nuit tombée, il atteindrait la cache où il pourrait utiliser le téléphone d'urgence pour appeler les renforts. Smith n'avait rien contre les autorités locales ni contre le shérif de Franklin County, mais il avait l'obligation de veiller à ce qu'aucune faille de sécurité ne puisse se produire. Et la seule façon de s'en assurer était d'utiliser l'appareil qu'il avait lui-même caché et d'appeler son contact, et personne d'autre.

Il entendit les échos d'une conversation menée à voix basse derrière lui. Le ton semblait un peu tendu mais il ne ralentit pas et ne prit pas la peine de se retourner. Il ne pouvait pas les forcer à le suivre. Et surtout, il ne pouvait pas leur révéler qui il était ni quelle était sa mission. En cas de capture, Buchanan supporterait peut-être la torture sans parler mais pas Winters.

De plus, Smith ne voyait pas l'intérêt de divulguer cette information à moins d'une absolue nécessité pour sa propre protection également.

— Pourquoi ma sœur vous a-t-elle envoyée me chercher ? demanda Winters à Sadie, qui cheminait, à deux ou trois mètres devant lui.

Et voilà, songea Smith en levant les yeux au ciel. Winters allait maintenant chercher à tout comprendre de la chance inouïe qui lui était tombée dessus. Certaines personnes ne pouvaient se contenter d'avoir été sauvées d'une mort certaine ; il leur fallait décortiquer tous les tenants et les aboutissants qui avaient conduit à cet heureux tour du destin.

Ce fut à voix basse que Buchanan satisfit sa curiosité si bien que Smith ne saisit pas l'intégralité de sa réponse à son ingrat compagnon. Quelque chose à propos de sa sœur qui s'inquiétait et de la police locale, qui avait commencé à craindre que la Résurrection ne représente une menace bien plus importante qu'ils ne l'avaient initialement cru.

Smith pourrait les renseigner très exactement à ce sujet mais il devait d'abord se sortir de la galère dans laquelle il se trouvait.

— Pourquoi vous a-t-elle choisie, vous ? insista Winters.

Smith ralentit le pas pour réduire la distance qui le séparait d'eux. Il avait envie d'entendre la réponse à cette question-là.

— C'est mon travail, grommela Buchanan dans sa barbe. Je vole à la rescousse d'autres agents ou de cibles qui se sont mises en péril.

Bingo. Son instinct ne l'avait pas trompé ; d'entrée de jeu, il avait deviné qu'elle n'était pas n'importe quel agent fédéral. Intéressant cependant d'avoir acquis la certitude qu'elle était une spécialiste de la récupération d'agents et d'informateurs.

— Eh bien, on dirait que ça ne marche pas vraiment comme sur des roulettes cette fois-ci, ironisa Winters avec un petit rire bref. C'est bien ma chance.

— On n'a pas encore dit notre dernier mot, protesta-t-elle. Je n'ai jamais connu d'échec jusqu'ici. Je n'ai pas l'intention de commencer maintenant.

Smith espéra de tout cœur qu'elle avait raison.

Un échec serait synonyme d'un dénouement extrêmement désagréable pour eux tous.

9

Ils avaient marché presque toute la journée. Ses baskets étaient encore mouillées d'avoir crapahuté sur près de deux kilomètres dans le lit de la rivière. Le niveau de l'eau était bas mais, heureusement, suffisant pour empêcher leurs poursuivants et leurs chiens de retrouver leur piste.

Le soleil descendait et le feuillage des arbres était épais mais il faisait encore terriblement chaud. La sueur perlait au front de Sadie. Elle avait mal aux jambes. Elle était en bonne condition physique mais l'effort qu'ils produisaient aujourd'hui était bien supérieur à ses exercices quotidiens. C'était épuisant. Ils étaient montés pendant des heures et, depuis une heure, le chemin descendait, mais c'était presque aussi éreintant, à ceci près que la descente sollicitait des muscles différents. Sous la canopée, le sous-bois demeurait touffu et le terrain était escarpé.

Elle s'était efforcée de faire en sorte que Levi garde son calme et se concentre sur leur progression mais il se montrait de plus en plus récalcitrant. Combien de temps encore parviendrait-elle à le canaliser ? Sa réticence était compréhensible, mais ils n'avaient pas le choix. Conserver leur avance sur l'ennemi était primordial.

Jusque-là, aucun aboiement ne les avait prévenus de l'approche des chiens qui avaient inquiété Flynn. Dieu merci. Leur stoïque guide s'était arrêté plusieurs fois pour écouter s'ils n'étaient pas suivis. Il n'avait rien entendu. Elle non plus et pourtant, elle dressait l'oreille. Elle ne voulait pas être capturée par ces fumiers.

En un mot comme en cent, s'ils se faisaient prendre et étaient ramenés au camp, ils étaient morts.

— On est encore loin de l'endroit où vous voulez aller ?

En son for intérieur, elle devait admettre qu'elle aussi était lasse, non seulement physiquement, mais aussi d'obéir aveuglément à des ordres. Elle s'y plierait cependant jusqu'à ce qu'ils aient recouvré une forme de sécurité ou jusqu'à ce que quelque chose l'incite à agir différemment.

— Encore assez, répliqua Flynn sans se retourner.

Sa nonchalance acheva d'agacer Sadie.

— C'est-à-dire ?

Il stoppa si brusquement qu'elle faillit heurter son dos athlétique. Il pivota sur lui-même, plongea sur elle un regard si irrité qu'elle recula d'un pas.

— On a eu de la chance jusque-là, ne la gâchons pas maintenant. On arrivera quand on arrivera. Et maintenant, continuez à avancer et ne faites pas de bruit.

Lui tournant de nouveau le dos, il se remit en marche.

Au temps pour les précisions demandées. Sadie l'imita d'un pas pesant.

— J'arrête, décréta soudain à mi-voix Levi qui était venu se placer à côté d'elle.

Il lui jeta un regard à la dérobée.

— Je sais où on est maintenant. Je veux rentrer chez moi.

Du menton, il désigna l'étroite trouée que Flynn traçait dans la végétation.

— On ne sait pas ce qu'il a en tête. À partir de maintenant, je préfère continuer sans lui. J'y arriverai. Vous devriez venir avec moi.

Sadie ralentit pour rester à la hauteur de Levi. Elle jeta un coup d'œil à l'homme qui disparaissait entre les arbres.

— Vous êtes sûr, Levi ? S'ils nous rattrapent, il y a fort à parier que nous ne resterons pas en vie longtemps. Laissons passer la nuit… Nous déciderons demain de la façon de poursuivre notre équipée.

— Non… Laissez-moi partir.

Il s'écarta, les yeux toujours fixés sur elle.

— Il est en train de nous éloigner de Winchester, nom d'un chien ! C'est par *là-bas* que se trouvent ma sœur et les gens en qui j'ai confiance, assena-t-il en agitant le pouce vers la gauche.

— Alors, venez, rejoignons-le. Vous lui ferez part de vos doutes, plaida-t-elle, prise d'un très mauvais pressentiment. On décidera ensemble de ce qui est le mieux. On est plus en sécurité si on reste groupés.

Mais elle voyait bien que ses arguments tombaient dans l'oreille d'un sourd. Secouant la tête, Levi tourna les talons et s'éloigna dans une autre direction. Vers l'ouest, jugea Sadie. Elle lui emboîta le pas. Si curieuse qu'elle soit de découvrir ce que Flynn avait en tête, c'était Levi qu'elle était venue sauver. Il était de son devoir de veiller sur lui, même s'il ne lui facilitait pas les choses.

Elle aurait voulu l'appeler mais il n'était pas question de courir ce risque pour le cas où l'ennemi aurait été à portée de voix. S'il y avait une chose qu'elle ne souhaitait pas, c'était bien de voir rappliquer les gros bras de Prentiss.

Elle dut presser le pas pour ne pas être distancée. Dire qu'il avait traîné la patte pendant tout le trajet ! Il semblait soudain avoir trouvé un souffle nouveau. Ils n'étaient pas allés bien loin lorsqu'elle entendit des pas fouler le sol derrière elle. Un torrent d'adrénaline se déversa dans ses veines. Elle jeta un coup d'œil par-dessus son épaule.

Flynn.

Devant elle, Levi se mit à courir de plus belle. Elle l'imita. Mais Flynn gagnait du terrain.

La seconde suivante, il lui fallut décider entre continuer à cavaler derrière Levi ou distraire l'attention de Flynn pour donner au jeune homme une chance de rejoindre sa sœur et d'alerter les autorités. Si Flynn se moquait de ce qui pouvait leur arriver, pourquoi était-il parti à leur recherche ? Pourquoi ne pas les avoir laissés s'en aller ?

Quelque chose clochait dans ce scénario.

Et, après tout, puisque Levi savait où ils étaient et semblait capable de retrouver son chemin jusqu'à Winchester, pourquoi ne pas lui laisser sa chance ?

Sa décision prise, elle se mit à zigzaguer, se dirigeant de nouveau vers le sud. Elle retint son souffle jusqu'à ce qu'elle entende que Flynn avait obliqué, lui aussi.

Elle força l'allure, déterminée à ne rien lâcher.

Comme elle se faufilait entre deux arbres, l'écorce de l'un d'eux lui érafla durement l'épaule. Elle serra les dents. Cela laisserait une cicatrice.

Cours, ne t'arrête pas.

Garder l'équilibre à cette vitesse sur un terrain irrégulier, au milieu des buissons et en faisant du gymkhana entre les arbres n'était pas chose aisée, surtout en descente.

Ne pas ralentir !

Il était proche – à quelques mètres derrière elle seulement. Elle entendait sa respiration.

Bon sang, il fallait aller plus vite.

À l'instant où cette pensée lui traversait l'esprit, des doigts attrapèrent l'arrière de son sweat-shirt. La déséquilibrèrent.

Ils basculèrent tous les deux, roulèrent dans les broussailles. Un membre lui cogna la joue. Elle grimaça.

Flynn atterrit au-dessus d'elle, son corps d'athlète l'écrasant sous son poids.

— Bonté divine, vous êtes devenue folle ? Vous tenez absolument à ce qu'on se fasse tous tirer comme des lapins ?

Elle essaya de se dégager. Crier était impossible sauf à signaler leur position à leurs éventuels poursuivants.

— Relevez-vous, vous m'écrasez, maugréa-t-elle.

Il lui décocha un long regard assassin, ses yeux argent brillant de fureur.

Puis il se redressa, l'aida à se remettre debout tout en lui maintenant le bras enserré dans une poigne d'acier.

— Vous pouvez être fière de vous. Vous avez permis à votre ami – *votre cible à exfiltrer* – de prendre la fuite. Vous savez ce que va lui coûter votre petit stratagème ? Une balle dans la tête, très certainement – si ce n'est pire.

L'incertitude s'insinua en elle tandis qu'elle s'efforçait de recouvrer son souffle.

— Il a reconnu l'endroit où nous nous trouvions. Il sait comment rentrer chez lui. Il a dit que vous nous conduisiez dans la mauvaise direction. C'est vrai ?

La frustration durcit ses traits.

— Tout dépend de ce que vous estimez être la bonne direction. Il est retourné à Winchester ? Là où sont ses amis ?

Il se mit à rire, puis secoua la tête.

— Eh bien, j'espère qu'il réussira, mais ça m'étonnerait beaucoup. Ils ont des veilleurs en ville. Des espions qui doivent déjà être sur le pied de guerre et guetter notre arrivée. La probabilité qu'il parvienne à prévenir les autorités avant que quelqu'un ne le harponne dans la rue est à peu près aussi grande que celle de voir le Père Noël venir frapper à votre porte le soir du 24 décembre. Il ne réussira pas. Vous m'entendez ? *Il ne réussira pas*, répéta-t-il en détachant les mots. C'est précisément pour ça que je ne vais pas là-bas. Je me rends dans une cache secrète pour me mettre en sécurité en attendant les renforts.

Le doute qui l'avait assaillie se transforma en véritable appréhension.

— Alors, il faut que je le rattrape.

Elle s'apprêtait à repartir par où elle était venue lorsqu'il la retint par le bras.

— Non. Vous allez les attirer droit sur nous. On a déjà perdu trop de temps. Si vous voulez vraiment aider Levi, maintenant, faites ce que je vous dis.

Elle contempla son masque impassible, s'efforçant de le percer à jour.

— Qui êtes-vous ?

Elle n'avait pas de réelle raison d'avoir confiance en cet homme et, pourtant, c'était précisément ce que son instinct lui criait de faire.

— Vous connaissez déjà la réponse, non ? Pour l'instant, je suis celui qui s'efforce de vous sauver la vie.

— Qu'est-ce qui me le prouve ?

Elle attendit, soutenant son regard. Il fallait qu'il lui donne un élément concret. Pourquoi un homme si haut placé dans la hiérarchie de la Résurrection aurait-il subitement lâché le groupe dont il était l'une des figures à seule fin de la sauver – ou de sauver qui que ce soit ?

— Vous répondez à ma question et, en contrepartie, je répondrai à la vôtre, contra-t-il.

— Échange de bons procédés ?

Il acquiesça d'un bref hochement de tête.

Pourquoi pas ? C'était de bonne guerre. De toute façon, il en savait déjà beaucoup sur son compte. Elle avait reconnu être un agent fédéral. Elle avait commis l'erreur d'avouer le véritable but de sa mission à Levi. Donc, oui, en plus du nom et du CV complet de son dernier petit ami, ce type savait probablement tout ce qu'il y avait à savoir sur elle, jusqu'au nom de son professeur d'université favori.

— D'accord, formula-t-elle en se préparant à la question qui allait suivre.

— Pourquoi avez-vous eu recours au nom de couverture Trenton Pollard ? D'où tenez-vous ce nom ?

— Vous posez *deux* questions en une, observa Sadie.

Le regard qu'il lui lança signifiait clairement que sa patience avait des limites.

— C'est le nom qu'on m'a dit de mentionner si je

me trouvais en situation délicate et que j'avais besoin d'asseoir ma position.

— Qui vous l'a fourni ?

— Ça fait *trois* questions, souligna-t-elle avant d'enchaîner au vu de la lueur meurtrière qui dansa dans ses prunelles. Mon contact, évidemment.

L'exaspération transparut un instant dans sa physionomie.

— Il, ou elle, a un nom ?

Elle acquiesça d'un signe de tête.

— Que je ne vous donnerai pas, bien évidemment, avant de savoir où nous mène cette course folle à travers la montagne.

Il haussa les épaules.

— OK. En route.

— Hé, attendez une seconde. J'ai droit à une question, moi aussi.

— Alors, posez-la, mais vite. Le temps presse.

— Pourquoi le nom de Pollard revêt-il une telle importance à vos yeux ?

— C'est un ami à moi et je ne vois pas comment vous ou votre contact pourriez le connaître.

Ayant dit, il se remit à marcher. Elle jeta un coup d'œil par-dessus son épaule, se prenant à espérer que Levi sache ce qu'il faisait. Elle suivit Flynn sans piper mot. S'il était vraiment en fuite, elle était prête à parier que Prentiss et ses hommes le pourchasseraient, lui, le premier. Donc, les coincer, elle et lui, arrivait certainement en tête de leur liste de priorités, à savoir nettement devant Levi.

Avec un peu de chance, cela jouerait en faveur du jeune homme d'ici à ce qu'il trouve de l'aide.

Quoi qu'il en soit, il avait pris sa décision et elle

avait fait la seule chose qui était en son pouvoir : l'aider à échapper à une situation totalement hors de contrôle.

Ils approchaient, songea Smith avec soulagement. Il ne savait pas combien de temps encore Buchanan aurait tenu. Elle avait déjà fait preuve d'une endurance bien supérieure à ce à quoi il s'était attendu. Pas de doute, elle était sacrément coriace, mais ils étaient tous deux rompus de fatigue.

La cache qu'il avait préparée n'était plus loin maintenant.

— Donnez-moi une minute.

Smith s'arrêta et la regarda tandis qu'elle prenait appui contre un arbre. Il laissa glisser le sac à dos de son épaule et en sortit la dernière bouteille d'eau.

— On peut partager celle-ci, proposa-t-il en lui tendant la bouteille.

Ça aurait dû être celle de Winters mais il était parti sans rien. Smith se demanda jusqu'où il réussirait à aller avant qu'un membre de la clique de Prentiss ne lui mette la main au collet. Pas jusqu'en ville, c'était certain.

Il la regarda déboucher la bouteille et avaler une longue gorgée.

— On y est presque, annonça-t-il lorsqu'elle se fut désaltérée.

Elle étouffa un éclat de rire désabusé.

— Ça, vous l'avez déjà dit il y a une heure. Je commence à me demander si vous n'êtes pas perdu, Flynn.

— Non, Buchanan. De ce point de vue, vous n'avez pas à vous inquiéter.

Il connaissait parfaitement les lieux. Il en avait exploré le moindre mètre carré dans sa jeunesse… Toujours à chercher quelque chose de différent, de nouveau. Il ne l'avait jamais trouvé ici. Partir avait été le seul moyen d'échapper à cette vie et aux gens qu'il en était venu à haïr cordialement. Son père avait été la voix de la raison, la seule, dans ce groupe de survivalistes qui avaient fondé la Résurrection. Quand Avery Flynn était tombé malade, Prentiss avait pris le relais et modifié les règles à l'insu de Flynn. Il avait commencé à tremper dans des activités criminelles. Le père de Smith s'était toujours refusé à franchir cette ligne. De son vivant, il était arrivé que certaines factions d'adeptes se mêlent de contrebande d'armement et même de transport de drogue, mais il les avait toujours évincées à temps de la communauté.

Mais quand son père avait perdu le contrôle, les choses avaient dérapé.

Smith n'était pas revenu pour redresser la barre – il était trop tard pour ça. Trop de membres de la première heure étaient partis et une part beaucoup trop importante des représentants de la jeune génération était intéressée et avide de pouvoir. Non… Il était revenu pour annihiler le mouvement. Ce n'était pas ce qu'aurait souhaité son père, mais son père avait eu tort. Rien de bon n'émergeait jamais de ces regroupements de personnes aux comportements et croyances extrémistes.

Jamais.

— Un quart d'heure, assura-t-il. On y sera dans un quart d'heure… Sauf imprévu.

Elle revissa le bouchon sur la bouteille et la lui lança.

— OK. Je note.

Il but à son tour au goulot puis rangea le restant d'eau. Avant d'avoir pu s'en empêcher, il se passa la langue sur les lèvres à l'idée qu'elle avait utilisé la même bouteille juste avant lui. Sadie était différente de toutes les femmes qu'il avait connues. Elle était plus forte, plus déterminée, plus loyale aussi. Et intelligente, intrépide. Elle l'intéressait vraiment… à bien des égards.

Chassant résolument ces pensées, il se remit à marcher.

— Allez, en route. Ne prenons pas de retard, sinon vous me reprocherez d'avoir menti.

De nouveau, elle se mit à rire. Bon sang, son rire même lui plaisait.

— Vous êtes un malin, Flynn.

Peut-être. Il ne s'était pas envisagé sous cet angle-là depuis bien longtemps. À vrai dire, il n'avait plus envisagé quoi que ce soit concernant sa personne et son futur… Jusqu'à tout récemment. Il s'était résigné à l'idée qu'il perdrait probablement la vie en remplissant sa mission.

Ce qui pouvait encore très bien se produire. Ce n'était pas fini.

La végétation était moins abondante ici, sur ce sol caillouteux, ce qui rendait leur progression un peu plus aisée. Mais, compte tenu de l'épuisement qui était le leur, le seul fait de mettre un pied devant l'autre représentait un effort. La journée avait été longue. Buchanan n'était pas la seule à accuser le coup.

Ils arrivèrent en vue de la cache dans les temps, et même avec une ou deux minutes d'avance. Il montra du doigt un petit bosquet accroché sur la pente, à environ dix mètres de là où ils se trouvaient. Le soulagement inonda les traits de Buchanan.

La végétation était dense autour de l'entrée de la grotte. Il écarta soigneusement les branchages et y pénétra le premier. Dans certaines circonstances, c'était à l'homme de prendre les devants. Comme dans le cas présent, pour s'assurer que des bêtes sauvages ou des serpents n'avaient pas investi les lieux. Il se garda cependant bien de formuler sa pensée à haute voix – Buchanan n'aurait probablement pas été d'accord. Mais certains enseignements de son père étaient restés gravés dans sa mémoire. *Toujours protéger ceux qui sont sous ta responsabilité*.

Cette devise-là non plus n'aurait pas été de son goût.

Il sortit sa torche de la poche latérale de son sac à dos et promena le faisceau dans le petit abri. Vide. Pas la moindre trace d'animaux. Chaque fois qu'il avait pu s'échapper pour venir inspecter la cache, il avait pulvérisé du produit répulsif mais certaines bestioles ne se laissaient pas facilement déloger. Heureusement, l'endroit était propre, exempt de déjections animales. Et de serpents.

— Venez, vous pouvez entrer, dit-il, soulevant, en prenant soin de ne pas les briser, les branches qui formaient un écran de camouflage.

Lorsqu'elle l'eut rejoint à l'intérieur, il se servit de sa lampe pour localiser les provisions qu'il avait stockées là. La grotte ne mesurait pas plus de quatre mètres de profondeur, le plafond de roche, sur les deux mètres restants, s'abaissant jusqu'à ce qu'il soit impossible de s'y faufiler autrement qu'en rampant. Il s'y était cogné la tête à moult reprises. Tout au fond, il déplaça avec précaution les pierres qu'il avait soigneusement empilées là après les avoir ramassées dans les environs immédiats. L'amas de cailloux semblait être là depuis l'éternité. Il s'était donné beaucoup de mal pour que personne ne découvre l'endroit où il avait dissimulé ses affaires.

Les pierres enlevées, un sac de nylon gris clair presque aussi volumineux que son sac à dos apparut. C'était là qu'étaient stockées ses provisions et autres fournitures. L'épais plastique avait une double fonction : mieux protéger les victuailles contre les éléments et empêcher que les ours ou les loups ne détectent leur odeur.

Son estomac se mit à gargouiller sitôt qu'il vit les rations de nourriture prête à consommer. De toute la journée, ils n'avaient mangé que deux barres protéinées. Il était temps d'avaler quelque chose de plus substantiel.

— Qu'est-ce que c'est que tout ça ? questionna Buchanan en tendant le cou, à genoux derrière lui.

— Notre dîner. Un téléphone prépayé. Une arme. Une trousse de secours, élémentaire mais suffisante en cas de blessures sans gravité : pochette de compresses hémostatiques, kit de suture, antiseptique, pommade antibiotique, bandages et pansements. Et puis, bien sûr, de l'eau. Une couverture. Une lampe de secours. Enfin, le nécessaire habituel, quoi.

Il y avait aussi un plan de secours, qu'il empocha sans le mentionner. Il glissa le neuf millimètres dans sa ceinture et transféra le reste dans son sac, gardant en main des sachets de nourriture.

— Vous voulez le bœuf ou le poulet ?

Elle étudia les deux rations.

— Du poulet.

— Bon choix, souligna-t-il en lui tendant sa ration et en gardant l'autre pour lui.

Il recula à genoux pour revenir dans la partie « habitable » de la grotte et déploya la petite lanterne de secours. Elle était de faible puissance mais c'était délibéré. Il ne voulait pas que la clarté puisse se diffuser hors de la grotte. Il lança la couverture en direction de son invitée. Elle n'était pas très épaisse, mais c'était mieux que rien quand on dormait par terre, dans une caverne.

— Vous pouvez la prendre ce soir. Je me servirai de mon sac à dos comme oreiller. Ça ne me gêne pas de dormir à même le sol.

— Donc, on va dormir là ?

Il haussa les épaules.

— Je crois bien que oui.

Tandis qu'elle ouvrait sa ration et se mettait à manger, il mit le téléphone en service. Lorsqu'il fut allumé, il s'approcha de l'entrée de la grotte pour capter un peu plus de réseau. Il pianota rapidement sur le clavier et envoya son message. La batterie du téléphone était beaucoup trop faible. Il l'avait chargée lors de son dernier passage à la cache. Le téléphone ayant été coupé, elle aurait dû tenir la charge plus longtemps. Lorsqu'une icône lui indiqua que le message avait été réceptionné, il se détendit. Il revint vers l'endroit où Buchanan était assise et s'installa à côté d'elle pour attendre le temps qu'il faudrait.

Il ouvrit son sachet repas et s'obligea à manger plus lentement qu'il ne le souhaitait afin que la sensation de satiété perdure longtemps. Il nota du coin de l'œil que Buchanan procédait de façon identique. Elle avait dû suivre un entraînement similaire au sien et elle connaissait la nécessité de s'accommoder rapidement de changements drastiques. Être agent spécial requérait une capacité d'adaptation supérieure à la normale. Le fait qu'elle consomme son insipide repas sans en laisser ne serait-ce qu'une miette confirma sa conclusion.

Lorsqu'elle eut terminé, elle déclara :

— Parlez-moi un peu de ce message et dites-moi pourquoi nous allons probablement devoir passer la nuit ici.

— Il est transmis via tout un réseau de canaux. Il faut un certain temps avant qu'il parvienne à son destinataire. Sitôt que celui-ci l'aura, il prendra les dispositions pour notre extraction. Une fois que le point de rendez-vous sera connu, nous nous y rendrons. Il y a pas mal de possibilités dans un rayon de trois kilomètres autour de notre position.

Elle but une gorgée de son sachet d'eau.

— Le contact est au courant, pour cette cache ?

Il secoua la tête.

— Personne ne la connaît. C'est une mesure de précaution pour le cas où il y aurait une rupture de communication. J'ai sélectionné cet endroit en fonction de ma connaissance du terrain et des itinéraires d'évacuation d'urgence qu'il offrait. Nous nous sommes mis d'accord à l'avance sur plusieurs points de rendez-vous possibles. Ce dispositif sert de fusible entre moi et d'éventuels problèmes. Je ne vous apprends rien, j'en suis sûr, en vous disant que la préparation en amont est capitale.

Elle hocha la tête puis, soudain, fronça les sourcils.

— Et si vous étiez blessé ? Si vous étiez dans l'incapacité de vous rendre au point de rendez-vous ?

— C'est là que mon plan de secours entre en jeu, rétorqua-t-il en tapotant sa poche. J'ai une balise, du genre de celles qu'utilisent les skieurs. En cas de nécessité, je l'allume et ils me localisent.

À son expression, il vit qu'elle était impressionnée.

— Vous avez pensé à tout.

Il se concentra sur sa nourriture pendant quelques instants, laissant le silence s'installer. Le jour ne tarderait pas à tomber. Comme ils n'avaient aucun moyen de savoir à quelle heure ils devraient partir, mieux valait dormir un peu tant qu'ils en avaient la possibilité.

Lorsqu'il eut fini de manger, il rangea les emballages dans son sac.

— Prenez un peu de repos. Nous pouvons être appelés à nous mettre en route à tout moment.

Il consulta brièvement l'écran de son téléphone prépayé avant de le glisser dans la poche de sa chemise. Avec l'appareil réglé sur vibreur et son sac pour oreiller, il s'allongea pour faire un somme, croisant mentalement les doigts pour que la batterie garde de la charge jusqu'à l'arrivée d'une réponse.

Les paupières closes, les avant-bras repliés sur le visage, il écouta Buchanan étendre la couverture sur le sol et s'installer à son côté. Une fois couchée, elle garda le silence pendant environ une demi-minute. Il s'étonna qu'elle ait tenu si longtemps.

— Flynn, qui êtes-vous, exactement ? Inutile de me dire que vous êtes juste un membre parmi tant d'autres du groupe auquel nous avons faussé compagnie. Vous vous doutez bien que je ne vous croirai pas.

À ce stade, il ne voyait plus de raison de taire la vérité.

— Je suis comme vous.

Dans l'obscurité, il la sentit plus qu'il ne la vit rouler à plat ventre.

— Mais… très différent en même temps.

Il gloussa puis décroisa les bras.

— En fait, non, pas si différent que ça.

— Allons, vous me faites marcher. Vous ne travaillez pas pour le Bureau, je le saurais. L'ATF n'a jamais mentionné que vous étiez des leurs, la DEA non plus. Quant au département de la Sécurité intérieure… Depuis quand place-t-il des agents en immersion dans un trou perdu comme celui-ci ?

Cette fois, il éclata franchement de rire.

— Je ne travaille pas pour le département de la Sécurité intérieure. Je suis de l'ATF.

Elle demeura quelques instants silencieuse, réfléchissant à ce qu'elle venait d'apprendre. Le non-signalement par une agence fédérale de la présence sur le terrain d'un de ses agents clandestins n'était pas rare, aux fins de protection de l'opération en cours. Comme dans l'armée, le « besoin d'en connaître » était le maître mot de la plupart des agences fédérales.

Finalement, elle demanda :

— Comment est-ce arrivé ? Vous avez été recruté ?

— Non. Je me suis recruté moi-même.

Elle attendit qu'il poursuive mais il garda le silence. Il aurait dû se douter qu'elle voudrait connaître la suite après qu'il eut révélé ce début de vérité, mais il n'était pas très sûr d'en avoir envie. Cela lui semblait trop intime.

Ou peut-être avait-il peur que cela ne rende le

moment trop intime. Ils devaient rester concentrés. L'émotion n'avait pas sa place dans la situation précaire qui était la leur.

— J'attends le reste de l'histoire, Flynn. Vous en avez trop dit ou pas assez.

— J'ai grandi à Franklin County. Mon père était l'un d'eux – à ceci près que le mouvement, à l'origine, n'avait rien à voir avec ce qu'il est devenu aujourd'hui. Plus tard, quand j'ai su ce qui se passait, je me suis arrangé pour entrer à l'ATF dans l'unique but de revenir ici et de détruire la Résurrection. Pendant des années, je me suis efforcé d'être un bon agent. De faire mon travail au mieux – quelle que soit la nature des missions qui m'étaient assignées, mais sans jamais perdre de vue le but que je m'étais fixé. Il y a deux ans, quand mon père est mort, j'ai approché les haut gradés et leur ai soumis une offre. Ils l'ont acceptée et je suis revenu pour faire ce qui devait être fait.

— Waouh. Quelle histoire… Ça a dû être incroyablement difficile de prétendre être des leurs pendant deux années entières.

Il laissa passer quelques instants puis il déclara :

— J'ai toujours été des leurs. Mais je ne suis pas comme eux, toute la différence est là.

Elle hocha la tête.

— Je comprends.

— Et vous, agent Buchanan ? Comment êtes-vous devenue spécialiste des opérations d'extraction ?

— Moi, j'ai grandi dans le Montana mais j'ai toujours dit que j'irais vivre et travailler dans un endroit où il fait toujours beau, où il n'y a pas de neige. Je me suis retrouvée à Miami. Comme j'étais la petite nouvelle, ce n'est pas allé de soi d'entrée de jeu, mais, très rapidement, en raison de mon ascendance hispanique, ils ont eu besoin de moi pour une mission particulièrement sensible. Il s'agissait d'une infiltration visant à évaluer la situation d'un agent non officiel dont nous n'avions plus de nouvelles. La partie « infiltration » a été assez facile. J'ai le don de savoir mettre les gens à l'aise et de les amener à croire ce que je veux qu'ils croient.

— C'est vrai.

Si elle n'avait pas prononcé le nom de Trenton Pollard, il aurait pu tomber dans le panneau. Elle était douée, aucun doute là-dessus.

— Non seulement j'ai trouvé le type en question mais j'ai réussi à l'extraire grâce à ma tactique de leurre favorite.

— Vraiment ?

— Vraiment. J'amène l'ennemi à penser qu'il va obtenir une chose et, une fois que je suis sûre de l'avoir ferré, je fais exactement l'inverse de ce qu'il attend.

Incapable de se retenir, Smith partit d'un éclat de rire. Cette femme adorait son travail ou il ne s'y connaissait pas !

— Il s'est trouvé que la cible à localiser était le petit-fils d'un ancien directeur de la maison. Il a été si impressionné par mon travail qu'il a expressément demandé aux pouvoirs en place de faire meilleur usage de mes compétences. Ce coup de pouce inespéré a lancé ma carrière. Et donc me voilà ici… mais en mission officieuse.

— Eh bien, agent Buchanan, je suis ravi de faire votre connaissance, dit-il en lui tendant la main.

Elle lui adressa un large sourire et glissa sa main dans la sienne.

— Moi de même, agent Flynn.

Si jamais ils arrivaient à sortir de ce guêpier, peut-être l'inviterait-il à dîner un soir…

Un pli barra son front. Le bœuf séché n'avait pas dû le rassasier suffisamment. Sinon, il n'aurait pas encore pensé à de la nourriture.

À moins qu'il ne s'agisse de tout autre chose que de nourriture…

Il jeta un coup d'œil à la dérobée du côté de la femme qui était allongée si près de lui.

Trop dangereux, se persuada-t-il.

Un jour, peut-être… Plus tard. Quand ils ne seraient pas traqués par une bande de fous furieux résolus à les exécuter.

10

Lundi 12 août

À la façon dont Flynn ne cessait de consulter son téléphone, Sadie était à peu près certaine qu'il était plus préoccupé qu'il ne voulait bien le dire par le fait qu'il n'avait pas encore reçu de réponse de son contact et que la batterie de l'appareil faiblissait.

Il ne laissait rien paraître mais elle n'était pas stupide. Qu'une réaction cruciale à une situation critique mette si longtemps à arriver n'était pas normal. Elle passa les doigts dans ses cheveux, regrettant de ne pas avoir de brosse. Elle remua un peu pour changer de position – ce matelas de rocher n'était pas des plus confortables. Devoir passer la nuit entière dans cette grotte ne l'était pas davantage. Elle les protégeait contre d'éventuelles intempéries, contre les animaux et contre l'ennemi mais, même lorsqu'elle s'assoupissait – jamais plus de quinze ou vingt minutes d'affilée —, elle avait encore conscience de sa proximité. De l'odeur de sa peau, de la chaleur émanant de son corps. Ce qui n'était pas de nature à faciliter l'endormissement, d'autant moins qu'elle avait désespérément envie de bien autre chose que de repos.

Mauvaise idée, Sadie.

Ce qui arrivait là n'était pas totalement surprenant. Elle s'était tellement concentrée sur sa carrière ces dernières années qu'elle avait complètement laissé de côté sa vie personnelle. Oh ! bien sûr, elle acceptait bien de temps à autre l'invitation à dîner d'un type qu'une amie avait absolument tenu à lui faire rencontrer, mais cela n'aboutissait que très rarement à une relation physique. Il faut croire que cela lui manquait. Elle avait présentement l'impression d'être un animal… affamé. Désespéré.

Elle se passa une main sur le visage, visualisant mentalement un bain chaud dans lequel elle se serait plongée avec délice. Ou peut-être une séance au spa, comme elle avait eu l'habitude de le faire par le passé – avant que sa carrière ne phagocyte toute sa vie. C'était là, songea-t-elle, que le bât blessait. Toutes ses amies – celles avec lesquelles elle allait déjeuner ou s'offrir deux heures de détente au spa – s'étaient mariées et la plupart d'entre elles avaient des enfants. Elles pensaient toutes que Sadie, à presque trente-cinq ans, aurait dû en faire autant. Non qu'elles aient des idées particulièrement rétrogrades ou l'esprit étroit… C'était simplement la nature humaine. La conscience, passé un certain âge, que l'horloge biologique tournait et l'envie grandissante d'avoir un enfant.

Sadie avait allègrement passé le cap des trente ans sans songer une seule fois à s'engager dans une relation sérieuse, ni à avoir des enfants.

Elle travaillait, et son travail était son compagnon de chaque instant, son meilleur ami, son amant.

Sans que sa tête ne bouge d'un millimètre, ses yeux, ces traîtres, coulèrent en douce un regard sur le côté. Elle observa l'homme qui avait organisé leur rudimentaire campement. Cet homme-là la faisait s'interroger sur des questions existentielles. Seigneur… De tous les moments pour éprouver les prémices d'une attirance, celui-ci remportait sans conteste la palme du plus mal choisi.

C'était un parfait étranger – même si elle savait désormais qu'il n'était pas un criminel – et leur situation était critique.

Avant le jour, il était sorti de leur cachette et avait inspecté les alentours. À son retour, c'était elle qui s'était éclipsée pour se soulager également. Flynn cachait bien son jeu mais sa tension allait croissant, elle s'en rendait bien compte. Elle le voyait à la rigidité de sa posture, aux rides qui creusaient son beau front.

Il était soucieux.

Ce qui l'inquiétait, elle.

Bien sûr, il était toujours possible qu'il y ait eu un contretemps dû à un imprévu. Mais ils n'en étaient plus là ; il s'était écoulé trop de temps désormais. Ce ne pouvait être un simple contretemps, il s'agissait là d'une rupture complète de liaison entre un agent en immersion et son contact principal.

Lorsque Flynn ramassa son sac à dos, elle posa la question qui lui trottait dans la tête :

— Qu'est-ce qu'on fait ?

— Pas de réponse de mon contact. La batterie du téléphone est déchargée. On part. Rester ici plus longtemps serait une erreur. Même si nous sommes bien cachés, les chiens pourraient retrouver notre trace.

— OK.

Pour la première fois ce matin, elle pensa à Levi. Elle espéra qu'il avait réussi à joindre un proche. Les choses auraient été plus simples s'il était resté avec eux. Elle regarda l'homme qui la dominait de sa haute taille. *Beaucoup* plus simples, et à bien des égards.

— Restez près de moi, rappela-t-il. Et faites le moins de bruit possible. On va quitter ces montagnes et nous rendre en ville par des sentiers détournés en veillant à éviter les endroits où nous risquerions de faire des rencontres.

Traduction : ils allaient faire des tours et des détours et marcher pendant des heures par les sentiers les plus accidentés. Les ampoules qui se formaient sur ses pieds la faisaient déjà souffrir. Elles n'étaient pas aussi douloureuses que celles qu'elle avait eues en maniant la pioche, mais elles étaient bien présentes. Elle regarda ses mains bandées, songea à enlever les pansements avant de décider de les garder encore un peu.

Dans l'entrée de la grotte, il hésita.

— On va garder le plan de secours pour plus tard. Je n'ai aucun moyen de savoir ce qui est arrivé dans ma chaîne de communication donc je préfère ne pas signaler à quiconque notre position tant que nous ne saurons pas avec certitude si le destinataire du signal est un ami ou un ennemi.

Donc, elle avait vu juste.

Il écarta précautionneusement le rideau de feuillages et sortit. Sadie le suivit.

Quoi qu'il arrive désormais, ils ne pouvaient compter que sur eux.

À ce stade, Smith n'avait plus d'autre choix que de reconnaître que, si son contact n'avait pas répondu à son message d'urgence, c'était probablement qu'il était mort.

Il connaissait l'homme qui était son contact attitré – et renfort principal – depuis dix ans. Il avait du mal à croire qu'il ait pu être retourné. La probabilité qu'il soit mort était beaucoup plus grande. Tous leurs ennuis présents étaient la faute de Smith. Il avait insisté pour que ses solutions d'évacuation ne soient connues que d'une seule et unique personne. Manque de discernement impardonnable. Aucun humain n'était immortel. Les accidents, les problèmes de santé pouvaient voler des vies n'importe quand, y compris aux moments les plus inopportuns. Oui, toutes sortes de choses pouvaient arriver, instiller le désespoir chez l'homme le plus déterminé, affaiblir la volonté la plus farouche.

Au point où ils en étaient, l'éventail de choix était extrêmement restreint mais il leur en restait néanmoins deux.

Smith avait opté pour continuer à avancer. Ils avaient passé la journée de la veille à monter et à descendre tout en décrivant des arabesques compliquées sur les flancs de la montagne. Pas la moindre portion de parcours rectiligne. Aujourd'hui, l'itinéraire serait un peu moins tarabiscoté. Il avait prévu de berner l'ennemi en s'écartant régulièrement de leur route pour éviter de laisser une trace de leur passage. Mais il avait beau s'efforcer de ne laisser aucun signe de leur présence, il était impossible de ne pas briser une petite branche ou de ne pas écraser une plante en marchant dessus.

Les filer ne serait pas difficile à repérer pour un

animal bien entraîné. Les chiens n'auraient besoin de rien d'autre que leur odorat.

Franchement, Smith était presque surpris de ne pas les avoir encore entendus. Surtout après le départ de Winters.

Cela aussi, était une cause d'inquiétude.

Prentiss était-il si sûr de gagner qu'il ne prenait même pas la peine de les pourchasser ?

Cette idée n'avait germé dans sa tête que lorsqu'il avait commencé à trouver le temps long en attendant l'appel de son contact. Appel qui n'était jamais arrivé.

Mais maintenant qu'elle avait fait son chemin dans son esprit… Il se souvint que c'était Prentiss qui avait insisté pour que ce soit Smith qui remette Buchanan et Winters aux *autres*. Mais s'il avait découvert son secret, pourquoi ne pas l'avoir fait exécuter séance tenante ? Ce vieux salaud voulait-il faire de lui un exemple ? Montrer aux membres du groupe qui était leur véritable protecteur ?

C'était pire que ce qu'il avait cru.

Il y avait bien une taupe, mais ce n'était pas Buchanan. C'était quelqu'un de la maison – de l'ATF. Quelqu'un qui avait accès aux informations, classées top secret, concernant cette mission. Seule une poignée de personnes avaient connaissance des détails de l'infiltration et du démantèlement à suivre. Ce qui ne voulait pas dire pour autant que quelqu'un n'avait pas trouvé un moyen d'accéder aux fichiers. Le monde n'était qu'une gigantesque armoire électronique aujourd'hui. Rien n'était totalement inaccessible pourvu qu'on sache quel tiroir actionner et qu'on ait les compétences pour l'ouvrir.

Prentiss avait-il soudoyé quelqu'un possédant le savoir-faire nécessaire ?

La seule façon d'en avoir le cœur net était de mettre Buchanan en sécurité puis de retourner au camp. C'était un final qui nécessitait une confrontation.

Il avait passé les deux dernières années de sa vie à s'insérer au cœur même de la Résurrection. Il n'allait pas abandonner la partie sans réduire l'organisation à néant, même s'il devait pour cela prendre les choses en main en personne.

Le camp avait été creusé sous la montagne. Camouflage parfait, qui offrait de plus un avantage non négligeable : il était protégé par la terre elle-même. À maintes et maintes reprises, inlassablement, il avait échafaudé des plans, cherchant où et comment poser les explosifs pour détruire les lieux – pour faire voler en miettes la montagne tout entière. Le problème, c'était que, si gratifiant que soit le résultat d'une telle attaque, elle ne changerait rien. Certains notables du groupe vivaient à l'extérieur du camp. Ils se mêlaient à la population locale pour rester au courant de ce qui se passait dans le reste du monde. Donc, obtenir que tous les membres de la communauté concentrant pouvoir, influence et relations soient réunis en un seul et même endroit afin de décapiter l'organisation était virtuellement infaisable.

Smith avait tourné et retourné ce scénario dans sa tête un millier de fois.

Une fois le camp détruit, les survivants se cacheraient. Il les connaissait tous – sans exception. Mais les envoyer en prison pour leurs activités criminelles exigeait la production de preuves solides, et ces preuves, il ne les avait pas emportées avec lui. Elles étaient dans le camp. Même le recours à des exécutions sommaires façon milice privée était inenvisageable. À la seconde où l'un aurait été éliminé, les autres se seraient tous dispersés comme une volée de moineaux. Il aurait fallu être à la tête d'une armée. Et comme il n'avait pas de régiment disposé à commettre des meurtres de sang-froid, il lui fallait concevoir un autre plan.

Un rire lui monta dans la gorge. En deux ans, il n'avait pas été fichu de mettre au point une stratégie viable.

Certes, il pouvait trancher la tête du serpent, Prentiss, mais une autre pousserait à sa place.

À moins… qu'il ne trouve le moyen de lui opposer un serpent plus létal encore prêt à remporter la compétition.

Une nouvelle idée commença à s'esquisser dans sa tête. Quelque chose lui disait que celle-ci avait même une chance d'être couronnée de succès. Mais, pour cela, il allait devoir entrer de plain-pied sur le territoire de ce serpent mortel.

C'était un bon plan. Il songea à la femme qui marchait derrière lui. Plutôt que de tenter de lui en expliquer toutes les complexités et de lui arracher son approbation, il décida de la laisser dans l'ignorance. Elle serait folle de rage quand elle le découvrirait mais, si la réussite était au bout du chemin, elle lui pardonnerait.

Du moins l'espérait-il.

Changeant de cap, il se dirigea vers le territoire dangereux. Il se prépara mentalement aux ennuis, évacuant de son esprit toute pensée parasite afin de se concentrer pleinement sur son environnement, tous les sens aux aguets. Encore une heure de marche, et ils franchirent les limites du territoire d'un autre groupe. Il ne pouvait pas vraiment être qualifié d'organisation puisque, précisément, il n'était pas organisé. Il n'avait même pas de nom, encore moins de devise. Tous ceux qui les connaissaient se contentaient de les appeler les *autres*. La seule chose dont Smith soit sûr à leur sujet, c'était qu'ils étaient ultra-dangereux. Rusés et méthodiques.

Peut-être même fous, au sens clinique du terme. En tout cas, complètement cinglés, ça ne faisait aucun doute.

Un cinglé absolu, c'était exactement cela qu'il lui fallait.

Il ne lui restait plus qu'à parvenir jusqu'à lui sans que Buchanan, ou lui, se fasse tuer.

Ils avaient soudainement changé de direction. Comme la veille. Hier, déjà, Flynn s'était employé à revenir à moult reprises en arrière, à gravir puis redescendre les flancs de la montagne, effectuant tours et détours pour semer leurs poursuivants. Comme il n'y avait pas trace des hommes de Prentiss et de leurs chiens, elle s'était attendue à ce qu'il emprunte un chemin plus direct aujourd'hui.

Mais ce n'était apparemment pas le cas.

Elle brûlait d'envie de savoir quelle était son idée mais il avait insisté sur l'importance d'être plus que jamais silencieux. Plutôt que de courir le risque de faire trop de bruit, elle avait donc ravalé sa question et le suivait sans mot dire, d'autant plus que, si elle avait dû trouver son chemin dans ces bois par elle-même, ils auraient probablement fini par servir de repas à un ours.

Non qu'elle ait repéré la moindre empreinte jusque-là mais il pouvait très bien y avoir des ours, des coyotes ou des loups, pour ne citer que quelques-uns des prédateurs susceptibles de présenter un danger.

Il y avait bien l'arme qu'il avait placée dans la grotte. Mais elle ne savait pas de quelle quantité de munitions il disposait – peut-être seulement de la cartouche qui se trouvait dans le pistolet. Peut-être cela ne suffirait-il pas à les protéger en cas d'attaque, humaine ou animale…

Mais ils étaient intelligents, entraînés et animés d'une farouche détermination, sans compter que Flynn avait une parfaite connaissance du terrain.

La situation aurait pu être pire.

Subitement, le canon d'une arme se plaqua contre sa nuque. Avant que son cerveau n'ait eu le temps d'analyser comment cela avait pu se produire sans qu'elle ait noté le moindre signe avant-coureur de danger, son corps se figea sur place.

— Pas un geste.

Smith fit volte-face, l'arme au poing.

— Reculez, gronda-t-il.

Mais l'écho de sa menace ne s'était pas encore éteint que trois autres hommes apparurent, armés de fusils.

Sadie battit des paupières, prise au dépourvu alors même qu'elle avait cru que plus rien ne pourrait l'étonner. Les hommes ne portaient en tout et pour tout que de la peinture corporelle – rien d'autre. Barbouillés des pieds à la tête de peinture camouflage dans les marrons et les verts, ils s'étaient fondus dans le paysage. Ce n'était que lorsqu'ils se déplaçaient qu'ils devenaient un peu plus visibles. Elle cligna de nouveau des yeux pour s'assurer qu'elle avait bien vu.

— Reculez, répéta fermement Flynn. Aikman m'attend.

Si ces types étaient encore des amis à lui, la moindre des choses aurait été de la prévenir.

L'un des trois se rapprocha de Flynn en le serrant de près par la gauche.

— Lâchez ce pistolet.

Sadie retint son souffle. Les agents étaient entraînés à ne jamais se défaire de leur arme mais, parfois, il n'y avait tout simplement pas le choix. L'expérience seule vous apprenait à savoir quand il était temps d'oublier la théorie et de faire ce qui devait être fait.

Flynn déposa l'arme sur le sol et se releva, les mains écartées.

— Mon nom est Smith Flynn. Conduisez-moi à Aikman.

L'homme qui braquait son arme contre la tête de Sadie lui lança un morceau d'étoffe noir.

— Enfilez ça.

Sadie obéit. La dernière chose qu'elle vit avant que le tissu opaque l'aveugle fut Flynn, le canon d'un fusil collé sur la tempe.

Le museau de l'arme qui la menaçait, elle, s'enfonça un peu plus.

— Allez, en route.

Elle obtempéra, priant le ciel de ne pas trébucher sur une racine ou un rocher. Personne ne parlait mais elle entendait les faibles bruits émis par le déplacement de leurs nouveaux camarades de jeux. Elle se demanda si les hommes peinturlurés de vert-de-gris et de marron portaient des chaussures ou des protections quelconques aux pieds. Elle n'avait pas fait attention. Le type derrière elle devait être peint, lui aussi. Oui, il l'était, conclut-elle, revoyant le bras qui lui avait tendu le capuchon noir.

Le seul point positif était que Flynn semblait savoir à qui il avait affaire. Cet Aikman dont il avait parlé devait être un chef. Avec un peu de chance, quelqu'un de suffisamment important dans le groupe pour empêcher qu'ils ne soient transformés en *ravitaillement de secours*.

Le bout de son pied accrocha une racine et elle manqua s'affaler tête la première. Heureusement, elle réussit à reprendre l'équilibre. L'arme pointée sur elle se pressa de nouveau contre sa nuque.

Sadie compta les secondes et les minutes. Selon son estimation, ils marchèrent environ une demi-heure. Elle ne remarqua pas de modification de terrain durant le parcours. Des buissons, des rochers, parfois en montée, parfois en descente. Une odeur de nourriture en train de cuire lui apprit qu'ils étaient arrivés dans le camp. Elle doutait qu'il soit déjà midi mais ils avaient dû dépasser le milieu de la matinée. Malgré la barre protéinée qu'elle avait mangée très tôt ce matin, son estomac se rappela à son bon souvenir. Elle avait faim.

Et elle aurait donné n'importe quoi pour boire un grand café bouillant.

Elle se demanda si ce groupe avait lui aussi élu domicile sous la montagne, comme la Résurrection. Il fallait reconnaître que l'idée était ingénieuse. Une main, tout à coup, s'abattit sur son épaule gauche. Elle s'immobilisa, prête à livrer bataille ou à prendre la fuite. On lui arracha le capuchon de la tête.

Elle cligna des yeux plusieurs fois et regarda autour d'elle. Ils se trouvaient sous une canopée de verdure composée de feuillages de divers arbres, de lianes, de vignes et autres végétaux qu'elle ne put identifier. Après le long moment qu'elle venait de passer plongée dans le noir, la lumière du soleil, même tamisée par l'écran de verdure, l'éblouissait. Elle nota la présence de cabanes construites avec des branches et des brindilles. Cela ne ressemblait en rien au camp de la Résurrection. Ce qu'elle avait sous les yeux, c'étaient des huttes primitives qui se fondaient dans le paysage, ne faisaient qu'un avec la nature environnante. Elle leva la tête et remarqua d'autres constructions dans les arbres. Ces habitations suspendues étaient également réalisées à l'aide de branches de diverses tailles, de touffes de mousse et de lichens, si bien qu'elles semblaient faire partie intégrante des arbres qui leur servaient de supports.

Une soudaine pression contre sa nuque l'incita à se remettre en marche. Flynn la précédait, flanqué de deux gardes tartinés de peinture. Ils passèrent entre les arbres et atteignirent finalement une zone qui ressemblait beaucoup à la grotte à flanc de montagne où ils avaient trouvé refuge la veille. Des broussailles et des branches dissimulaient une étroite ouverture dans le roc. On les escorta à l'intérieur où deux autres hommes, habillés ceux-là de tenues sombres rappelant celles des équipes d'assaut, les prirent en charge. L'homme qui s'était trouvé derrière elle et ses compagnons se retirèrent par le chemin d'où ils étaient venus.

Une fois l'entrée franchie, la grotte s'élargissait et formait une salle. Il y avait de la lumière, à l'intérieur, mais elle n'était pas d'origine électrique. Elle provenait de lanternes qui semblaient être des lampes à huile.

Le sol était rocheux. De l'eau ruisselait par endroits le long des parois. Cela sentait le moisi et l'humidité. Plus d'odeur de nourriture ici. Les personnes qui cuisinaient le faisaient dehors, dans le camp rustique qu'ils venaient de traverser.

Cette grotte était beaucoup plus grande que celle qui leur avait servi de chambre la veille. Le plafond s'élevait à plusieurs mètres au-dessus de leurs têtes et elle devait mesurer cinq ou six mètres de large. De là, on les fit descendre par le fond de la grotte. Peut-être un deuxième camp, plus élaboré, était-il enterré plus profond sous terre ?

Une fois en bas, ils avancèrent le long d'un large tunnel et, parvenus à une fourche, empruntèrent le boyau de gauche. Quelques mètres plus loin, elle jeta un coup d'œil dans une deuxième salle qui s'ouvrait sur leur gauche. Des rangées de tables rustiques y étaient alignées. Des douzaines de lampes à huile éclairaient les lieux. Des gens revêtus de combinaisons blanches comme des peintres et portant des masques de protection s'affairaient à emballer des marchandises.

Bon sang.

De la drogue.

Le malaise s'installa aussitôt en elle. Ce n'était pas le genre de choses qu'on permettait à des étrangers de voir.

Aïe, aïe, aïe. C'était mauvais signe, ça. *Très* mauvais signe.

Elle espéra que Flynn savait ce qu'il faisait. Et qu'il connaissait vraiment bien ces gens – suffisamment pour partager leurs noirs secrets.

Sinon, ils étaient condamnés.

Lorsqu'ils eurent laissé les travailleurs en blanc derrière eux, ils dépassèrent un certain nombre de gros rochers ronds situés de part et d'autre du corridor. Leur guide s'arrêta. Sans effort apparent, il déplaça l'une des grosses pierres, révélant un trou rond dans la paroi de roche, comme une grande trappe pour chien privée de son battant.

Pas exactement la plus prestigieuse des entrées pour accueillir des invités.

— Allez-y, ordonna l'homme à Sadie.

Son regard alla du garde au trou béant. Parlait-il sérieusement ? Son regard se tourna vers Flynn.

— Je suis vraiment censée entrer là-dedans ?

— Pour l'instant. Ne vous inquiétez pas.

Quoi ? Se moquait-il d'elle ?

Le garde agita son fusil comme s'il était en train de perdre patience.

Super. Elle s'accroupit et s'insinua à quatre pattes dans l'ouverture. Avant d'aller plus loin, elle tourna la tête de tous côtés, essayant de voir ce qu'il y avait à l'intérieur. La réponse était simple : rien. Ce n'était qu'une petite salle vide, un simple cube taillé dans le rocher. Elle plissa les yeux, examinant les parois autour d'elle tant qu'un peu de lumière pénétrait encore par le trou béant. Dans le coin à gauche de l'ouverture, son regard accrocha une forme. Elle se rapprocha, ses yeux s'accoutumant peu à peu à la pénombre.

Des ossements.

Pas seulement des ossements. Un squelette intact.

Elle étouffa une exclamation, pas exactement un cri mais quelque chose qui s'en rapprochait.

Le bruit de la pierre raclant le sol tandis qu'on la

replaçait devant l'ouverture résonna autour d'elle. Elle s'assit, dos à la paroi, contemplant la seule issue, désormais bouchée, de sa nouvelle prison. Un mince rai de lumière provenant des lanternes du corridor dessinait un liseré clair autour de l'issue condamnée.

Son regard dériva de nouveau vers le squelette. Elle ne pouvait plus vraiment le voir mais l'image s'était gravée dans sa mémoire.

Celui ou celle qui avait été enfermé là y avait péri.

Sans eau ni nourriture, elle ne tiendrait pas longtemps.

Elle songea à l'absence du moindre lambeau de chair subsistant autour des os. La personne avait dû être piégée ici voilà bien longtemps. Peut-être une dizaine d'années à en juger par le piètre état des vêtements qu'il avait portés.

Assise dans ce réduit humide et sombre, Sadie repassa dans sa tête les dix dernières années de sa vie. Elle avait obtenu son master et nourri de grandes ambitions. Après deux stages d'été au FBI, elle avait été engagée sitôt qu'elle avait atteint l'âge requis. Ses parents avaient été si fiers d'elle. Sa mère s'était inquiétée de voir sa fille intégrer les forces de l'ordre mais elle avait accepté sa décision dès la fin de sa première année. Peut-être en partie parce que son propre enthousiasme avait fini par déteindre sur elle.

Sadie avait mis un terme à sa relation avec un garçon de sa ville natale avant de commencer sa formation. Leur lien à distance s'était de toute façon distendu depuis son entrée à l'université. Leurs chemins prenaient des directions différentes et leurs objectifs évoluaient en fonction de leur cursus respectif. À quoi bon prolonger la souffrance en regardant la relation dont ils avaient un jour cru qu'elle durerait toujours s'étioler et courir à sa perte ? Bizarrement, il ne lui était pas venu une seule fois à l'idée, en mettant un terme à leur relation, qu'elle n'en aurait pas d'autre par la suite.

Elle était sortie trois fois, peut-être quatre, toujours avec le même homme. Son agenda social était bien plus rempli d'enterrements de vie de jeune fille, de mariages d'amies et de baptêmes d'enfants que de rendez-vous galants.

Si elle mourait dans ce trou sombre et humide, ses parents seraient dévastés.

Une vie à moitié vécue.

Non, corrigea-t-elle mentalement. Si elle mourait ici, elle mourrait jeune, certes. Mais sa vie n'aurait pas été à moitié vécue. Elle avait profité de chaque journée pleinement. Elle avait adoré son travail. Elle avait contribué à l'arrestation de nombreux criminels et avait sauvé plus que sa part d'innocents. Ce qui constituait somme toute un beau palmarès.

— Allez, Sadie, ne te laisse pas abattre. Tu ne mourras pas au fond de ce trou.

Remontant un genou, elle y appuya son menton. Elle trouverait le moyen de sortir de là. C'était bien ça, son travail, non ? Et elle était douée, très douée dans son domaine… d'habitude.

Sitôt que l'entretien de Flynn avec Aikman serait terminé et qu'on le ramènerait ici, ils s'y mettraient à deux pour imaginer une solution.

Flynn avait un contact chez ces gens. Il n'avait pas paru s'inquiéter outre mesure au moment de leur capture. Donc, elle n'aurait pas dû se faire autant de souci. Oui… Mais l'historique de Flynn et de ses contacts n'avait pas de quoi rassurer.

Alors, peut-être bien qu'elle n'avait pas tout à fait tort de s'alarmer.

11

Smith avait attendu une demi-heure. L'horloge à coucou, sur le mur, décomptait les secondes d'un tic-tac sonore. D'une seconde à l'autre, l'oiseau allait atteindre la petite porte et sonner 11 heures.

Il se força à se détendre. Il comprenait relativement bien le fonctionnement de ces gens : ils faisaient les choses au moment qui leur convenait et *si* cela leur convenait. Le faire attendre était une démonstration de force, une façon de montrer que c'étaient eux qui menaient la danse. Dès lors qu'il respirait encore, il y avait des raisons de croire qu'un arrangement pouvait être conclu.

L'initiative qu'il avait prise avait représenté un gros risque. Un risque dont il était prêt à parier qu'il s'avérerait payant. Malheureusement, sa vie n'était pas seule en jeu ; celle de Buchanan était aussi dans la balance. Si les choses ne se déroulaient pas selon ses vœux, il aurait sa mort sur la conscience. C'était la partie du plan qui lui déplaisait. Mais ils étaient dans une situation sans issue. En tant qu'agent chevronné, elle comprendrait qu'il ait dû recourir à des mesures drastiques.

Smith respira un grand coup et s'exhorta à la patience. Il devait jouer le jeu à fond.

Le tunnel, au-delà de l'endroit où Buchanan avait été enfermée, formait une nouvelle fourche et menait de nouveau à l'extérieur. Un autre camp avait été édifié de ce côté-ci de la montagne à l'aide, là encore, de matériaux prélevés dans la nature environnante afin de ne pas être décelés par des vols de reconnaissance.

Le bureau d'Aikman ressemblait à n'importe quel autre bureau – une grande table de travail, des chaises et l'électricité, fournie ici par un générateur. La différence principale entre cet endroit et la Résurrection, pour autant que Smith puisse en juger, résidait dans l'absence d'électronique. Les *autres* n'utilisaient pas l'électronique, excepté pour les téléphones portables, qu'ils utilisaient avec parcimonie. Ils restaient le plus discrets possible.

La porte s'ouvrit derrière lui et Aikman entra sans son escorte habituelle de gardes du corps. Nul doute qu'ils étaient postés à l'extérieur. Aikman avait beau savoir que Smith était désarmé, il n'aurait jamais couru le risque de se trouver seul dans une pièce avec un membre de la Résurrection sans renforts à portée de main.

— Vous avez du culot de vous pointer ici après ce que vous avez fait, Flynn, déclara Aikman en prenant place derrière son bureau. J'attendais la livraison de deux colis hier. Prentiss et moi avions passé un accord. Un, vous n'êtes pas venu – et j'ai appris ensuite que vous aviez disparu de la circulation. Et deux, vous débarquez ici, la fleur au fusil, avec un seul colis.

Il secoua la tête.

— Ce n'est pas bien.

Draven Aikman était plus jeune que Smith. Ses cheveux brun-roux étaient coupés à ras mais il avait une impressionnante barbe d'au moins vingt-cinq ou trente centimètres de long. Il portait le même uniforme sombre que ses soldats. Il avait tué le vieil homme qui avait occupé le poste de chef suprême avant lui. La légende voulait que le vieillard ait été très malade, presque à l'article de la mort, et qu'il n'ait plus été en état de prendre des décisions. Aikman prétendait avoir dû s'occuper de la brebis galeuse dans l'intérêt du reste du troupeau. Quelles qu'aient été ses motivations, il régnait désormais en maître sur le petit groupe clanique connu sous la dénomination les *autres* par les rares personnes qui étaient au courant de leur existence.

Se renfonçant contre le dossier de sa chaise, Aikman posa les pieds sur le plateau de son bureau, qui gémit sous son poids. Le bureau et le siège, comme le reste du mobilier, avaient dû être récupérés au bord d'une route le jour de ramassage des encombrants. Les *autres* étaient réputés vivre dans la frugalité, avec le moins de biens matériels possible. Survivre à l'autodestruction de la race humaine était leur seul et unique objectif. Seulement, ils étaient humains eux aussi et, en tant que tels, nullement épargnés par la soif de pouvoir. Dans tout groupe, il y avait toujours quelqu'un qui ne savait pas résister à la tentation d'obtenir toujours *davantage.*

— Vous êtes suicidaire ou quoi ? reprit Aikman. Venir ici, mentionner mon nom comme si nous étions amis… Je pourrais me faire de fausses idées. Mal le prendre.

— L'accord passé par Prentiss est caduc. Si je suis là, c'est pour en conclure un autre.

Aikman arqua les sourcils.

— J'espère qu'il en vaut la peine.

— J'ai d'autres noms sur ma liste de clients potentiels, assura Smith. Mais c'est à vous que je tenais à présenter cette offre en premier.

Les yeux de son interlocuteur se rétrécirent.

— Quel genre d'offre ?

— On sait tous les deux que la Résurrection est votre premier concurrent. Nous avons réduit à néant chacune de vos tentatives d'expansion dans d'autres secteurs. Ce qui vous a obligé à vous en tenir aux drogues dont personne d'autre ne veut s'occuper, sauf à y être forcé et contraint. On vous a soufflé le marché de l'armement. Bref, en gros, on vous empêche de vous développer depuis des décennies.

— Si vous êtes censé me passer la pommade pour me faire gober votre proposition, souligna-t-il dans un éclat de rire rauque, autant vous prévenir que vous êtes à côté de la plaque.

C'était l'erreur que la plupart des gens auraient commise. À voir les *autres* et leur mode de vie fruste, n'importe qui aurait pensé avoir affaire à des ploucs incultes et bornés. Mais ce n'était pas le cas de quelqu'un comme Aikman. D'après les sources de Smith, il était titulaire d'un master en administration des entreprises. Il était intelligent. Laisser croire le contraire était une manœuvre visant à placer d'emblée l'adversaire en position d'infériorité lors de toute négociation.

— Je suis sûr que vous comprenez ce que je veux dire, assena Smith sans relever sa pique. J'ai décidé qu'il serait dans notre intérêt à tous les deux d'unir nos forces. Nous avons chacun nos ressources. Les mettre en commun nous permettrait à tous d'étendre nos activités et de nous emparer du marché du Sud-Est.

Aikman reposa les pieds par terre.

— Vous voudriez me faire croire que vous êtes prêt à trahir la Résurrection – l'organisation qui est pour ainsi dire inscrite dans vos gènes ? Que vous fouleriez aux pieds la mémoire de votre père ?

Il ponctua sa phrase d'un grognement incrédule.

— Pardonnez-moi mais je ne marche pas. Qu'est-ce que vous mijotez, Flynn ?

C'était là que ça allait vraiment se corser. Il aurait été plus facile pour Flynn de continuer à marcher. De quitter ces fichues montagnes et de se rendre aux autorités. On l'aurait renvoyé d'où il venait. Et ça en aurait été fini de sa mission, du but qu'il s'était fixé. Il aurait perdu deux années entières de sa vie pour rien.

Il aurait été vivant, en sécurité, libéré à tout jamais de ce cauchemar.

À ceci près que Prentiss s'en serait tiré. Lui et son maudit Conseil de tueurs auraient levé le camp et recommencé autre part à faire ce qui leur chantait, sans aucune considération pour la vie humaine. Peu leur importait le fléau que représentaient les armes et les drogues pour la société.

Smith n'avait donc qu'une seule possibilité – achever ce qu'il avait commencé de la seule façon envisageable : allumer la mèche de l'ennemi numéro un de la Résurrection.

Déclencher la guerre.

— Prentiss m'a trahi, avoua Smith. Il a voulu m'évincer.

Jusque-là, c'était vrai. La nouvelle de sa disgrâce

allait se répandre comme une traînée de poudre, si ce n'était déjà fait.

Il n'y avait pas d'autre explication à l'apparition subite de ce trio derrière eux sur ce chemin de montagne après leur départ du camp. Prentiss avait eu l'intention de se débarrasser de Winters, de Buchanan et de Smith. Fin de l'histoire. Penser qu'ils avaient pu surgir ainsi derrière eux pour une éventuelle autre raison aurait été stupide. D'une façon ou d'une autre, Prentiss *savait*. Ce qui expliquait sans doute aussi la subite coupure de communication avec son contact.

Quoi qu'il se soit passé, Smith, désormais, était seul. Il avait peu de possibilités s'il voulait mener sa mission à son terme, et celle-ci était sans aucun doute la meilleure.

Aikman renversa la tête en arrière l'espace de quelques secondes et considéra l'annonce d'un air pensif comme s'il ne parvenait pas à en croire ses oreilles. Ses lèvres se retroussèrent, puis il se pencha en avant, les avant-bras appuyés sur le bureau.

— Prentiss aurait tenté un coup de force pour se débarrasser de vous ? Vous pensez vraiment que je vais avaler ça ?

— Croyez ce que vous voulez, rétorqua Smith en élevant ses mains, paumes ouvertes, devant lui. Je suis venu ici pour que vous sachiez à quoi vous en tenir et pour que vous soyez le premier informé du coup par lequel j'ai riposté. Si vous n'êtes pas intéressé, alors je me serai trompé. J'aurai surestimé votre capacité à avoir une vue d'ensemble de la situation. Je ne vous ferai pas perdre plus de temps. J'ai d'autres options.

Le regard d'Aikman se rétrécit une nouvelle fois tandis qu'il le scrutait intensément.

— *Quelles* autres options ? Cette montagne nous appartient. Il n'y a personne d'autre que vous et nous ici.

Smith s'autorisa un sourire.

— Si c'est ce que vous pensez, alors, je vous ai *vraiment* surestimé, Aikman.

Sa déclaration constituait une insulte directe mais elle donnait à réfléchir. C'était ce sur quoi avait tablé Smith.

— Vous voulez parler de ce gang hispanique ? Ils ont gagné du terrain ces dernières années mais ils ne sont pas assez organisés et ne disposent pas de fonds suffisants pour être autre chose qu'une simple nuisance.

Il hésita un instant, dardant sur lui un regard aiguisé.

— Vous savez quelque chose que, moi, j'ignore. Quoi ?

Smith n'avait pas le temps de s'aventurer sur ce terrain-là.

— Il faut agir vite, Aikman. On ne peut pas rester assis là, bras ballants, à discuter sans fin de la politique dans la région. Prentiss est à mes trousses en ce moment même.

Aikman se frotta songeusement la mâchoire.

— Qu'avez-vous à me proposer ?

— La Résurrection, rétorqua Smith avec solennité. Aidez-nous, moi et mon amie, à quitter ces montagnes et je vous sers sur un plateau tout ce que vous avez besoin de savoir pour faire tomber le Conseil de la Résurrection. Les lieux, les codes de sécurité… *Tout*. La Résurrection sera à vous.

— Et vous dans tout ça ? Quand refaites-vous surface ?

Il haussa les épaules.

— Parce que, dans la situation que vous venez de décrire, c'est moi qui fais tout. Vous, vous disparaissez. Pfuit !

Smith secoua la tête.

— Je reviendrai. Mais j'ai une question personnelle à régler d'abord.

Aikman sourit.

— Vous voulez parler de la femme ?

Une onde de tension crispa les muscles de Smith.

— Oui.

Aikman se gratta de nouveau la barbe. Longuement.

— Voyez-vous, c'est sur ce point qu'il va falloir trouver un terrain d'entente.

Tous les instincts de Smith se mirent en alerte rouge.

— Qu'est-ce que vous voulez dire, Aikman ?

Celui-ci se rencogna posément contre le dossier de son siège, les mains posées sur les accoudoirs râpés.

— Pour vous dire la vérité, je me sens parfois un peu seul ici. Il y a des femmes, évidemment, mais aucune que j'ai eu envie de garder pour autre chose qu'une séance de galipettes une fois en passant. Rien à voir avec celle-là, précisa-t-il en indiquant du pouce le corridor. Elle, c'est autre chose. J'ai besoin de quelqu'un qui présente un défi. Celles que j'ai eues m'ont très vite lassé.

Smith fulminait intérieurement à la perspective de ce que ce fumier avait en tête mais il ne laissa rien transparaître de sa fureur. Les *autres* étaient connus pour rester entre eux. Ils n'avaient que faire de ceux qui étaient différents, que cette différence tienne à la couleur de peau ou à des caractéristiques moins visibles. La fascination d'Aikman pour Buchanan serait de courte durée. Et ensuite, elle serait reléguée au rang de bête curieuse ou, pis, d'esclave sexuelle.

— C'est un problème qui vous concerne, vous. Pas moi. Je suis venu parler affaires, Aikman. Des affaires importantes, rappela durement Smith.

Aikman lui décocha un large sourire.

— C'est là que vous faites erreur : il vous concerne aussi, Flynn. Vous avez porté le problème qui vous oppose à Prentiss jusqu'à ma porte, je vous apporte le mien. Je veux cette femme. Donnez-la-moi et on fait affaire.

— Non, répondit Smith, contenant tant bien que mal sa frustration.

Décidant de jouer le tout pour le tout, il se leva.

— Ne perdons pas de temps à jouer au chat et à la souris, Aikman. Si c'est votre dernier mot, nous allons proposer notre offre à notre prochain client sur la liste.

Aikman se leva lui aussi et s'appuya des deux mains sur le bureau rayé.

— Vous croyez vraiment que je vais vous laisser repartir comme vous êtes venus ?

Il remua lentement la tête de droite à gauche.

— Ce n'est pas ainsi que ça fonctionne, Flynn. Vous êtes venu me soumettre votre offre, mais c'était un aller sans retour. Quand on vient s'asseoir dans mon bureau, on ne s'en va pas comme ça, sur un coup de tête. Vous croyez que Prentiss me regarderait m'en aller si je lui rendais visite ?

Aikman inclina la tête sur le côté et étudia Smith.

— Remarquez… Peut-être qu'il le ferait si je lui annonçais que j'avais un cadeau pour lui. Vous croyez que vous avez beaucoup de valeur aux yeux de ce vieux salaud ?

Smith sourit.

— Pas autant que vous, rétorqua-t-il posément.

L'espace d'une seconde, Aikman, désarçonné, accusa le coup puis il éclata de rire comme si l'argument de Smith n'avait pas porté.

— Je vous ai donné une chance, Flynn. Il faut croire que vous n'êtes pas aussi malin que vous le pensez. Quelle femme vaut la peine d'y laisser la vie ?

— Je pourrais vous retourner la question.

Aikman ne tiqua pas, mais Smith vit une lueur d'incertitude scintiller fugitivement dans son regard.

— Ma population aime se savoir bien protégée. C'est pourquoi, pour les rassurer, j'organise de temps en temps une petite démonstration publique. À l'aube, nous leur donnerons de quoi les tranquilliser. Peut-être que tout le dérangement que vous avez causé en venant ici n'aura pas été inutile, finalement. Vous n'imaginez pas le prix auquel se vendent les organes au marché noir.

Smith ignora la menace, tourna le dos à Aikman et sortit du bureau. Les gardes l'empoignèrent par les bras et l'entraînèrent.

Ce n'était pas exactement l'issue qu'il avait espéré pouvoir relater à Buchanan.

Sadie avait minutieusement examiné toute la surface des parois de sa cellule, en vain. Pas la moindre ouverture, pas même une simple fissure, exception faite du trou rond par lequel elle était entrée. Elle ne pouvait s'empêcher de se demander si le propriétaire des restes qui gisaient dans le coin avait fait de même

– fouillé les moindres recoins dans l'espoir de trouver une issue en se demandant ce qui l'attendait – avant de périr ici.

Quels qu'aient pu être ses espoirs, les choses avaient mal tourné pour lui.

Pour la première fois au cours d'une mission, son esprit se tourna vers ses parents et elle essaya de se souvenir de la dernière fois qu'elle leur avait parlé. Qu'avait-elle dit ? Leur avait-elle rappelé, fût-ce à mots couverts, qu'elle les aimait ? Elle n'imaginait pas sa sœur les soutenant dans l'épreuve du deuil si Sadie ne ressortait jamais d'ici.

Stop. Ça suffit, Sadie.

Faisant une fois de plus le tour de la salle, elle ferma les yeux et tendit l'oreille, à l'affût du moindre son. Un lointain murmure lui parvenait, filtrant par l'interstice entre la pierre qui faisait office de porte et le trou dans le mur qu'elle obstruait. Elle n'aurait su dire si les voix étaient celles des gardes surveillant l'entrée de son cachot ou d'autres personnes passant dans le corridor.

La vie de ces gens tournait autour de la fabrication et de l'emballage de drogues. De la survie. Ils vivaient pour plaire à leur seigneur et maître, cet Aikman que Flynn avait demandé à voir. Ils n'avaient aucune raison de se soucier d'elle.

Des plis creusèrent son front, amplifiant la douleur sourde qui s'y était installée depuis un moment. Depuis combien de temps Flynn était-il parti ? Une heure ? Une heure et demie ? Elle referma les bras autour d'elle, prise d'un curieux frisson. La perspective d'être enfermée ici avec lui n'aurait pas été réjouissante mais celle de finir seule au fond de ce trou à rats… Elle balaya du regard l'obscurité. Cette perspective-là était bien pire encore.

Un crissement du côté de la pierre attira son attention. Le rocher disparut et la lumière entra dans la pièce. Sadie recula et attendit, sur ses gardes, retenant son souffle, espérant que c'était Flynn qui allait apparaître et non l'un des gardes prêt à l'entraîner vers quelque chambre de torture.

Quand Flynn s'insinua dans l'ouverture, elle libéra le souffle qui était resté emprisonné dans ses poumons. Ouf.

Avant qu'il n'ait pu ouvrir la bouche, elle demanda :

— Alors ? Qu'est-ce qui s'est passé ? Vous avez parlé à Aikman ?

Dans un grattement sonore, la pierre fut repoussée dans sa position initiale. Flynn hésita, attendant que les gardes se soient éloignés de l'entrée et aient repris leur poste.

— Oui. Mon offre l'a intrigué.

Au ton de sa voix, elle devina que son récit n'était pas terminé mais que c'était peut-être bien la partie la plus plaisante de l'histoire.

— Quelle était cette offre ?

— Je lui ai proposé de lui fournir ce dont il avait besoin pour s'emparer de la Résurrection.

Jusque-là, rien d'étonnant. Flynn craignait que Prentiss ne réussisse à s'en tirer. Et cela, il ne le voulait pas.

— Que lui avez-vous demandé en échange ?

— Qu'il nous aide à quitter ces montagnes sains et saufs.

Ça semblait logique. Si son objectif était d'arrêter Prentiss et son groupe, communiquer leurs secrets à l'ennemi était certainement un moyen d'y parvenir. Ce n'était pas exactement un protocole réglementaire pour un agent fédéral mais, à situation désespérée, remède désespéré. Elle ne pouvait pas lui tenir rigueur de vouloir assurer le succès de sa mission première, fût-ce au péril de sa couverture.

Elle s'assit sur le sol. Inutile de rester debout. Elle avait suffisamment arpenté cet espace exigu. La fatigue et la faim la tenaillaient.

— Quand nous laissera-t-on sortir d'ici ?

Au lieu de s'asseoir lui aussi, il continua à marcher de long en large comme s'il était agité ou énervé. Ce qui était compréhensible, compte tenu des circonstances.

— Attention aux ossements à gauche de la porte, observa-t-elle.

Il ne répondit pas et continua à tourner comme un lion en cage dans l'obscurité seulement rompue par le mince filet de lumière qui dessinait le contour irrégulier de la pierre.

— Il y a autre chose que vous ne m'avez pas encore dit ?

Il s'arrêta et se tourna vers elle. Comme elle ne voyait ni ses traits ni son expression, elle attendit qu'il s'explique.

— J'ai pris un risque calculé en venant ici. J'ai mis l'offre sur la table mais ça ne s'est pas déroulé comme je l'espérais.

— Vous pouvez développer ?

Les deux faits qu'il venait d'énoncer en disaient long… mais sans rien signifier de précis.

— La seule chose qui pourrait le faire changer d'avis et accepter ma proposition serait… que vous fassiez partie du marché.

Sadie laissa échapper un rire incrédule.

— Vous êtes sérieux ?

— Très sérieux… malheureusement.

Il poussa un profond soupir.

Elle songea à l'endroit où ils se trouvaient et aux os qui jonchaient le sol là-bas, dans l'angle. Cela lui fit l'effet d'un coup de poing dans l'estomac.

— Que lui avez-vous répondu ?

S'efforçant de considérer la question d'un point de vue objectif, elle imagina qu'il avait dû être tenté d'accepter. Après tout, il suffisait que l'un d'eux sorte d'ici vivant pour que la vérité éclate, que les gens sachent ce qui se passait dans ces montagnes. Oui, d'un point de vue théorique, consentir aux conditions d'Aikman semblait… raisonnable.

Au moins Flynn pourrait-il donner l'alerte, avertir les autorités. À supposer qu'elle survive à ce qui l'attendait, peut-être serait-elle encore en vie quand les secours arriveraient.

Mais, d'un autre côté, elle avait envie de le frapper pour avoir eu cette idée complètement insensée et, pis encore, pour l'avoir mise en œuvre sans même lui en parler. La fureur l'envahit.

Comme s'il avait lu dans ses pensées ou senti le maelström émotionnel qui se jouait en elle, il répondit :

— Je lui ai dit que c'était hors de question. Que, si je partais, vous partiez aussi.

Le cœur de Sadie bondit dans sa poitrine mais, aussitôt après, il se serra.

— Oui, mais rester enfermés ici tous les deux ne nous avancera à rien.

Sinon à finir comme le squelette, dans le coin.

Elle exhala un soupir chargé d'exaspération et croisa les bras.

— Dites-lui que vous avez changé d'avis. Dites-lui, ajouta-t-elle fermement, que c'est d'accord. Que vous partez et que je reste.

— Pas question.

Dans la pénombre, sa silhouette, mains sur les hanches, se découpait contre le rai de lumière. Son visage, lui, lui demeurait invisible. Mais elle n'avait pas besoin de le voir pour sentir son regard furibond braqué sur elle.

— C'est la seule chose à faire, Flynn. Il faut que l'un de nous redescende de ces satanées montagnes.

Elle espéra que Levi avait trouvé de l'aide. En fin de compte, peut-être aurait-elle été mieux inspirée de l'accompagner. À ceci près que Flynn et elle avaient éloigné le danger de sa personne… Au moins pourrait-il raconter à Ross et aux autres ce qu'il savait. C'était déjà ça.

— C'est moi qui vous ai mise dans ce pétrin, dit Flynn, sa voix basse trahissant sa colère rentrée. C'est à moi de vous tirer de là.

— Oui, et comment comptez-vous vous y prendre ?

Il vint vers elle, se baissa et approcha son visage si près du sien que ses lèvres effleurèrent son oreille. Elle tressaillit malgré ses efforts pour ne pas réagir.

— Il ne laissera pas cette offre lui passer sous le nez. Il veut juste nous terroriser pour qu'on soit prêts à faire tout ce qu'il demande quand il fera semblant d'être revenu sur sa décision.

Son souffle chaud sur sa peau, dans cette obscurité, lui donnait envie de se laisser aller contre lui, de se blottir contre son torse large et… Elle repoussa farouchement cette idée.

— Qu'on soit prêts à faire quoi, selon vous ?

— À faire diversion. Il voudra que tous les regards soient centrés sur nous au moment où il s'apprêtera à passer à l'action et à investir la Résurrection. Il n'est pas idiot… Il sait très bien qu'entrer dans le camp ne sera pas une promenade de santé, même avec les informations que je lui aurai données. Si j'ai raison et que c'est bien ce qu'il mijote, nous devons nous préparer. C'est d'accord ? Je peux compter sur vous ?

Elle n'était pas du tout certaine que ce plan vaille mieux que le précédent – celui qui les avait conduits ici.

Mais la question ne se posait plus en ces termes-là.

— C'est d'accord, dit-elle au bout de quelques secondes. Au moins, on ne finira pas comme ce type, dans le coin.

Seigneur. Qui aurait pu imaginer que cette mission virerait à ce point à la catastrophe ? Pas elle, en tout cas.

12

Mardi 13 août

Sadie s'éveilla, toute tremblante. Il lui fallut quelques secondes pour reprendre ses esprits.

Les *autres.* La grotte. Aikman.

Elle se redressa, gratta la joue qui avait reposé contre le sol de pierre froid. Elle s'était endormie, roulée en chien de fusil à même le rocher. Tendant l'oreille à l'affût d'un son, du bruit d'une respiration, elle promena son regard autour d'elle, s'efforçant de percer l'obscurité.

Où était Flynn ?

Des souvenirs de la nuit remontèrent à sa mémoire. Le froid l'avait pénétrée jusqu'aux os et il l'avait attirée contre lui pour la réchauffer. Au cours de la nuit, elle s'était réveillée à plusieurs reprises et, chaque fois, elle avait savouré le contact de ses bras protecteurs qui la tenaient étroitement enlacée, de son épaule qui lui servait d'oreiller, de son corps tout entier qui lui communiquait sa chaleur.

— Flynn ?

Elle se leva, épousseta ses vêtements par réflexe. Pas de réponse. Elle repoussa ses mèches en arrière.

On avait dû venir le chercher pendant la nuit sans qu'elle s'en rende compte.

Aikman l'avait-il convoqué pour une nouvelle entrevue ?

Les pulsations de son cœur s'accélérèrent. Peut-être l'avait-on déjà conduit hors du camp ? Peut-être ne sortirait-elle jamais d'ici…

Aikman avait exigé qu'elle reste.

Elle se frictionna les bras pour activer sa circulation et se réchauffer. Jamais Flynn n'aurait accepté une chose pareille.

Mais peut-être ne lui avait-on pas demandé son avis…

Pendant quelques minutes, elle tourna en rond pour se dégourdir les jambes et assouplir ses muscles ankylosés. Le besoin de se soulager commençait à se faire vraiment sentir mais elle doutait qu'on la laisse sortir de sa petite prison. Quelques minutes s'égrenèrent au terme desquelles elle estima qu'elle ne pouvait pas attendre plus longtemps. Elle choisit le coin opposé à celui où se trouvaient les restes humains.

Le mort avait dû être obligé d'en faire autant pendant des jours et des jours d'affilée avant que ses forces ne l'abandonnent définitivement.

Une quinzaine de minutes s'écoula encore, qu'elle occupa à aller et venir dans son cachot puis le raclement familier de la pierre sur le rocher résonna contre les parois. Elle recula contre le mur du fond, prête à livrer bataille. Si l'un des gardes entrait, elle pourrait le tenir en respect un moment. Mais, épuisée comme elle l'était, la lutte ne durerait sûrement pas très longtemps.

— Dehors ! rugit une voix masculine inconnue.

Elle ne bougea pas.

— Allez, dehors ! répéta l'homme. C'est l'heure du repas.

Son estomac gargouilla. Tout valait mieux que de rester séquestrée ici. Et si, en plus, c'était pour manger, c'était mieux encore. Elle se détacha du mur et s'avança vers l'entrée. Sans demander son reste, elle se baissa, franchit la petite ouverture et se releva. Elle n'aimait pas se trouver en position de vulnérabilité. Deux hommes – des gardes, probablement – la contemplèrent comme si elle était un alien.

Elle cligna plusieurs fois des yeux pour s'accoutumer à la lumière, non qu'elle soit vive mais elle était restée confinée pendant si longtemps dans la pénombre de ce trou… Les deux gardes la dévisagèrent encore pendant un moment, puis lui firent signe de se diriger vers la gauche. D'un pas un peu maladroit, elle se mit en mouvement. L'un des deux gardes marchait devant elle, l'autre, derrière. Ils suivirent la direction par laquelle elle était arrivée jusqu'à cet endroit lugubre. Lorsqu'elle se retrouva à l'air libre, dehors, la clarté lui fit plisser les yeux. Le soleil était levé, mais il était encore tôt, nota-t-elle. Ils l'escortèrent jusqu'à une hutte, où, d'une bourrade, celui qui la suivait la poussa vers l'entrée primitive.

Une femme à la longue chevelure brune, comme Sadie, mais au teint beaucoup plus pâle, attendait à l'intérieur.

— Déshabillez-vous et montez dans la baignoire.

Un bain ? Sans se faire prier, Sadie retira ses vêtements et ses chaussures puis enjamba le rebord de la petite baignoire, encore vide. La femme déroula les pansements de ses mains puis lui ordonna de s'asseoir. Sadie s'exécuta.

Elle releva la tête juste à temps pour voir le seau d'eau lui arriver en plein visage. Étonnamment, elle était tiède. Un morceau de savon atterrit au fond de la baignoire. Elle le ramassa et se mit à se laver énergiquement. Comme c'était bon… Sans qu'elle l'ait vue venir, une nouvelle cascade s'abattit sur sa tête et la femme entreprit de lui laver les cheveux. Sadie n'allait pas s'en plaindre. Elle se laissa masser le cuir chevelu. Pour un peu, elle se serait crue dans un salon de coiffure.

Puis vint le moment du rinçage, à l'eau froide, cette fois. Lorsque toute trace de savon eut disparu, la femme lui tendit une serviette, puis un long short en coton bleu et un T-shirt blanc. Sadie ne savait pas d'où venaient ces vêtements mais c'était un plaisir que d'abandonner le survêtement crasseux qu'elle traînait depuis des jours. En revanche, elle réenfila les mêmes chaussures que celles qu'elle portait en arrivant. Elles avaient enfin eu le temps de sécher après leur trek dans la rivière.

La femme la fit ensuite asseoir à une table où le couvert était mis et lui apporta à manger. L'assiette, en métal, ressemblait plutôt à un moule à gâteau. Une timbale, en fer-blanc elle aussi, était remplie d'eau. Sadie se jeta littéralement sur la nourriture – elle était affamée. Mais, aussitôt, une interrogation vint ternir son enthousiasme. Flynn avait-il bénéficié du même traitement lui aussi ? Elle considéra son assiette, l'appétit complètement coupé. Elle se sentait presque coupable d'être propre, habillée de frais et nourrie alors qu'elle ne savait pas où il était ni ce qui était advenu de lui.

Concentre-toi, Sadie. Tu as besoin de manger si tu veux garder des forces et te rendre utile.

Tandis qu'elle s'obligeait à avaler consciencieusement bouchée après bouchée, deux autres femmes firent leur entrée dans la petite cabane et utilisèrent tour à tour la baignoire. D'autres les suivirent. Au total, cinq femmes se lavèrent puis se partagèrent la tâche d'aller vider les seaux d'eau souillée à l'extérieur.

Sadie ne put que se féliciter d'avoir été la première à faire ses ablutions ce matin.

La femme aux longs cheveux bruns la fit sortir lorsqu'elle eut terminé son repas. L'un des gardes qui l'avait escortée l'attendait. Il la conduisit à travers bois jusqu'à une autre hutte, plus grande que la précédente. Une fois à l'intérieur, elle constata que celle-ci ressemblait davantage à une maison du fait qu'elle était adossée à la montagne et que le mur du fond était en pierre. Un long corridor les mena à une porte, que le garde ouvrit avant de s'effacer pour la laisser entrer.

— Ah ! voilà celle que nous attendions.

L'homme assis derrière le bureau la contempla, le sourire aux lèvres. Un autre, assis dos à elle, se leva et se retourna.

Flynn.

Le soulagement qui la submergea fut si intense que ses genoux flageolèrent. Il était là. Et il était *vivant.*

Plutôt que d'adresser la question à Flynn, elle regarda l'homme qui trônait derrière le bureau droit dans les yeux.

— Oui, me voilà. Alors ? Que se passe-t-il, maintenant ?

— Maintenant, vous allez partir d'ici tous les deux.

Donc, Flynn avait vu juste. Cet homme – vraisemblablement Aikman – n'avait jamais eu l'intention de mettre sa menace à exécution. Il n'avait fait que l'agiter comme un chiffon rouge sous leur nez pour s'assurer de leur coopération lorsqu'il ferait mine d'être revenu sur sa décision.

— On va vous reconduire jusqu'à la route où vous avez laissé le SUV. À partir de là, ce sera à vous de jouer.

Aikman se tourna vers Flynn.

— Comme vous le savez, je vous observerai. Une fois que vous serez à l'intérieur, j'attendrai votre signal.

Une foule de questions lui traversa l'esprit mais elle demeura bouche cousue. Elle devrait patienter jusqu'à ce qu'ils soient seuls tous les deux.

Flynn acquiesça d'un hochement de tête.

— Entendu. À mon signal.

Aikman confirma en silence puis il ordonna au garde de les faire sortir. Deux véhicules tout-terrain attendaient devant. Le garde les fit monter chacun dans un véhicule puis il sauta sur le siège conducteur du premier SUV tandis qu'un autre homme prenait le volant du second. Un troisième garde vint leur placer les capuchons noirs sur la tête. Aikman entendait garder l'emplacement de leur territoire secret.

Tandis que le SUV tressautait sur les cailloux, les bosses et les racines d'un parcours particulièrement cahoteux, Sadie, agrippée au siège pour ne pas basculer, décompta consciencieusement les secondes et les minutes afin d'évaluer le plus précisément possible le temps de trajet.

Une demi-heure plus tard, les voitures s'arrêtaient.

— Descendez, commanda le chauffeur.

Sadie ôta le capuchon de sa tête et ouvrit la portière. Le garde le lui arracha des mains comme s'il craignait qu'elle n'y laisse ses empreintes. Elle lissa ses cheveux de la main en regardant les deux véhicules s'éloigner dans un nuage de poussière puis, lorsqu'ils furent hors de vue, elle promena son regard alentour. Des bois. Si denses qu'ils masquaient presque le ciel.

Elle se tourna vers Flynn.

— Vous êtes toujours sûr, pour ce plan ?

— Ce n'est pas comme si j'avais le choix.

Opérant un tour complet sur elle-même, elle balaya de nouveau la forêt du regard. Des arbres. Rien d'autre que des arbres et des broussailles de toutes parts.

Son regard revint s'arrimer sur lui.

— Vous n'êtes pas obligé d'aller jusqu'au bout si c'est pour y laisser la vie.

Flynn soutint son regard pendant un long moment avant de répondre.

— Vous, vous allez partir. En vous dirigeant toujours vers le sud, vous finirez par tomber sur la route qui mène à Winchester. Si j'avais encore la balise de détresse, vous pourriez l'utiliser mais ils l'ont prise donc il faudra faire sans. Déplacez-vous tranquillement, sans faire de bruit, et tout ira bien.

Sadie secouait déjà la tête avant même qu'il n'ait terminé.

— Soit on s'en va tous les deux, soit on reste, ensemble.

— Ils tiennent Winters, annonça-t-il gravement. J'ai deux heures pour me montrer, sinon ils l'abattront.

Merde. La frustration, puis la fureur s'emparèrent d'elle.

— Il aurait dû vous écouter.

Les écouter, rectifia-t-elle en pensée.

Flynn secoua la tête.

— Ce qui est fait est fait. De toute façon, Prentiss m'avait percé à jour avant que je parte du camp avec vous deux. Il ne nous aurait jamais laissés quitter ces montagnes.

Maudit soit ce fumier de Prentiss, ragea intérieurement Sadie.

— Dans ce cas, il est temps de nous mettre en route, proféra-t-elle d'une voix sourde, contenant à grand-peine sa colère. On a un délai à respecter.

Le voyant ouvrir la bouche pour protester, elle éleva la main d'un geste sans appel et secoua la tête.

Visiblement mécontent de sa décision, Flynn se mit en route, ouvrant la marche sur la petite route creusée de profondes ornières. Elle serpentait à travers la forêt tel un long reptile brun. Un frisson la parcourut. Dieu merci, dans leur malheur, au moins n'avaient-ils pas fait de mauvaises rencontres avec la faune locale – surtout celle qui était dépourvue de pattes.

Lorsque le silence se fut prolongé si longtemps au-delà de ce qu'elle jugeait supportable, elle observa :

— Vous savez, j'ai bien cru que vous m'aviez abandonnée ce matin.

Puisque chacun de leurs pas les rapprochait d'une fin quasi certaine, autant faire la conversation tant qu'ils le pouvaient encore.

Il lui jeta un regard en biais.

— Vous n'avez toujours pas confiance en moi ?

— Ce n'est pas ce que je voulais dire…

D'ailleurs, songea-t-elle à part soi, il y avait bien longtemps qu'elle ne s'était plus posé cette question à son sujet. D'instinct, désormais, elle avait confiance en lui.

— J'ai cru qu'ils vous avaient emmené de force. Ensuite, tout est allé très vite : ils sont venus me chercher, j'ai eu droit à un traitement de faveur : bain, vêtements propres, nourriture… Et, avant d'avoir eu le temps de dire « ouf », je me suis retrouvée dans le bureau d'Aikman avec vous.

Il tourna la tête vers elle et la détailla en silence pendant quelques instants, son regard s'abaissant de son visage à sa tenue, puis à ses jambes nues.

— J'avais remarqué.

Il reporta son attention sur la route. Elle réprima un sourire. Curieux comme un simple compliment formulé avec désinvolture pouvait mettre du baume au cœur même dans un moment comme celui-ci. Mais, évidemment, quand on n'avait peut-être plus que quelques heures à vivre, il n'en fallait pas beaucoup.

Si elle avait grelotté au fond de cette grotte pendant la nuit, la chaleur était si étouffante et le taux d'humidité si élevé ce matin qu'elle ruisselait déjà de sueur tandis qu'ils crapahutaient laborieusement le long du sentier en côte.

Flynn venant de lui adresser une sorte de compliment, elle décida de ne pas être en reste.

— Merci de m'avoir réchauffée hier soir, dit-elle en lui décochant un sourire. C'était très prévenant de votre part.

— Ah ? Moi qui croyais que c'était vous qui me teniez chaud…

Elle le dévisagea un instant, interdite, puis secoua la tête en voyant son expression malicieuse.

— J'ai failli vous croire. Vous êtes bon comédien. Non, sérieusement, je vous remercie. Je me suis réveillée glacée, après votre départ, mais je me rappelais que vous m'aviez tenue dans vos bras pour me réchauffer.

— Je vous en prie, mais merci à vous aussi. C'était réciproque.

La chaleur humaine combinée de leurs deux corps.

— Qu'est-ce qui va se passer quand on va arriver là-bas ? questionna-t-elle.

Elle aurait de loin préféré ne pas penser au fait qu'ils allaient devoir pénétrer de nouveau dans cet horrible camp, mais il n'y avait pas moyen d'y échapper, sauf si la cavalerie déboulait soudain de nulle part, ce qui n'arriverait pas.

Personne ne connaissait leur position. Ils étaient livrés à eux-mêmes et leurs chances de survie à tous les deux étaient proches de zéro. Et ils étaient coincés. S'ils prenaient la fuite, ce serait Levi, sa cible, qui mourrait. Même s'ils allaient probablement périr tous les trois, elle ne pouvait tout bonnement pas l'abandonner à son sort sans avoir tenté l'impossible. Elle lança un coup d'œil à Smith, à côté d'elle. Et elle ne pouvait pas davantage laisser Flynn se débrouiller seul.

— Moi, j'ai une sœur, annonça-t-elle tout à coup, sans préambule. Et mes parents, bien sûr.

Sadie ne savait pas trop ce qui l'avait poussée à faire cette soudaine déclaration. Cela lui était venu spontanément, comme ça. Au point où ils en étaient, autant profiter de la précaire liberté qui était encore la leur pour échanger et mieux se connaître avant qu'ils ne soient de nouveau faits prisonniers.

Il ne répondit pas tout de suite et continua à marcher.

— Pas de frères, pas de sœurs. Et mes parents sont morts il y a longtemps. Je n'ai personne.

Il était donc complètement seul.

— Vous n'avez pas de femme ni d'enfants ? Des amis ?

Il secoua la tête.

— Pas vraiment. Le travail occupe toute la place.

Ah. Oui, ça, elle connaissait, elle aussi.

— Idem pour moi. Mais mes parents ne seront pas contents si je ne reviens pas.

Nouveau silence.

— Alors, je vais devoir me débrouiller pour éviter ça.

Elle lui jeta un nouveau coup d'œil mais, cette fois, il tourna la tête. Ils se sourirent simultanément. C'était ridicule, elle le savait, mais ce simple échange de sourires l'exalta au point qu'une nuée de papillons se mit à voleter dans son estomac.

— Ils vous en seraient très reconnaissants, j'en suis sûre.

À partir de là, la conversation s'essouffla. Qu'auraient-ils pu dire d'autre ? Ils étaient tous deux confrontés à un dilemme : faire demi-tour et être responsable de la mort de Levi ou aller jusqu'au bout au péril de leur vie. Si elle abandonnait la partie en laissant Flynn continuer seul et que ni lui ni Levi n'en sortaient vivants, elle se sentirait coupable pendant le restant de ses jours, et ce d'autant plus que Levi ne relevait pas de la responsabilité de Flynn mais de la sienne.

Non, bien sûr que non. Il n'était pas question de le laisser faire son travail à sa place. Partir était exclu, point final.

Une heure plus tard, la route s'était rétrécie jusqu'à n'être plus qu'un chemin. Ils approchaient du but. Sadie reconnaissait le terrain, aux abords du camp. Un frisson la parcourut. Que ce soit l'instinct de conservation ou le désespoir qui l'ait provoqué, elle s'arrêta brusquement.

— Il doit bien y avoir une autre solution, décréta-t-elle en jetant un regard à la ronde. Quelqu'un qui vive dans le coin et qui ait un téléphone – ou un véhicule.

Personne n'habitait par ici, elle le savait. Mais son cerveau se refusait à accepter l'inacceptable. Tomber dans une embuscade était une chose mais se jeter délibérément dans un piège mortel était proprement insensé. Elle ne pouvait nier cependant que c'était exactement ce qu'elle avait fait en venant ici la première fois.

Que révélait une telle attitude sur eux deux ? Peut-être que, derrière leur attrait pour le danger, se cachait une puissante pulsion de mort qui les avait inconsciemment poussés à embrasser ces carrières-là ?

— Il n'y a pas un chat à des kilomètres à la ronde.

Il stoppa lui aussi et se tourna vers elle.

— Je connaissais les risques en me lançant dans cette aventure. Il n'y a pas d'autre issue.

Sadie s'avança vers lui, comblant de trois pas la distance qui les séparait.

— Vous faites ça pour vous ou pour votre père ? interrogea-t-elle sans ambages.

Il détourna le regard mais pas avant qu'elle ait eu le temps de voir l'émotion obscurcir ses yeux.

— Quelle importance ?

Elle croisa les bras sur sa poitrine pour ne pas céder à la tentation de tendre la main et de le toucher. L'un de ses instructeurs l'avait mise en garde précisément contre ce genre de situation. Le moment où vous perdiez totalement de vue la limite entre votre travail et votre vie. Quand le travail devenait l'unique référence, passait avant votre survie même.

— Il s'agit de travail, Flynn. Pas de vous ni de votre père. C'est un *travail*. Nous nous efforçons de faire triompher la justice, d'arrêter les méchants dans l'intérêt général, pas pour des raisons personnelles. Comme, peut-être, la vengeance.

Il partit d'un rire railleur, puis secoua la tête.

— Avez-vous préparé ce petit discours pendant l'heure que nous venons de passer à marcher ou venez-vous subitement de vous souvenir de ce passage de votre petit manuel de l'agent spécial ?

Elle avait touché une corde sensible, clairement.

— Ne jouez pas au plus fin, j'essaie simplement de considérer les choses avec un peu de recul. De vous faire toucher du doigt le fait que nous avons tous les deux perdu de vue les enseignements que nous avons reçus.

— Gardez vos leçons pour vous ; je n'en ai pas besoin. Si vous voulez vous rendre utile, faites demi-tour et redescendez de cette montagne pour aller vous mettre en sécurité pendant que je fais ce que j'ai à faire.

Là, il devenait franchement arrogant.

— Levi Winters est *ma* cible. C'est à moi de m'occuper de lui. J'ai autant de raisons que vous de me jeter dans ce piège.

Il l'épingla d'un regard dur.

— Ce n'est un piège que si l'on ne sait pas à quoi s'attendre.

— Il nous faut un plan, Flynn. On ne peut pas foncer tête baissée dans ce piège sans avoir un plan.

— J'en ai un.

C'est alors qu'elle se rappela les paroles d'Aikman. À ce souvenir, un nœud lui comprima l'estomac.

— À quoi Aikman faisait-il allusion quand il a dit qu'il attendrait votre signal ? Qu'est-ce que ça veut dire ?

— Allez, on y va.

Elle l'attrapa par le bras comme il se détournait pour se remettre en route.

— On est dans le même bateau, Flynn. Au stade où nous en sommes, il est hors de question que vous me laissiez dans le noir. *Qu'est-ce que ça veut dire ?* répéta-t-elle durement.

Il la contempla, la colère flambant dans son regard.

— Ça veut dire ce que ça veut dire : à mon signal, lui et ses hommes donneront l'assaut. Je leur ai communiqué les codes d'accès, l'emplacement des postes de garde. Ça y est ? On peut y aller ?

Pensait-il vraiment qu'elle allait se satisfaire de ça ?

— Quel est le signal ?

Étant donné qu'ils n'avaient ni téléphone portable, ni balise, ni pistolet de détresse, ni corne à air comprimé ni *rien*, comment diable comptait-il s'y prendre pour indiquer aux hommes postés à l'extérieur du camp que c'était le moment d'attaquer ?

Ils se mesurèrent une nouvelle fois du regard. Dix secondes, puis quinze, puis vingt.

Assez. Elle prit sa décision en un éclair. L'attrapant

par le devant de sa chemise, elle attira sans façons Flynn à elle et l'embrassa avec fougue, écrasant ses lèvres contre les siennes jusqu'à ce qu'il réagisse. Il leva les bras et ses doigts s'enfoncèrent dans ses cheveux, la pressèrent plus étroitement encore contre lui tandis que sa langue plongeait dans sa bouche.

Elle savoura son baiser, le contact de sa bouche, de ses lèvres, de ses paumes sur son visage. Quand le besoin d'air les détacha, haletants, l'un de l'autre, il sonda longuement son regard avant de déclarer :

— Je n'ai toujours pas l'intention de vous le dire.

La réponse à sa question, tout à coup, apparut à Sadie dans toute son évidente clarté. Il n'avait *aucun* moyen d'envoyer un signal.

— Ils ont quelqu'un à l'intérieur du camp, c'est ça ? C'est lui qui donnera le signal quand vous aurez fait ce qu'Aikman exige de vous.

Il détourna les yeux.

Elle secoua la tête.

— L'un des leurs a infiltré la Résurrection, dit-elle d'un ton songeur. Mais, dans ce cas, pourquoi ont-ils besoin de vous ?

— On perd du temps. En route.

Elle l'agrippa par le bras, le maintenant en place.

— Non. On ne partira pas tant que vous ne m'aurez pas dit la vérité.

La fureur amincit la ligne des lèvres qu'elle avait embrassées avec ferveur quelques instants plus tôt. Qu'elle avait *encore* envie d'embrasser, maudite soit-elle !

— Vous n'avez pas *le besoin d'en connaître*, agent Buchanan.

Elle lui rit au nez.

— Ne jouez pas à ce petit jeu avec moi, assena-t-elle, soutenant son regard pour lui signifier qu'elle attendait sa réponse et ne se contenterait pas d'une pirouette.

Cette réponse, sans qu'il ait besoin de dire un mot, elle la lut dans son expression. Cette détermination mêlée de résignation… Son cœur se serra douloureusement.

— Vous allez tuer Prentiss, c'est ça ? C'est le signal qu'Aikman attend de vous.

Il détourna vivement le regard et se remit une nouvelle fois à marcher, mais elle avait eu le temps d'entrevoir la défaite dans ses yeux.

Les gardes de Prentiss lui tomberaient aussitôt dessus.

Il ne s'en sortirait pas vivant.

Elle devait faire en sorte de changer la donne.

13

Smith marchait, regardant résolument droit devant lui, l'expression fermée. Il ne pouvait pas se laisser détourner de son but. Elle ne comprenait pas les enjeux. Aikman l'aurait tuée après lui avoir fait subir des choses innommables si Smith n'avait pas accepté ses conditions.

Les dés étaient jetés. Il n'y avait pas d'alternative, pas d'issue.

Là où elle n'avait pas tort, c'était qu'ils jouissaient encore d'une relative marge de manœuvre… pour l'instant. Ils auraient peut-être réussi à décamper de ces fichues montagnes avant d'être rattrapés s'ils avaient rebroussé chemin. Mais ça aurait été signer l'arrêt de mort de Levi Winters. Et, comme si ce n'était pas suffisant, Prentiss aurait sans doute eu le temps de se volatiliser.

Non. C'était maintenant ou jamais – sa seule chance d'anéantir Prentiss une bonne fois pour toutes.

— Vous devez être complètement déboussolé. Ou stupide.

Il l'ignora, ce qui n'était pas facile. Elle l'avait vraiment surpris par son baiser fougueux. Oh ! évidemment, il avait bien senti, lui aussi, l'attirance qui était née entre eux pratiquement dès le début –

comment aurait-il pu en être autrement ? Elle avait été si intense, d'entrée de jeu… Et ce par sa faute : il s'était interdit tous les plaisirs de la vie pendant trop longtemps. Elle lui donnait envie de satisfaire ces besoins refoulés, dédaignés. C'était difficile de résister. Il était comme un homme errant dans le désert, mort de soif et de faim, qui se serait soudain retrouvé catapulté devant un buffet garni.

— Ce serait aller à l'encontre de tout ce que vous avez appris. On sait tous les deux où ça mènera. C'est un exemple typique de situation sans issue. L'impasse totale. Vous le savez. Je le sais. Il nous faut des renforts.

— Alors que vous, vous êtes très à cheval sur le respect du règlement, hein, Buchanan ?

Non… Elle ne valait pas mieux que lui. Elle s'était précipitée dans la gueule du loup en toute connaissance de cause sans même un battement de cils – et sans le moindre renfort. Elle était mal placée pour porter un jugement sur sa façon de faire.

— Ce n'est pas pareil, argua-t-elle.

— Si, c'est exactement pareil.

Elle s'arrêta et se tourna vivement vers lui. Il heurta son épaule.

— Non ! Je ne suis pas venue dans ce camp avec l'intention de tuer un homme.

La colère lui contracta les mâchoires. Il s'efforça de trouver une réponse. Comment aurait-elle pu comprendre ?

— Il ne mérite pas autre chose que la mort.

Elle inclina la tête.

— Peut-être. Mais pas parce que vous avez envie de lui loger une balle dans la tête. Ce geste-là porte un nom, ça s'appelle un assassinat. Êtes-vous un assassin, Flynn ?

Il se mordit la lèvre pour se retenir de nier l'accusation. Peut-être bien qu'il en était un. Il n'avait jamais souhaité tuer de sang-froid un homme auparavant, mais Prentiss…

— Si vous en êtes un, en quoi valez-vous mieux que lui ?

Il eut envie de réfuter ses paroles, de lui expliquer son raisonnement. Mais tout cela avait-il encore de l'importance ? Il voulait voir Rayford Prentiss rendre son dernier soupir. Et il voulait aussi que ce salaud sache que c'était lui – Smith Flynn, le fils d'Avery Flynn – qui était à l'origine de sa chute.

— En rien, convint-il, les dents serrées, en continuant à avancer.

Ils n'étaient plus très loin du camp maintenant. Les veilleurs allaient bientôt les repérer et envoyer des gardes les chercher.

Après la réponse qu'il avait apportée à sa dernière question, elle garda le silence pendant quelques minutes. Elle cherchait un autre moyen de l'amener à admettre qu'il ne pouvait pas faire ce qu'Aikman avait exigé de lui. Il entendait presque tourner les rouages dans sa tête. Elle voulait l'aider.

Mais c'était peine perdue.

Personne ne pouvait rien. Plus maintenant. Il était trop tard.

Il avait beau regretter ce qu'il était devenu et les mesures qu'il avait été amené à prendre dans ce camp, il n'en aurait pas moins recommencé sans hésitation si ça avait été à refaire.

— Une fois que nous serons à l'intérieur, il faudra

faire en sorte de me ménager un peu de temps, déclara-t-elle soudain, en baissant le ton comme si elle craignait que les arbres n'aient des oreilles – ce qui était probablement le cas.

— Un peu de temps pour quoi ? questionna-t-il sans tourner la tête.

Il ne voulait pas la regarder. Pas seulement parce qu'elle était attirante, élégante, belle et qu'elle lui donnait envie de choses auxquelles il ne devait plus penser. Mais parce qu'elle lui rappelait tout ce qui valait la peine dans la vie, les grandes idées, les grands principes, les valeurs – les raisons mêmes pour lesquelles il était devenu agent spécial. Elle lui donnait envie de retrouver la carrière qu'il avait eue avant de s'engager dans cette aventure sans retour. Elle lui donnait envie…

Il coupa court à cette énumération.

Pouvait-il redevenir cet homme-là ? La part de bien qui avait dominé en lui existait-elle encore seulement ? Il s'était efforcé pendant deux années entières de tout gommer de ce qui avait constitué sa personnalité. Pour devenir imperméable à toute émotion afin de ne pas se trahir.

Buchanan avait raison. Il était bel et bien un assassin. Il avait tué l'homme qu'il avait été. Celui qu'il était désormais ne valait pas mieux que Prentiss – ou si peu.

Il doutait qu'un retour en arrière soit possible.

De nouveau, elle stoppa et se rapprocha de lui, ce qui lui donna aussitôt envie de l'enlacer et réveilla des parties de son anatomie en sommeil depuis bien, bien longtemps.

— Quand on sera à l'intérieur, arrangez-vous pour me laisser le temps de faire diversion. J'ai une idée,

Flynn ! Il existe un moyen de renverser la vapeur, de retourner la situation à notre avantage.

À voir l'espoir qui brillait dans ses yeux, la tentation était grande de la croire. De s'accrocher à la planche de salut qu'elle lui offrait et de ne plus la lâcher. Jamais.

Mais c'était impossible… Elle devait se tromper.

— Il ne se laissera pas abuser cette fois-ci. Il sait qu'il ne peut avoir confiance en aucun de nous. Comment pouvez-vous espérer le manipuler pour gagner du temps – ou pour obtenir quoi que ce soit ?

Sadie était une indécrottable optimiste. Et elle campait résolument du côté du bien et de la justice en lesquels elle avait foi. Elle avait besoin qu'il la suive, qu'il y croie, lui aussi. Seulement voilà, il semblait avoir perdu la faculté de croire en quoi que ce soit.

— Flynn, faites-moi confiance, reprit-elle d'un ton pressant. Vous seriez surpris du nombre de tours que j'ai dans mon sac.

Il n'aurait pas dû se laisser convaincre. Il aurait dû poursuivre sa mission, sans état d'âme.

Mais c'était comme si elle avait réactivé quelque ressort rouillé tout au fond de lui avec ses belles paroles.

Il était soudain pris de l'envie de corriger le tir.

— OK. Je ferai de mon mieux.

Son beau visage se fendit d'un large sourire.

— C'est tout ce que je demande, partenaire.

En dépit de l'inquiétude et du doute qui le taraudaient, il lui sourit en retour. Peut-être qu'ils pourraient vraiment changer la donne.

Il espérait simplement que ce ne serait pas au prix

de la vie de Sadie. Il n'avait jamais pensé survivre, lui, à cette mission, mais il ne voulait pas qu'elle perde la vie par sa faute.

Tandis qu'ils gravissaient la dernière arête rocheuse, l'ennemi apparut. Ils étaient sept… Non, huit. La troupe les encercla, les armes pointées sur eux.

Smith ne broncha pas.

— Je dois voir Prentiss.

— Il ne veut pas vous recevoir.

Smith connaissait ce soldat. Un ambitieux. Qui mettrait un point d'honneur à être celui qui avait capturé Smith.

— Conduisez-moi jusqu'à lui, dit-il au jeune homme, le mettant au défi de refuser.

Smith était désormais persona non grata mais il y avait ceux qui doutaient encore. Ceux qui hésitaient à le lâcher de peur que la situation ne se retourne et qu'il ne soit rétabli dans ses fonctions. Après tout, il était le fils unique d'Avery Flynn.

Le soldat fit un signe à l'un de ses sbires.

— Fouillez-les.

Lorsqu'ils eurent vérifié qu'ils n'étaient pas armés, le soldat ordonna à son équipe de reculer et ils se remirent en marche, suivis de près par la petite troupe.

Le camp n'était plus qu'à deux kilomètres environ.

Elle lui avait demandé du temps pour mettre à exécution son idée, avait-elle dit. Peut-être devait-il se fier à son raisonnement. Elle n'était pas aussi émotionnellement impliquée que lui. Sa vision de la situation était donc peut-être plus juste. Il s'était rendu coupable de bien des bévues au fil des années mais, aujourd'hui, il n'avait pas droit à l'erreur.

Prentiss attendait, seul dans la salle de conférences. *Évidemment.* Il ne voulait pas qu'un membre du Conseil puisse entendre ce qu'il allait dire. Les secrets et les mensonges qu'il maniait sans vergogne n'étaient pas du genre qu'il voulait voir divulguer, surtout à ceux qui voyaient en lui leur champion, leur figure de proue. Il n'y avait pire escroc que cet homme. Il était capable de tout, et surtout du pire, pour parvenir à ses fins. Mais les membres du Conseil et, plus largement, les adeptes dans leur ensemble, ne croiraient jamais qu'il puisse ne pas être le meneur désintéressé qui protégeait jalousement leur mode de vie.

Smith avait de justesse résisté à la tentation de balancer son poing dans la figure d'un des gardes au moment où ce dernier s'apprêtait à le séparer de Buchanan. Tandis que deux de leurs collègues l'emmenaient, elle lui avait crié de ne pas oublier ce qu'elle lui avait dit.

Il n'avait pas oublié.

Deux gardes le conduisirent jusqu'à une chaise où ils le firent asseoir avant de lui entraver les chevilles et d'arrimer les chaînes à un anneau fixé au sol. Prentiss attendit qu'ils se soient retirés pour parler.

— C'est vrai ? demanda le vieil homme comme s'il ne pouvait croire à la réalité de ce qui s'était passé.

— Vrai ? répéta Smith. Mais que connais-tu à la vérité, toi ?

Le seul fait de poser les yeux sur lui l'écœurait. Comment diable avait-il tenu deux ans ?

— Ce que j'en connais me suffit largement, rétorqua Prentiss. Je sais par exemple reconnaître une taupe quand j'en vois une. Un traître. Un homme qui a consacré son existence entière à tromper ses semblables.

— Peu importe, maintenant, murmura Smith, décidant d'employer une tactique dilatoire qui avait une chance de fonctionner. Tu es fini.

Les yeux du vieil homme se rétrécirent.

— Cause toujours. Si les fédéraux avaient quoi que ce soit contre moi, ils seraient déjà en train de me passer les bracelets et de te couvrir de médailles.

Il fit mine de chercher quelque chose autour de lui puis écarta les bras.

— Mais je ne vois personne arriver à ta rescousse. Il est peut-être temps pour toi de réciter une prière…

Smith s'esclaffa.

— Prier ? Mais je n'ai pas besoin de prier, mon vieux. J'ai passé deux ans à transmettre toutes les informations voulues aux fédéraux. Ils ont tout ce qu'il faut. Ils attendent seulement le bon moment. Et crois-moi, il est très, très proche, désormais.

— Ah oui ? Dans ce cas, pourquoi toi et ton amie étiez-vous encore en train de traîner dans ces montagnes ? Pourquoi tes petits camarades ne sont-ils pas venus te chercher ? À moins qu'ils t'aient lâchement laissé tomber ? Comme tu m'as laissé tomber, moi ?

— J'ai refusé d'être évacué. Je tenais à être aux premières loges quand ils t'embarqueraient, les menottes aux poignets, répondit-il en souriant. Dommage que tout le Conseil soit sur le point de tomber avec toi. Ils ne sont coupables que d'avoir suivi tes ordres. À ton avis, combien de temps se passera-t-il avant que l'un d'eux se mette à table et déballe tout ? Les exécutions, les cargaisons…

Prentiss se leva et marcha sur lui. Cette salopette

et ses bottes usées lui donnaient l'air plus âgé et plus fragile encore. Mais il n'y avait rien de fragile chez cette ordure. Il était dangereux. Sans pitié. Et rusé comme un renard.

— Je saurai très exactement ce que tu leur as dit, siffla-t-il en posant ses mains sur les bras du fauteuil et en se penchant, l'air menaçant, vers Smith. Je saurai tout. Et ensuite, je veillerai à ce que tu meures. D'une mort lente et douloureuse.

Smith s'autorisa un large sourire.

— Ah, mais je leur ai tout dit. Absolument tout. Chaque nom, chaque secret. Ils n'ignorent plus rien de tes partenaires en Amérique du Sud, du prochain arrivage, des canaux de distribution que tu comptes utiliser. Enfin, tout.

— Donne-moi des noms. Qui sont tes contacts ?

— Tu ne peux plus enrayer le processus, mon vieux. Ils seront bientôt là ; c'en est fini de toi et de ton royaume.

Prentiss se recula brusquement comme s'il craignait d'être contaminé par une maladie contagieuse.

— Ton père serait effondré s'il te voyait. Il te tuerait.

Ce fut au tour de Smith de se pencher en avant aussi loin que les entraves le lui permettaient.

— Mon père n'avait rien à voir avec toi. Il me serait reconnaissant d'avoir causé ta chute.

Une expression méprisante se peignit sur les traits de Prentiss.

— Tu as peut-être raison. Il était devenu faible avec l'âge. Son jugement était altéré. Il ne voyait plus ce qui était le mieux pour la communauté. Le progrès est une nécessité, l'expansion de notre influence et de notre implantation aussi. Il ne s'en rendait pas compte.

— Mais c'était en lui que la communauté avait placé sa confiance. Pas en toi, rappela Smith. Tu n'as jamais été que son ombre.

La bouche de Prentiss se tordit en un sourire arrogant.

— Et pourtant, c'est moi qui suis là aujourd'hui. Pas lui.

— Plus pour longtemps. Combien de temps tiendras-tu, selon toi, quand ils apprendront que tu n'as pas su repérer le traître qui se cachait parmi eux ? À moins qu'ils n'estiment que le traître, c'est toi.

— Ils savent déjà qui tu es. Tu es comme ton père : un faible, un aveugle. Un obstacle à la survie.

La colère submergea Smith.

— Mon père n'était pas un faible. Il avait une vision, lui, contrairement à toi. Tu as beau te poser en guide, jamais tu ne lui arriveras à la cheville.

— Avant que j'ordonne ton exécution publique, peut-être est-il temps que tu apprennes ce qui s'est réellement passé.

Smith se figea.

— Je sais très bien de quoi il est mort.

Son père avait succombé à une crise cardiaque. Smith avait assez culpabilisé en se disant que son départ y était sans doute pour quelque chose.

— Son cœur s'est arrêté, en effet, confirma Prentiss en reculant, les pouces nonchalamment accrochés aux passants de la salopette. C'était le seul moyen de protéger ce que nous avions édifié. Il aurait tout gâché.

Un horrible doute assaillit Smith.

— Qu'est-ce que ça signifie ?

— Ça signifie qu'il voulait tout arrêter. Quand il a découvert l'accord que j'avais passé avec le cartel, il a exigé mon départ. Tu imagines ça ? Il voulait m'évincer... Moi qui avais consacré ma vie entière à la cause !

Prentiss haussa les épaules.

— C'était lui ou moi...

Il écarta les bras d'un air fataliste avant de les laisser retomber le long du corps.

— Comme tu vois, ce n'a pas été moi.

Une onde de choc secoua Smith.

— Tu l'as tué ?

— Oui, avoua Prentiss. Comme je vais te tuer, toi.

Sadie n'essaya pas de lutter. Prentiss avait ordonné qu'elle soit envoyée dans les tunnels. Son ami Levi y était déjà – s'il n'avait pas servi prématurément de ravitaillement, avait-il précisé avec une étincelle cruelle au fond des yeux.

Pas étonnant que Flynn ait eu des envies de meurtre. C'était un esprit malade. Un dégénéré d'une sauvagerie sans bornes.

Le dôme fut ouvert par l'un des gardes, révélant l'échelle qui menait sous terre. Sadie descendit, faisant mine d'hésiter. Elle avait un plan et le mettre à exécution dans les tunnels tournerait à son avantage.

Lorsqu'elle arriva en bas, George attendait. Il portait encore les tongs aux pieds.

— Je ne m'attendais pas à vous voir revenir, dit-il. J'ai entendu dire que vous vous étiez échappée.

— Vous me manquiez. J'ai décidé de vous rendre une petite visite.

Il la considéra pendant un long moment, l'ironie de son trait d'humour lui échappant apparemment totalement. Finalement, il hocha la tête.

— Votre ami est là, lui aussi. Il n'est pas en grande forme.

— Qu'est-ce qu'il a ?

— Je crois qu'il ne se fait pas à l'idée de servir de ravitaillement de secours en cas de pénurie.

Levi leur avait été envoyé dans cette intention, Prentiss s'était fait une joie de l'en informer.

— Je crois qu'il faut qu'on parle avant de rejoindre les autres, s'empressa-t-elle d'annoncer avant que George ne tourne les talons.

Il fronça les sourcils.

— Qu'on parle de quoi ? Vous savez tout ce qu'il y a à savoir sur la façon dont les choses fonctionnent ici.

Sadie regarda autour d'elle comme pour s'assurer que personne ne pouvait les entendre.

— C'est pour aujourd'hui, souffla-t-elle d'un ton pressant. Ils vont arriver. Si vous êtes encore tous là quand ils débarquent, vous finirez tous en prison aussi.

La perplexité se peignit sur ses traits.

— Qui ça, ils ?

— Les fédéraux, pardi. La police ! Ils viennent arrêter Prentiss et le Conseil. Ils savent tout de ce qui se passe ici !

Il haussa les épaules.

— Ils se sont déjà vantés d'être capables d'arrêter Prentiss et ce n'est jamais arrivé. Il est bien trop prudent.

— Croyez-moi, George. Je suis du FBI. Ils savent *tout*. Vous avez été gentil avec moi, donc je veux vous aider, vous et les autres, ici, en bas. Mais le temps presse. Il faut partir d'ici tant qu'on le peut encore.

— Quoi ?

Il recula aussi vivement que si elle l'avait mordu.

— Vous savez comment sortir d'ici, poursuivit avec chaleur Sadie. Vous avez creusé des issues. Vous savez où elles se trouvent, comment les rendre utilisables.

Il avait peur du retour de bâton, elle le voyait bien. Il fallait absolument qu'elle l'amène à songer combien ce serait facile de s'évader de ces tunnels et de se réfugier quelque part, dans un endroit hors de portée de la Résurrection. Elle décida de changer de tactique.

— Prentiss et le Conseil sont en train de plier bagage. Vous croyez qu'ils vont vous libérer avant d'évacuer les lieux ?

Elle secoua la tête.

— Non, bien sûr que non. Ils vont vous laisser mourir ici. Les autorités ne peuvent pas interroger les morts.

Il commençait à fléchir mais il secoua vigoureusement la tête.

— Non. Vous mentez.

— Je ne mens pas, George. Je n'ai aucune raison de mentir. Simplement, je ne veux pas mourir et c'est ce qui va arriver si on reste ici.

Il se mit à marcher. Elle lui emboîta le pas.

— Les fédéraux vont faire tomber Prentiss et le Conseil. Ils seront là avant la nuit. On n'a plus de temps à perdre. Prentiss et ses acolytes vont s'en tirer et nous tous, ici, en bas, on sera faits comme des rats.

Il s'arrêta et se tourna vers elle.

— Si vous dites vrai, que voulez-vous qu'on fasse ?

— Vous m'avez parlé des issues que vous avez préparées. Allons jusqu'à la plus proche et sortons d'ici avant qu'il ne soit trop tard. Avant que Prentiss n'ordonne de faire le grand ménage avant de partir, si vous voyez ce que je veux dire.

— Il y aura des gardes, objecta-t-il. Ils nous tireront dessus.

Elle secoua la tête.

— Ils ne seront plus là. Ils ont peur. Croyez-moi, ils ne vont pas moisir ici quand ils sauront ce qui se trame.

George se remit à avancer jusqu'à la zone de travail, Sadie sur ses talons. Levi était là et il semblait en relativement bonne condition physique. Pas de blessures visibles. Le soulagement l'envahit. Peut-être serait-ce sa seconde chance de l'extraire d'ici… Cette fois, elle l'aurait à l'œil et ne le laisserait pas prendre la poudre d'escampette. Elle avait bien l'intention de le ramener entier à sa sœur.

Sa pelle à la main, George rejoignit les autres travailleurs. Sadie réprima l'envie de le secouer. Pourquoi ne l'écoutait-il pas, nom d'un chien ?

— Hé ! lança-t-elle à son adresse. Vous ne m'avez pas entendue ? Il faut qu'on parte d'ici, et vite, sinon, on va tous mourir. Pourquoi ne le leur dites-vous pas ?

Plusieurs hommes la regardèrent avant de tourner la tête vers George mais aucun d'eux ne cessa son labeur.

— Levi ! cria-t-elle, haussant encore le ton, attendant qu'il lève les yeux. Venez ! On fiche le camp d'ici.

Il lança un regard hésitant aux autres. Puis, juste au moment où Sadie se disait qu'il n'allait pas bouger, il jeta sa pelle à terre et s'avança dans sa direction.

Soulagée, Sadie le regarda venir. Sa confiance restaurée, elle clama :

— Qui d'autre vient avec nous ?

Elle balaya les visages noircis par la poussière et la crasse. Tous la contemplaient, l'expression vide, défaite.

— Dites-leur, George, insista-t-elle. Dites-leur ce qui va se produire. Il faut fuir tant que c'est encore possible.

George la contempla longuement, puis il lança sa pioche par terre et marcha droit sur elle. Elle retint son souffle, pas certaine de ses intentions.

Mais, lorsqu'il l'eut rejointe, il se tourna vers les autres.

— Il va nous falloir les pelles et les pioches, les gars. On en a pour au moins vingt minutes mais, attention ! S'ils nous voient sur les caméras de surveillance, ils descendront ici et nous feront regretter de l'avoir écoutée.

— On peut y arriver, assena avec force Sadie, craignant que son avertissement ne les décourage. On va travailler plus vite qu'on ne l'a jamais fait.

Le regard de George balaya ses compagnons d'infortune.

— Attrapez vos pelles et vos pioches. On s'en va.

Ils se mirent en route, George ouvrant la marche, Sadie et Levi sur ses talons. Au moins une douzaine de travailleurs, derrière eux, pressaient le pas pour les rattraper. Elle jeta un coup d'œil aux caméras placées tous les quinze mètres le long de l'interminable corridor. Ils n'auraient pas beaucoup de marge de manœuvre.

L'alarme retentit alors que six hommes travaillaient

d'arrache-pied à ouvrir la voie en haut des échelles de l'issue la plus proche. Prestement, le reste de l'équipe se déploya pour former un barrage à l'entrée du boyau qui y conduisait afin de stopper les gardes qui allaient sans aucun doute accourir.

Un bruit de bottes martelant le sol se répercuta dans le tunnel. George et ses amis s'activaient, criant des ordres, s'exhortant l'un l'autre à se dépêcher. Sadie attira Levi près d'elle.

— Dès que l'issue sera ouverte, murmura-t-elle, la bouche collée à son oreille, on foncera chercher de l'aide.

Il acquiesça d'un hochement de tête.

Les bruits et les cris se rapprochaient.

Vite. Vite !

Tenaillée par la crainte, Sadie quitta des yeux le rempart humain qui se dressait entre les gardes qui arrivaient et leur position pour regarder où en étaient les hommes qui piochaient et pelletaient sans relâche en haut, encouragés par George et les autres.

Subitement, un rayon de lumière inonda le tunnel.

Trois hommes, déjà, se hissaient hors du puits.

— On y va ! lança Sadie en donnant un coup de coude à Levi.

Ils gravirent les barreaux de l'échelle la plus proche et sortirent. Deux gardes sortis griller une cigarette pendant leur pause se tournèrent vers eux, mais George et les autres leur tombèrent dessus et les neutralisèrent avant qu'ils n'aient eu le temps d'atteindre leurs armes.

Les autres travailleurs émergeaient du puits à flux continu, derrière Sadie et Levi, mais elle ne prit pas le temps de regarder derrière elle.

Attrapant la main de Levi, elle s'élança à fond de train à travers bois.

Il lui fallait maintenant trouver de l'aide le plus vite possible.

La vie de Flynn en dépendait.

14

Les branches et les buissons fouettaient ses jambes nues mais elle continuait à galoper, tenant toujours fermement Levi par la main.

Des coups de feu retentirent au loin, derrière eux, et son cœur se mit à battre plus fort.

Stimulée par l'adrénaline, elle força l'allure. Heureusement, Levi réussissait à tenir le rythme bien qu'il soit nu-pieds et épuisé. Il paierait plus tard le fait de ne pas avoir été chaussé… Et il devait avoir les mains couvertes d'ampoules. Comme elle après son passage par le tunnel. Tant pis. Tout cela n'était rien.

Si les gardes trouvaient un bon angle de tir, ils auraient bien autre chose à redouter que de malheureuses ampoules.

— Par là !

Levi tira sur sa main.

Il connaissait le secteur, contrairement à elle. Autant lui faire confiance. Il avait autant de raisons qu'elle de vouloir fuir cette montagne. Quel que soit le côté de l'équation où l'on se trouvait, l'instinct de survie était toujours le plus puissant des moteurs.

Levi dévia vers la droite, s'enfonçant dans la jungle des arbres.

Quand, enfin, ils ralentirent, Sadie était presque hors d'haleine.

— Attendez une minute, haleta Levi, prenant appui contre un arbre pour reprendre son souffle, lui aussi.

Sadie s'adossa à un tronc, s'obligeant à respirer lentement, profondément. Lorsqu'elle se sentit de nouveau capable d'enchaîner les mots pour former une phrase cohérente, elle s'enquit :

— On est encore loin de la civilisation ?

— Si on continue par là sur environ trois kilomètres, on atteindra la vallée, dit-il en désignant la direction dans laquelle il l'avait entraînée. Il y a quelques maisons dans ce coin-là. On pourra sûrement téléphoner.

Sadie se borna à acquiescer d'un hochement de tête.

Ils repartirent, moins vite cette fois. Les muscles de ses jambes la brûlaient après leur course effrénée et les efforts qu'elle avait imposés à son corps ces derniers jours. Il lui faudrait deux bonnes semaines de repos pour se remettre de l'avoir autant malmené au cours de cette mission.

À supposer qu'elle s'en sorte saine et sauve, bien entendu. Elle jeta un coup d'œil par-dessus son épaule pour s'assurer qu'ils n'avaient personne à leurs trousses… Non. Rien… pour l'instant.

Tandis qu'ils amorçaient la descente, la végétation de sous-bois se fit moins dense, les arbres plus clairsemés. Devant eux, se devinait une grande prairie par-delà la limite forestière. Parvenus à l'orée des bois, Levi et elle hésitèrent.

Sadie avisa au loin une maison flanquée d'une grange. À en juger par les vaches qui paissaient dans le champ et le matériel agricole qui se trouvait à proximité, l'endroit était occupé. Des acres de pâturage séparaient la ferme d'autres bâtiments. Un hameau. Elle se retourna une nouvelle fois. S'aventurer en terrain découvert serait trop risqué si l'ennemi était sur leurs talons.

Sadie regarda Levi.

— Connaissez-vous les gens qui vivent là ?

Il secoua la tête.

— Non, mais ce qu'on veut, c'est un téléphone, non ? L'un des habitants du coin nous laissera sûrement utiliser le sien.

Sadie hocha la tête.

— On prétendra que notre voiture est tombée en panne. Mieux vaut ne pas préciser que nous sommes poursuivis… Les gens ont peur de s'attirer des ennuis en se mêlant de problèmes qui ne les regardent pas.

— Oui…, acquiesça-t-il, parcourant du regard l'étendue d'herbe qui s'ouvrait devant eux. Vous avez raison. On ne peut pas leur dire ce qui se passe.

Sadie regarda derrière elle, balayant des yeux la lisière des arbres sur toute sa longueur.

— J'ai l'impression qu'on les a semés.

Plus d'une quinzaine de personnes s'étaient échappées du tunnel et dispersées dans toutes les directions. Avec un peu de chance, les deux gardes qu'elle avait vus en sortant et ceux qui étaient arrivés par le tunnel se seraient élancés à leur poursuite. Non qu'elle souhaitât à ces derniers un dénouement malheureux, évidemment… Mais elle n'était qu'un être humain, après tout, avec ses qualités et ses défauts.

— OK. On va tenter notre chance dans cette ferme, décréta-t-elle. Plus vite nous agirons, plus vite nous pourrons envoyer de l'aide à Flynn.

Son estomac se crispa douloureusement à la pensée qu'il était peut-être déjà mort. Elle lui avait demandé de gagner du temps – de retarder l'inévitable. Elle espérait qu'il avait réussi. S'il ne se laissait pas déborder par l'émotion, tout irait bien. C'était un agent expérimenté. Il saurait se remémorer tout ce qui lui avait été enseigné en formation.

Après un dernier coup d'œil derrière eux, Levi et elle s'élancèrent à travers champs. Malgré tout, elle s'attendait à tout moment à entendre une détonation déchirer l'air mais rien ne se produisit. Comme ils approchaient du corps d'habitation de la ferme, une vache leva la tête et les regarda.

Ils gravirent les marches du porche. Levi frappa à la porte pendant que Sadie surveillait la lisière de la forêt, derrière eux. Ils touchaient du doigt leur but. Trouver *un* téléphone et passer *un* appel.

Le cœur battant, elle entendit Levi frapper de nouveau. Aucun bruit ne leur parvenait de l'intérieur : pas de téléviseur, pas de bruits de pas. Craignant qu'il n'y ait effectivement personne, Sadie alla regarder par la fenêtre la plus proche. *Une cuisine*. De la vaisselle séchait sur un torchon étendu sur le comptoir. S'il n'y avait personne, quelqu'un s'était trouvé là il y a peu.

— Quelqu'un habite ici, souligna-t-elle à haute voix.

Elle scruta la ligne des arbres une nouvelle fois.

Le son d'un gros choc ramena son attention vers la porte d'entrée. Levi reculait, prenant de nouveau son élan pour essayer de la défoncer, l'épaule droite en avant.

La troisième tentative fut la bonne. La porte alla cogner contre le mur dans un grand fracas.

Elle exhala un profond soupir et franchit le seuil

à la suite de Levi. Une effraction de domicile pesait assez peu, mise en balance avec le fait qu'ils s'efforçaient de sauver leurs vies.

— Le téléphone est là, annonça Levi.

Sadie s'approcha de la table basse placée au-dessous de la fenêtre de devant.

— Faites le tour de la maison pour vous assurer qu'elle est bien vide… Qu'il n'y a personne sous la douche, par exemple. Il ne manquerait plus qu'un propriétaire à la détente facile nous fourre un fusil sous le nez en nous prenant pour des cambrioleurs…

Elle n'avait pas échappé à la mort certaine que leur réservaient des tueurs patentés pour se faire tirer comme un lapin par un fermier pris de panique.

Levi hocha la tête et s'engagea dans le couloir. Le corps d'habitation était un bâtiment de brique, tout en longueur mais plutôt étroit. En faire le tour ne serait pas long.

Sadie composa rapidement le 911. Sitôt que l'opératrice eut fini son laïus d'accueil, elle donna son nom et demanda à être mise en relation avec le shérif Tanner.

La communication fut établie en moins de vingt secondes.

Sadie s'adossa au mur, s'autorisant un vrai soupir de soulagement.

— Tanner, nous sommes…

Entendant des pas, elle se retourna pour demander à Levi où ils se trouvaient exactement.

Mais elle se figea sur place.

Levi se tenait dans l'embrasure de la porte, le teint pâle, les yeux agrandis par la frayeur, un fusil sur la tempe.

— J'ai essayé de lui expliquer que nous cherchions de l'aide, commença-t-il. Mais…

— Posez ce téléphone ! aboya l'homme qui le tenait en respect.

Mince.

— Monsieur, je suis en ligne avec le shérif Tanner, déclara-t-elle posément en écartant l'appareil de son oreille et en le lui tendant. Nous ne sommes pas armés. Si vous voulez bien parler au shérif… Il vous expliquera la situation.

L'homme s'écarta de Levi, mais garda le fusil pointé sur sa tête. Il attrapa l'appareil et recula encore de quelques pas afin de les tenir tous les deux dans sa ligne de tir.

— Shérif Tanner ? Ici Cord Hawkins.

Après avoir décliné son identité, il donna ses coordonnées puis écouta, le combiné collé à l'oreille.

Sadie n'entendait que le bourdonnement de la voix du shérif mais ses explications durent être rassurantes car Hawkins ne tarda pas à abaisser le canon de son fusil.

— Très bien… D'accord, déclara-t-il finalement avant de rendre le téléphone à Sadie. Le shérif veut vous parler.

— Merci, dit-elle, reprenant le combiné en main. Pouvez-vous faire vite, Tanner ? On n'a pas beaucoup de temps.

Comme Tanner donnait ses instructions par le biais d'une autre ligne téléphonique, Sadie nota du coin de l'œil que Hawkins apportait des canettes de Coca-Cola de la cuisine. Il en tendit une à Levi, puis lui en offrit une.

Sadie lui adressa un bref sourire et murmura

un remerciement. Coinçant le combiné contre son épaule, elle fit sauter l'opercule de la canette et but à grands traits.

— Ne bougez pas de là où vous êtes, agent Buchanan. Nous arrivons. On sera sur les lieux dans moins d'une heure.

Sadie coupa la communication et avala une nouvelle gorgée. Elle regarda Levi s'adosser au mur et se laisser glisser jusqu'au sol tout en se désaltérant, lui aussi. Sadie ferma les yeux, submergée par la fatigue. Elle ne s'était jamais sentie aussi harassée de sa vie.

— Ce sont des amis à vous ?

Elle rouvrit les yeux d'un coup, brusquement rappelée à la réalité par le fermier, planté devant la fenêtre. D'un bond, elle le rejoignit.

Hawkins lui montra les trois hommes qui traversaient en courant le champ par lequel eux-mêmes étaient passés. L'un d'eux était George. Elle n'eut pas besoin de scruter les traits de ses compagnons pour les reconnaître. Leurs vêtements crasseux, leurs longs cheveux gras et leurs visages sales disaient tout.

— Ils étaient prisonniers, comme nous, expliqua-t-elle en se retournant vers Hawkins. Ce ne sont pas nos poursuivants.

— Vous êtes sûre, m'dame ? insista Hawkins, l'air méfiant, en resserrant sa prise sur le fusil.

Elle inclina la tête.

— Je vais aller leur parler.

— Je veillerai au grain d'ici, assura Hawkins.

— Merci.

Sadie sortit au moment où les trois hommes gravissaient les marches du porche.

— Ils ne vous ont pas suivis ?

Elle n'avait vu personne mais, dans ce genre de situation, on ne péchait jamais par excès de prudence.

George fit un signe de dénégation.

— On les a semés.

— Entrez, dépêchez-vous, reprit Sadie en ouvrant la porte. J'ai prévenu le shérif. Les secours arrivent.

Hawkins alla chercher trois autres canettes et des sachets de chips. Les hommes se jetèrent sur la nourriture comme s'ils n'avaient rien mangé depuis des lustres, ce qui était probablement le cas. Sadie, elle, gardait les yeux rivés sur l'orée du bois et priait mentalement pour que Flynn soit indemne.

Il était toujours dans le camp. Seul.

— Voilà le shérif, annonça Hawkins.

Un cortège de véhicules officiels entra dans la cour de la ferme. Des adjoints en uniforme et des policiers envahirent la maison. Les ambulanciers insistèrent pour soumettre Sadie, Levi et les autres à un rapide examen médical tandis qu'elle et George fournissaient toutes les informations sur le camp, les gens qui s'y trouvaient et la situation périlleuse dans laquelle ils avaient laissé l'agent Smith Flynn.

Le chef de la police, William Brannigan, était déjà au téléphone, en train de joindre l'ATF. La police d'État et le FBI avaient été prévenus en chemin. Par la fenêtre, Sadie reconnut l'agent Ross et Cece Winters qui s'avançaient vers l'entrée de la maison.

— Levi, dit-elle en se tournant vers le jeune homme, qui s'était rassis par terre. Il y a quelqu'un pour toi.

Il se relevait juste lorsque la porte s'ouvrit, livrant passage à sa sœur et à Ross. La réunion du frère et de la sœur donna lieu à de touchantes retrouvailles auxquelles Sadie assista, émue. Elle espérait seulement que ce ne serait pas la seule.

Cece Winters, après avoir dûment serré son frère dans ses bras, se tourna vers Sadie, à qui elle donna à son tour une chaleureuse accolade.

— Merci… Merci infiniment ! Vous avez sauvé mon frère.

Sadie tourna la tête vers Levi.

— Oh ! mais il y a activement participé. Je crois qu'on peut dire que ça a été un sauvetage réciproque.

Il sourit.

— Si vous le dites.

L'agent spécial Deacon Ross serra la main de Sadie.

— Merci, et chapeau bas. Je sais par quoi vous avez dû passer pour parvenir à ce résultat.

— Ce n'est pas encore terminé, déclara-t-elle. Une guerre est sur le point de se déclencher dans ces montagnes : la Résurrection contre les *autres*. L'agent Flynn se retrouve pris en tenaille entre les deux. Il se pourrait qu'il soit déjà mort. Il ne faut pas perdre une seconde.

George avança d'un pas.

— Je connais l'unique voie d'accès au camp. Et j'ai les codes. Je vais vous y conduire.

Les deux travailleurs qui étaient venus avec George firent écho à sa proposition.

Tous tenaient à voir tomber Prentiss.

Sadie la première.

— Mlle Winters va vous ramener à mon bureau, annonça Tanner à Sadie.

Elle secoua la tête.

— Non, pas question. Je viens avec vous.

Tanner s'efforça de la dissuader mais il finit par

renoncer, comprenant qu'elle ne céderait pas. Il hocha la tête.

— D'accord. Dans ce cas, allons-y.

Smith luttait pour rester conscient.

Il était suspendu, torse nu, à un gros anneau fixé au plafond, les pieds à vingt centimètres du sol. On l'avait torturé pendant des heures et il avait perdu la notion du temps.

Il avait supporté les coups sans broncher. Les électrochocs étaient venus ensuite. Cette dernière demi-heure avait été plus difficile ; il n'avait encore jamais subi ce traitement. Mais ce qu'il redoutait véritablement, c'était le marquage au fer rouge qui allait suivre. Il se serait bien passé de cette étape-là.

Prentiss, en salaud qu'il était, assistait à la scène depuis l'autre extrémité de la salle, regardant sa garde rapprochée chauffer les instruments de torture sur des charbons rougeoyants. Smith connaissait le soldat chargé de lui infliger ce supplice. Celui-ci ne semblait pas éprouver de remords à l'idée de torturer un vieil ami. Peut-être Smith s'était-il fait plus d'ennemis qu'il ne l'avait cru pendant le temps qu'il avait passé ici ? Ou peut-être le soldat s'estimait-il simplement heureux d'être le bourreau et non la victime.

Comment l'en blâmer ?

La seule chose dont Smith était absolument sûr, c'était que, s'il survivait suffisamment longtemps, il veillerait à ce que Rayford Prentiss ne s'en tire pas vivant.

Ce fumier avait avoué avoir assassiné son père.

Il était responsable d'innombrables autres morts

liées à son trafic d'armes et de drogues. Et ce n'était qu'un début.

Comme s'il avait lu dans ses pensées, Prentiss se rapprocha de lui. Il promena son regard sur Smith, contemplant avec une satisfaction non dissimulée le sang qui coulait de sa bouche et de son nez, ses yeux au beurre noir, son visage tuméfié, les ecchymoses qui étaient en train d'apparaître sur son torse. Ce salaud avait torturé et tué tant de personnes. Mais, quoi qu'il arrive, Smith serait le dernier.

Qu'il survive ou non, Buchanan veillerait à ce que cette crapule ait ce qu'elle mérite.

Si *elle* s'en était sortie.

Smith ferma les yeux, refusant d'envisager qu'il puisse en être autrement. Elle était trop intelligente et trop déterminée pour avoir échoué. Prentiss avait été appelé hors de la salle un moment plus tôt. Smith n'avait pas pu entendre tout ce qui se disait, mais il avait capté l'essentiel de la conversation. Un groupe d'une quinzaine de personnes avait réussi à s'échapper des tunnels et à tromper la vigilance des gardes.

Elle devait en faire partie, Smith en était sûr.

Allez, Sadie.

Un sourire tremblota sur ses lèvres meurtries. Il aimait ce nom. *Sadie*. Il aimait son impertinence, son audace, son courage.

Il espéra qu'il aurait la chance d'apprendre à mieux la connaître.

— Je me demande bien ce que tu peux trouver de drôle à ta situation, mon garçon.

Smith s'efforça d'ouvrir ses yeux gonflés.

— Je pensais à toi. Je t'imaginais croupissant en prison avec tes amis. Ah, mais non, c'est vrai…

Il réussit à produire un rire un peu rauque.

— Tu n'as pas d'amis. Ça ne va pas être drôle pour toi.

Il s'était attendu à voir débarquer Aikman même s'il n'avait pas reçu de signal lui indiquant que Smith avait réglé son compte à Prentiss. Avec tous les codes d'accès et toutes les informations dont il disposait, il allait forcément passer malgré tout à l'action.

— J'aurais cru que tu te ferais du souci pour le tien, d'ami, rétorqua Prentiss. Ou ennemi, selon le point de vue d'où on se place. Tu sais, Aikman.

Smith serra les mâchoires pour ne rien laisser transparaître.

— Il se trouve que j'ai découvert l'identité de la taupe qu'il avait envoyée nous espionner de l'intérieur. Il observait tout, allait fourrer son nez dans des endroits où il n'avait rien à faire, donc ça m'a mis la puce à l'oreille. Contrairement à toi, il s'est mis à gazouiller comme un merle sans qu'il soit besoin de beaucoup l'encourager. Mes hommes sont en état d'alerte maximum. Personne n'entrera dans ce camp aujourd'hui. Ni demain, d'ailleurs, ajouta-t-il en se frottant la barbe. J'ai cru comprendre que tu devais me tuer ? Qu'est-ce qui t'a fait changer d'avis ?

Smith sourit de nouveau, malgré sa lèvre fendue qui le brûlait comme du feu.

— Je me suis dit que, tout compte fait, je préférais te savoir moisir en prison plutôt que de t'envoyer tout de suite ad patres. J'ai envie que tu vives. Très longtemps. Pour pouvoir jouir pleinement de ce que l'avenir te réserve – une fois que justice aura été faite.

Avançant encore d'un pas, Prentiss s'empara d'un couteau posé sur la table, à côté d'autres instruments de torture. Il le tourna et le retourna dans sa main, faisant mine d'inspecter le tranchant de la lame.

La tension gagna Smith. Il banda ses muscles, se tenant prêt à lancer les jambes en avant pour projeter Prentiss à l'autre bout de la pièce. Il avait pris son mal en patience, attendant son heure. L'ordure ne résisterait pas au plaisir de venir le torturer en personne, il le savait. Mais il n'avait pas droit à l'erreur. Sa chance ne se présenterait pas deux fois : s'il tentait une manœuvre de ce genre et échouait, Prentiss prendrait immédiatement ses dispositions pour que ça ne se reproduise pas.

La porte s'ouvrit et l'un des gardes personnels de Prentiss entra précipitamment. Il lui murmura quelque chose à l'oreille. Prentiss reposa le couteau et tourna la tête, le regard rivé sur Smith tandis qu'il écoutait la suite.

Ça y est. C'est parti, songea Smith, l'excitation s'emparant de lui malgré le pitoyable état dans lequel il se trouvait. Il vit la peur luire dans les yeux du vieil homme.

Prentiss lança un regard à son homme de main.

— Achève-le et débarrasse-toi de lui.

Oui. Soit Aikman et ses hommes avaient investi le camp, soit les renforts que Sadie était allée chercher arrivaient.

L'une comme l'autre option convenaient à Smith.

Prentiss quitta la salle de torture en toute hâte.

Smith demeura immobile tandis que l'homme qui l'avait frappé et torturé s'approchait de lui pour la dernière fois. Se préparant mentalement à mobiliser ses ultimes forces, Smith attendit qu'il soit arrivé devant la table, prêt à empoigner le couteau.

Smith détendit les jambes d'un seul coup.

Il emprisonna le cou du garde dans l'étau de ses jambes. Luttant pour se dégager, l'homme leva la main armée du couteau.

Smith banda tous ses muscles pour balancer tout le poids de son corps vers la droite, lui brisant net la nuque. Les yeux de l'homme se révulsèrent. Le couteau lui glissa de la main et heurta le sol dans un bruit métallique. Smith desserra les jambes et le corps sans vie du garde s'écroula mollement par terre.

Lançant les jambes vers la gauche, Smith atteignit la table de ses pieds nus. Il demeura immobile pendant quelques instants, en sueur, reprenant son souffle, récupérant de l'effort qu'il venait de produire puis, lentement, centimètre par centimètre, il attira la table vers lui. Lorsqu'il put poser les genoux sur le plateau, il marqua une nouvelle pause, pantelant. Finalement, il se hissa vers le haut à la force de ses biceps, dégageant ses mains du nœud coulant qui les maintenait prisonnières. Il s'effondra, plié en deux, à genoux sur la table. De nouveau, il attendit que le fourmillement s'apaise et que la circulation se rétablisse dans ses bras.

Lorsqu'il s'en sentit capable, il descendit de la table et reprit enfin pied par terre. Où diable était la clé des chaînes qui lui entravaient les poignets ? Il chercha sur la table et parmi les instruments qu'il avait fait tomber durant sa manœuvre. Rien. Fébrilement, il fouilla alors le garde. La clé se trouvait dans sa poche. Smith la saisit.

Se laissant rouler sur le côté, les genoux repliés, il se concentra pour positionner la clé en face de la serrure du bracelet métallique qui lui emprisonnait le poignet gauche. Elle lui échappa des mains une fois puis deux avant qu'il parvienne à l'insérer. Il dut ensuite se tordre le poignet droit pour la faire tourner mais, finalement, ses efforts furent couronnés de succès. La serrure céda. Un immense soulagement l'envahit. Il récupéra la clé et répéta l'opération sur le poignet droit. Grimaçant de douleur, il remua ses doigts ankylosés puis se frictionna les mains. Il voulut prendre une profonde inspiration mais elle fut bloquée net par la douleur de ses côtes contusionnées – ou fêlées.

Se mettant avec précaution debout, il chercha une arme du regard.

En fonction de ce qui était en train de se passer, peut-être serait-il amené à devoir se défendre. Il retourna le corps inerte du garde, arracha le pistolet de son holster. Il vérifia s'il était chargé… Une cartouche pleine. Il le glissa dans sa ceinture et se mit en quête de ses chaussures, qu'il finit par retrouver sous la chemise qu'on lui avait découpée à même le corps. La chemise, il pouvait s'en passer mais les chaussures auraient leur utilité.

Maintenant, il s'agissait de mettre la main sur Prentiss avant que ce fumier ne lui file entre les doigts.

Il était presque à la porte lorsqu'il revint sur ses pas pour prendre le téléphone du garde. Peut-être Prentiss l'appellerait-il pour s'assurer que Smith était bien mort. Comme il le sortait de sa poche, un trousseau de clés tomba par terre. Il s'en empara également.

Des pas précipités dans le corridor, de l'autre côté

de la porte, lui firent relever la tête brusquement. Il était à mi-chemin de la porte lorsque celle-ci s'ouvrit.

Smith pointa son arme à bout de bras devant lui.

Aikman.

15

— Tiens, tiens, mais voilà notre ami ! Celui qui a échoué dans la mission que je lui avais confiée, proféra Aikman en secouant la tête d'un air faussement désolé. Aïe aïe aïe, Flynn… Je vous croyais plus doué que ça.

Apparemment, le fait que ce soit Smith qui tienne une arme braquée sur lui ne semblait pas le déranger. Il avait bien un pistolet à la main, lui aussi, mais il était orienté vers le sol.

— J'y travaillais mais Prentiss s'est rendu compte que vous étiez en train de donner l'assaut. Il est parti en me laissant un peu gêné aux entournures, acheva-t-il en jetant un regard éloquent à l'anneau du plafond et aux chaînes qui gisaient en tas sur le sol.

Aikman suivit son regard et contempla le crochet, au plafond.

— Aïe aïe aïe, répéta-t-il.

Smith n'arrivait pas à déterminer si Aikman essayait de le déstabiliser ou s'il ne s'inquiétait réellement pas d'avoir une arme pointée sur le front.

— Et si vous posiez votre arme ? suggéra Smith. Je suis un peu nerveux, vous comprenez. Je ne voudrais pas faire quelque chose que vous et moi pourrions regretter.

Aikman sourit avant de produire un son à mi-chemin entre rire et grognement.

— Bien sûr.

Il rangea le pistolet dans sa ceinture.

— On s'est dit qu'on préférait ces installations-ci aux nôtres. Donc, on prend le commandement du camp.

— Vous avez l'intention de tuer tout le monde, ici ? questionna Smith de son ton le plus dégagé tout en priant intérieurement le ciel que les renforts arrivent sans délai.

Aikman haussa les épaules.

— J'ai l'intention d'en garder certains pour les intégrer à mon groupe, répondit-il avant d'arquer les sourcils d'un air interrogateur. Vous êtes intéressé, Flynn ?

Il abaissa son arme et essuya le filet de sang qui coulait toujours de sa bouche.

— Pourquoi pas ? Dès lors que les conditions me conviennent.

Aikman jeta un regard à la ronde.

— Où est votre petite amie ? J'espérais la revoir.

— J'aimerais bien le savoir, moi aussi, rétorqua-t-il du tac au tac avant de s'avancer vers la porte qu'Aikman, pour l'instant, bloquait. J'espère que Prentiss ne l'a pas emmenée.

Smith savait que ce n'était pas le cas mais Aikman ne pouvait pas être au courant.

Aikman lui tourna le dos et sortit de la pièce le premier. Décidément, avec lui, Smith allait de surprise en surprise.

— Nous avons réuni tous les membres du Conseil.

Aikman lui jeta un coup d'œil tandis qu'ils descendaient le corridor.

— À l'exception de Prentiss et de vous, évidemment.

Un sentiment d'appréhension lui noua soudain les entrailles.

— Vous les avez éliminés ?

— Pas encore, répondit Aikman en secouant la tête. Ils détiennent certainement des informations qui pourront m'être utiles. À moins que vous ne soyez absolument certain d'avoir tout ce dont nous aurons besoin. Dans ce cas, nous pouvons nous débarrasser d'eux tout de suite.

— Prentiss veillait toujours à ce que le pouvoir ne soit pas concentré en une seule et même personne. Nous avions chacun notre domaine. Je pense que nous pourrions avoir besoin de tout le monde.

C'était un mensonge, bien sûr, mais il s'agissait simplement d'empêcher Aikman de commettre un massacre collectif. Restait un problème, cependant, et pas des moindres. Il ne savait pas quels membres du Conseil seraient assez sages pour garder le silence et ne pas révéler qu'il était un agent sous couverture. Si l'un de ceux qui étaient au courant avertissait Aikman, la situation pouvait se retourner en moins de temps qu'il n'en fallait pour le dire.

Oui, il avait vraiment, vraiment besoin de renforts.

— Je les ai rassemblés dans la salle de conférences, continua Aikman. On va les rejoindre et commencer le transfert d'informations, pour ainsi dire.

— Je vous retrouve là-bas dans quinze minutes. Je veux laver ce sang de mon visage et me changer. Il ne faut pas qu'ils décèlent chez nous le moindre signe de faiblesse. Il s'agit de se montrer forts, unis afin qu'ils comprennent bien que les jeux sont faits et que le pouvoir a changé de mains.

— Bien vu. Vous avez quinze minutes.

Aikman stoppa net subitement et se retourna.

— Ollie !

L'un de ses hommes arriva en courant.

— Escorte notre ami, monsieur Flynn, jusqu'à ses appartements privés. Et fais en sorte qu'il soit à la salle de conférences dans un quart d'heure.

— Oui, monsieur.

Le dénommé Ollie tourna sa tête couronnée de cheveux en bataille vers lui.

— Allons-y, Flynn.

Aikman n'était donc pas aussi confiant vis-à-vis de lui qu'il le laissait paraître. Ce qui les mettait sur un pied d'égalité puisque Smith, pour sa part, se méfiait de lui comme de la peste.

Dehors, tout était calme.

— Où sont-ils, tous ?

— Dans le centre de détention.

Smith fut surpris d'obtenir une réponse mais il s'en félicita.

Il avait beau nourrir le plus profond mépris pour Prentiss, il n'avait aucune envie de voir l'incursion des *autres* virer au carnage.

Ils traversèrent la grande cour. L'atmosphère qui y régnait était des plus étranges. Pas un bruit. Pas un mouvement. Rien. Les visages des gardes, en faction dans les tours, lui étaient inconnus. Des hommes d'Aikman, à n'en pas douter. Quand ils atteignirent son bungalow, Ollie entra, en fit le tour puis ressortit l'attendre à l'extérieur, laissant la porte ouverte.

— Si vous allez à la salle de bains, ne fermez pas la porte, le prévint-il.

— Entendu.

Smith attrapa des vêtements propres et se dirigea vers la petite salle de bains. Il tira le téléphone de sa poche, le posa sur le lavabo, puis procéda de même avec le pistolet. Lorsqu'il se fut habillé, il jeta un coup d'œil à la dérobée en direction de la porte d'entrée et s'arrangea pour envoyer un SMS au 911 en tenant le téléphone hors du champ de vision d'Ollie. Il ne savait pas si le service recevait des messages écrits mais, pour le moment, c'était sa seule possibilité. Sitôt le message envoyé, il le supprima, régla l'appareil sur silencieux puis le mit dans sa poche. Il glissa le pistolet dans l'arrière de sa ceinture, puis se nettoya le visage.

Ses yeux et sa mâchoire étaient enflés et il était à peu près certain d'avoir une ou deux côtes cassées, mais ça aurait pu être largement pire.

Il rejoignit Ollie devant la porte.

— Voilà. Je suis prêt.

Ils rebroussèrent chemin. La même atmosphère pesante régnait sur la cour, toujours déserte. Tout était trop calme. Trop silencieux. Ils atteignirent le bâtiment du Conseil et y entrèrent. Deux gardes étaient postés à l'extérieur de la salle de conférences. Ollie se dirigea droit vers la porte et l'ouvrit. Smith y entra à sa suite.

La scène qui s'offrit à lui, à l'intérieur, l'arrêta net. Les membres du Conseil étaient tous étendus par terre, bien alignés. Tous étaient morts, abattus d'une balle dans la tête.

Son regard se porta sur Aikman, qui se tenait au centre de la salle. Derrière lui, quelqu'un était assis mais Smith ne pouvait voir son visage.

— Je pensais qu'on allait les interroger, dit-il avec

un regard noir à l'adresse d'Aikman, refrénant l'envie de saisir son arme.

Comme si Ollie avait lu dans ses pensées, il lui arracha le pistolet.

— Ça aurait été beaucoup de tracas pour pas grand-chose, riposta Aikman. J'ai jugé plus simple de m'adresser à Dieu plutôt qu'à ses saints.

Il s'écarta, libérant le champ de vision de Smith.

Le visage de la personne qui était assise lui apparut.

Rayford Prentiss.

— Surprise ! Tu ne t'attendais pas à me voir, hein, *agent* Flynn ? se gaussa Prentiss. On dirait bien que ce petit jeu de dupes va tourner à mon avantage, en fin de compte.

Il lança un coup d'œil à Aikman.

— Du sang neuf... C'est toujours une bonne chose.

Sadie s'avança vers le shérif Tanner.

— Aikman et ses hommes ont pris le pouvoir, annonça-t-elle, l'inquiétude grandissant en elle. Il n'y a pas une minute à perdre. Il faut agir. Ils vont tuer tout le monde si on ne les arrête pas.

Le SMS transmis à Tanner par l'opérateur du 911 faisait état d'hommes lourdement armés et de nombreux prisonniers. Des douzaines avaient déjà été passés par les armes.

Le cœur de Sadie se serra. Le message devait émaner de Flynn, ce qui voulait dire qu'il était encore vivant – pour l'instant. Elle espéra qu'il le serait encore à leur arrivée.

La bonne nouvelle, c'était que se trouvaient réunis dans l'enceinte du camp les dirigeants de la Résurrection ainsi que ceux des *autres*. Cette opération allait permettre de faire d'une pierre deux coups et de mettre un terme aux agissements criminels des deux mouvements extrémistes en même temps.

Elle s'en réjouissait, bien sûr, mais cela ne l'empêchait pas de se faire du souci pour Flynn. Elle ne voulait pas qu'il y laisse la vie. Elle voulait avoir la possibilité de passer du temps avec lui. Du temps *libre* pour apprendre à le connaître, loin des contingences et des périls de leurs professions.

Tanner inclina la tête.

— On est quasiment prêts.

Sadie avait pu les mettre en garde contre les sentinelles positionnées autour du camp. Curieusement, ils n'en avaient localisé aucune à l'extérieur de l'enceinte. Sans doute était-ce dû à la prise du camp. Ils avaient retrouvé plusieurs corps.

Tanner posa la main sur son avant-bras.

— Voilà… On y va.

Il plongea son regard dans le sien.

— Mais vous, vous restez ici jusqu'à ce que nous ayons la situation sous contrôle.

Elle se dégagea d'un moulinet du bras.

— C'est hors de question, shérif. Je viens.

Le voyant porter son regard par-dessus son épaule, derrière elle, elle pivota sur ses talons et se retrouva nez à nez avec deux de ses adjointes.

— Madame, dit celle des deux qui était brune. On pénétrera dans le camp sitôt que le shérif nous aura donné le signal que la voie est libre.

Le sang de Sadie ne fit qu'un tour. Elle fit de nouveau volte-face, prête à dire son fait au shérif… juste à temps pour le voir s'éloigner en courant. Il l'avait honteusement prise en traître. Mais il ne servait à rien de s'appesantir sur ce point maintenant. Cela ne ferait que la déconcentrer dans un moment où elle avait besoin de toutes ses facultés.

Les deux adjointes se rapprochèrent, visiblement bien décidées à ne pas la lâcher d'une semelle. L'une d'elles portait des écouteurs, l'autre était équipée d'une paire de jumelles. Tanner ne les avait pas affectées à sa surveillance parce qu'il estimait que les femmes étaient moins robustes que les hommes. Sadie avait dénombré pas moins de sept adjointes sur le terrain et les cinq autres étaient de toute évidence parties avec Tanner. L'une d'elles, avait-elle noté, était enceinte et, à en juger par le volume de son abdomen, pas loin du terme de sa grossesse.

Des coups de feu coupèrent court à ses pensées. L'échange de tirs provenait de l'entrée du camp creusé sous la montagne. Aikman avait apparemment veillé à ce qu'elle soit bien gardée.

Le silence retomba d'un coup, plus angoissant encore que les tirs.

Une minute, puis deux s'écoulèrent. N'y tenant plus, Sadie déclara :

— Désolée, mesdames, mais ce n'est pas possible.

Elle s'élança. Entendant l'une des adjointes la prendre en chasse, Sadie allongea la foulée. Elle plongea entre les arbres, dans les taillis qui camouflaient l'entrée. Celle-ci était grande ouverte, des corps sans vie étendus tout autour.

À l'intérieur, les adjoints de Tanner s'étaient déjà dispersés pour fouiller les bâtiments.

Dégainant son arme, Sadie se dirigea vers le bâtiment du Conseil. Comme elle approchait de l'entrée, Tanner et l'adjointe qui l'avait poursuivie la rattrapèrent.

Le shérif l'entraîna à l'abri, derrière un véhicule qui était garé là.

— Qu'est-ce que vous fichez, Buchanan ?

— Ils doivent être ici, souffla-t-elle en désignant le bâtiment du menton. C'est là que se prennent toutes les décisions. C'est là que le Conseil se réunit.

— Et vous êtes sûre que Flynn est là.

Ses paroles lui firent l'effet d'un électrochoc. Elle n'était pas sûre, non. Elle *pensait*. Elle *supposait*. Elle envisageait le scénario le plus probable.

— C'est ce qui est le plus logique, répliqua-t-elle lorsqu'elle eut recouvré l'usage de la parole.

Tanner se servit de sa radio pour demander des renforts sur leur position. Le cœur de Sadie se mit à battre la chamade. Et si elle se trompait ?

Un unique coup de feu explosa soudain de l'autre côté du mur.

Tanner réagit instantanément. Il s'engouffra par la porte d'entrée laissée ouverte, talonné par Sadie et l'adjointe du shérif.

Au signal de Tanner, Sadie passa devant lui pour montrer le chemin jusqu'à la salle de conférences où elle avait été interrogée par le Conseil de la Résurrection.

Devant la porte, le shérif lui fit signe d'attendre. Il leur demanda ensuite à toutes les deux de s'accroupir. Lorsque ce fut fait, il cogna à la porte.

Celle-ci s'ouvrit et un garde apparut.

Tanner lui fourra le museau de son arme sous le nez et l'écarta sans ménagement. Un autre garde venait en courant à la rescousse. Sadie se chargea de le neutraliser.

— Eh bien, eh bien, nous voilà dans l'impasse.

Sadie reconnut la voix d'Aikman.

— Entrez, entrez, reprit-il. L'agent Flynn et moi-même étions justement en train de discuter des prochains développements.

Laissant les deux gardes sous la surveillance de l'adjointe du shérif, Tanner et Sadie s'avancèrent.

— Lâchez cette arme, ordonna Tanner.

Sadie fit un pas de côté pour voir ce que Tanner lui masquait. Son cœur se comprima.

Flynn était à genoux, le canon de l'arme d'Aikman pressé contre son front. À côté, Prentiss était renversé contre le dossier de son siège, une balle entre les deux yeux.

Par terre, à la gauche de Sadie, se trouvait une rangée de cadavres.

Les membres du Conseil.

— Je lâcherai mon arme quand je serai reparti d'ici sans être inquiété, contra Aikman d'un ton toujours aussi civil. Je libérerai l'agent Flynn seulement à ce moment-là également. Sinon, il connaîtra le même sort que Prentiss et les membres de son estimé Conseil.

Tandis que Tanner entamait avec le chef de clan des négociations qui n'avaient aucune chance d'aboutir, Sadie prit une décision. Elle abaissa son arme.

— Échangez-le contre moi, suggéra-t-elle. Le Bureau est beaucoup plus ouvert à ce genre de négociation que l'ATF. Au fait, saviez-vous que les deux agences étaient représentées dans cette pièce ?

Un éclair traversa fugitivement le regard d'Aikman.

L'expression de Flynn, elle, ne laissait planer aucun doute : son initiative lui déplaisait au plus haut point.

— Reculez, gronda Tanner à voix basse.

Aikman sourit, jouissant du spectacle.

— Admirable… Quel courage, quelle abnégation ! Venez par ici si vous voulez que je libère votre ami.

Sadie s'avança.

— Non, Buchanan. N'y allez pas, la mit en garde Tanner, sans quitter des yeux Aikman.

— La tactique de l'appât, je connais… Ce ne sera pas une première pour moi, shérif, assena Sadie en regardant Smith droit dans les yeux avant de reporter son attention sur l'homme qui le tenait en joue. Je n'ai pas peur de ce type.

Un sourire suffisant étira les lèvres d'Aikman.

— Voilà une déclaration extraordinairement audacieuse compte tenu du nombre de cadavres qui encombrent le sol de cette pièce.

Ce fut à cet instant précis – cette fraction de seconde où Aikman se croyait tenu de prouver combien il était redoutable – que Flynn passa à l'action.

En un éclair, il s'écarta de la ligne de tir et plongea dans les genoux d'Aikman.

Sadie se jeta au sol.

Comme s'il avait lui aussi fait partie de leur plan, Tanner logea une balle dans l'épaule droite d'Aikman. Celui-ci bascula en arrière, lâchant le pistolet.

Flynn saisit l'arme et se releva. Aikman, recroquevillé par terre, se tenait l'épaule – juste à l'endroit où devait se trouver cet important centre névralgique – en hurlant de douleur.

— Joli tir, le complimenta Flynn.

Sadie se redressa, les genoux tellement flageolants qu'elle se demanda si elle allait tenir debout.

Tandis que Tanner prenait le prisonnier en charge, Flynn se dirigea vers elle.

Elle se mordit la lèvre en voyant son visage abîmé et, peut-être aussi, en le voyant, *lui*, s'avancer vers elle.

Il était vivant.

Elle était vivante.

Ils s'en étaient sortis.

Flynn l'enlaça et l'attira contre lui. Elle se blottit dans ses bras

— Merci d'être revenue me chercher, murmura-t-il dans ses cheveux.

Elle leva la tête.

— Je n'ai fait que mon travail.

Il lui sourit, puis grimaça aussitôt de douleur.

— Vous avez une mine épouvantable, nota-t-elle.

Les lèvres de Flynn s'incurvèrent de nouveau, mais avec précaution cette fois.

— Ah bon ? Qu'est-ce qui vous fait dire ça ?

Les heures qui suivirent furent occupées à rassembler les prisonniers, à apporter les premiers soins à ceux qui étaient blessés et à procéder à l'identification des victimes.

Flynn refusa d'être pris en charge tant que l'opération n'était pas terminée. Quand ils quittèrent enfin la montagne, Sadie était prête à s'écrouler.

George était dans le bureau du procureur, en train de conclure un accord. Sadie s'en réjouit. L'homme avait largement payé au fond de ces sinistres tunnels les actes qu'il avait commis. Aikman s'efforçait lui aussi de parlementer pour obtenir la clémence de la justice mais Ross comme Tanner rassurèrent Sadie : il ne décrocherait aucune réduction de peine ; tout au plus échapperait-il à la peine de mort. Les analyses avaient permis d'établir que les restes de corps humain retrouvés dans ce cachot, sur le territoire d'Aikman, étaient ceux de Jack Kemp, l'agent du FBI porté disparu depuis une dizaine d'années.

Aikman était de la même engeance que Prentiss ; il ne méritait pas la moindre indulgence. Ce qu'il méritait, c'était de croupir dans une cellule pendant le restant de ses jours où il aurait tout le temps de réfléchir aux actes dont il s'était rendu coupable.

Deacon Ross avait accompagné Levi Winters lors de sa déposition.

Le bureau du shérif fourmillait d'agents fédéraux.

Le superviseur de Sadie avait téléphoné pour s'assurer qu'elle était saine et sauve. Quand à Flynn, il avait été placé dans une salle d'interrogatoire en vue de son débriefing. Sadie trouva le temps d'appeler ses parents juste pour le plaisir d'entendre leur voix. Elle n'avait plus de raison de rester ici. Elle avait accompli sa mission. Elle pouvait repartir. Peut-être même pourrait-elle appeler sa sœur…

Si elle se répétait encore deux ou trois fois qu'elle n'avait plus aucune raison de prolonger sa présence ici, peut-être se persuaderait-elle de s'en aller avant d'avoir pu dire au revoir à Flynn.

Mais non. Elle éprouvait le besoin de le voir.

— Agent Buchanan ?

Sadie leva les yeux en entendant son nom. Cece Winters sourit et entra dans le bureau du shérif où Sadie avait trouvé refuge. Comme c'était le seul endroit du bâtiment qui ne grouillait pas d'agents, de policiers et d'adjoints du shérif, Tanner lui avait aimablement proposé de s'y installer.

— Bonjour, répondit Sadie dans un sourire. Je suis sûre que Levi sera bientôt libre de s'en aller. Ils ont besoin de prendre sa déposition… Ce peut être un peu long parfois.

Cece hocha la tête et s'assit à côté de Sadie.

— Je voulais vous remercier d'avoir sauvé mon frère non pas une, mais deux fois.

— Il a été très coopératif, vous savez. C'est un type bien. Il est peut-être un peu… perdu, mais il a bon fond.

— Deacon et moi avons bien l'intention de veiller à ce qu'il rentre définitivement dans le droit chemin.

Ainsi donc, Deacon et elle étaient en couple. C'était bien ce qu'il lui avait semblé.

— Mesdames.

Sadie se tourna de nouveau vers la porte. Flynn s'encadrait dans l'embrasure de la porte, l'air toujours en piteux état.

Cece se leva.

— Il faut que j'aille voir où en est Levi.

Elle s'éclipsa du bureau, adressant un sourire à Flynn comme elle passait devant lui.

— J'avais peur que vous ne soyez déjà partie.

— J'allais le faire, répondit-elle, cherchant quoi lui dire. Ce sera bon de me retrouver chez moi.

Il hocha la tête.

— Je ne veux pas vous retarder, reprit-il avant d'exhaler un profond soupir. Mais j'espérais que nous pourrions aller manger ensemble auparavant…

Je ne sais pas ce qu'il en est pour vous mais, moi, je meurs de faim.

Elle s'avisa tout à coup qu'elle aussi avait l'estomac dans les talons.

— Oui. Bonne idée. Je mangerais bien quelque chose, moi aussi.

— Super. Alors… On y va ?

— On y va.

Elle se leva et ils se regardèrent, debout face à face, immobiles, pendant quelques instants. Il se sentait aussi emprunté qu'elle, devina Sadie. Ni l'un ni l'autre n'étaient à l'aise dans ce genre de situation.

— On vit tous les deux du côté de Nashville.

— Ce bon vieux Nashville.

Elle sentit le rouge lui monter aux joues. *Quelle remarque stupide !* se rabroua-t-elle intérieurement.

Flynn sourit, grimaça aussitôt après, puis reprit :

— Oui. Enfin… Quoi qu'il en soit, je me disais qu'on pourrait peut-être se voir… Passer un peu de temps ensemble. Histoire d'apprendre à mieux se connaître.

Le large sourire qui lui monta aux lèvres traduisait à n'en pas douter combien cette suggestion l'enthousiasmait.

— Oui, j'aimerais beaucoup.

— Il y a bien longtemps qu'il ne m'est pas arrivé de rencontrer quelqu'un qui comprenne la vie que je mène… et qui m'ait donné envie d'aller plus loin.

Elle retint la réponse qui lui venait aux lèvres. Ça aurait été banal à pleurer, ou complètement idiot, de dire qu'il en allait de même pour elle. Elle posa donc la main sur son avant-bras.

— Je suis prête. On y va ?

— Je pourrai vous ramener, si vous voulez. Je me suis laissé dire que vous aviez perdu votre voiture.

Elle partit d'un petit rire.

— Oui, merci. J'adorerais que vous me raccompagniez.

Il n'était pas besoin d'en dire plus. Le reste irait de soi.

Retrouvez prochainement,
dans votre collection

BLACK ROSE

Un mystérieux garde du corps, de Rebecca York - N°600

Carrie doit bien le reconnaître : Wyatt Hawk, l'homme que son père a engagé pour assurer sa sécurité, a toutes les qualités du parfait garde du corps. Pourtant, pas question qu'elle passe ses journées – et ses nuits – sous sa surveillance. Elle préfère encore affronter les criminels qui veulent sa peau que de devoir supporter les sarcasmes de cet homme si séduisant qui la considère comme une pauvre petite fille riche…

La menace inconnue, de Lauren Giordano

Tandis qu'elle observe l'homme assis à côté d'elle, Jillian s'interroge. Que lui veut cet inconnu qui est monté dans sa voiture en pointant un revolver sur elle ? Il est blessé et semble désespéré. Inexplicablement, elle sent qu'il a besoin de son aide. Mais elle refuse de se laisser attendrir. Car ses trois neveux sont endormis à l'arrière, et si elle veut assurer leur sécurité, elle doit garder la tête froide…

Composé et édité par HarperCollins France.

Achevé d'imprimer en mai 2020.

CPI
BLACK PRINT

Barcelone

Dépôt légal : juin 2020.

MIXTE
Papier issu de sources responsables
FSC® C108412

Pour limiter l'empreinte environnementale de ses livres, HarperCollins France s'engage à n'utiliser que du papier fabriqué à partir de bois provenant de forêts gérées durablement et de manière responsable.

Imprimé en Espagne.